Anna Kuschnarowa
Das Herz von Libertalia

*Allen starken Frauen und allen Männern, die stark genug sind,
starke Frauen auszuhalten.
Und besonders für Palmer und Dörte.*

Anna Kuschnarowa

# Das Herz von Libertalia

Roman

*Anna Kuschnarowa* studierte Ägyptologie, Germanistik und Prähistorische Archäologie und unterrichtete zehn Jahre an mehreren deutschen Hochschulen. Sie arbeitet als freie Autorin und Fotografin und reist in ihrer Freizeit so weit weg wie möglich und so oft sie kann. Bei Beltz & Gelberg erschienen ihre Romane *Spielverderber, Schattensommer, Junkgirl, Kinshasa Dreams* und zuletzt *Djihad Paradise*. Für ihre Romane wurde sie u. a. mit dem Gustav-Heinemann-Friedenspreis, dem Friedrich-Gerstäcker-Preis und dem Bad Harzburger Eselsohr ausgezeichnet.
www.anna-kuschnarowa.de

Dieses Buch ist auch als E-Book erhältlich
(ISBN 978-3-407-74514-9)

www.beltz.de
© 2015 Beltz & Gelberg
in der Verlagsgruppe Beltz · Weinheim Basel
Alle Rechte vorbehalten
Lektorat: Christian Walther
Neue Rechtschreibung
Einbandgestaltung: Cornelia Niere, München, unter Verwendung eines Motivs
von shutterstock.com
Gesamtherstellung: Beltz Bad Langensalza GmbH, Bad Langensalza
Printed in Germany
ISBN 978-3-407-81187-5
1 2 3 4 5   19 18 17 16 15

»Wenn man den Piraten die Wahl ließe, so würden auch sie keine geringere als die Todesstrafe festsetzen, denn es ist ja gerade die Furcht vor ihr, welche einige memmenhaften Schurken zur Ehrlichkeit anhält; viele von denen, die jetzt die Witwen und Waisen betrügen und ihre armen Nachbarn bedrängen, die kein Geld haben, sich Gerechtigkeit zu schaffen, würden ansonsten zur See auf Raub ausgehen, und der Ozean wäre wie das Land mit Schurken bevölkert (…).«

*Mary Read*

# I

Santiago de la Vega / Spanish Town, Jamaika 1720

# I

»Euer Mahl, Majestät«, sagt Finch und wirft mir einen Kanten Brot vor die Füße, und den Napf mit dem brackigen Wasser stellt er daneben. Seine Aussprache undeutlich, feucht. Sein Maul ein abgestorbener Mangrovensumpf, eine weiche Masse mit fauligen Stümpfen. »Königin der Karibik!« Er spuckt die Wörter aus, spuckt sie mir ins Gesicht. Und er lacht. Lacht aus seinen rasselnden Lungen heraus, und sein Lachen ist derart, dass man nicht den geringsten Zweifel daran haben kann, dass er mich gern tot sähe. Diese verworfene Kreatur würde mir den gesamten Leib besudeln, wenn er sich nur traute. Aber er traut sich nicht. In seinen Augen flackert die Angst. Angst – dieses erbärmliche Flämmchen. Ich kenne die Angst. Wie oft hab ich es schon gesehen, dieses kurze Aufflackern, ehe einer die Augen für immer schließt. Und Angst, ja, Angst soll Finch haben. Mores werde ich diesen Schurken lehren und niemals, niemals, nie, wird er Hand an mich legen, so wahr ich Anne Bonny heiße!

In Ketten haben sie mich gelegt, und meine Kleidung ist so zerschlissen, dass sie alles sehen können, was sie ergötzt, aber brechen werden sie mich nicht. Ich mache einen Satz auf Finch zu und erwische den Napf, erwische Finch. Der springt zurück. Das Flämmchen wird größer. Er bringt sich in Sicherheit, hinter das Gitter.

8

Erst dann wagt er zu fluchen. »Du verdammte Hexe, du Seeteufel von einem Weib! Das wird dir noch einmal leidtun!«

Ich spucke aus und lache. Er will mich fordern?

Angenommen.

Aber er wird den Kürzeren ziehen, so wahr mir Gott helfe.

»Lach du nur. Das Lachen wird dir schon noch vergehen!«, knurrt Finch und murmelt noch irgendetwas Unverständliches vor sich hin, während er mich mit hasserfüllten Augen anstarrt.

Und da ist noch etwas. Da, in Sicherheit, hinter seinem Gitter, da in seinem Seepockengesicht ist der Sudelblick. Da traut er sich wieder. Doch für heute hat er genug und deshalb schlurft er weiter. Der Schein seiner Laterne flackert die Wände entlang, wird schwächer, seine Schritte entfernen sich, das Geräusch verliert sich im Stöhnen und Brüllen und Heulen der Gefangenen, verliert sich in der Finsternis und dem Geräusch von tropfendem Wasser an den Kerkerwänden. Plitsch. Plitsch. Plitsch. Unerbittlich wie die Sonne bei einer Flaute auf hoher See.

Und bei dem Gedanken an die Sonne spüre ich meinen Durst, und fast bereue ich es, den Napf umgestoßen zu haben. Wer weiß, was sie mit mir vorhaben. Wenn sie mich verdursten ließen – kein Hahn würde mehr nach mir krähen. Eine Frau ist nichts. Eine Frau in Männerkleidern ist weniger als nichts. Eine Frau in Männerkleidern steckt in einer tödlichen Hülle, wenn der Schwindel entlarvt wird. Und er wurde entlarvt.

Zwölf Tage noch, dann werde ich es schriftlich haben in all seiner Tödlichkeit. Eine Frau in Männerkleidern verrät alles, sie narrt die Gesellschaft und klagt die Schöpfung an.

Aber nur in Männerkleidern kann eine Frau sie selbst sein und nur als Pirat frei. Der einzige Bund, den es sich lohnt einzugehen, ist der mit der Freiheit. Ein lustiges Leben und – wenn es sein muss – eben nur ein kurzes.

Nach diesem Motto habe ich immer gelebt. Und wie es auch endet, bereuen werde ich es nicht.

Ich bin noch jung. Dennoch habe ich alles gesehen. Und nun bin ich in der Vorhölle gelandet, diesem feuchten und düsteren Kerker in Spanish Town auf Jamaika, zusammen mit Mary und Jack und dem Rest meiner Mannschaft. Auf hundert Yard die gesamte Verworfenheit der Neuen Welt und all ihre Not. Ich teile mein Ende mit Mördern, Vergewaltigern, Irren, Siechen und Dieben. Mit Ratten, Läusen, Wanzen und Flöhen. Der Tod schleicht durch unsere Reihen, und den einen küsst er mit Fleckfieber, den anderen mit Cholera oder Tuberkulose. Ihm ist egal, wen er berührt. Frauen. Männer. Kinder. Und jeder hier erzeugt Geräusche. Einige der Kinder schniefen, andere plärren. Keiner kann es ihnen verdenken. Einen Fisch haben sie gestohlen, eine Mango, eine Handvoll Süßkartoffeln oder eine Maniokwurzel und nun sind sie eingesperrt in diesem stinkenden Käfig in Reichweite der Vergewaltiger und Mörder. Und Letztere haben nichts zu verlieren. Im Vorraum des Rechts gibt es kein Recht. Es regiert das Gesetz des Stärkeren.

Die Lungenkranken röcheln und die Fleckfiebernden sprechen in wirrem Delirium. Einzig die Irren lachen gackernd ohne Grund und Verstand. Oder vielleicht haben sie einen Grund, aber den kennen nur sie, die Hofnarren unserer allerehrenwertesten Gesellschaft.

Nur wenn Finch mit seiner Laterne die verschimmelten

Brotkanten durch das Gitter wirft, wird es für ein paar Minuten schmerzhaft hell, und ehe sich unsere Augen daran gewöhnt haben, fallen wir zurück in unsere Schattenwelt, bevölkert von erbärmlichen Scheusalen und erbarmungswürdigen Kreaturen. Ausgelegt ist unsere Finsternis mit Stroh. Bett und Kloake in einem. Blut, Schweiß, Jauche und alles, was ein Mensch an Flüssigkeiten absondern kann, tränkt im ewigen Dämmerlicht Minute um Minute den Boden. Der Gestank ist überwältigend. Verglichen damit ist ein Piratenschiff ein Ort des Wohlgeruchs.

Wer die Zustände hier überlebt, den erwartet seine Gerichtsverhandlung, die ihm den Galgen, Sklaverei oder die Freiheit beschert. Ich zähle zwanzig Jahre und war Piratin. Deshalb kann ich auf Milde nicht hoffen. Ich werde baumeln wie alle, aber so wahr mir Gott helfe, ich bereue nichts.

Und selbst wenn ich jetzt in Ketten gelegt bin, in den Jahren davor war ich die freieste Frau der Welt. Jedoch – ich bin noch nicht bereit zu sterben. Ich habe eine Ahnung von Libertalia bekommen, aber die Ahnung ist mir nicht genug. Zwölf Tage noch, dann werde ich mein Urteil erfahren. Tod durch den Strang.

»Anne! Königin der Karibik!«

Aus einer Ecke höre ich Jack schreien. Was gäbe er jetzt nicht alles für ein Pfeifchen Opium, aber er hat nichts mehr, was er den Wachen zum Handeln anbieten kann.

Und neben mir hockt Mary, meine noch immer geliebte Mary.

Alles, was einmal mein Leben war, droht hier sein Ende zu finden.

Dies wäre beinahe Grund genug, sich von seinem Verstand

zu trennen und sich der Gruppe der Hofnarren anzuschlie-
ßen. Doch um nicht verrückt zu werden, blicke ich zurück.
Zum allerersten Mal in meinem Leben blicke ich zurück.
Ein Figurenreigen flimmert hinter meinen geschlossenen
Lidern. Mum und Dad und Charley. Jonathan und Jack und
James. Mary, Hawkins, Beth und Meg. Und eine Ahnung von
Libertalia und mein Unwille, jetzt schon zu sterben, selbst
wenn die Hölle nicht schlimmer sein kann als dieser Kerker
von Spanish Town.

# II

Cork, Irland 1698–1699

# I

Peg, deutlich sehe ich sie vor mir. Meine Mutter Peg – Margaret Mary Brennan. Peg, die Rotgelockte, die Schönheit, die Waise. Die siebzehnjährige Peg, wie sie den Haushalt ihres alleinstehenden Onkels in einem abgelegenen Cottage in der Nähe von Kinsale führte. Ihr Onkel, den ich immer nur Uncle Grandpa Jack nannte, weil ich niemals einen anderen Grandpa hatte und mir auch keinen besseren vorstellen konnte, und Uncle, weil er nicht mein Grandpa war.

Deutlich kann ich es sehen, wie sich die Hälse der Kerle nach Peg verbogen, wenn sie durch die Straßen lief. Und Peg, viel zu schüchtern, zu bescheiden, um das Begehren der Männer überhaupt zu bemerken, senkte sofort die Augen, wenn sie es doch einmal spürte. Konnte sie nicht deuten, die Blicke, wollte es auch nicht. Floh, weil sie fürchtete, etwas falsch gemacht zu haben, und huschte, während ihre Finger den Korb mit den Waren vom Markt so fest umkrampften, dass ihre Knöchel weiß hervortraten, schnell zurück nach Hause.

Erst wenn sie den festen Boden der Küche unter ihren Füßen fühlte, hörte die Welt auf zu schwanken, und während sie das Obst und das Gemüse in die richtigen Schüsseln und Tiegel sortierte, hob sich langsam auch ihr Kopf und ihr Atem ging wieder normal.

»Du bist nicht dumm und viel zu schön, um bei einem alten

Mann und seinen Schafen zu verwelken. Es fällt mir nicht leicht, auf dich zu verzichten, aber mein alter Freund Liam, der seit Jahren Kutscher in Cork ist, hat berichtet, dass seine Herrschaft ein Dienstmädchen sucht«, hatte Uncle Grandpa Jack eines Tages zu Peg gesagt. »Und ich denke, dass du genau die Richtige dafür bist.«

Peg hatte geschluckt und sich gefürchtet vor der großen Stadt, und traurig war sie gewesen, dass Uncle Grandpa Jack sie wegschicken wollte, obwohl sie wusste, dass er es nur gut meinte mit ihr, und gleichzeitig war sie aufgeregt und glücklich. Die große Stadt, die schreckliche und fremde und schöne Stadt.

Und so kam es, dass Peg schon zwei Tage später in ihrem besten Kleid auf den Kutschbock eines Bauern kletterte und mit ihm über die holprige Straße nach Cork fuhr. Er, um seine Waren auf dem Markt feilzubieten, und sie, um mit schlottrigen Knien bei der feinen Herrschaft vorstellig zu werden.

# 2

Elizabeth Cormac, sonst meist mäkeliger Natur, war sofort hingerissen. Wie hasste sie diese vermaledeiten Iren. Ihre Verlogenheit. Ihren Widerspruchsgeist. Ihren Katholizismus. Vorne herum taten sie diensteifrig und eilfertig, und hinter dem Rücken ihrer Herrschaft schmiedeten sie Abend für Abend in ihren rußigen, verrauchten Kaschemmen und Pubs mordlüsterne Umsturzpläne, das englische Joch abzuwerfen und einen vorcromwellschen Zustand wiederherzustellen.

Dabei konnten diese stinkenden Iren sich wahrlich glücklich preisen, dass sie unter englische Verwaltung geraten waren, dass es die Plantations gab, dass das edle England Siedler wie sie, Elizabeth, in dieses unzivilisierte Land geschickt hatte. Und die Penal Laws waren doch nur richtig. Mit welchem Recht beklagten sich die Iren, dass sie enteignet worden waren? Wo doch die Engländer das Land so viel besser bewirtschafteten?

Aber wie auch immer – dieses einfache Mädchen vom Lande, Mary Brennan, sie wirkte so scheu und schien von einem solch aufrichtigen Wesen und reinlicher Natur zu sein, dass es kaum ins Gewicht fiel, dass sie nur eine Irin und noch dazu Katholikin war.

William Cormac warf einen flüchtigen Blick auf seine Taschenuhr. Elizabeth hatte darauf bestanden, dass er bei der Begutachtung der Dienstmädchenkandidatinnen anwesend war, doch letztlich war es ihm gleich, wen er einstellte. Eigentlich empfand er es auch nicht als seine Angelegenheit. Das Haus war nicht sein Metier, Hauptsache, Elizabeth, die hohe Ansprüche an das Personal hatte und oftmals schwierig im Umgang war, kam mit dem Dienstmädchen zurecht.

Ungeduldig wippte er auf und ab. Diese Sache stahl ihm nur seine kostbare Zeit. Er musste noch an den Hafen, um ein wachsames Auge auf die Geschäfte zu werfen, und außerdem bog sich sein Schreibtisch in der Kanzlei unter der Flut der Schreiben und Akten.

Elizabeth betrachtete die Anwärterin wohlwollend und für einen kurzen Moment waren die Züge ihres verhärmten Gesichts weicher geworden. Dann wandte sie sich ihrem Mann zu und sagte: »William, ich denke, Margaret Mary Brennan ist die Richtige für unseren Haushalt. Was denkst du?«

Erleichtert, dass diese leidige Angelegenheit so schnell von der Bühne zu gehen schien, antwortete er: »Ganz wie du meinst, Liebes. Du bist die Hausherrin.« Er nickte Peg freundlich zu und verschwand nach draußen, wo bereits seine Kutsche auf ihn wartete.

»Ich bin sicher, dass wir gut miteinander auskommen werden«, sagte Elizabeth, bevor sie Peg das winzige Dienstbotenzimmer unter dem Dach zeigte und sie in ihre Tätigkeit einwies.

Und Peg, Peg bekam für eine Weile kaum noch Luft vor lauter Glück und konnte gar nicht glauben, wie sich das Leben doch manchmal von einem Tag auf den anderen so schnell und so grundlegend ändern konnte.

# 3

Pegs Aufnahme in den Cormac'schen Haushalt war nun schon ein ganzes Jahr her, und ihr damaliges Glück war lange zu Alltag geronnen. Tagein, tagaus deckte sie ein, servierte der Herrschaft die Speisen und trug das Geschirr anschließend wieder ab.

›Kaum zu glauben. Sie tafeln wie die Könige. Dabei ist der feine Herr noch nicht einmal von adligem Geblüt‹, hatte sie anfangs gestaunt. Aber was wusste sie schon? Und inzwischen wunderte sie nichts mehr. Was es über die Cormacs zu wissen gab, hatte sie von der Köchin erfahren. Dass die Ehe aus Vernunftgründen geschlossen worden war, zum Beispiel – Madame stammte aus einem verarmten Adelsgeschlecht, der Herr aber aus wohlhabendem Hause. Kurz, ein perfektes Arrangement. Was Madame an Kontakten nicht mitbrachte, ließ sich durch ihre Herkunft und mit seinem Reichtum noch hinzuerwerben. Ein ehrgeiziges, aber kein glückliches Bündnis. Und weil der Herr sich nichts sehnlicher als Kinder wünschte, Madame aber keine bekam, weil sie es nicht konnte, war der Herr sehr traurig und vergrub sich in seine Arbeit.

Das zumindest hatte Liam, der Kutscher, behauptet. Peg fragte sich, woher er das alles wohl so genau wissen mochte. Aber was Peg anging, ihr wäre es lieber gewesen, wenn sie das alles gar nicht erfahren hätte, denn diese Stelle bedeutete mehr Glück für sie, als sie es sich jemals von ihrem Schicksal erhofft hatte. Es ging sie ja auch nichts an, und wenn das Personal tratschte, hörte sie zwar aufmerksam zu, fügte jedoch selbst dem Klatsch nichts hinzu und das Gehörte verschloss sie tief in ihrem Inneren. Solange sie sich um all die schönen Dinge, die es hier gab, kümmern durfte, konnte sich ihre Herrschaft ihrer absoluten Loyalität sicher sein.

Aber egal, was von dem Gerede nun wahr war oder nicht, zumindest eines stimmte: Der Herr hielt sich nicht sehr oft auf seinem Anwesen auf ...

Vielleicht wäre Peg älter geworden oder vielleicht wäre sie zumindest irgendwann glücklicher gestorben, wenn Elizabeth nicht eines Tages, von der Schwindsucht gezeichnet, zu ihrer Schwiegermutter, Tricia Cormac, aufs Land gefahren wäre, um sich dort pflegen zu lassen und die gute Landluft zu atmen, wie es ihr der Doktor dringlichst nahegelegt hatte.

Elizabeth, die ihren Haushalt bei Peg in besten Händen wusste, verabschiedete sich für die kommenden zwei Monate in die Sommerfrische nach Baltimore, während Peg ihrer Arbeit nachging. Zunächst war Peg etwas unbehaglich, denn Madame hatte, seitdem sich Peg bei den Cormacs verdingte, das Haus noch nie länger als für ein paar Stunden verlassen, und auf einmal kam sie sich beim Putzen des Silbers, beim Waschen und Plätten der Wäsche und beim Aufstecken der Kerzen und Einsortieren der Dinge vor, als wäre sie ein Eindringling, ein Parasit in einem fremden Leben. Dabei tat sie doch nur genau das, wofür sie bezahlt wurde und was die Herrin ihr aufgetragen hatte.

Doch nach ein paar Tagen hatte sie sich daran gewöhnt,

dass nun sie es war, die Brenda, der Köchin, sagte, was sie dem Herrn kochen sollte. Den Kutscher durfte sie zum Markt schicken und selbst Angus, den Gärtner, konnte sie anweisen, gewisse Bäume zu beschneiden oder sich um bestimmte Beete zu kümmern, so sie dies für nötig erachten sollte.

Peg konnte nicht genau sagen, weshalb, aber Angus war ihr unangenehm, und wenn sie nicht sie gewesen wäre, dann hätte sie gewusst, dass es daran lag, dass der Gärtner ihr jedes Mal, wenn sie sich begegneten, viel zu lange hinterhersah. Auf jeden Fall mied sie ihn, und wenn es etwas für ihn zu tun gab, sagte sie es ihm selten selbst, sondern ließ es ihm durch Brenda oder Liam bestellen.

Und tatsächlich, nach ein paar Tagen begann es ihr Spaß zu machen, ohne die Argusaugen ihrer Herrin auf dem Anwesen zu schalten und zu walten, wie es ihr richtig erschien. Manchmal ertappte sie sich dabei, wie sie dachte, dass das Anwesen seit Madames Abreise noch viel prächtiger wirkte als zuvor. Einmal passierte es ihr sogar, dass sie sich in einer Art Tagtraum verfing und sich ausmalte, wie es wohl wäre, tatsächlich die Herrin eines solchen Anwesens zu sein.

›Alberne Närrin!‹, schalt sie sich, ›Genau solche Hirngespinste sind es, in denen sich unsereins verstrickt, in denen wir, die wir in einem solchen Netz nichts zu suchen haben, dann zappeln, bis wir ausgelaugt, ausgesaugt und ausgelöscht werden, von einer größeren Macht.‹ Peg schauderte. Aber dann wischte sie sich resolut mit dem Handrücken eine Strähne aus der Stirn und bückte sich nach dem Putzeimer.

Auf einmal spürte sie ein Kribbeln, das die Wirbelsäule emporstieg, und drehte sich abrupt um. William Cormac höchstselbst stand im Türrahmen und starrte sie an.

Peg hatte ihn nicht kommen gehört und vor Schreck fiel ihr der Lappen aus der Hand, und sie merkte, wie ihr die Schamesröte vom Hals bis über beide Wangen kroch. Sie fühlte sich ertappt. Konnte er ahnen, welcher Anmaßung sie sich eben schuldig gemacht hatte? War es möglich, dass man es ihr ansah? Hatte sie vielleicht eine zu stolze Haltung an den Tag gelegt? Verlegen blickte sie in den Eimer.

Doch William Cormac war weit davon entfernt, ihre Gedanken zu lesen, zu sehr war er mit seinen eigenen beschäftigt, vor allem damit, diese zu vertreiben.

»Ach Margaret, bitte deck doch den Tisch ein und sag der Köchin, sie möge mir eine kalte Platte anrichten. Ich werde heute hier speisen.«

»Natürlich, Sir.« Peg knickste und machte sich, erleichtert, einen Auftrag zu haben, an die Arbeit. Ganz sicher war sie sich nicht, aber es schien ihr, als würde der Herr sich, seitdem sich Madame in die Sommerfrische verabschiedet hatte, viel häufiger auf dem Anwesen aufhalten. Und dies in plötzlich bester Laune.

Eine Stunde später erschien der Herr zu Tisch, der mit feinem Tuch bedeckt war und dessen Mitte ein Kandelaber zierte, dessen Kerzen Peg bereits angezündet hatte.

»Margaret …« Er sah sie an, öffnete den Mund noch einmal, schloss ihn jedoch sogleich wieder, nur um schließlich noch ein zweites Gedeck einzufordern.

»Ja, Sir.« Peg wurde nervös. Auf Besuch waren weder sie noch Brenda eingestellt. »Sir?«

Cormac wirkte angespannt und nestelte an seiner Taschenuhr herum. »Hmh-hmh?«, sagte er zerstreut.

»Erwartet Ihr noch Gäste, Sir?«

Cormac rutschte ein wenig unbehaglich auf seinem Stuhl herum. Schließlich sagte er: »Bring erst einmal das zweite Gedeck.«

Peg gehorchte. Als sie mit dem Tablett wiederkam, auf dem sie das gute Geschirr balancierte, war Cormac aufgestanden und nahm es ihr aus der Hand, um es auf der Kommode abzustellen.

»Sir …« Peg war verwirrt.

Cormac kam zurück. Er hatte die beiden obersten Knöpfe seines Hemdes geöffnet und die Ärmel hochgekrempelt. Er war jetzt schon so nah, dass sie das kostbare Lavendelwasser, das sich mit dem Geruch seiner Haut aufs Angenehmste verband, riechen konnte.

Cormac ließ sich auf einen Stuhl fallen und zog Peg auf seinen Schoß. Und Peg, diesmal errötete sie nicht, sie schämte sich nicht und dachte auch nicht im Mindesten darüber nach, ob sie vielleicht etwas falsch gemacht haben könnte. Nein, Peg war ganz hungriger Augenblick. Es war das erste Mal, dass sie diese Art Hunger in sich spürte. Manch einer mag sagen, Peg wäre töricht gewesen, sich so gehen zu lassen, als sich Cormacs Hand unter ihren Rock schob, und sie ihn gewähren ließ. Mehr noch, sie ließ ihn nicht nur gewähren, sondern umarmte ihn leidenschaftlich. Doch ein toleranterer Mensch würde sie vielleicht gar für mutig halten. Aber ich glaube, es war weder das eine noch das andere. Peg war, was sie in diesem Moment war: wahrhaftig.

Und William Cormac, er war entflammt. Auch wenn es ihm die Schweißperlen auf die Stirn trieb, wenn er sich überlegte, welche Konsequenzen diese Amour fou im ungünstigsten Fall würde haben können, so dachte er dennoch nicht im Mindesten, nicht auch nur einen Lidschlag lang darüber nach, sie zu beenden.

Seit diesem Abend schlich er nun Nacht für Nacht unter das Dach in das winzige Dienstbotenzimmer, wo Peg schon sehnsüchtig auf ihn wartete. Und welcher Palast konnte einen prächtiger empfangen als der Leib dieser Frau? William war dreißig, aber wenn Peg in seiner Nähe war, kam es ihm so vor, als schenkte sie ihm seine Jugend zurück. Mehr noch, er fühlte sich stärker und gesünder als jemals zuvor in seinem Leben.

Zugleich wurde ihm Nacht für Nacht deutlicher, welch einen verdorrten, puritanischen Stock er geehelicht hatte. Und die Vorstellung, dass er seine heimliche Liaison mit Peg eines Tages genau wegen der Existenz dieses Stockes würde beenden müssen, grämte ihn sehr. In diesen Momenten wallte in ihm so etwas wie Hass auf Elizabeth auf, die alles verdarb. Nur ärgerlicherweise war es nicht sie, die die Regeln verletzte, sondern er.

# 4

Vielleicht hätte sich die Liebe zwischen Peg und William eines Tages erschöpft, oder vielleicht hätte zwar die Liebe überlebt, aber die Vernunft gesiegt, wenn sich die Ereignisse nicht plötzlich überschlagen und die alten Konstellationen von einem Tag auf den nächsten zerschmettert hätten.

Eines Morgens, Dad war zeitig in die Kanzlei aufgebrochen, und Brenda war mit Liam zum Markt gefahren, sodass Peg ganz allein im Haus war, stand Angus, der Gärtner, plötzlich hinter ihr. Sie erschrak so heftig, dass ihr beinahe das goldumrandete Tässchen, das sie eben abgerieben hatte, um es in die Vitrine zu stellen, aus der Hand gefallen wäre.

»Zum Teufel, Angus! Musst du mich so erschrecken?«, herrschte sie ihn an.

»Es ... es tut mir leid, Peg«, sagte er. »Das ... das wollte ich doch nicht. Dich erschrecken. Es ... es ist nur so, ich würde dich gerne ein bisschen näher kennenlernen.«

»Wie meinst du das? Mich näher kennenlernen?« Peg hatte die linke Augenbraue hochgezogen.

Angus zupfte verlegen an seiner Weste herum. »Möchtest du ... ich meine ... könntest du dir vorstellen, mich zu heiraten?«

Peg starrte ihn entgeistert an. Heiraten? Angus?

»Niemals!«, entfuhr es ihr.

Angus wurde rot.

»Was bildest du dir ein, Angus? Ich kenne dich doch kaum!«

»Eben. Deswegen wollte ich dich ja auch vorher näher kennenlernen.«

»Ach, Angus! Ich bitte dich. Nein, ich will dich weder näher kennenlernen, ganz zu schweigen davon, dich zu heiraten. Bitte nimm das nicht persönlich, aber … nein.«

Angus schluckte und trat den Rückzug an. »Es war ja nur eine Frage. Mehr nicht.«

»Das möchte ich auch hoffen«, sagte Peg. Missbilligend runzelte sie die Stirn. Was dachte er sich dabei! Heiraten! Ihn!

Und Angus, er hatte es auf einmal sehr eilig, wieder in den Garten zu gehen und wie ein Berserker die Beete umzugraben.

Peg war beunruhigt. War sie zu brüsk gewesen? Sicher hatte sie ihn beleidigt. Aber was hätte sie auch anderes tun sollen, als ihn abzuweisen? Sie seufzte. Hoffentlich wusste er nichts von ihrer Liaison mit William. Ein seltsames Gefühl breitete sich in ihrer Magengegend aus. Das war die Angst, die da an ihr nagte. Die Angst davor, dass Angus sich vielleicht eines Tages an ihr rächen würde, sollte er jemals herausfinden, dass sie ein Verhältnis mit seinem Herrn hatte. Die Vorstellung, eines Tages von William getrennt zu werden, ließ ihr kurz schwarz vor Augen werden.

Doch Angus war ein gutmütiger Kerl. Zwar schmerzte es ihn, dass Peg ihn zurückgewiesen hatte, aber sich an ihr rächen? Niemals. Er liebte sie doch. Sein Herz war klug genug, um zu wissen, dass einen eine Frau, die man in seine Arme zwang, niemals glücklich machen würde. Leider war Angus' Verstand nicht ganz so klug wie sein Herz.

25

Seine Hand hatte er in den Tiefen seiner Hosentasche vergraben, und was er dort spürte, machte ihn nicht froh. Als er für einen Augenblick ganz allein im verlassenen Salon gestanden und die blitzenden Silberlöffel auf dem Tablett liegen gesehen hatte, die von Peg aufs Sorgfältigste blankgerieben worden waren, hatte er einfach zugegriffen und drei von ihnen eingesteckt. Es gab ja so viele. Es würde überhaupt nicht auffallen. Wofür brauchte die Herrschaft eigentlich überhaupt eine solch gewaltige Ansammlung von Löffeln?

Doch jetzt war es ihm, als hätte er statt der Löffel glühende Eisen eingesteckt. Was war nur in ihn gefahren? Niemals, so wahr ihm Gott helfe, nicht ein einziges Mal hatte er jemals etwas an sich genommen, was ihm nicht gehörte. Und während er noch darüber nachdachte, wie er die Löffel wieder loswerden könnte, hörte er Pegs entsetzten Aufschrei aus dem Haupthaus, und wenige Augenblicke später sah er sie, wie sie aufgeregt und zornig in den Garten rannte. Er hatte sie noch niemals wütend gesehen, aber er fand, dass sie so fast noch schöner war als sonst.

»Angus! Drei der Silberlöffel, die auf dem Tablett lagen, sind verschwunden. Hast du sie vielleicht eingesteckt?« Peg schnappte aufgeregt nach Luft.

Angus spürte, wie er rot wurde, und schwieg.

Peg schüttelte ihn. »Angus! Ich bitte dich, falls du sie genommen hast, dann gib sie mir.« Pegs Stimme hatte an Schärfe verloren. »Bitte, Angus! Ich werde auch niemals jemandem davon erzählen!«, flehte sie ihn an.

Angus wusste gar nicht, wie ihm geschah. Da stand sie. Peg. Ganz dicht stand sie da und bettelte ihn an. Beinahe hätte er es zugegeben, und seine Hand umklammerte schon die unseligen Löffel, um sie ihr zurückzugeben. Doch dann besann er sich. Unmöglich konnte er vor der Frau, die er liebte, zugeben, dass er ein Dieb war. Nein. Aber er würde es wieder gutmachen.

Entschieden schüttelte er den Kopf. »Nein, Peg. Es tut mir leid, aber von drei Löffeln weiß ich nichts«, sagte er.

Peg maß ihn von Kopf bis Fuß. »Angus, falls du die Löffel genommen hast, solltest du dich schämen. Vor Gott solltest du dich schämen. Und falls ich wegen dir meine Anstellung verliere, dann solltest du dich erst recht schämen, dass du eine Frau in ein solches Unglück gestoßen hast. Deshalb frage ich dich noch ein letztes Mal: Hast du die Löffel genommen?«

Angus schüttelte weiterhin stur seinen breiten braungebrannten Schädel.

Peg wurde wieder wütend. »Angus, ich weiß genau, dass du die Löffel hast. Ich werde jetzt den Constable rufen.« Damit drehte sie sich um und lief auf die Straße.

Angus' Gehirn arbeitete fieberhaft. Wenn Peg jetzt den Constable holte, musste er die Löffel schnell loswerden. Und plötzlich hatte er eine Idee. Alles würde gut werden. Es würde gut werden und die süße kleine Peg würde niemals wegen seiner Torheit zur Rechenschaft gezogen werden. Und er, er könnte sein Gesicht wahren. Und – er schwor es bei Gott – dies würde ihm niemals wieder passieren, dass er einfach etwas einsteckte. Sollte auch eine mit Diamanten, Rubinen und Saphiren verzierte Goldkrone vor ihm herrenlos im Staub liegen und funkeln wie das Paradies höchstselbst, er würde sie nicht einmal anschauen. Mit diesem Vorsatz schlich er in Pegs Dachzimmerchen und schob die Löffel unter ihre Matratze. Alles würde gut werden. Heute Abend schon, wenn sie ihren makellosen

Leib auf ihrer dünnen Matratze ausstrecken würde, würde sie sie spüren, die Löffel. Sicher, wundern würde sie sich schon, aber die Erleichterung würde siegen und am nächsten Morgen würde sie die Löffel zu den anderen räumen, und vielleicht würde sie sogar ein wenig lächeln müssen darüber, was für ein Fuchs Angus, der Gärtner, war.

Als der Constable eintraf, harkte Angus bereits wieder emsig im Garten. Er wurde befragt und schwieg. Der Constable durchforstete Angus' Taschen, förderte aber nichts als ein unerfreulich verfärbtes Taschentuch zutage. Schließlich wurde auch noch seine Kammer durchsucht. Nichts. Der Constable drückte gegenüber Peg sein Bedauern aus und fuhr wieder ab.

Peg warf Angus einen Blick zu, in dem so viel Verachtung lag, dass es Angus ganz anders wurde. Aber er wusste ja – alles würde gut werden. Spätestens morgen.

# 5

Als Peg am Abend in das eheliche Schlafzimmer der Cormacs schlich – seit einiger Zeit erschien es William kommoder, sie im Ehebett zu empfangen, als selbst in die kleine Dienstmädchenkammer zu schleichen –, war sie noch immer sehr aufgebracht. Aber William legte ihr den Finger auf die Lippen und sagte: »Liebes, denk jetzt nicht mehr an die Löffel. Elizabeth kommt ja erst in einer Woche zurück. Bis dahin wird sich alles finden.«

Damit zog er sie an sich, aber Peg hatte auf einmal einen dicken Kloß im Hals. Nur noch eine Woche, bis Elizabeth zurückkehren würde. Und dann?

Doch Elizabeth, die sich bei ihrer Schwiegermutter aufs Prächtigste und schneller als erhofft regeneriert hatte, durchkreuzte sowohl die Gatten- als auch die Gärtnerpläne und entstieg unangekündigt der Kutsche, während Peg mit Brenda auf dem Markt war.

Angus, aufgeschreckt durch das Geklappere vor dem Haus, eilte herbei. Als er sah, dass es Elizabeth Cormac war, wurde er leichentuchbleich.

»Was ist, Angus? Steh nicht herum wie angenagelt. Oder soll ich die Koffer alleine tragen?« Elizabeth sah den Gärtner strafend an.

Angus riss sich zusammen. »Madame, welch freudige Überraschung. Und wie gut Ihr ausseht!«, rief er und griff nach den
Koffern. Aber in seinem Kopf drehte sich ein Gedankenkarus-
sell, schnell und immer schneller. Was, wenn die Löffel noch
unter der Matratze lagen und sie bei Peg gefunden wurden?
Er merkte, wie seine Handflächen so feucht wurden, dass ihm
fast die Koffer entglitten wären. Schließlich gab er sich einen
Ruck. ›Sei es drum‹, dachte er. ›Besser diese Anstellung verlieren, als sich für den Rest seines Lebens Vorwürfe zu machen.‹
»Madame?«

Elizabeth blickte ihn fragend an, und da brach auch schon
diese Sache mit den Löffeln aus ihm heraus. Er konnte die tiefe
Missbilligung, die er in Madames Zügen las, nur zu gut nachvollziehen. Als er geendet hatte, entstand eine Pause.

Schließlich sagte er: »Madame, ich bin mir vollkommen darüber im Klaren, dass Ihr mich nun entlassen müsst.«

Elizabeth wiegte ihren Kopf hin und her. »Angus, was du
getan hast, ist an Dreistigkeit kaum zu überbieten.«

Schuldbewusst senkte er den Kopf.

»Aber«, fuhr sie fort, »da du den Mut hattest, alles einzu-
gestehen, bevor größerer Schaden entstanden ist, werde ich
ausnahmsweise Gnade vor Recht walten lassen und dir noch
eine Chance geben.«

Es dauerte einen Augenblick, bis Angus begriff, was er soeben gehört hatte, aber dann sank er vor Elizabeth auf die
Knie. »Danke, Madame, danke« war alles, was er herausbekam.

Während Elizabeth ihre Koffer auspackte, überdachte sie, was
ihr der Gärtner erzählt hatte. Eine haarsträubende Geschichte.
Wie war Angus nur auf diese absurde Idee gekommen, sein Die-

besgut dem Hausmädchen unter die Matratze zu legen? Wollte er Peg decken? Aber sie konnte sich wirklich beim besten Willen nicht vorstellen, dass es Peg gewesen war, die die Löffel entwendet hatte. Nein, in dieser Hinsicht würde sie ihre Hand für sie ins Feuer legen.

Aber die Sache ließ sie nicht los und so stieg sie die steilen Stiegen zur Dienstmädchenkammer empor und sah sich um. Ordentlich war Peg, da konnte man wirklich nicht klagen. Elizabeth griff unter die Matratze und tatsächlich, in einem schmuddeligen Stoffbeutel waren die drei silbernen Löffel aus ihrer, Elizabeths, Aussteuer. Sie schüttelte den Kopf und wandte sich um, um nach unten zu gehen.

Doch plötzlich hielt sie mitten in der Bewegung inne. Wie konnte es bei einer derart dünnen Matratze sein, dass Peg die Löffel nicht unter sich gespürt hatte?

Und da auf einmal kam Elizabeth ein furchtbarer Verdacht. Natürlich! Dies konnte doch nur so zu erklären sein, dass Peg vergangene Nacht *nicht* in ihrem Bett geschlafen hatte. Blieb nur noch die Frage zu klären, *wo* sie stattdessen genächtigt hatte. Elizabeths Hände zitterten. Hatte sie nicht schon seit ein paar Monaten den Eindruck, dass Williams Augen stets einen Augenblick zu lange auf Pegs weiblichen Formen geruht hatten? Und die Ausübung seiner ehelichen Pflichten hatte in letzter Zeit nun wirklich mehr als zu wünschen übrig gelassen. ›Na, wartet. Euch werde ich schon auf die Schliche kommen‹, dachte sie und stopfte den Beutel zurück unter die Matratze. ›Wenn ihr Krieg wollt, dann sollt ihr ihn haben!‹

Als Peg und Brenda lachend das Haus betraten, erwartete Elizabeth sie bereits. Peg zuckte zusammen, als sie Elizabeth sah.

Warum war sie schon zurück? Ahnte sie vielleicht etwas? Pegs Herzschlag beschleunigte sich.

»Ach, Peg. Diese Sommerfrische hat mir so gutgetan, dass ich beschlossen habe, dir freizugeben. Na, wie findest du das?«, flötete Elizabeth eine Oktave zu hoch und mit einem Lächeln so süß, als wäre es in Sirup gefallen.

Peg fand das alles andere als erfreulich, fand es geradezu erschreckend und hatte auf einmal ein ganz, ganz schlechtes Gefühl.

»Aber Madame …«

»Nein, Peg! Ich dulde keine Widerrede. Das hast du dir verdient. Und nun beeil dich, ich habe Liam schon Bescheid gesagt, dass er dich nach Kinsale zu deinem Onkel fährt, und du nicht immer mit diesem Bauernpack reisen musst.«

Peg knickste. »Danke sehr, Madame.« Sie eilte nach oben, packte und bestieg bleich die Kutsche. Sie schloss die Augen und faltete die Hände. ›Oh Herr, ich habe gesündigt, aber ich flehe dich an: Bitte mach, dass ich eines Tages zu William zurückkehren kann!‹

Als Liam zurückkam, versammelte Elizabeth das Personal um sich und trug ihnen auf, sich so zu verhalten, als sei sie noch unterwegs. Kein Wort zu Mister Cormac! Weder von ihrer Rückkehr noch von Pegs Abreise. Elizabeth lächelte ein Lächeln, dem jede Freude fehlte. Sie wolle Mister Cormac heute eine ganz besondere Überraschung bereiten, und wer es wagen sollte, sie zu verraten, den würde sie auf der Stelle feuern.

Und während Elizabeth in ihre Gemächer verschwand, um die Spuren ihrer Rückkehr zu beseitigen, grübelte ihr Personal, ob Madame vielleicht zu lange in der Sonne gesessen hatte.

# 6

Elizabeth stand fröstelnd am Fenster und blickte hinaus. Sie trug bereits ihr Nachtgewand und hatte die Arme um sich geschlungen. In diesem Moment fuhr eine Kutsche vor und William stieg aus. Elizabeth hatte noch nicht mit ihm gerechnet. Meistens kam er viel später aus der Kanzlei. Aber wahrscheinlich wollte er jetzt möglichst viel Zeit mit seiner Metze verbringen.

›Nun – der Moment der Wahrheit‹, dachte Elizabeth und schloss sacht das Fenster. Ein bisschen graute ihr davor, sich in das Bett des Dienstmädchens zu legen. Aber gottlob war Peg eine reinliche Person. Elizabeth rollte sich auf die Seite, und während sie auf die Geräusche des Hauses lauschte, kamen ihr ketzerische Gedanken in den Sinn. War die Ehe nicht ein Gefängnis? Zwei Fremde, die aus gesellschaftlichen Erwägungen aneinandergekettet wurden, bis dass der Tod sie schied? Einer dem anderen eine nutzlose Eisenkugel am Bein? Gehorsam hatte sie Cormac geschworen, und er ihr, dass er sie ehren würde. Wenn es nicht über alle Maßen undamenhaft gewesen wäre, hätte sie am liebsten ausgespuckt. So also sah seine Verehrung aus! Es war nicht so, dass sie William aus tiefstem Herzen liebte, aber es gab durchaus Gründe, ihn zu schätzen. Und außerdem – er hatte ihr seinen Körper für ihr blaues Blut und ihre Kontakte verkauft, genauso wie sie den ihren gegen sein Geld getauscht hatte. Ihre Körper waren per Kontrakt einander versprochen und verschrieben. Es hatte also eine vertraglich geregelte Leidenschaft zwischen ihnen zu existieren. Sein Körper gehörte ihr, und wenn er ihn nun mit einer anderen teilte, dann hatte er sie, Elizabeth, bestohlen.

Sie lag mit klopfendem Herzen da und starrte in die Dunkelheit und wünschte sich, dass sich ihr Verdacht nicht bestätigen würde. Sie waren ein ehrgeiziges Bündnis eingegangen, und wenn sie es jetzt brachen, würde jeder von ihnen nur verlieren. Andererseits konnte sie eine solche Schmach nicht auf sich sitzen lassen, dass er das Dienstmädchen, das noch dazu Irin und Katholikin war, ihr, der englischen, anglikanischen Edeldame, vorzog.

Auf einmal zuckte sie zusammen. Sie musste kurz eingenickt sein, denn sie hatte gar nicht gemerkt, dass jemand die Kammer betreten hatte.

»Peg! Meine liebe, süße Peg! Weshalb meidest du denn heute mein Schlafgemach?« William kam näher, und Elizabeth konnte an der Art, wie er atmete, hören, dass er erregt war.

»Bist du böse mit mir, Liebste?« Seine Stimme hatte einen neckenden Ton angenommen. Er befreite sich aus seinem Nachtgewand, legte sich hinter sie und presste ungeduldig seinen Leib an den ihren.

Es stand außer Frage, er war in einem Maße erregt, wie er es in ihrer Gegenwart niemals vorher gewesen war. Dass er so ein Tier sein konnte! Elizabeth merkte, wie der Ekel sie lähmte.

»Du bist so anders heute.« Er lachte kurz auf: »So steif und unnahbar, wie es sonst nur die gute Liz zu sein vermag.«

In diesem Augenblick fiel die Lähmung von Elizabeth ab,

sie drehte sich um und gab ihrem Gatten eine schallende Ohrfeige, die noch am nächsten Tag einen leuchtenden Handabdruck in seinem Gesicht hinterließ, der ihn zwang, die Öffentlichkeit zu meiden.

Nach einer kurzen Schrecksekunde war William aufgesprungen und starrte Elizabeth ungläubig an.

»Du?«, fragte er immer wieder. »Du???«

»Ja, *ich*. Und jetzt wird dir die ›gute Liz‹ noch einen Schwur leisten: Ab heute werde ich dir dein erbärmliches Leben so unangenehm wie möglich machen. Darauf kannst du dich verlassen.«

# 7

Elizabeth hatte nicht zu viel versprochen. Am nächsten Tag drohte sie, Peg wegen der Löffel, die sich noch immer unter ihrer Matratze befanden, anzuzeigen, es sei denn, William stimme ihrer sofortigen Entlassung zu.

Zwar zischte William ihr ein giftiges »Hexe« zu, aber was sollte er tun? Peg im Gefängnis? Indiskutabel. Zudem hätte er sie ohnehin nicht weiter beschäftigen können, wenn ruchbar geworden wäre, dass sie eine vermeintliche Diebin war. Und für Letzteres würde Elizabeth im Zweifel schon sorgen.

William wollte Peg die traurige Nachricht gerne selbst überbringen, aber Elizabeth, die das ahnte, legte sofort ihr Veto ein. Nachdem ihre erste Erregung verflogen war, war ihr nämlich klargeworden, dass ihre Ehe noch niemals so komfortabel für sie ausgesehen hatte wie jetzt. Die Kräfteverhältnisse hatten sich umgekehrt. Nun war sie es, die William in der Hand hatte, und so langsam begann sie, Gefallen an der Situation zu finden. Und William, er musste bitter für seine Verfehlung büßen, aber bereut hat er sie nie.

Elizabeth hatte ganze Arbeit geleistet. Über Liam war Peg informiert worden, dass sie nicht mehr in die Cormac'schen Dienste in Cork zurückzukehren brauchte, da die Sache mit den Löffeln ruchbar geworden wäre.

36

Und William ließ sie wissen, dass sie willens sei, diese leidige Angelegenheit, die Liaison mit Peg, diskret zu behandeln, insofern er, William, selbige für beendet betrachte.

Schweren Herzens stimmte er zu. Er hatte ja gewusst, dass dieser Augenblick irgendwann kommen würde, aber es verging kaum eine Minute, in der er nicht an Peg dachte. Außerdem überließ er Elizabeth das eheliche Schlafzimmer zur alleinigen Verfügung und übernachtete fortan auf der Chaiselongue in seinem Arbeitszimmer.

Seit Peg weg war, schleppte sich sein Leben grau und bleiern vor sich hin. Er kam sich vor wie einer, der in einem Land ausgesetzt worden war, in dem ewiger Nebel herrschte. Er lief und lief, erledigte seine Arbeit, aber er konnte nicht sehen, was vor ihm lag und was hinter ihm, wusste nicht, wofür er tat, was er tat, und alles in allem schien es ihm auch alles keinen rechten Sinn zu ergeben.

Doch eines Tages, etwa drei Monate nachdem Elizabeth Peg entlassen hatte, drückte ihm Liam mit einer Verbeugung einen Brief in die Hand. Verwundert nahm er ihn entgegen, weil das Schriftstück weder Adressat noch Absender benannte. Er zog sich in sein Arbeitszimmer zurück, den einzigen Ort im Haus, den sich Elizabeth noch nicht als ihr ureigenstes Territorium untertan gemacht hatte.

Er blickte auf die ihm unbekannte Schrift, die von einem eher ungeübten Schreiber zu stammen schien. Er begann zu lesen: ›*Lieber William…*‹ Sein Pulsschlag erhöhte sich. Peg! Der Brief konnte nur von Peg sein. Zwei widerstreitende Gefühle. Wie konnte sie so unvorsichtig sein und Liam diesen Brief für ihn mitgeben! Welch Torheit! Gleichzeitig aber spürte er eine warme Woge, die den Ärger über Pegs Nachlässigkeit hinwegspülte.

*Es tut mir leid, dass ich so unvorsichtig bin und ich will Dich nicht inkommodieren, aber ich muss Dich sehen, Will. Es geht um alles. In Liebe. Peg.*

Beunruhigt schob er den Brief in die Innentasche seines Justaucorps. Er erhob sich und lief im Zimmer auf und ab. Was konnte sie mit »Es geht um alles« gemeint haben? War sie krank? Was gäbe er nur darum, sie wiederzusehen. Aber es ging nicht! Elizabeth wachte über ihn wie ein Hütehund. Würde sie herausfinden, dass er sich heimlich ein Stelldichein mit Peg gab, der Skandal, den sie verursachen würde, wäre entsetzlich. Er wäre geliefert!

Aber andererseits – wollte er sich wirklich für den Rest seines Lebens von dieser Frau, die er nicht liebte, in Schach halten lassen, und die einzige Frau, die er jemals geliebt hatte, in ihrem ihm unbekannten Unglück zurücklassen? Nur, um einen Eklat zu vermeiden? Wo lagen die Prioritäten? Worauf kam es eigentlich an im Leben?

William blickte auf seine Taschenuhr. Elizabeth war eben zu ihrem Wohltätigkeitsbasar aufgebrochen. Er schlug mit der flachen Hand gegen die Wand. Dann rief er nach dem Kutscher.

»Liam, wenn dir Peg lieb ist, dann bleibt alles, was ab jetzt geschieht, unter uns.« William sah den Kutscher streng an. »Hast du mich verstanden?«

Liam nickte. »Mein Ehrenwort, Sir«, sagte er und schirrte die Pferde an.

# 8

Zwei Stunden später brachte Liam die Kutsche in der Nähe von Kinsale zum Stehen. William Cormac sah sich um. Schafe und Weideland und Mäuerchen, die die Weiden umschlossen, ein windschiefes graues Steinhaus und in der Ferne der Leuchtturm am Old Head of Kinsale.

Der Atlantik brandete gegen die Steilküste. Für einen Moment schloss William Cormac die Augen und sog die frische Luft ein. Er war nervös. Hoffentlich ging es Peg gut. Noch ein letzter tiefer Atemzug, und während Liam bei der Kutsche blieb, ging William den Hang zum Haus hinab.

Er klopfte an die Tür, aber niemand öffnete. Er umrundete das Cottage und sah von außen durch die Fenster. Es schien niemand zu Hause zu sein. Schließlich ließ er sich auf der wettergegerbten Holzbank nieder, setzte den Dreispitz ab und legte ihn neben sich. Cormac blickte aufs Meer und wartete.

Als er die Augen wieder öffnete, stand Peg vor ihm, barfuß, mit geschürztem Rock, und der Wind ließ ihr Haar auflodern wie ein Leuchtfeuer. Um sie herum blökten zwei Dutzend Schafe.

»Will!« Peg sah ihn ungläubig an.

William erhob sich. So kannte er sie bisher nur aus dem Schlafzimmer. Im schwachen Licht der Petroleumlampe. Seine Geliebte nun am hellichten Tag so zu sehen – und wenn es hier mehr Personen gegeben hätte, praktisch vor *aller* Augen –, irritierte ihn. Nein, mehr noch, er fand es geradezu obszön.

Peg bemerkte sein Unbehagen. Die Röte kroch ihr ins Gesicht, und nervös strich sie ihren Rock glatt. »Verzeih meinen Aufzug, aber die Dienstmädchentracht eignet sich nicht zum Schafe hüten«, murmelte sie.

Da erst bemerkte William, wie töricht es war, was er eben gedacht hatte. Natürlich, alle Mädchen auf dem Land liefen so herum, und auf einmal zog er Peg an sich und bedeckte sie mit Küssen. »Darüber mach dir keine Gedanken, Liebes. Egal was dich bedrückt, es wird alles gut.«

Peg spürte, wie sein Körper in Wallung geriet, und löste sich aus seiner Umklammerung. »Verzeih mir, Will, aber ich muss mit dir reden.« Sie zog ihn auf die Bank.

»Wo ist eigentlich dein Onkel?«, fragte William plötzlich.

»Er ist draußen bei Ian am Old Head.« Peg griff nach Williams Hand. »Will – ich bin mir nicht sicher, ob es ein großes Glück oder die Strafe für unser sündhaftes Handeln ist, aber ich – ich bin schwanger, Will.«

Ihre Worte klangen in seinem Kopf nach. Schwanger? Er war beruhigt, war alarmiert, war beides zugleich. Beruhigt, weil er schon mit einer fürchterlichen Krankheit gerechnet hatte, alarmiert, weil er sich freute. Und wie er sich freute! »Aber das ist doch wunderbar!«, rief er aus und zog Peg auf seinen Schoß.

»Und du wirst dich um das Kind kümmern, wenn es da ist? Du wirst nicht verleugnen, dass du sein Vater bist?«

William zögerte. Natürlich würde er Peg finanziell unterstützen, aber die Vaterschaft offiziell anerkennen? Das würde ihn seine Reputation und seine Existenz kosten.

»Liebes, wir werden einen Weg finden …«

# III

Kinsale, Irland 1700–1706

# I

Die Lösung, von der Dad damals gesprochen hatte, sah letzten Endes so aus, dass Peg bei Uncle Grandpa Jack in Kinsale blieb. Pegs Onkel Jack, bei dem sie auch schon vor ihrer Anstellung im Hause Cormac gelebt hatte.

Sechs Monate später, wir schreiben das Jahr des Herrn 1700, in einer garstig stürmischen Februarnacht, kam Peg schließlich nieder, und ich, Anne, irisch-englisch-katholisch-anglikanisch wohlhabend-armes Mischwesen, dem man später Kegel, Bastard, Teufelin und was nicht sonst noch für Nettigkeiten zischend anzuhängen zu belieben pflegte, wurde in die Welt gepresst, diesen grauenhaft wunderbaren Ort, wurde in ein Leben gestoßen mit Mum und Uncle Grandpa Jack, Fox, dem Hütehund, und ein paar Dutzend Schafen. Uncle Jack für Mum und Uncle Grandpa Jack für mich.

Er war nicht mehr der Jüngste und er konnte Mums Hilfe gut brauchen. Ihm war es egal, was die Leute in Kinsale dachten. Und natürlich war es so, dass sie sich nicht nur ihren Teil dachten, sondern ihn auch bei jeder Gelegenheit – gefragt oder ungefragt – kundtaten. Eine Frau, jung und schön und mit einem Kind, das aussah wie sie und ohne einen Vater dazu. Das war nicht gern gesehen hier, das war eine Sache, über die man sich freudig die Mäuler zerriss, worüber sollte man

sonst auch reden, es passierte ja nichts, außer dass die Sonne
auf- und unterging und die Brandung an die Steilküste rollte.
Ganz beharrlich. Tagein und tagaus. Die Brandung würde sie
alle überleben, und vielleicht war es das, was die Menschen
hier so nervös machte, wenn sich einer den Regeln entzog, die
sie schon vor Jahrhunderten erfunden hatten, um einander
in Schach zu halten.

Aber Uncle Grandpa Jack waren die Leute herzlich egal. Er
lebte abseits der Stadt und hütete seine Schafe. So hatten es
schon sein Vater und sein Großvater gehalten. Und wenn Peg
nicht eines Tages etwas Besseres finden sollte, dann würde sie
seine Schafe erben und diese Tradition fortsetzen.

Meine Jahre in der Gegend von Kinsale. Es ist nicht allzu viel,
woran ich mich erinnern kann, aber ein paar Landmarken
scheinen immer wieder auf wie ein Leuchtfeuer im Meer
des Vergessenen. Ich glaube, im Großen und Ganzen war ich
glücklich. Vielleicht lag es aber auch nur daran, dass ich kein
anderes Leben kannte. Wie kann man über etwas unglücklich
sein, das man nicht anders kennt? Wie auch immer – unglücklich war ich jedenfalls nicht.

Wenn ich die Augen schließe, dann sehe ich es vor mir, das
reetgedeckte steinerne Cottage. Wohnküche, Schlafzimmer.
Das war alles.

Mum und ich schliefen vor dem Kamin und Uncle Grandpa
Jack im Schlafzimmer. Und an den kältesten Wintertagen hol-
ten wir nachts auch die Schafe herein, und Mum fütterte den
Kamin mit trockenem Torf. Wenn es sein musste, die ganze
Nacht.

An Mums Versuche, mich für ihren kleinen Haushalt zu be-

geistern, kann ich mich erinnern. Wolle spinnen, Socken stri-
cken, Strümpfe stopfen, waschen und spülen und fegen und
aufräumen. Widerwillig rieb ich die Holzschüsseln aus und
um das Spinnrad machte ich einen großen Bogen. Mum schien
das alles größte Freude zu bereiten, aber ich, ich konnte mir
kaum etwas Langweiligeres vorstellen.

Doch wenn Uncle Grandpa Jack nach Fox, dem Hütehund,
pfiff, stand ich sofort bereit, und Uncle Grandpa freute sich,
dass ich so gerne mit ihm ging. Aber Mum war es nicht recht,
dass ich lieber die Schafe die Weiden hinauf- und hinunter-
trieb, als mich im Cottage zu Tode zu langweilen.

»Uncle Jack, musst du sie immer mitnehmen? Sie soll doch
auch einmal lernen, wie sich eine gute Frau zu verhalten hat.
Wie soll denn so ein Wildfang jemals einen Mann finden?«

Aber er winkte nur ab. »Anne ist gerade mal vier. Ich glaube,
es ist eindeutig zu früh, sich um einen künftigen Ehemann
zu sorgen. Und außerdem: Sieh sie dir doch mal an. Kannst
du dir ein gesünderes und glücklicheres Mädchen als Anne
vorstellen?«

Darauf wusste Mum nichts zu sagen.

»Warum willst du sie denn ständig zu Dingen zwingen, die
ihr keine Freude machen?«

Mum seufzte: »Du gottloser, alter Mann …«, und ließ uns
ziehen.

Und ich, ich war glücklich. Ich glaube, dass Uncle Grandpa
Jack sogar stolz war, wenn ich mit Fox um die Schafe herum
um die Wette rannte, und er schien es zu genießen, dass er
neuerdings menschliche Gesellschaft beim Schafehüten hatte,
die ihm ständig Löcher in den Bauch fragte.

Das Schönste aber war, wenn die Weiden in der Nähe abgegrast waren, und wir ein, zwei Nächte wegblieben. Wie liebte ich es, in klaren Sommernächten mit Uncle Grandpa auf den Klippen zu sitzen und die ganze Welt in mich aufzusaugen.

»Wer hat die ganzen Sterne an den Himmel geworfen?«, fragte ich einmal, und Uncle Grandpa antwortete: »Niemand. Die Sterne waren schon immer da.«

»Mum sagt, dass der liebe Gott es war, der das alles in einer Woche gemacht hat. Glaubst du, dass irgendwer in einer Woche so viel arbeiten kann?«

Uncle Grandpa zuckte mit den Schultern.

»Warum glaubst du nicht an den lieben Gott? Mum ist oft traurig deswegen, weil sie glaubt, dass du niemals in den Himmel kommen wirst. Aber trotzdem betet sie für dich.«

Uncle Grandpa lachte und legte mir seine Hand auf den Kopf. »Um mein Seelenheil macht euch mal keine Sorgen.« Dann holte er seine Flöte heraus und spielte eine kleine Melodie, die an manchen Stellen so lustig und an anderen so traurig war wie das Leben selbst. Das und das Rollen der Brandung, das ist das Beste, was man zum Einschlafen nur haben kann, und während ich mich fragte, wie Mum es bloß aushalten konnte, so viel Zeit im Haus zu verbringen, schlief ich ein.

Manchmal führten uns unsere Weideausflüge auch zum Old Head, eine Landzunge mit den schönsten und steilsten Felsen, die es um Kinsale herum gab. Dort hatte der alte Ian sein Cottage neben dem Leuchtturm, denn er war der Hüter des Leuchtfeuers. Tagsüber schlief er und von Einbruch der Dämmerung bis zum frühen Morgen bewachte er das Feuer auf dem Gestell, damit es nicht ausging oder die Funken Feuer im Cottage entfachten.

Wenn wir zu Besuch waren, kamen wir meist am frühen Abend und hockten uns draußen auf die Bank und warteten darauf, dass Ian erwachte. Und ich schwöre, dass es im gesamten County Cork keinen schöneren Anblick gab als den, wenn in der Dämmerung die Küstenlinie zu ein paar dicken schwarzen Strichen zusammenschmolz, über denen sich der Himmel ergoss, in Rosa und Lila und Orange, ein letztes Aufleuchten in Rot, wenn die Sonne unter den Horizont kroch und eine Welt in Nachtblau entließ.

Und niemals habe ich es erlebt, dass Ian dieses Spektakel versäumte. Immer war er rechtzeitig wach und entfachte das riesige Feuer, und ich durfte ihm dabei zusehen oder ihm die Holzscheite reichen. Wenn das Leuchtfeuer dann ordentlich brannte, steckte sich Ian eine Pfeife an, und Uncle Grandpa holte sein Messer heraus und begann zu schnitzen. Und dann kamen Ians Geschichten über seine Zeit, als er noch selbst zur See gefahren war, und von all den Seltsamkeiten, die ihm dort begegnet waren. Und ich klebte an seinen Lippen, obwohl mir eiskalte Schauer über den Rücken krochen.

»Einmal – ich gehörte zur Besatzung eines Handelsschiffes der Royal African Company, eines prächtigen Großseglers, und wir waren Richtung Westafrika unterwegs –, da waren wir in eine Flaute geraten, wie ich sie bisher noch nicht kennengelernt hatte. Wochenlang kamen wir nicht vom Fleck. Bei einer Flaute, da nützt selbst das größte Segel nichts. Die halbe Mannschaft litt schon am Skorbut. Wer konnte, lungerte an Deck herum und starrte auf die Endlosigkeit des Meeres. Auf einmal rief Peg-Leg aus: ›Land in Sicht! Land in Sicht!‹ Selbst die Siechen erhoben sich. Doch was sollte das für ein seltsames Land sein – ein Land, das auf uns zukam. Näher und immer näher.

Und dann endlich sahen wir es – es war ein Schiff! Ein Schiff, das mit geblähten Segeln in rasender Geschwindigkeit rückwärtsfuhr. Und damit nicht genug. Es schien sich niemand an Bord zu befinden. Doch auf einmal brach der Mond aus der Wolkendecke hervor, und was er beleuchtete, das war das schiere Grauen. Auf einmal herrschte geschäftiges Treiben an Bord des rückwärtsfahrenden Schiffes, aber ich sage euch, es waren keine Menschen, die dort arbeiteten. Skelette waren es, in kostbare Roben gehüllt, die um ihre Knochen herumschlotterten. Schaurig war das, aber zum Glück schienen sie uns nicht zu sehen, und als sich die Wolken wieder vor den Mond schoben, da wirkte das Schiff wieder wie verlassen.« Ian sog an seiner Pfeife und warf neues Holz auf das Gestell.

»Und dann, Ian? Was geschah dann?«, fragte ich. Die Härchen auf meinen Armen hatten sich aufgerichtet.

»Dann, Annie, war es auf einmal verschwunden. Aber ich kann dir sagen: In dieser Nacht hat keiner von uns auch nur ein Auge zugetan.«

Und obwohl es mir vor den Geschichten graute und ich jede schon kannte, konnte ich nicht genug bekommen von seinen Erlebnissen mit dem Klabautermann oder dem Riesenkraken, der ein ganzes Kauffahrteischiff in die Tiefe gerissen hatte. Oder den Liedern, die die Meerfrauen gesungen hatten, um die Männer vom Kurs abzubringen. Und trotz all dieser Schrecken: Ich konnte mir nichts Schöneres vorstellen, als mit einem Schiff über die Meere zu fahren. Denn wenn man am Ufer steht, dann ist das Meer das Ende der Welt, steht man jedoch an Bord eines Schiffes, dann ist das Meer der Anfang einer neuen.

Meistens schlief ich über einer von Ians Geschichten ein,

und wenn ich am nächsten Morgen erwachte, dann stand da immer eine kleine Holzfigur. Ein Krake, eine Geisterkogge, eine Meerjungfrau, geschnitzt von Uncle Grandpa, immer passend zur Geschichte der vergangenen Nacht.

Besonders eindringlich ist mir aber ein bestimmter Abend in Erinnerung. Wieder hatte Ian mit seinen Schauergeschichten begonnen, aber ich bin nicht wie sonst einfach eingeschlafen, sondern lag mit geschlossenen Augen da und lauschte dem Gespräch der beiden alten Männer.

»Weißt du, Jack. Ich habe immer nach Libertalia gesucht. Immer. Aber gefunden habe ich es nie.«

»Ach, Jack. Libertalia, das ist doch nur Seemannsgarn.«

Ian seufzte. »Nein, das glaube ich nicht. Und selbst, wenn es Libertalia nicht gibt, dann müsste man es errichten.«

Libertalia? Ich wurde neugierig und öffnete die Augen.

»Was ist Libertalia, Ian?«, fragte ich.

Er seufzte noch einmal. »Der schönste Ort der Welt …«

»Warum ist es der schönste Ort der Welt? Gibt es dort nur Paläste und Schlösser?«, bohrte ich nach.

Ian lachte. »Ach, Annie! Paläste und Schlösser! Das ist es nicht, was die Menschen brauchen. Nein. Libertalia ist ein Ort, an dem jeder so sein darf, wie er ist. Wo die Menschen frei sind und einander in Frieden und Respekt leben lassen.«

Ich war ein wenig enttäuscht, denn vor meinem geistigen Auge war das Bild einer strahlend schönen Stadt entstanden mit weißen Palästen und bunten, funkelnden Kuppeln. Trotzdem fragte ich: »Und wo ist Libertalia, Ian?«

Er zuckte mit den Schultern. »Ich weiß es nicht, Annie. Ich habe es nie gefunden.« Wehmütig ließ er seinen Blick zum düsteren Horizont schweifen.

Ich wollte noch etwas sagen, aber auf einmal war ich so müde, dass mir die Augen zufielen und ich zwischen den beiden Alten einschlief und träumte, dass ich auf einem Schiff wohnte und alle Länder dieser Erde und alle Seltsamkeiten der Weltmeere mit eigenen Augen sah. Und obwohl ich zugeben muss, dass ich damals Ians Worte nicht verstanden hatte, hallte das Wort Libertalia in mir nach. Libertalia. Ein Ruf so süß wie der Gesang der Sirenen. Ein Ruf, dem man folgen musste, auch wenn es einen dereinst das Leben kosten sollte.

# 2

Die Nächte am Old Head waren das Zweitschönste, woran ich mich erinnern kann. Das Schönste aber war, wenn Dad zu Besuch kam. In meiner Erinnerung hat immer die Sonne geschienen, wenn er bei uns war. Vielleicht war es aber auch nur die Sonne in meinem Inneren, die immer leuchtete, wenn er kam. Und ich weiß, man sollte so etwas nicht sagen, ich liebte meine Mutter Peg, aber meinen Vater, ihn habe ich immer noch ein ganz klein wenig mehr geliebt. Wenn Uncle Grandpa, Mum, mein Vater und ich unter uns waren, dann durfte ich ihn *Dad* nennen, dann, aber nur dann. Ansonsten musste ich ihn mit *Uncle William* anreden. Ich glaube, als Kind hat mir das nichts ausgemacht, vermutlich dachte ich, es wäre eines der lustigen Spiele, die er sich immer für mich ausdachte. Ich liebte diese Spiele.

Aber erst war Mum dran. Kaum war er da, räumte Uncle Grandpa sein Schlafzimmer, in das Mum und Dad sogleich verschwanden. Uncle Grandpa nahm mich dann mit in den Schuppen und zeigte mir, wie man schnitzte. Darüber vergaß ich meine Ungeduld und schob das Dad-Löcher-in-den-Bauch-Fragen auf später auf. Doch meistens verschanzten sie sich auch gar nicht länger als ein, zwei Stunden, und wenn sie wieder aus Uncle Grandpas Stube kamen, waren sie prächtig gestimmt.

Mum lebte immer nur auf diese Besuche hin. Wenn Dad alle paar Wochen in seiner Kutsche vorfuhr, dann blühte sie auf, dann hatte ihr Leben auf einmal einen höheren Sinn. Aber sobald er davonfuhr, stürzte ihre Welt für ein paar Tage in sich zusammen und Peg kauerte verzweifelt in den Trümmern ihrer Einsamkeit und bat Gott um Erbarmen für ihr sündhaftes Tun und gleichzeitig flehte sie ihn an, er möge sie William irgendwann als sein rechtmäßiges Weib zuführen, damit sie nicht länger in Sünde dahinvegetieren musste.

Doch nach ein paar Tagen erholte sie sich stets und summte vor sich hin, während sie das Cottage zum Blitzen brachte. Nur wenn wir in die Stadt fuhren, und die Leute uns böse anstarrten und Peg zuzischelten: »Bete, Sünderin, für deine Vergehen!«, und mir »verdammter Bastard« oder »verfluchter Kegel« hinterherriefen, dann brach sie beinahe zusammen und sprach bis abends kein Wort. Ich glaube, dass ich damals schon zu der Überzeugung kam, dass von den meisten Leuten nicht sehr viel zu erwarten war und man sich deshalb gut überlegen musste, mit wem man sich umgab.

# 3

Meine Zeit in Kinsale endete eines Tages sehr plötzlich und ohne Vorankündigung. So wie sich mein Leben fast immer sehr plötzlich und ohne Vorankündigung geändert hat.

Ich sah Dads Kutsche schon von Weitem und rannte ihr entgegen. Als Dad ausstieg, fing er mich auf, und Hand in Hand gingen wir den Hügel hinunter zum Haus. Mum saß auf der Bank und ließ den Spinnrocken fallen, als sie uns entdeckte. Dann rannte sie uns entgegen. »Bist du hungrig, Will? Soll ich uns etwas kochen?«, fragte sie schließlich, als ihr Glück wieder alltägliche Handlungen zuließ.

Dad schüttelte den Kopf. »Komm, Peg. Setz dich. Ich muss mit dir reden«, sagte er und zog sie auf die Bank.

Mums Augen begannen zu flackern. Hoffentlich war es nichts Unerfreuliches.

»Annie ist jetzt sechs und blitzgescheit. Sie muss etwas lernen. Hier in Kinsale können wir sie nicht unterrichten lassen. Das Getratsche wäre kaum auszuhalten. Deshalb werde ich sie mit nach Cork nehmen.«

Mum wurde bleich. »Was? Du willst mir Annie wegnehmen?«

»Liebes, ich will sie dir doch nicht *wegnehmen*, aber denk doch mal an ihr Wohl. Sie kann nicht ewig Schafe hüten.«

52

»Ich habe den Eindruck, dass sie sehr glücklich ist beim Schafehüten.«

Dad seufzte und nahm Mum in den Arm. »Und dich, Liebes, werde ich bald in die Stadt nachholen. Dann können wir uns häufiger sehen. Ist das nicht eine prächtige Aussicht auf die Zukunft?«

Mums Augen hatten sich mit Tränen gefüllt. »Aber wie willst du das anstellen? Elizabeth wird dir den Kopf abreißen, wenn du Annie ins Haus holst. Will, durch nichts kannst du sie mehr beleidigen als dadurch, dass du ihr deinen Bastard vor die Nase setzt.«

Dad lächelte. »Ich habe alles gut geplant. Annie bekommt Jungenkleider, und ich gebe sie als einen entfernten Neffen von mir aus. Da kann sie viel lernen, und ich habe sie immer in meiner Nähe.«

Peg sah ihn fassungslos an. »Du ... du willst sie in Jungenkleider stecken??? Will! Das ist gegen die Natur!«

»Gegen die Natur?!« Dads Blick verfinsterte sich, und er hieb mit der Faust auf die Bank. »Gegen die Natur ist, dass ich nicht die Frau an meiner Seite haben kann, die ich liebe!«

Die beiden waren so in ihr Gespräch vertieft, dass sie gar nicht mitbekommen hatten, dass ich die ganze Zeit unter der Bank gekauert hatte, auf der sie saßen.

Ich zwängte mich zwischen ihren Beinen hindurch und sprang auf. »In die Stadt? Nicht Kinsale, sondern in die große Stadt?«, fragte ich ungläubig.

Ich war noch nie in einer Stadt gewesen außer in Kinsale. Und ansonsten hatte ich überhaupt noch nie irgendetwas anderes gesehen als die Weiden und die Klippen und den Old Head. Etwas in meinen Adern begann zu kribbeln, mein Herz pochte schneller und schneller. Es würde etwas Neues geben in meinem Leben. Ein wenig fürchtete ich mich, aber nur ein wenig, und der Rest der Aufregung war pures Glück. Veränderung. Die Welt außerhalb meiner Welt, die Welt, in der Leute wie der alte Ian zur See fuhren und fremde Länder entdeckten, in denen es Geisterschiffe und Seeungeheuer gab, diese Welt war gerade ein Stückchen näher gerückt. Ich durfte mit in die Welt meines Vaters. Kaum zu fassen war das.

Doch ich musste ein Opfer bringen. Meine Haare. Meine schönen langen, roten, lockigen Haare mussten abgeschnitten werden. Und während Mum widerwillig mit der Schere Hand an ihre vor lauter Aufregung auf dem Schemel herumzappelnde Tochter legte, und links und rechts eine Locke nach der anderen zu Boden fiel, tropften mir Mums Tränen auf den Kopf. Aber im Augenblick war ich viel zu aufgeregt, um wegen des Abschieds betrübt zu sein. Als sie mit dem Schneiden fertig war, stürmte ich zu dem kostbaren Spiegel, den Dad meiner Mutter zu ihrem letzten Geburtstag geschenkt hatte. Ich sah aus wie ich, nur, dass ich kein Mädchen mehr war, sondern ein Junge.

Im Gegensatz zu mir gefiel das Mum ganz und gar nicht. »Da siehst du, was du angerichtet hast«, sagte sie zu Dad. »Und dabei war sie so ein hübsches Mädchen.«

Dad drückte ihre Hand und sagte: »Vertrau mir, Liebes, ich verspreche dir hiermit hoch und heilig: Alles wird gut!«

Dann warf er mir ein Bündel zu. Fragend sah ich ihn an.

»Na los, mach es auf und zieh es an.«

Ich entrollte den Packen und fand darin Hemd, Hose, einen Justaucorps, Strümpfe und ein paar Schuhe. Kleider, wie ich sie bisher nur an Männern wie Dad gesehen hatte.

»Hör mal, Annie, mein Smaragd«, sagte Dad, der mich immer *Smaragd* nannte, weil er fand, dass meine Augen so seegrün wie Smaragde waren. »Du darfst mit mir in die Stadt kommen, aber nur unter einer Bedingung: Du wirst dort niemals Dad zu mir sagen. Höchstens, wenn du dir ganz sicher bist, dass wir ganz allein sind.«

»Ja, Dad … Uncle William«, sagte ich.

Dad lächelte. »Irgendwann wird alles besser.«

Ich fand, dass das gar nicht nötig war. Schließlich war ja gerade alles dabei, besser, zumindest anders zu werden. Ich durfte weg, durfte Neues sehen, durfte in Dads Welt, nachdem ich sechs Jahre nur Mums und Uncle Grandpa Jacks Welt kennengelernt hatte. Und sogar hier hatte sich schon innerhalb von nur einer einzigen Stunde sehr viel verändert. Ich schlüpfte in die Kleider, und der Spiegel sagte mir, dass die Verwandlung perfekt war. Mum wandte sich missbilligend ab, aber Dad lächelte anerkennend.

»Gut. Und wenn dich jemand fragt, wer du bist, sagst du, du bist John, der Sohn von Polly, der Base von Anwalt Cormac. Hast du das verstanden, Smaragd?«

Ich nickte.

»Und überhaupt ist es am besten, wenn du möglichst wenig redest. Den Leuten kann man nicht trauen. Und vor Elizabeth musst du dich hüten, sonst schickt sie dich in ein Waisenhaus. Ansonsten beobachte die Jungs und mach alles so wie sie.«

In diesem Punkt gehorchte ich Dad in jeder Hinsicht. Mehr, als ihm später lieb sein würde. Ja, ich machte alles wie die Jungs, denn wenn man sich wie ein Junge verhielt, dann wurde die Welt größer und man selbst freier.

# 4

Am nächsten Tag fuhr eine schwarze Kutsche vor. Dad war schon am Abend zuvor abgereist, um in Cork die nötigen Vorbereitungen zu treffen. Er hatte diesmal nicht Liam geschickt, weil er befürchtete, unser Umgang würde zu vertraut sein, und Elizabeth könnte vielleicht Verdacht schöpfen. Der fremde Kutscher sprang von seinem Bock, riss die Tür auf und bedeutete mir mit umständlichen Gesten, einzusteigen. Ich fragte ihn, wie lange es dauern würde, bis wir die Stadt erreichten, aber er gab nur seltsame Geräusche von sich, die tief aus seinem Rachen hervorquollen, und da erst begriff ich, dass er stumm war. Ich bedankte mich und kletterte in das Gefährt, und erst, als er die Tür hinter mir zuschlug, Mum noch einmal mit verheultem Gesicht ans Fenster trat, Uncle Grandpa traurig winkte, und Fox nervös um die Kutsche herumsprang, fühlte ich mich auf einmal ganz schwer, denn ich hatte zum ersten Mal im Leben eine vage Ahnung davon, wie es war, wenn etwas zu Ende geht. In meinem Hals war ein dicker Kloß, und ich legte meine Hand auf die Scheibe, während Ma die ihre von außen ans Glas presste. Es würde wohl ziemlich lange dauern, bis ich in das Cottage in Kinsale zurückkehren würde.

Doch dann fuhr die Kutsche mit einem Ruck an, und bald hatte das aufgeregte Kribbeln in meinen Adern die Trauer verscheucht. Unruhig rutschte ich auf der ledernen Sitzbank hin und her und her und hin, und die Zeit konnte mir gar nicht schnell genug vergehen. Die Bäume rauschten am Fenster vorbei, und die Kutsche rumpelte und ruckelte über den narbigen Waldweg. Und dann endlich, es hatte sich wie eine Ewigkeit angefühlt, lichtete sich der Wald und gab den Blick frei auf samtige Hügel. Jemand hatte mit lockeren Pinselstrichen ein paar Schafe und Steinhäuser in die Gegend getupft, und der Frühling trieb die Leute aus dem Haus. Alles roch frisch und nach Aufbruch …

# IV

Cork, Irland 1706–1709

# I

Mein neues Leben in Cork begann als John Dean.
John Dean, dem nichtexistenten Sohn der nie existiert habenden, verwitweten, englischen und nun
auch noch zu früh aus dem Leben geschiedenen Cousine Polly.
Gott sei ihrer Seele gnädig.

Als ich das erste Mal die Stadt sah, verschlug es mir glatt den
Atem. Elizabeth Fort, der Red Abbey Tower, der Seehafen mit
seinen Zwei- und Dreimastern am River Lee. Und dann oben
auf dem St. Patrick's Hill im Norden mit gutem Blick auf den
Hafen, da lag es, das Haus meines Vaters. Ich kam mir vor wie
ein Prinz, als ich all das in mich aufsog und mir klar wurde,
dass ich von nun an in diesem Palast, in den unser Cottage
gewiss zehn Mal hineingepasst hätte, leben sollte.

Die Begegnung mit Elizabeth verschlug mir ebenfalls den
Atem, aber in diesem Fall lag dies wohl eher an der ihr eigenen
Frostigkeit. Es amüsierte sie mitnichten, dass William nun
diesen Waisenjungen dieser unbekannten und weit entfernten Cousine Polly, an die sich selbst meine Großmutter Tricia
Cormac, die ich nie kennengelernt hatte, beim besten Willen
nicht erinnern konnte, in ihren heiligen Hallen zu beherbergen gedachte. Aber nachdem William ihr in ihr puritanisches
Gewissen geredet hatte, fand sie sich mit der Situation ab.

Allzu häufig sahen wir uns ohnehin nicht, denn sie lebte ihr Leben als Frau und ich das meinige als Junge von akzeptabler Herkunft. Sie wirkte auf dem Anwesen und ich strolchte draußen herum. Und wenn wir uns dann doch einmal über den Weg liefen, dann geschah es manchmal, dass sie mich lange ansah, den Kopf schüttelte und sagte: »Junge, du erinnerst mich an irgendwen. An irgendwen erinnerst du mich …«

Ich setzte mein freundlichstes Gesicht auf, zuckte mit den Schultern und sagte: »Bedaure, Madame?«

So redeten wir uns an. Sie mich mit *Junge* und ich sie mit *Madame*.

Elizabeth mochte mich nicht besonders, aber sie ertrug mich und ich sie.

Bald hatte ich mich an mein neues Leben gewöhnt. Zwar vermisste ich Uncle Grandpa, Mum und den weiten Blick über die Klippen, aber es gab so viel Neues zu entdecken, und ich nahm so viel in mich auf, dass mir manchmal fast schwindlig wurde.

Dad hatte einen Hauslehrer für mich gefunden, Mister Dennell, der mir Lesen, Schreiben und Rechnen beibrachte.

Die Welt der Buchstaben war ein eigener Kontinent, der alles in sich barg, was Menschen jemals entdeckt und gefühlt hatten. Ich war hingerissen, und nach ein paar Wochen verschlang ich jedes Buch, dessen ich nur habhaft werden konnte, und Mister Dennell seinerseits war hingerissen von John Dean, seinem gelehrigen Schüler.

Und dann gab es noch die Stadt, in der das Leben brodelte, und, was noch viel spannender war, den Hafen, wo es noch viel mehr zu sehen gab. Hier legten Schiffe aus Spanien, Frankreich, England und Nordafrika an, um anschließend weiterzufahren auf das europäische Festland oder um über den Atlantik in die Neue Welt zu segeln. Vermutlich habe ich es damals noch nicht wirklich verstanden, aber vielleicht geahnt – Häfen, das waren die Knotenpunkte, die alle Teile der Erde miteinander verknüpften, sie immer fester aneinanderbanden, die Koordinaten eines Spinnennetzes, das sich immer weiter über die Welt spannte, und in der sich die arglose Beute verfing. Wer sich jedoch schnell genug über die Fäden dieses Netzes bewegte und sich nicht in ihnen verhedderte, den führten sie in die Freiheit oder zu Wohlstand oder zu beidem. Die Neue Welt war gerade mal seit zweihundert Jahren entdeckt, doch schon gab es diejenigen, die davon profitierten, und die, die dadurch alles verloren. Die Sklaven beispielsweise, die von den Fremden aus der Alten Welt zusammengetrieben, eingefangen und verkauft wurden wie Tiere und die in diesem Netz ihr Menschsein für immer verloren.

Neben seiner Arbeit als Anwalt war Dad in das Geschäft mit den neuen Waren eingestiegen. Er beteiligte sich an der Ausrüstung von Expeditionsschiffen und hoffte, dass sie mit Gewinn zurückkehrten. In mir jubilierte es, wenn wir in den Hafen gingen, wo sich eine bunte Gesellschaft tummelte. Schenken und düstere Kaschemmen, die Bordelle, vor denen sich Frauen in gewagten Roben räkelten, die Habenichtse und Taugenichtse und Marktschreier. Und dazwischen die honorigen Geschäftsleute wie Dad.

Manchmal durfte ich mit, wenn er sich dort mit den Kapitänen, an deren Schiffen er beteiligt war, in den Hafenkaschemmen traf. Nach einer Weile freuten sich die Seeleute schon, wenn William Cormac mit *Little John* ankam, denn Little John liebte es, den schwankenden Gang der Matrosen, den sie auch an Land nicht ablegten, nachzuahmen oder die Art, wie die Einbeinigen sich bewegten. Und jedes Mal bat ich die Seeleute, mir vom Meer zu erzählen. Die Matrosen mochten mich, und ich, ich war so zutraulich, dass mein Vater mich immer mal wieder zur Seite nahm. »Du sollst nicht immer so viel reden«, grummelte er.

Aber ich hatte einen nicht enden wollenden Quell der Unterhaltung entdeckt. Während Dad seine Geschäfte mit den Kapitänen abschloss, pflegte ich meine eigenen Handelsbeziehungen, die so aussahen, dass ich jedem, der mir ein Seemannslied beibrachte, oder mir ein Abenteuer auf hoher See oder eine Ungeheuerlichkeit, in denen Seeschlangen und Riesenkraken ein tragender Part zukam, erzählte, Ians Geschichte vom Geisterschiff darbot. Und weil ich diese Geschichte zusehends ausschmückte, hörten sie sich mein Seemannsgarn immer wieder gerne an.

»Sir«, sagte eines Tages Captain Lloyd zu Dad, »wenn Ihr Mündel nicht eines Tages mal ein echter Seemann wird, dann soll mich der Teufel holen.«

Dad zwang sich zu einem Lächeln. »Wir werden sehen, Captain Lloyd, wir werden sehen«, sagte er und hoffte, dass Captain Lloyd eines Tages tatsächlich der Teufel holen würde.

Außer am Hafen trieb ich mich aber auch sehr gerne beim Gesinde herum. Vor allem bei der dicken Brenda in der Küche, die immer eine Leckerei für den *jungen Herrn* hatte, und der *junge Herr* zeigte sich auch recht gefräßig. Manchmal half ich auch Angus im Garten, was Dad überhaupt nicht gefiel.

»Wofür bezahle ich ihn denn, wenn du die Arbeit machst?«, pflegte er zu scherzen, um dann ernst hinzuzufügen: »Es schickt sich nicht, dass du so viel Zeit mit den Angestellten verbringst.«

Aber mir war herzlich egal, was sich schickte und was nicht. Ich verstand ohnehin nicht, warum ein Anwalt besser sein sollte als eine Köchin oder ein Gärtner. Schließlich war Mum ja auch nur ein ehemaliges Dienstmädchen. Und manchmal sah Angus mich seltsam an und sagte: »Ich kann mir nicht helfen, John, aber an irgendwen erinnerst du mich …«

# 2

Ein ganzes Jahr war die Scharade als John Dean gutgegangen, doch dann holte Dad Mum in die Stadt und
ließ Uncle Grandpa eine größere Summe zukommen.
Ab und zu besuchte ich Mum in ihrer Mansarde am anderen
Ende der Stadt, aber nie zeitgleich mit Dad.

Er war vorsichtig, aber nicht vorsichtig genug, denn eines
Tages ereignete sich folgende Szene, und Szene ist in diesem
Zusammenhang ganz wörtlich zu nehmen: Dad und ich kamen vom Hafen, traten in das prächtige Foyer, und in genau
diesem Augenblick erschien Elizabeth auf der Balustrade wie
Tisiphone, eine der drei Erinnyen, eine Rachegöttin, wie sie
im Buche steht.

»William! Du hast es tatsächlich gewagt ...«, fing sie an. Ihr
Blick fiel auf mich. »Junge, geh auf dein Zimmer. Dein Onkel
und ich haben eine dringliche Angelegenheit zu bereden.«

Ich tat so, als würde ich ihr Folge leisten, stattdessen versteckte ich mich in einer Truhe, um zu lauschen, und spähte
durch einen Spalt im Deckel.

»Efferey Abrams und Abigail Breckinridge haben mir alles
berichtet«, sagte Elizabeth triumphierend.

Dad blickte sie abwartend an.

»Margaret Mary Brennan«, Elizabeths Stimme kippte eine
Oktave nach oben, schrillte durch das Treppenhaus, »ist wie-

der in der Stadt. Und du –« Sie fuhr den Zeigefinger ihrer rechten Hand aus und deutete auf Dad. »Und du bist regelmäßig bei ihr. Efferey und Abigail haben dich beobachtet. Wie kannst du es wagen, mich dermaßen zu demütigen?«

Dad schwieg unbehaglich.

»Nun, William. Offenbar hast du dem nichts entgegenzusetzen.« Sie raffte ihre Röcke, aber ehe sie im ehemaligen gemeinsamen Schlafzimmer verschwand, drehte sie sich noch einmal um. »Eines sage ich dir: Dies wird Konsequenzen haben.«

Elizabeth packte ihre Sachen und zog noch am gleichen Tag wieder bei ihren Eltern ein. Dad hatte sich zunächst darüber gefreut, das Haus nun für sich und zukünftig für uns alle zu haben. Aber in der Tat, die Sache hatte ein Nachspiel, und zwar ein katastrophales.

Eines musste man Elizabeth lassen – ihre Rache war gründlich. Kein Rachedämon hätte mehr vermocht. Innerhalb weniger Monate hatte sie Dads Ansehen dem Erdboden gleichgemacht und seine Finanzen verwüstet, wie es sonst nur Naturkatastrophen konnten.

Es begann damit, dass Elizabeth ihre Schwiegermutter, Großmutter Tricia Cormac, in die Angelegenheit einweihte, und diese war nicht amüsiert. Ganz und gar nicht. Sie zitierte Will auf ihr Anwesen in Baltimore und las ihm die Leviten. Wie konnte er es wagen, eine solche Schande über die Familie zu bringen, eine Affäre mit einer Irin und noch dazu einem Hausmädchen. Und diese Liebschaft dann selbst nach der Entdeckung noch über Jahre hin weiterzuführen? Welch Impertinenz! Wie hatte er das Elizabeth nur antun können? In ihrem ganzen Leben hatte sie sich noch niemals dermaßen geschämt.

In Grund und Boden schämte sie sich. Und da er ihr eine solche Schmach hatte angedeihen lassen, hätte sie nun keinen Sohn mehr. Deshalb würde er von ihrer Seite her kein Erbe mehr erwarten dürfen. Wenn das sein seliger Vater wüsste. Über das väterliche Erbe könne sie ja bedauerlicherweise nicht generell verfügen, aber sie wäre in der Lage, es ihm zuzuteilen. Sie würde es ihm zuteilen, darauf könne er Gift nehmen, und zwar in Portiönchen, die sein Auskommen in dieser Stadt niemals würden sichern können.

Hinzu kam, dass Elizabeth und ihre Vertrauten, die allesamt große Freundinnen des gesellschaftlichen Tratsches waren – schließlich konnten sie nicht jeden Tag nur wohltätig sein –, das Gerücht über die Affäre zwischen dem irischen Dienstmädchen und dem angesehenen Anwalt zwischen zwei Tässchen Schokolade über ganz Cork streuten. Der Skandal verbreitete sich mit der Geschwindigkeit einer Pestepidemie. Dad war bekannt, und deshalb hielt die ganze Stadt den Atem an. Man glaubte sich getäuscht. Getäuscht und verraten von William Cormac. Es reichte nicht, ein guter Anwalt zu sein, die Menschen erwarteten einen guten Menschen. Und ein guter Mensch war, wer sich an die Regeln derer hielt, die sie erfunden hatten. Es brodelte in Cork. Die Gerüchte zischten über die St. Patrick's Street und wurden gargekocht vor den Gottesdiensten vor der St. Finbarr's Cathedral. Und schließlich fielen Dads Klienten wie vollgesaugte Zecken von ihm ab.

Es sah nicht gut aus für Anwalt William Cormac. Aber er hatte ja noch die Geschäfte mit den Seglern laufen. Das war seine, das war unsere Rettung.

Gleichzeitig entsandte er immer wieder Briefe zum Anwesen der Bishops und bat Elizabeth flehentlich, in die Scheidung einzuwilligen. Und ich konnte sie nur zu gut vor mir sehen, wie sie mit missbilligend gefälteter Stirn Dads Schreiben las, um dann ihre spitze Feder in das Tintenfass zu tauchen, um ihm mitzuteilen, dass sie ihm sein Ersuchen abschlägig beschied. Und dabei wurden ihre schmalen Lippen noch schmaler. Und dann leicht, nur ganz leicht, so dass es nur sehen konnte, wer sie ein bisschen länger kannte, hoben sich ihre Mundwinkel. Sie hatte Will in der Hand. Sie konnte ihn leiden lassen. Einen Moment überlegte sie, ob sie seine Briefe nicht als Trophäen aufheben sollte, aber es fühlte sich so gut an, Wills Briefe zu verbrennen. Es war, als würde dieser Akt ihre Seele reinigen, als wäre es Will selbst, den sie dem Feuer überantwortete ...

Wieder und wieder sandte er Briefe. Wieder und wieder erhielt er die Antwort, dass sie, Elizabeth und er, vor Gott ein Paar waren, und dies nun mal nicht mehr zu ändern sei.

Und irgendwann hatte Dad es satt. Er holte Mum ins Haus, obwohl sein bester Freund, Henry Parker, Dad beschwor, genau dies auf gar keinen Fall zu tun. Er hätte doch auch so schon genug Porzellan zerschlagen, aber würde er nun noch diesen Schritt gehen, würde er damit seinen endgültigen Untergang in Cork besiegeln. Doch Dad wollte nicht hören. Wenn sein Leben schon finanziell ruiniert war, dann wollte er wenigstens seine Geliebte um sich haben.

Und tatsächlich, Mums Einzug ins Haus führte zu Dads endgültiger gesellschaftlicher Ächtung. Seine drei letzten wohlhabenden, etwas liberaleren Klienten suchten bei Anwälten mit besserem Leumund ihren Rechtsbeistand, und was Dad blieb, das war die Verteidigung von Huren und Zuhältern, denen es herzlich egal war, ob ihr Verteidiger ein gottgefälliges Leben führte oder seine Seele soeben dem Teufel verkauft hatte.

Es sah also nicht eben rosig aus für Dads Zukunft. Er raufte sich die Haare und stritt sich mit Mum, und dabei fiel es kaum auf, wenn ich mich in den Hafen schlich zu den Jungs, um mich mit ihnen zu prügeln und sie zu besiegen, damit sie mich akzeptierten. Denn das ist die einzige Chance: Mädchen müssen immer besser sein als die Jungs, um das Gleiche zu bekommen. Aber am besten war es ohnehin, wenn die Jungs dachten, dass man einer von ihnen ist. Dann konnte man auch mit ihnen befreundet sein. Das habe ich schon früh begriffen.

Und viele blaue Flecken später war John Dean der großmäulige Reden schwingende und breitbeinig herumstehende und von seinen Anhängern bewunderte Anführer einer Jungsbande. Und ich glaube, dass ich niemals vorher an irgendeinem Tag so stolz war wie an dem, an dem sie mich zu ihrem Anführer gewählt hatten. Aber eigentlich hätte ich sie trotzdem am liebsten gefragt: »Ihr verdammten Hohlschädel, was wäre, wenn John Dean in Wirklichkeit Anne Cormac wäre?!« Aber anstatt überhaupt etwas zu sagen, spuckte ich aus. Und zehn andere Jungs taten es mir gleich.

# 3

Als ich acht war, starb Großmutter Tricia Cormac. Obwohl ich sie nie persönlich kennengelernt hatte, erzeugte ihr Hinscheiden eine merkwürdige Betroffenheit in mir. Vielleicht lag es daran, dass, egal wie zerstritten eine Familie auch ist, der Tod eines jeden Mitglieds an die eigene Sterblichkeit gemahnt. Und Tricia Cormac hatte sich ein Denkmal gesetzt. Ein Denkmal der Bitterkeit. Vor allem Dad kam in den zweifelhaften Genuss, ihr Denkmal zu bewundern, denn sie hatte ihr Versprechen gehalten. Sie hatte William enterbt und ließ ihr gesamtes Vermögen Elizabeth, meiner Stiefmutter, zukommen.

Hinzu kam, dass eines der Schiffe in die Neue Welt, in die Dad investiert hatte, gesunken war und mit ihm Dads letzte Hoffnung, in Cork noch einmal finanziell Fuß fassen zu können. Kurz gesagt, Dad war so gut wie ruiniert. Doch es gab ein kleines Fünkchen Hoffnung, ein gefährliches zwar, aber nichtsdestotrotz eine günstige Gelegenheit, und zwar eine letzte.

Es war noch keine hundert Jahre her, dass England erste Stützpunkte in der Neuen Welt errichtet hatte und alles, was es an Abschaum loswerden wollte, dorthin verbannte. Arme, Katholiken, Verbrecher oder anderweitiges Strandgut der englischen Gesellschaft traten ihre Ausreise ins weitgehend Unbekannte an. Zusammen mit ein paar Abenteurern und Freigeistern. Und dort entstand etwas, womit in England niemand gerechnet hatte. Etwas, das den Kopf nicht mehr vor einem Erbadel beugen wollte, und der lange Arm der Krone wurde mit der Zeit immer kürzer, aber dafür der Atem der Siedler länger und länger und irgendwann lang genug, um sich dem Zugriff des Mutterlandes zunehmend zu entziehen. Eines Tages zerschnitten sie die Nabelschnur, und ein neuer Organismus betrat die Bühne der Welt. Bereit, auf keinen Fall so zu werden wie seine Erzeugerin, warb man Engländer und Iren an für eine neue Ordnung in einer neuen Welt.

Dad packte diese Gelegenheit beim Schopf und uns und die großen Schrankkoffer und seine letzten Ersparnisse, denn inzwischen konnte alles nur noch besser werden. Und so waren die letzten Tage meiner Kindheit Abbruch, Aufbruch, Abgesang und Hoffnung, alles in einem. Dad hatte beschlossen zu handeln, solange er noch konnte, und damit begonnen, die Reste seines Besitzes zu verkaufen, um damit eine Schiffspassage in die Neue Welt für sich und uns zu finanzieren.

Fast ein ganzes Jahr war unser Leben in vollkommenem Ausnahmezustand. Vorbereitung und Erwartung. Kleider, Schuhwerk, Urkunden und wichtige Papiere, das Tafelsilber, die Kerzenleuchter und Geld wanderten in drei Schrankkoffer. Erstaunlich, wie wenig von einem alten Leben bleibt, wenn man in ein neues aufbrechen will.

Und in der Tat, es blieb nichts von Wert und niemand, der mir nahestand, in der alten Welt zurück, denn ein halbes Jahr vor unserer Abreise starb Uncle Grandpa Jack. Mum hatte ihn noch einige Male besucht, aber Dad hatte mich nie mitgelassen.

Doch nun standen wir, die edlen Herrschaften aus Cork, auf dem Dorffriedhof vor dem fürchterlichen Grabloch, inmitten der Dörflinge, die jedoch auf respektvollen Abstand bedacht waren. Sie wussten, was sich gehörte, wenngleich ihr Respekt allein auf der Annahme beruhte, dass ein Anwalt, der aus der Stadt kam, selbstverständlich über bemerkenswerte finanzielle Mittel verfügte. Und Dad hatte noch ein wenig mehr Tafelsilber verkauft, um Uncle Grandpa Jack ein fürstliches Begräbnis angedeihen zu lassen, das so gut auf diesen kleinen Friedhof passte wie Mum, Dad und ich nach Kinsale. Als der kleine Sarg in die viel zu große Grube herabgelassen wurde, sträubte sich alles in mir, zur Kenntnis zu nehmen, dass es tatsächlich die sterblichen Überreste Uncle Grandpa Jacks waren, die hier ihre letzte Ruhe finden sollten.

Das Einzige, was ich empfand, war das Gefühl des Außenseins. Ich stand außerhalb meiner selbst, außerhalb der Zeremonie. In mir selbst erstarrt. Die Wolken sanken schwarz und schwer immer tiefer über das Land, als wollten sie es mit einem feuchten Trauerflor bedecken. Und als sie endlich den Regen entließen, schien mir, als weinte der Himmel für mich, weil ich es nicht konnte.

Ich war erleichtert, als die letzte Schippe Erde die garstige Grube verschlossen hatte, und beobachtete teilnahmslos, wie die Leute Mum kondolierten. So, wie es sich gehörte. Dies würde sie jedoch nicht davon abhalten, sich nach der Beerdigung das Maul über sie zu zerreißen, weil sie sie natürlich trotz ihres Gesichtsschleiers erkannt hatten und sich fragten, wer der junge Lord war und was aus dem weiblichen und viel zu wilden Bastardkind geworden war.

Als sich die Versammlung aufgelöst hatte, fuhren wir mit der Kutsche zum Cottage, und das Gefühl des Letzten-Males stellte sich ein. Zum Glück ahnte ich damals noch nicht, dass dieses Gefühl mein Leben später begleiten würde wie ein treuer Hund. Jetzt jedenfalls war es ganz neu, und es fühlte sich an, als hätte mir jemand eine Schlinge um den Hals gelegt und würde sie langsam, aber unerbittlich zuziehen.

Ich ertrug Mum und Dads Gegenwart auf einmal nicht mehr und rannte los. Es war kühl, der Regen peitschte mir ins Gesicht, und ich war bis auf die Haut durchnässt. Zum letzten Mal würde ich die Wiese hinablaufen, ein letztes Mal das Steinhaus betreten, einen letzten Blick auf den Head of Kinsale werfen. Als ich das Cottage erreichte, erschrak ich, denn es zeigte deutliche Spuren jener Vernachlässigung, die unweigerlich dann eintreten, wenn die Kräfte eines Menschen ermüden und nicht mehr wiederkehren. Einzelne Steine waren aus der Wand gefallen, und Uncle Grandpa Jack hatte offenbar nicht mehr die Kraft gefunden, sie wieder einzusetzen. Vorsichtig stieß ich die Tür auf, und wäre nicht alles mit einer feinen Staubschicht bedeckt gewesen, hätte man darauf hoffen können, dass Uncle Grandpa Jack demnächst mit den Schafen von der Weide kommen würde.

Ein verschimmelter, angeschnittener Brotlaib lag auf dem grob behauenen Tisch, das Bett war zerwühlt, die Wäsche fleckig und verströmte einen unangenehmen Geruch. Betreten stand ich in der Kammer und auf einmal wurde ich wütend auf meine Eltern. Weshalb hatten sie ihn nicht nach Cork geholt? Aber andererseits – Uncle Grandpa in Cork? Niemals hätte er freiwillig das Cottage verlassen.

In diesem Moment erblickte ich die Figürchen. Vorsichtig trat ich näher. Fein säuberlich aufgereiht standen Walfische, Riesenkraken, Haie, Schiffe mit einer skelettenen Besatzung, Meeresnixen und Wassermänner auf einem Sims. Eines nach dem anderen nahm ich vorsichtig in die Hand. Uncle Grandpa hatte sie für mich geschnitzt, obwohl ich längst fort war und obwohl sein bester Freund Ian kurz nach unserem Weggang gestorben war. Er hatte mich nicht vergessen. Ein Gefühl großer Liebe und großen Verlustes flutete in mir an. Hinzu kam das Gefühl des großen Versäumnisses, mich nicht gegen Dad durchgesetzt und Uncle Grandpa nicht wenigstens noch einmal besucht zu haben. Meine Hände zitterten. Das winzige Figürchen, das wohl seine letzte Arbeit gewesen war, weil es am wenigsten verstaubt war, war ein Segelschiff, an dessen Bug er eine menschliche Figur gestellt hatte, der er lange Haare aus roter Wolle und einen Dreispitz aus Stoff angeklebt hatte. An den Seiten des Schiffes stand in seiner ungelenken Schrift *Libertalia*.

Mein Herz klopfte schneller. Libertalia. Der Abend am Old Head fiel mir wieder ein, als Ian davon erzählt hatte. Aber warum hatte Uncle Grandpa dieses Schiff so genannt? Er hatte doch gar nicht an die Existenz dieses Ortes geglaubt? War kurz vor seinem Tod etwas geschehen, das ihn die Bedeutung von Libertalia hatte erkennen lassen?

Ich horchte in mich hinein. Libertalia … Ein Sirenenruf. Ich spürte eine tiefe Sehnsucht in mir aufsteigen, aber in diesem Moment hörte ich von draußen die Stimmen von Mum und Dad und da konnte ich nicht anders. Ich steckte die »Libertalia« unter mein Hemd und rannte einfach los.

Rannte, rannte, rannte. Bis ich schließlich beim Old Head ankam. In meinem Kopf waren Wolken von solcher Schwere und Düsternis aufgezogen, dass ich nicht anders konnte, als den darauffolgenden Wolkenbruch gewähren zu lassen. Und ich heulte, weil die Welt so war, wie sie war, und weil Uncle

Grandpa mich nie vergessen und weil er der Einzige gewesen war, der mich jemals wirklich verstanden hatte. Ich holte die *Libertalia* mit zittrigen Fingern unter meinem Hemd hervor und starrte sie an. Keine Frage, die Person mit dem Dreispitz, das war ich. Ich zog eine Schnur aus meiner Hosentasche, fädelte das Schiff auf und hängte es mir um den Hals. Ein bisschen Uncle Grandpa, ein bisschen Kinsale würde nun immer bei mir sein. Und wer weiß, vielleicht würde ich selbst irgendwann mit einem Dreispitz am Bug eines stolzen Segelschiffes stehen, und vielleicht würde mir eines Tages gelingen, was Ian zeitlebens versagt gewesen war, nämlich meinen Fuß auf den heiligen Boden Libertalias zu setzen.

# 4

Nun hielt mich nichts mehr in der Alten Welt. Einzig der Abschied von der Hafenbande erzeugte einen Hauch von Melancholie. Mit ihnen hatte ich Abenteuer erlebt, aber sie würden die gleichen Abenteuer auch ohne mich erfahren, und ich stand kurz vor einem Aufbruch zu etwas ganz Neuem. Mister Dennells gütige Art, ja, die würde ich vermissen. Doch irgendwann kommt immer der Zeitpunkt, an dem Lehrer und Schüler Abschied nehmen müssen. Und Mister Dennell, er hatte mich bestens auf ein neues Leben vorbereitet.

Eine lange, lange Schiffsreise war genau das, wovon ich immer schon geträumt hatte. Dem piefigen Cork würde ich jedenfalls ganz gewiss nicht hinterhertrauern, und Häfen und Seeleute gab es schließlich auch in der Neuen Welt. Und so brach ich auf und ließ alles hinter mir außer ein paar Jungenkleidern und der »Libertalia«, die ich an einer Schnur unter meinem Wams in der Nähe meines Herzens trug.

Die Passage nach London dauerte nur einige Tage, aber bisher war ich nie länger als einen Tag auf einem Schiff gewesen. Gierig sog ich die salzige Luft ein und genoss das Rollen des Schiffes. Fast war ich enttäuscht, als das Festland am Horizont auftauchte, und wir in den Flusslauf der Themse einfuhren.

Als wir Tilbury Point erreichten, deutete Dad auf einen weithin sichtbaren Galgen, an dem eine Art Käfig hing, der entfernt einem menschlichen Umriss glich. »Diese verfluchten Piraten!«, sagte er. Als wir näher kamen, sah ich, dass in dem Käfig etwas war, das direkt aus der Hölle gekommen sein musste. Etwas Schwarzes, Menschenförmiges, mit herabhängenden, angefressenen Hautlappen, unter denen schon die blanken Knochen hervorleuchteten. Es war ekelerregend, aber ich konnte trotzdem nicht wegsehen.

»Was ist das, Dad?«

Dad räusperte sich, ehe er antwortete: »Das ist das, was von Verrätern übrigbleibt.« Und nach einem kurzen Schweigen fügte er hinzu: »Captain Kidd sollte die Piraterie bekämpfen, aber dann ist er selbst zum Piraten geworden. Nachdem er exekutiert worden war, hat man ihn geteert, damit er nicht verwest, mit Ketten gefesselt, seinen Kopf in einen Harnisch gesteckt, damit Knochen und Schädel an Ort und Stelle bleiben, und hier zur Abschreckung aller aufgehängt.«

›Kidd muss ein wahrhaft abgrundtief böser Mensch gewesen sein, dass man ihm ein solches Ende bereitet hatte‹, dachte ich, und ein Schauer kroch mir über den Rücken. ›Lieber Gott, bitte gib, dass ich niemals, niemals etwas mache, das es rechtfertigen würde, mich nackt und tot und geteert in einen Käfig zu hängen!‹

Bisher hatte ich Cork immer für die größte Stadt der Welt gehalten, auch wenn ich von Mister Dennell natürlich schon gehört hatte, dass es viele Städte gab, die viel größer waren. Paris zum Beispiel. Oder London. Und nun gingen wir hier an Land, und ich erlebte, um wie viel größer Städte sein konnten. So groß, dass man sich zwischen all den Leuten und den endlosen Häuserzeilen sehr verloren vorkam, wenn man hier nicht hingehörte.

Mum war mit unserem Gepäck in der billigen Absteige geblieben, die Dad uns beschafft hatte, aber ich hatte darauf bestanden, mit ihm in den Hafen zu kommen. Er schien einen Plan zu haben und steuerte direkt auf eine schummrige Hafenkaschemme, das »Broken Back«, zu und fragte sich nach seinem Kontaktmann, Mister Dunlop, durch.

Dunlop war ein riesiger, narbiger, finster dreinblickender Kerl, der seinen tönernen Alekrug umklammerte, als wollte er ihn zerdrücken. Dad ging auf ihn zu, aber Dunlop dachte nicht daran, sich zu erheben, wie es die Höflichkeit geboten hätte. Also ließ sich Dad auf der gegenüberliegenden groben Holzbank nieder, und obwohl Dad ein großer, kantiger Mann war, wirkte er neben dem ungeschlachten Dunlop fast zart und zerbrechlich. Neugierig schlich ich um Mister Dunlop herum, denn einen so großen Menschen hatte ich noch nie zuvor gesehen.

Doch plötzlich griff er hinter sich, ohne sich dabei umzudrehen, packte mich beim Genick und zog mich neben sich auf die Bank.

»Was fällt dir ein, um mich herumzuschleichen wie eine neugierige Katze?! Bürschchen, ich sage dir: Die Neugier hat schon so manchen vorzeitig ins Grab gebracht.«

Ich musste wieder an die grauenhaften Reste von Captain Kidd denken und erstarrte neben dem Riesen.

Dad zog ein klimperndes Lederbeutelchen hervor und schüttete seinen Inhalt auf den Tisch. Ein glänzendes Häufchen goldener Guinees ergoss sich vor Dunlop, und ich meinte, ein gieriges Aufglimmen in seinen Augenwinkeln zu bemerken, und seine rechte Hand zuckte unwillkürlich, als wollte er sofort danach greifen. Doch er beherrschte sich, und Dad zählte die Münzen für die Passage in die Neue Welt ab, die er im Vorfeld brieflich mit ihm vereinbart hatte. Und auch ich war fasziniert von dem funkelnden Geklimpere. Ein Geräusch, das ich nie wieder vergessen sollte.

Ein Nebelflor hatte sich über die Themse gebreitet und den Hafen mit all seinen Schiffen verschluckt. Nur die Masten ragten in den fahlen Morgen wie ein Wald aus abgestorbenen Bäumen. Ich blickte aus dem Fenster unserer Hafenabsteige, während Mum immer wieder die Koffer öffnete und zum wiederholten Mal ihren Inhalt überprüfte. Mum hasste das Meer, und die Vorstellung, nun wochenlang kein Land mehr unter den Füßen zu spüren, versetzte sie in helle Aufregung und düstere Vorahnung.

Als sich der Nebel etwas gelichtet hatte, wurden unsere Koffer abgeholt, und wir begaben uns zum Hafen. Das Kauffahrteischiff, das die kommenden Wochen unser schwankendes Zuhause sein sollte, war ein düsterer Dreimaster, knapp dreißig Meter lang und mit zahlreichen Geschützpforten, hinter denen sich die Kanonen verbargen, für den Fall, dass das Schiff angegriffen würde.

Als Mum die »Hope« sah, wurde sie bleich und flüsterte fast tonlos: »Wenn das unsere letzte Hoffnung ist, werden wir nie in der Neuen Welt ankommen.« Dann bekreuzigte sie sich und bestieg mit Dads Hilfe die wacklige Strickleiter, die an Deck führte, nur um gleich wieder im Bauch des Schiffes zu verschwinden, während Dad und ich an der Reling stehen blieben.

Als die Sonne die letzten Nebelreste aufgeleckt hatte, legte die »Hope« ab, mein Herz tat einen freudigen Satz, und dann überkam mich eine große Ruhe. Was mich beunruhigt hatte, war der Umstand gewesen, dass die Welt so groß war, zu groß für ein Menschenleben, aber nun brachen wir auf. Wir schrieben das Jahr des Herrn 1709, den fünften April, ich war neun und heute rückte ich dem Rest der Welt ein Stückchen näher. Hierher würde ich niemals wieder zurückkehren. Nach Cork nicht und auch nicht nach London. Und das war überaus beruhigend.

Sechs Wochen waren wir unterwegs, mehrere tausend Seemeilen lagen zwischen London und Charles Towne. Und der Atlantik und der Himmel boten uns alles, was sie Schiffsreisenden nur bieten konnten. An manchen Tagen trieb uns ein freundlicher und stetiger Wind vor sich her, an anderen rissen Stürme die glitzernde Meeresoberfläche auf, stießen uns in düstere tangspeiende Höllentäler oder bauschten graue Wellengebirge vor uns auf, die gischtend über uns zusammenstürzten und alles von Bord rissen, was nicht anständig vertäut war. An anderen Tagen wiederum schien unser Schiff in einer Zeitblase gefangen, das Meer so glatt und reglos, als wäre es aus Glas, während die Sonne erbarmungslos auf uns niederbrannte und das Wasser ihre Kraft noch einmal bündelte und zurückwarf, während das Schiff in der Flaute hing, als hätte es irgendeine höhere Macht für immer an dieser Stelle in den Ozean eingegossen.

Dad war die meiste Zeit damit beschäftigt, Mum zu beruhigen, deren Überzeugung, dass sie unverheiratet und in Sünde jämmerlich während dieser Überfahrt zugrunde gehen würde, sich jeden Tag, den sie länger auf See verbrachte, verfestigte. Für sie war die »Hope« mit allem anderen als Hoffnung verbunden. Der Name des Schiffs ein derber Scherz, das Schiff selbst eine düstere, feuchte Hölle, denn bei jedem schweren Seegang schlugen die Wellen durch die Luken, sodass auch das Unterdeck schnell unter Wasser stand, und wenn es sich erst einmal mit Wasser vollgesogen hatte, war kaum daran zu denken, dass es jemals wieder richtig trocken wurde. Und da auch die Lebensmittel unter Deck gelagert wurden, waren die Mahlzeiten keine große Freude. Nach ein paar Wochen stank das Wasser derartig, dass man es nur noch mit einem Schluck Rum trinken konnte, das Fleisch, das zwar meist gedörrt und gepökelt war, begann an den Rändern grünlich zu werden wegen der ständigen Feuchtigkeit. Jeder Kadaver am Straßenrand roch besser. Am ehesten konnte ich mich noch mit dem Schiffszwieback anfreunden, der zwar vor großen schwarzköpfigen Maden wimmelte, aber relativ geruchsneutral war. Und über allem schwebte der stete Geruch nach Verwesung, Fäulnis und Abort, den wir wie einen stinkenden Schleier hinter uns herzogen.

Während Mum immer dünner und bleicher wurde, genoss ich die Überfahrt. Noch immer trug ich meine Jungenkleider. Dad hatte das beschlossen, und ich war dankbar dafür. Mum hatte zwar protestiert, aber letztlich nachgegeben. Das tat sie letzten Endes immer: nachgeben. Außerdem waren die Kleider, die Jungs trugen, viel praktischer, denn man konnte sich in ihnen bewegen.

Wie auch immer, auf dem Schiff war ich jedenfalls nicht mehr John Dean, sondern John Cormac, Pegs und Williams Sohn. Und obwohl alle vierzig Passagierplätze der »Hope« ausgebucht waren, war ich das einzige Kind an Bord. In Ermangelung anderer Gesellschaft kroch ich durch alle Winkel des Schiffes und unterhielt die Seemänner mit meinen Schauergeschichten. Durch meine Aufenthalte im Hafen von Cork war mein Repertoire an Seemannsgarn gewaltig angewachsen, und so grinsten die Matrosen schon von Weitem, wenn ich, *Johnny the Yarn*, wie sie mich nannten, wieder einmal aus einem düsteren Winkel auftauchte, der so ganz und gar nicht für Passagiere gedacht war, denn die blieben am besten unter Deck, damit sie nicht von Bord gespült wurden.

Und während ich den Matrosen bei der Arbeit zusah, erzählte ich, was ich gehört hatte. Ich stand neben ihnen, wenn sie die Taue einholten oder das Wasser abpumpten, weil das Schiff bei jedem Wetter leckte. An heißen Tagen kletterte ich sogar in die Bilge hinunter. Hier war ich besonders willkommen, denn niemand, der noch recht bei Trost war, verirrte sich freiwillig hierhin, da es immer nass und kalt war. Weil die Bilge direkt über den Planken und dem Kiel lag, drang hier bei jedem Wetter Wasser ein, sodass ständig jemand an der Lenzpumpe stehen musste, um die Kieljauche abzupumpen, damit das Schiff nicht volllief. Meistens waren es die jungen oder die neuen Seeleute, die hier heruntergeschickt wurden, manchmal musste aber auch einer als Strafarbeit lenzen.

Trotz des infernalischen Gestanks nach Brackwasser und Fäkalien hielt ich mich manchmal ganz gern an diesem geheimnisvollen Ort auf, an dem es unablässig schmatzte, und irgendwann würde ich es finden, dieses seltsame Tier, das derartige Laute von sich gab. Aber fürs Erste ließ es sich nicht blicken. Wahrscheinlich war es scheu.

Aber während wir nördlich der Azoren segelten, trieb ich

mich am liebsten an Deck herum. Ich hatte mich mit Mr. Smith, dem Steuermann, angefreundet. Er war es, der mir beibrachte, wie man die Himmelsrichtungen mit einem Kompass feststellte, die geographische Breite mittels Quadranten und Jakobsstab bestimmte, wie man Seemeilen und Geschwindigkeit maß. Begierig sog ich alles in mich auf, denn vielleicht würde mir dieses Wissen noch irgendwann von Nutzen sein.

Eines Tages, es war bereits die sechste Woche unserer Fahrt auf der »Hope«, wollte ich mich wie immer vom Passagierdeck schleichen, als Dad mich auf einmal beim Kragen packte und eisern festhielt.

»Wo willst du denn hin, Prinzessin?«, raunte er mir ins Ohr, damit die anderen Passagiere es nicht hörten. Der Gedanke daran, dass wir in wenigen Tagen in Charles Towne einlaufen würden, hatte sie belebt. Für fast alle war diese Überfahrt eine Tortur. Fünf Wochen hatten sie hier unten gesessen, mit spitzen Gesichtern, bleich und fahl, die Hände zu Gott emporringend, damit er sie nur ja erhörte, oder würgend über die Eimer gebeugt oder apathisch des Unabänderlichen harrend. Fünf Wochen, in denen sie alle demütig geworden waren und tolerant, weil sie zu kraftlos gewesen waren, um ihre Vorurteile zu füttern. Aber so langsam wurden ihre Gesichter wieder rosig, auf einmal war wieder interessant, was sie nichts anging.

Achtunddreißig Gesichter starrten uns an, achtunddreißig Gesichter, die wissen wollten, was der Sohn verbrochen hatte, dass der Vater ihn dermaßen am Schlafittchen hielt. Und würde nun der Vater, dessen Pflicht es war, dem Burschen die Hammelbeine langzuziehen, den jungen Geck Mores lehren? Das, genau das, wollten nun achtunddreißig Gesichter wissen.

»Deine Mutter wünscht dich zu sprechen«, sagte Dad und ließ mich los.

Das Gestarre der Leute erboste mich. Was konnte sie mehr ärgern, als wenn man ihnen nicht bot, wonach sie lechzten? Also ging ich folgsam hinter Dad her, und das Interesse der achtunddreißig Gesichter erlosch wie eine Kerze, deren Flamme zu viel Wachs verflüssigt hatte, und die darin ertrank.

Mum stand abseits, und als ich auf sie zulief, nahm sie mich in den Arm. »Anne, Liebes, ich muss mit dir sprechen«, wisperte sie mir ins Ohr.

Ich drückte sie kurz und befreite mich dann aus ihrer Umarmung. »Schön, dass es dir wieder besser geht, Mum«, sagte ich, obwohl mich ihre Geheimniskrämerei beunruhigte.

»Setz dich, Kind.« Mum deutete auf ein leeres Fass.

Gehorsam ließ ich mich nieder.

»Anne, dir ist hoffentlich klar, dass du in Charles Towne nicht als Junge von Bord gehen wirst?«

»Was? Aber wieso denn nicht?« Ich konnte es gar nicht erklären, aber Mums Frage bewirkte, dass sich all meine Härchen sträubten. Ich spürte eine Beklemmung, eine Bedrohung.

»Dummes Ding! Weil du nun mal ein Mädchen bist. Es schickt sich einfach nicht für ein Mädchen, ständig in Jungenkleidern herumzulaufen.«

Mir war es sehr egal, was sich schickte und was nicht, aber ich wusste, dass Mum bei solchen Dingen kein Pardon kannte. Plötzlich hatte ich eine Idee, einen Hoffnungsschimmer.

»Aber Mum! Es muss doch niemand wissen, dass ich ein Mädchen bin.«

Mum blickte mich lange an, dann schüttelte sie den Kopf. »Manchmal frage ich mich wirklich, was nur immer in deinem kleinen Kopf vorgeht. Wenn wir in Charles Towne an Land gehen, dann werden wir eine richtige, kleine und ehrbare Familie sein. William und Margaret Mary Cormac zusammen mit ihrer reizenden Tochter Anne.«

»Aber …«, ich bekam kaum Luft.

»Nichts aber, Anne. Bevor wir das Schiff verlassen, wirst du dieses Kleid anziehen«, sie befreite triumphierend ein roséfarbenes, gebauschtes, plissiertes Ungetüm aus dem kleinsten der drei Schrankkoffer. »Staunen wirst du, wie bezaubernd du darin aussehen wirst.«

›Oh ja, bezaubernd wie eine Buttercremetorte‹, dachte ich und schwieg.

In dieser Nacht träumte ich, ich wäre ein Vogel mit Menschenkopf und einem schillernden grünen Gefieder, der glücklich über die Erde flatterte, mal hier, mal da auf einem Baum landete, um dann fröhlich zwitschernd weiterzufliegen. Aber auf einmal donnerte ich mit dem Kopf gegen etwas Hartes und stürzte auf metallenen Grund. Als ich wieder zu mir kam, sah ich Mum, die gerade eine goldene Käfigtür schloss.

Wütend schlug ich mit den Flügeln, aber statt meiner grün schillernden Schwingen besaß ich nur noch einen roséfarbenen Flaum, der zu nichts taugte, als mich ein und für allemal auf dem Boden zu halten.

# V

Charles Towne, South Carolina, Neue Welt
1709–1716

# I

Als in der Ferne die Küstenlinie der Neuen Welt auftauchte, waren meine Tage als Junge gezählt. Für die meisten Passagiere bedeutete das Auftauchen dieses Landes Neuanfang, Befreiung, Hoffnung. Genau das, was ich mir bei unserem Aufbruch auch für mich erhofft hatte, aber es sollte sich zeigen, dass auch dort alles in einen unsichtbaren Käfig gesteckt wurde, was nach Frau aussah. Und dazu gehörten Korsett, Rock und gute Manieren, und das Verbot, sich alleine außerhalb des Hauses zu bewegen.

Hog Island, Johnson's Fort und die Battery zogen an uns vorbei, und als wir in den warmen und ruhigen Gewässern des Cooper River ankerten, schlug die Stunde rosé.

Mum betrachtete stolz ihr Werk. Vor ihr stand ihr jüngeres Ebenbild. Zarte, perlenbesetzte Schühchen mit Absatz, ein Korsett aus Walfischknochen, das mir fast die Luft abschnürte, und dieser unmögliche Rock.

»Entzückend, Liebes. Wirklich entzückend!«, rief sie immer wieder aus.

Ich blickte an mir herunter und trauerte sowohl um John Dean als auch um John Cormac. Wie um alles in der Welt sollte ich mich mit dieser Staffage bewegen? Ich machte einen vorsichtigen Schritt nach vorne und wäre fast gestürzt. Die Schühchen boten kaum Halt.

»Du musst den Rücken gerade halten, Anne«, monierte Mum.

Am liebsten hätte ich vor Wut geheult. Es war ungerecht. So was von ungerecht, dass ich dieses Zeug tragen musste. Ich kam mir verkleidet und unförmig vor. Undenkbar, dass ich mit so viel Stoff um die Hüften auch nur durch irgendeine Tür passen würde. Einzig meine inzwischen wieder lang gewordenen roten Locken, die ich als John zu einem Pferdeschwanz zusammengebunden hatte, und die ich nun offen trug, gefielen mir an mir.

In diesem Augenblick zwängte sich Dad in die winzige Kabine. Als er mich sah, zuckte er kurz zusammen. Überrascht hob er die Augenbrauen. »Anne, mein Gott, bist du das?«

»Nun, Mum bin ich jedenfalls nicht«, erwiderte ich und versuchte, das Gleichgewicht zu halten.

»Mein Gott, Kind, was bist du schön!«, rief er aus. »Fast noch schöner als deine Mutter«, flüsterte er mir ins Ohr.

Ich glaube, ich wurde rot. Ein eigenartiges Gefühl durchflutete mich. War es Stolz? Oder eine Ahnung davon, dass in der Schönheit die einzige Macht der Frauen lag? Vielleicht war es damals aber auch noch keines von beidem. Vielleicht war ich einfach nur froh, dass diese unsägliche Staffage zumindest dazu nützlich war, Dad zu erfreuen.

Als wir in den Hafen von Charles Towne einliefen, hatte ich mich einigermaßen an mein unpraktisches Schuhwerk gewöhnt und zu meiner Beruhigung festgestellt, dass der alberne Rock doch nicht so breit war, wie er sich anfühlte.

Und so war mir, als wir an Deck stiegen, beinahe entfallen, dass ich nicht mehr ich war, beziehungsweise was ich war und was nicht, und ich wollte eben in alter Gewohnheit zu den

Matrosen gehen, um mich von ihnen zu verabschieden, doch Dad hielt mich so fest am Arm, dass ich nur mit dem anderen Arm winken konnte. Verwundert sahen sie einander an, dann lachten sie. »Willkommen in der Neuen Welt, Schätzchen!«, riefen sie und pfiffen mir hinterher.

Sie sahen meinen Körper, aber sie erkannten mich nicht. Enttäuscht wandte ich mich von ihnen ab. John Cormac ruhte unkenntlich in einem roséfarbenen plissierten buttercremetortigen Sarg. Requiescat in pace. Amen. Nur der Steuermann johlte und pfiff nicht, sondern sah mir schweigend hinterher.

# 2

South Carolina. Cooper- und Ashley-River. Dreihundert Häuser. Das war Charles Towne. Von einhundertachtundvierzig Männern und Frauen gegründet, die im Jahre des Herrn 1670 mit der »Adventure« losgesegelt waren, um hier im Auftrag der englischen Krone eine Kolonie zu gründen. Endlich eine Kolonie. Die erste. Ganz nach dem Vorbild der Spanier und Franzosen, die schon Kolonien hatten. Fast überall auf der gesamten bekannten Welt.

Alles begann mit dem Fort auf einer Anhöhe des Ashley-Rivers als Bollwerk gegen die Indianer. Zu Ehren des englischen Königs Charles II. Die ersten Siedler starben wie die Fliegen. Neue kamen nach. Felle und Pelze wurden gehandelt. Und Holz. Mit und ohne Hilfe der Indianer. Für und gegen ihre Interessen. Und dann ging es aufwärts. Zehn Jahre später begann das Zeitalter der Pflanzer und Plantagenbesitzer. Zuckerrohr, Baumwolle, Reis, Oliven, Wein, Früchte und Gemüse. Tausende von Yards. Immer neue Siedler, immer wieder Scharmützel mit Spaniern und Franzosen. Und mit den Indianern.

1706 schließlich wütete das Gelbfieber, und französische Kriegsschiffe blockierten den Hafen von Charles Towne, sie forderten die Übergabe der Stadt. Kein gutes Jahr für die Stadt, aber Gouverneur Nathaniel Johnson schlug die Franzmänner listig in die Flucht, sodass Charles Towne englische Kolonie blieb.

Das war mein Wissensproviant von Mister Dennell über meine neue Heimat. Und jetzt war ich hier. Charles Towne. South Carolina. Die Neue Welt. Meine neue Welt. Und fürwahr, diese Welt, sie war neu.

Ein neues Klima. Feucht und heiß und unfassbar fruchtbar. So wie es den Schweiß aus jeder Pore trieb, trieb es die Triebe aus jedem Samen. Erdig brackiger Sumpfgeruch, umflort von betörenden Blütendüften. Rotblühender Hibiskus, orangerote Cannas, pinkfarbener Sumpfeibisch, handtellergroße Blüten, gelbe, weiße, rosa Seerosen, weißer Sassafras und tiefblaue Schwertlilien. Gelbe Staubfäden, die gierig aus den rotgelben Trompeten des Honeysuckles herauslecken. Alle Schattierungen von Grün und dazwischen der Karneval der Farben.

Ich konnte mich einfach nicht sattsehen. Nicht an den tropischen Blumen und auch nicht an den Bäumen und Sträuchern. Loblolly-Pinien, Zypressen, Tupelobäume, Rotahorn, Ironwood, die Hickory-Walnuss, Nadel- und Sagopalme, Farne. Eine verwirrende Vielfalt. Und dann der Sumpf – eine geheimnisumflorte Zwischenwelt. Der träge auf dem Wasser dahintreibende Baumstamm, der auf einmal sein Alligatorenmaul aufreißt, um eine Sumpfschildkröte zu knacken. Die Rufe der Reiher und Pelikane. Marschlandschaften, die bis zum Atlantik reichen. Und selbst dort, wo der Mensch hauste, gab es noch Schönheit. Die Schönheit der Eichenalleen, gesäumt von Magnolien und geheimnisvoll von Spanischem Moos umgarnt. Dies war der Vorhang, der die Wildnis von der Kultur trennte. Gegen diese Explosion der Vielfalt nahm sich Irland wie Ödland aus.

So bunt wie die Natur war auch die Bevölkerung. Hier war

nur etwa jeder Dritte weiß. Nicht wie in Irland, wo eigentlich alle weiß waren. Es war eine wilde Mélange. Die halbe Welt in einer Stadt. Afrikanische Sklaven, in Misskredit geratene und daher aus Europa verbannte Adlige, Glücksritter aus England, geflohene Hugenotten aus Frankreich, Iroschotten, Piraten, fanatistische Prediger, unfreie Dienstboten, Indianer und menschliches Treibgut aller Art unter der Regentschaft eines Gouverneurs. Und dazwischen William und Margaret Mary Cormac nebst ihrer roséfarbenen Buttercremetochter Anne.

Die Neue Welt, oder besser das, was ich von ihr kennenlernte, Charles Towne, funktionierte anders als Europa. Auf den Adel pfiff man hier. Was zählte, das war Besitz, Plantagen mit Baumwolle und Reis. Die riesigen Fässer, die über die Flüsse verschifft und über den Atlantik nach England gebracht wurden. Im Prinzip war hier alles möglich. 1695 taufte Reverend Atkin Williamson einen Schwarzbären. Halleluja! Amen.

Hier wurden die Karten der Macht neu gemischt und verteilt. Besitz war alles. Erst wer genug hatte, durfte wählen. Fünfzig Morgen Land, das war die Eintrittskarte zum Stimmrecht und in die illustren Kreise.

Und genau da wollte Dad hin, in das Zentrum der Einflusssphäre einer neuen Macht. Wer hier tüchtig war, der musste kein blaues Blut mitbringen und er musste auch keinen blaublütigen Stock namens Elizabeth heiraten wie in Europa. Einen Namen musste man sich machen durch Tüchtigkeit, arbeiten zur Not auch bis zum Umfallen. Und schwören musste man können. Auf die Bibel. Oder zumindest so tun, als würde all dies seiner tiefsten Überzeugung entsprechen.

Viel war es nicht, was Dad aus der alten Welt mitgebracht

hatte. Ein bisschen Tafelsilber und ein wenig Bares. Wahrlich nicht viel, um damit Staat zu machen. Und noch dazu hatte er eine Hypothek eingeschleppt. Eine zweifache. Eine große: Seine noch immer ungeehelichte Frau Margaret Mary und seinen Bastard namens Anne. Ein Geheimnis, das nicht ruchbar werden durfte. Familie Cormac. Verschworen. Auf die Bibel vereidigt. Nur nicht auffallen. Außer durch Fleiß und Ehrbarkeit.

Also verdingte sich Dad nach unserer Ankunft in Charles Towne 1709 zunächst als Anwalt.

Wir wohnten in einer Mansarde, und Mum, die ehemalige Dienstmagd, gab sich redlich Mühe, Madame Cormac zu inszenieren.

Für mich hatte Dad eine Gouvernante engagiert. Madame de Dépité.

»Damit du eine richtige Dame wirst«, hatte er gesagt und gelächelt.

»Und gesetzt den Fall, dass ich gar keine richtige Dame werden will?«, hatte ich gefragt.

Dad sah mich bedauernd an. »Du hast keine andere Wahl, Smaragd.«

Madame de Dépité. Ich fragte mich, was ich verbrochen hatte, dass mir Dad diesen verknöcherten Drachen auf den Hals hetzte. Und Mum bestand darauf, dass ich weiterhin in Buttercremekleidern ging. Die beiden hatten sich gegen mich verschworen mit Buttercremekleidern in Rosé, Flieder, Lindgrün.

Madame de Dépité – mit ihrem Stock stand sie neben mir. »Mademoiselle Aaan, riesschtiesch su gnigsäähn ge-ört sum gutäään Ton«, radebrechte sie.

Weiß der Himmel, weshalb sie Europa verlassen hatte, bevor sie richtig Englisch konnte. Sie machte es mir immer wieder vor. Knicksen. Und immer wieder knicksen. Ganze Vormittage. Schreitäääähn und Gnigsäään.

»Und: Schreitäääähn. Die Rückäääähn geradää!« Madame stieß mir ihren Stock ins Kreuz.

Rücken gerade, Rücken gerade. Wie soll das gehen, wenn man kaum Luft bekommt, und die Schuhe am Fuß nicht richtig sitzen?

»Enchantée.«

Und knicksen. In wackeligen Perlenschühchen.

Was hatte ich mich gefreut auf die Neue Welt, und nun hing über all meinen Tagen diese Schlechtwetterfront in Gestalt von Madame de Dépité und warf ihren hageren Schatten auf all mein Tun. Heimlich nannte ich sie *Misses Crap*. Misses Crap mit all ihren Folterwerkzeugen. Schreiten und Knicksen. Konversation. »Enchantée, enchantée.« Sich vorstellen bei gesellschaftlichen Anlässen.

Fortgeschrittene Unterhaltung: »Oh Mrs. Snyder, was haben Sie nur für eine erlesene Robe. Formidabel. Wirklich sehr formidabel.«

Oder das Wetter. Das Wetter, dem es egal war, ob man über es sprach.

Palaver. Die Kunst mit vielen Worten nichts zu sagen.

Und der Gipfel ihrer Quälereien: Die Kunst des Stickens. Quälende Nachmittage am Fenster. Mit zusammengekniffenen Augen Initialen in den gesamten textilen Hausrat sticken. Für meine Aussteuer. Anne Cormac. A.C., A.C., A.C. Und immer diese Knoten im Garn.

Ich begann, meine Initialen zu hassen, aber ich strengte

mich wirklich an. Ungezählte Male warf ich den Stickrahmen wütend gegen die Wand, nur um ihn gleich wieder aufzuheben. Ich wollte Mum und Dad nicht enttäuschen. A.C., A.C., A.C. Aber jedes Mal, wenn ich fertig war, trennte Misses Crap alles wieder auf. »Encore une fois, Mademoiselle Aaan.«

Während ich nur unter Sitte und Anstand und Korsett und Rock und Sticken und Konversation und an dem Umstand, das Haus allein nicht mehr verlassen zu dürfen, litt, litt Mum nahezu an allem. Während der Überfahrt hatte sie ein Nervenleiden generiert und war auch sonst sehr angeschlagen. An manchen Tagen zog sie es vor, das Bett gar nicht erst zu verlassen. So sehr sehnte sie sich nach Irland, und hätte man ihr eine Passage nach Cork verschafft, wäre sie glücklich und umgehend zurückgefahren.

Und ich, ich vermisste zwar nicht Cork, aber die Zeit, als ich in Jungenkleidern frei herumstrolchen konnte. Wie konnten Mum und Dad mir das antun? Mich erst als Jungen und mit allen Freiheiten eines solchen zu erziehen, um mich dann von einem Tag auf den anderen in die Rolle der artigen Buttercremetochter zu stoßen, die den ganzen Tag gezwungen wurde, langweilige, geistlose Dinge zu tun. Ich sehnte mich nach meiner verlorenen Freiheit. Sehnte mich nach dem Hafen, den Schiffen, die dort ausliefen, um in Welten aufzubrechen, die ich wohl niemals sehen würde.

War es nicht schlimmer, die Freiheit kennengelernt zu haben und ihrer beraubt zu werden, als sie gar nicht zu kennen? Oder ist nur frei, wer die Wahl hat? Aber hatte ich denn eine Wahl?

Während für Mum zumindest theoretisch eine Rückfahrt

nach Cork möglich gewesen wäre, war hinter mir eine Tür ins Schloss gefallen. Für das, wonach ich mich sehnte, schien es keinen Weg zurück zu geben. In Cork war meine Welt wenigstens Stadt und Hafen gewesen, aber hier hatte sie sich verengt auf die Mansarde mit den vier Zimmern, den Kirchgang und das Promenieren auf der Hauptstraße an Feiertagen.

Trotzdem machte ich mir ernstlich Sorgen um Mums Zustand und strengte mich wirklich an, mit Misses Crap zurechtzukommen und ihre sinnlosen Anliegen zu erfüllen. Doch einzig am Spinett machte ich Fortschritte, sodass Madame sich offenbar genötigt sah, Dad eines Tages Folgendes zu verkünden: »Monsieur Cormäääc, isch glaube nischt, dass Mademoiselle Aaan jemaals su einer rischtischääähn Damäää wird.« Sprach's und ging und kam nie mehr wieder.

Zu behaupten, dass ich Madames Unterricht vermisste, wäre schier die reine Unwahrheit gewesen, aber Dads bekümmerter Blick grämte mich.

 Mums Zustand hatte sich verschlechtert, nachdem sie erfahren hatte, dass Madame es ablehnte, mich weiter zu unterrichten. Was war ich nur für eine Enttäuschung! Sie rang die Hände zu Gott, den Blick gen Himmel gewandt. »Oh Herr Jesus, erbarme dich unserer Sünden!«

Niemals würden wir hier ankommen. Im Herzen dieser Gesellschaft. Niemals. Das Fundament unserer Familie war von Grund auf verrottet, denn es war auf einer Lüge errichtet. Mum machte ich krank und mir selbst bittere Vorwürfe.

»Smaragd, was sollen wir nur mit dir machen?«, fragte mich Dad. Und ich glaube, er erwartete keine Antwort. »Was soll aus so einem Wildfang wie dir bloß werden?«

Und dann ein Lichtblick. Dad hatte mich wenige Tage nach Madames Fortgang an der ersten freien Schule von Charles Towne angemeldet.

Der Schulsaal der Witwe Ball. Dreißig Schülerinnen und Schüler. Rechts die Mädchen, links die Jungs. Endlich konnte ich das Haus wieder täglich verlassen. Nicht nur zum Sonntagsspaziergang und zu gesellschaftlichen Anlässen.

»Comment est-ce que vous vous-appellez?«

»Je m'appelle Anne.«

»Très bien. Vraiment. Très, très bien.« Der Französischlehrer Monsieur Jacques. Die Sympathie war beidseitig.

»Monsieur Cormac, Ihre Tochter ist das klügste Kind in der gesamten Kolonie«, sagte er eines Tages zu Dad.

Mum schöpfte Hoffnung und verließ nun wieder häufiger das Bett, um für Ordnung in der Mansarde zu sorgen. Dads Sorgenfalten glätteten sich. Am Anfang ging ich wirklich gern zur Schule.

Doch als ich Kontakt zu den anderen Kindern suchte, war ich bald ernüchtert.

Ich saß neben einem Mädchen namens Cynthia und nach ein paar Tagen versuchte ich eine Unterhaltung mit ihr.

»Findest du es auch so furchtbar, so viele Röcke zu tragen?«, fragte ich sie.

Sie sah mich verständnislos an. »Was sollte ich denn sonst anziehen?«

»Na, Hosen zum Beispiel. Die sind doch viel bequemer«, antwortete ich.

»Hosen? Wieso sollte ich denn Hosen tragen? Ich bin doch ein Mädchen!« Das Entsetzen stand ihr ins Gesicht geschrieben.

»Ja, und?«, gab ich zurück.

»Anne Cormac, willst du mir erzählen, du hättest schon einmal ... Hosen getragen?«, flüsterte sie.

»Ja, das war toll«, sagte ich. »Sag mal, wärst du auch lieber ein Junge?«

Cynthia schüttelte entgeistert den Kopf und rückte von mir ab, als hätte ich eine ansteckende Krankheit, und am nächsten Tag weigerte sie sich, länger neben mir zu sitzen.

In den folgenden Tagen versuchte ich auch noch mit einigen der anderen Mädchen ein ähnliches Gespräch, aber die Reaktionen waren ähnlich.

Überrascht stellte ich fest, dass ich mich mit meinen Versuchen der Kontaktaufnahme zum Sonderling gemacht hatte. Keines der Mädchen konnte auch nur annähernd verstehen, wovon ich sprach.

Nach ein paar Wochen gab ich enttäuscht auf. Vielleicht konnte man es ja nur nachvollziehen, wenn man es hatte erleben dürfen. Es war ja auch gar nicht so, dass ich unbedingt ein Junge sein wollte, ich wollte nur die gleiche Bewegungsfreiheit.

Nachdem ich bei den Mädchen so grandios gescheitert war und meine Unterhaltungsversuche den einzigen Effekt hatten, dass sie nun hinter meinem Rücken tuschelten, hielt ich mich an die Jungs.

Ich beschloss, mich mit ihnen zu verbünden, da die Mädchen nichts mit mir zu tun haben wollten. Spannender war ohnehin, was die Jungs machten. Die Kreide vor dem Unterricht nassmachen. Unanständige Bilder in die Schulbibel malen, Dinge werfen und keinesfalls stillsitzen. Zu behaupten, dass ich grandios gescheitert bin, wäre wahrlich eine Untertreibung. Es war ein Fiasko. Die Jungs dachten gar nicht daran, sich mit mir abzugeben.

»Was bist *du* denn für ein Mädchen?«, fragte mich eines Tages Jebediah Fairchilde, der drei Jahre älter und einen Kopf größer als ich war, stemmte seine Arme in die Hüfte und sah auf mich hinunter.

»Eines, das kämpfen kann«, sagte ich.

Jebediah lachte dreckig. »Du Pimpf willst mich herausfordern?«

»Nicht unbedingt«, sagte ich. »Aber wenn es sich nicht vermeiden lässt …«

Er gab mir eine schallende Ohrfeige, woraufhin ich gar nicht zum Nachdenken kam, denn ich wurde so wütend, dass ich mich auf ihn stürzte. Verbissen wehrte ich mich, aber Jebediah war einfach zu stark. Er schlug mich grün und blau. Schließlich erschien Witwe Ball und riss ihn am Schlafittchen von mir weg.

Alles schmerzte, aber ich biss die Zähne zusammen. Das würde er büßen. Eines Tages würde er für diese Demütigung zahlen. Das schwor ich mir.

Als ich nach Hause kam und Dad mein geschwollenes Gesicht sah, schlug er die Hände vors Gesicht.

»Smaragd, um Gottes willen, was ist nur mit dir passiert?«

»Ich bin vom Pferd gefallen«, log ich.

Und für diesmal ließ er es gelten.

# 3

Drei lange Jahre wohnten wir in der Mansarde, ich ging weiterhin in die Schule der Witwe Ball, wo mich keines der anderen Kinder leiden konnte, weil ich für sie weder ein Junge noch ein Mädchen war, und Dad beriet die Plantagenbesitzer und oft tat er dies auch ohne Entgelt. Dies war klug, denn dafür bekam er von ihnen Tipps, wo es gutes Schwemmland gab, das zu kaufen und für den Anbau von Kolonialwaren geeignet sei. Von ihnen erhielt er Protektion, stach seine Mitbewerber aus, erstand schließlich vierhundert Morgen Land, fünfzig Morgen Holz und darüber hinaus fünfzig Morgen Grund mit prächtigem Anwesen. Und im reichsten Bezirk von Charles Towne, der East Battery, ein stattliches Stadthaus.

1712 hatte er erreicht, was die meisten in einem ganzen Leben nicht schaffen. Voilà! Das Billet für Stimmrecht und Bälle, Empfänge, Herrenabende mit Damen von zweifelhaftem Ruf, Würfelspielen, Sklavenauktionen und Pferderennen. Das Billet für alles. Der Umzug auf die Plantage für immer. Und für die schwülen Sommer das Stadthaus in der Battery. Direkt am Meer. Mit Blick auf den Hafen.

Anders als die anderen Plantagenbesitzer, die am liebsten männliche Sklaven im Alter von zwanzig, dreißig Jahren hielten, kaufte Dad lieber schwarze Frauen, denn sie waren nicht nur billiger in der Anschaffung, sondern Dad war auch der Ansicht, dass Frauen grundsätzlich besser arbeiteten und das, was ihnen an Körperkräften ermangelte, durch Eifer bei Weitem wettmachten. Zwar schüttelten die anderen Pflanzer ihren Kopf über meinen Vater und hielten ihn für einen Spinner, doch der Erfolg sollte ihm recht geben.

Als Dad mich das erste Mal in das neue Stadthaus mitnahm, staunte ich nicht schlecht. Er hatte es wirklich geschafft.

Wie alle Häuser hier war es aus Holz und verfügte über zwei Etagen. Die Decken waren nicht sehr hoch, aber dafür prächtig mit Stuck verziert, und in allen Räumen gab es in die Wände eingelassene Schränke mit aufwendigem Schnitzwerk. Der Salon und die Küche besaßen einen Kamin, auf den Holzdielen der Böden lagen importierte Teppiche, in den Ecken standen eisenbeschlagene Truhen und es gab eine riesige Tafel mit hochlehnigen Stühlen und Sitzflächen aus Flechtwerk. In der Nähe des Kamins stand das Butterfly Table, ein niedriges Tischchen, auf dem die Bibel lag.

»Und jetzt, Smaragd, jetzt kommt das Beste«, sagte Dad und zog mich die kurze, steile Treppe ins Obergeschoss, wo sich die Schlafzimmer befanden.

Am Treppenabsatz hielt er mir die Augen zu und führte mich vorsichtig weiter. Ich hörte eine Türe quietschen, dann gab Dad meine Sicht frei.

»Und? Wie findest du es?«

Die Sonne stand recht tief im Fenster, und ich war kurz geblendet, aber als ich aufhörte, zu blinzeln, sah ich, dass das Fenster einen direkten Blick zum Hafen hatte. Mein Herz hüpfte vor Freude.

»Daddy!«, rief ich und umarmte ihn. »Und das ist wirklich mein neues Zimmer?«

Er nickte.

Dies also war unser Stadthaus, in das wir im Sommer ziehen würden, im Juli und August, wenn es am heißesten war und am stärksten regnete und wenn sich auf den überschwemmten Reisfeldern auf dem Land die Moskitos zum großen Generalangriff formierten.

Und dann, an meinem dreizehnten Geburtstag, betrat ich zum ersten Mal auch unseren neuen Grund und Boden auf dem Land, wo wir nun die meiste Zeit verbringen würden. Die Plantage. Dieser riesige grüne Kosmos.

»Na, was meinst du, Smaragd?«, fragte Dad.

Ich war sprachlos. War entzückt. Bei Gott, das hatte ich nicht erwartet.

Das Areal erschien mir unermesslich groß. Eine eichenbestandene, spanischmoosbehangene Allee säumte den Zugang zum Herrenhaus, das stattlich und weiß an deren Ende hervorleuchtete. Hinter dem Haus verlief ein ausgetretener Trampelpfad hinunter zu den Holzhüttchen der Sklaven, von wo aus weitere Wege direkt zu den Feldern führten, die schließlich in weitläufige Marschen übergingen. Links und rechts des Hauses gab es einen parkähnlichen Garten, an dessen Ausläufern ein verwunschener Wald mit uralten Bäumen begann.

Unglaublich, ich bekam ein riesiges Zimmer mit Vorraum ganz für mich alleine. Einen Ort, an dem ich meine Ruhe haben würde. Aber das Beste war, Dad gehörte inzwischen enorm viel Land, auf dem ich mich frei bewegen konnte, ich hatte wieder mehr Platz, ein bisschen Freiheit war zu mir zurückgekehrt.

Noch einmal hielt mir Dad – wie schon im Stadthaus – die Augen zu. »Bist du bereit, Smaragd?«

Ich nickte.

Er führte mich nach draußen und ich roch den Duft von frisch geschnittenem Gras. Wie lange hatte ich das vermisst! Der Boden unter meinen Füßen fühlte sich angenehm weich an. Gierig sog ich die frische Landluft in meine Lungen, da stupste mich auf einmal etwas in die Seite. Dad lachte und gab meine Sicht frei.

»Happy birthday, darling.«

»Daddy!!! Nein, ich kann es nicht glauben! Das ist für mich? Dieses Pferd ist wirklich für mich?«

Vor mir stand ein schwarzer Hengst und scharrte mit dem Vorderhuf. Ich flog Dad in die Arme und bedeckte ihn mit Küssen. So glücklich wie jetzt war ich nur gewesen, als ich mit Grandpa Uncle Jack bei Ian am Leuchtfeuer gesessen und als mich die Hafenbande zum Anführer gewählt hatte.

Der Hengst war bereits aufgezäumt und gesattelt. Rotes Zaumzeug und ein roter Ledersattel. Ich wollte sofort aufsteigen, aber Dad zog mich zurück.

»Moment noch, Fräulein. Anger ist fast so wild wie du und deshalb musst du erst einmal richtig reiten lernen.«

Enttäuscht legte ich Anger die Hand auf die Nüstern. Er schnaubte freundlich und wirkte überhaupt nicht wild.

In diesem Moment bog ein Mann um die Ecke. Seine glänzenden schwarzen Haare hatte er zu einem Zopf geflochten, und hätte auf seiner Brust nicht ein gewaltiges silbernes Kreuz geprangt, hätte ich ihn für einen Indianer gehalten.

»Ah, Fourfeathers. Gut, dass du kommst. Ich will dir Miss Anne vorstellen.«

»Miss Anne.« Der große, sehnige Mann grinste schief.

»Anne, das ist Charley Fourfeathers aus dem Stamm der Sioux. Er arbeitet für mich als Jäger und … er wird auf dich aufpassen. Er wird von nun an dein Leibwächter sein.«

»Was??? Leibwächter? Wozu um Himmels willen brauche ich denn einen Leibwächter?«

»Weil es hier jede Menge räuberisches Gesindel um die Stadt herum gibt und Indianer, die Jagd auf Weiße machen. Darum, Smaragd.«

Mein Interesse an Fourfeathers erlosch, und ich tat, als wäre er nicht da.

Trotzig verschränkte ich die Arme vor der Brust und sagte: »Das Geld kannst du dir sparen, Dad. Ich brauche keinen Leibwächter, denn ich kann sehr wohl selbst auf mich aufpassen. Ich bin *dreizehn*, Dad. Nicht drei!«

Dad blickte mich lange und ernst an. Er seufzte. »Dreizehn. Eben.«

Ich verdrehte die Augen zum Himmel, während mich Charley Fourfeathers amüsiert beobachtete. »Wir werden schon miteinander auskommen, Missy.«

Was mich betraf, war ich mir da alles andere als sicher. Was war von einem Indianer zu halten, der seinen Stamm verlassen und offenbar den christlichen Glauben angenommen hatte?

Als Mum auf der Plantage eintraf, wurde sie noch bleicher, als sie ohnehin schon immer war. »Um Gottes willen, William!«, rief sie aus. »Das ist doch viel zu groß für uns.«

»Es ist das, was uns zusteht, Margaret«, sagte Dad, und allein die Tatsache, dass er sie *Margaret* und nicht *Peg* nannte, zeigte deutlich, wie sehr er sich gerade über sie ärgerte.

Schweigend bezog Mum ihre Gemächer. Clara half ihr dabei. Dad hatte sie beim Kauf der Plantage miterworben, da der Vorbesitzer zurück nach England wollte und er dort keine Verwendung für das Dienstmädchen hatte. Clara war nur ein paar Jahre älter als Mum und eine Unfreie.

Als Dad ihr von Clara erzählt hatte, hatte Mum protestiert: »Ich kann meinen Haushalt doch alleine führen. Dann habe ich wenigstens etwas zu tun.«

»Das wäre ja noch schöner, wenn die Herrin der Plantage ihren Haushalt selbst führte«, erregte sich Dad. »Das schickt sich nicht! Wenn du unbedingt etwas tun willst, dann verlass endlich dein verdammtes Bett und tu, was die Gattin eines Plantagenbesitzers tut: Mach dich schön und begleite mich auf all die Bälle, Feierlichkeiten und Empfänge, zu denen wir ständig eingeladen werden. Du könntest die schönste Frau von Charles Towne sein, aber nein, du – du lässt dich gehen, anstatt ein Vorbild für Anne zu sein. Und es ist wohl wirklich nicht zu viel verlangt, wenn ich dich bitte, dass du dich zumindest ab und zu in der Kirche sehen lässt. Die Leute tratschen schon. Schließlich bist *du* doch diejenige, die ständig die Hände faltet.«

»Wie soll ich in die Kirche gehen? Wir sind ja immer noch nicht verheiratet.«

Als sie das sagte, blickte sich Dad schnell um, ob jemand zuhörte. »Wirst du wohl schweigen«, fuhr er sie an. »Ich kann es nun einmal nicht ändern, dass Elizabeth noch immer nicht in die Scheidung eingewilligt hat. In dieser Hinsicht hat sie mich noch immer in der Hand.«

Da brach Mum in Tränen aus. »Sie werden es merken, William! Eines Tages wird alles herauskommen. Unser ganzer Schwindel. Versteh mich doch, Will! Ich bin doch nur ein

Dienstmädchen. Ich weiß nicht, wie ich mich bei diesen gesellschaftlichen Anlässen verhalten soll.«

Doch Dad verstand nicht. Und wollte auch nicht verstehen.
»Verdammt, dann lern es endlich«, herrschte er sie an. Die Tür
flog ins Schloss. Dad hatte wirklich viel zu tun.

# 4

In dieser Zeit stand es wohl wirklich nicht zum Besten mit der Ehe oder vielmehr Nichtehe meiner Eltern. Je furchtsamer Mum wurde, desto mehr vergrub sich Dad in Arbeit, und je mehr er sich hinter seiner Arbeit versteckte, desto ängstlicher wurde Mum. Ihr beiderseitiges Schweigen war wie eine unsichtbare Wand. Tag für Tag schwerer zu durchdringen.

Mum redete immer weniger. Auch mit mir. Eigentlich äußerte sie sich nur noch, wenn ihr etwas missfiel.

Dafür freundete sie sich mit Clara an. Ihr schüttete sie ihr Herz aus und bot ihr gleich das Du an. Sogar, dass sie nicht mit Dad verheiratet war, hatte sie ihr erzählt. Zufällig war ich hinzugekommen, als sie der Freundin dies gebeichtet hatte.

Clara, die Unfreie. Clara, über die gesagt wurde, sie hätte ihren Liebhaber ermordet. Damals in London. Aber was wurde nicht alles getratscht. Wenn nur die Hälfte davon wahr wäre, wäre es viel. Außerdem konnte ich mir beileibe keinen Mann vorstellen, der Clara hätte lieben können.

Clara war die einzige Person auf der Plantage, die mir Angst machte. Ich weiß nicht, warum. Clara war wie ein düsterer Schatten, der sich manchmal plötzlich über einen legte. Wenn sie einen Raum betrat, war es, als würde der Raum vereisen. Unerklärlich, weshalb sich Mum so gerne mit ihr umgab.

Dad hatte Charley Fourfeathers beauftragt, mir das Reiten beizubringen. Im Prinzip gefiel mir das sehr, aber der Umstand,
dass Charley nun jeden meiner Schritte überwachen würde,
war für mich Grund genug, ihm den Umgang mit mir so schwer
wie möglich zu machen. Vielleicht würde er dann irgendwann
ebenso von mir ablassen wie Madame de Dépité und ich könnte
wieder alleine herumstreunen wie damals in Cork.

Nach ein paar Tagen klappte es schon ganz gut mit dem Reiten. Ich zeigte mich willig. Satteln, Zaumzeug anlegen, aufsteigen, Schritt, Trab, leichter Galopp. Unser erster Ausritt. Jetzt
sollte Charley Fourfeathers mich kennenlernen! Mich, Anne
Cormac. A.C.

Wir ritten in einem leichten Trab auf einem Waldweg hin-
tereinander her, als ich Anger plötzlich die Sporen gab. Viel
zu fest. Das Tier erschrak, bäumte sich auf, und es gelang mir
gerade noch, mich in seiner Mähne zu verkrallen, um nicht
abgeworfen zu werden. Dann raste der Hengst los.

»Miss Anne«, schrie mir Charley hinterher. »Missy!«

Anger scheute noch einmal und galoppierte dann mitten in
den Wald hinein. Baumstämme, Äste und immer wieder Äste.
Ich duckte mich und versuchte, Anger zur Vernunft zu bringen, aber das Tier war durch meine unvermittelte Attacke so
verstört, dass es überhaupt nicht auf mein Reißen am Zaumzeug und den Druck auf seine Flanken reagierte.

›Anne Cormac, du Musterbeispiel an Selbstüberschätzung!‹,
verfluchte ich mich und sah mich schon mit dem Schädel
am nächstbesten Baum kleben. Äste und immer wieder Äste
peitschten mir ins Gesicht, zerkratzten mir Hals und Arme.
Gottlob hatte Dad erlaubt, dass ich zum Reiten Hosen tragen
durfte. Mit dem Rockungeheuer im Damensitz läge ich schon

längst auf dem Waldboden, zertrampelt vom schönsten Geschenk, das mir Dad jemals gemacht hatte.

Jetzt galt nur eines: Nicht runterfallen, bis Anger sich beruhigt haben würde.

›Ruhig, Anne Cormac, ruhig‹, befahl ich mir und dann sprach ich leise und beruhigend auf Anger ein. Nach einer Weile schien mir, als würde er sein Tempo verlangsamen. Tatsächlich. Er schien sich zu beruhigen. Auf einmal hörte ich Hufgetrappel hinter mir. Charley kam mir nach. Ich zog die Zügel an.

»Brr.«

Und tatsächlich – Anger blieb stehen. Mein Herz trommelte wild gegen meine Rippen und meine Handflächen waren feucht. Ich sog tief die Luft ein. Das war ja gerade noch einmal gutgegangen.

Charley holte auf und verstellte uns mit seiner scheckigen Stute den Weg. Er sah mich an und schwieg. Ich schwieg auch. Verlegen. Was war nur in mich gefahren? Schließlich sagte er: »Du lernst schnell, Miss Anne.« Und nach einer Pause: »Ein anderer wäre jetzt tot.«

Ich musste schlucken. »Charley, es … es tut mir wirklich leid.«

Er schüttelte den Kopf. »Das muss es nicht. Du kannst nichts dafür. Du hast das wilde Blut.«

Verwundert sah ich auf. In seinem Blick keinerlei Vorwurf. Das wilde Blut. Er nahm es als gegeben. Eine Tatsache. So wenig zu ändern wie das Wetter. Für alle war es ein Makel, das wilde Blut. Mum, Dad, alle, denen ich bisher begegnet war – außer vielleicht Grandpa Uncle Jack –, warfen mir ständig vor, dass ich nicht das war, was sie erwarteten, verlangten, dass ich mich änderte. Und dieser Indianer, der mich kaum kannte, hatte in wenigen Tagen mein innerstes Wesen erkannt und nahm mich, wie ich war.

Auf einmal brach es aus mir heraus: »Charley, du kannst dir ja gar nicht vorstellen, wie das ist, ein Mädchen zu sein. Ständig bewacht und eingesperrt in Kleider, in denen man sich überhaupt nicht vernünftig bewegen kann. Ständig muss ich Dinge tun, die mich nicht interessieren. Repräsentieren soll ich, soll Mums Rolle ausfüllen, die sie selbst nicht beherrscht. Aber ich will das nicht. Ich bin das nicht! Ich werde mich eines Tage noch zu Tode langweilen!«

Plötzlich biss ich mir auf die Zunge. Warum erzählte ich Charley das alles? Ich merkte, wie meine Augen feucht wurden. Wie dumm. Ich tat, als hätte ich etwas im Auge. Charley dirigierte seinen Pinto neben Anger.

»Du bist eine Jägerin, Missy. Und Jäger darf man nicht zu sehr einsperren.« Er streckte mir die Hand entgegen. Ich ergriff und drückte sie. Rau war sie und sehnig und warm. Charley sah mir ernst in die Augen, und ich glaube, dass es genau in diesem Moment war, in dem wir einen unausgesprochenen Pakt geschlossen hatten.

Von da an liebte ich die Zeit, die ich mit Charley Fourfeathers verbringen durfte. Er war der erste Mensch seit meiner Zeit in Cork, der mich verstand und den ich als Freund betrachtete, und ich glaube, obwohl ich ein Mädchen war, ersetzte ich ihm den Sohn, den er nicht hatte.

Immer wieder bestürmte ich ihn während der Ausritte, mir von den Indianern zu erzählen und mir zu zeigen, wie man mit Tomahawk, Jagdmesser und Pfeil und Bogen umging. Im

Kämpfenlernen war ich unersättlich, obwohl mir noch nicht ganz klar war, wann ich es jemals würde anwenden können.

»Miss Anne, du kämpfst wie ein Indianer«, sagte er eines Tages und in seinem Lächeln lag so etwas wie Stolz.

»Charley, bitte, bitte nenn mich nie, nie wieder Miss. Wir sind doch Freunde. Oder nicht?«

»Ja, Anne. Wir sind Freunde. Aber das darf niemand wissen.«

Und wie recht er hatte – das durfte tatsächlich niemand wissen. Freundschaften hatten in dieser Gesellschaft wenig Platz. Freundschaften waren in erster Linie vorgesehen für Männer gleichen Standes. Frauenfreundschaften hingegen waren selten, denn die meisten Frauen waren so sehr an ihr Heim gebunden, dass weder Platz noch Zeit blieb, tiefergehende Freundschaften zu pflegen. Nur in den höheren Kreisen, wo den Frauen die meiste Arbeit abgenommen wurde, entstanden Zirkel, in denen sich Freundschaften herausbildeten.

Doch wie auch immer – es verliefen viele Grenzen und Gräben, über die hinweg Freundschaften nicht vorgesehen waren. Über Standesgrenzen hinaus Freundschaften zu pflegen, schickte sich nicht, Freundschaften über Geschlechtergrenzen hinweg, das war höchst anrüchig und gar über die eigene Rasse hinaus – das war skandalös.

Also nannte mich Charley auf der Plantage und sobald noch jemand zugegen war, weiterhin »Miss Anne«, und »Anne«, sobald wir alleine unterwegs waren.

# 5

Inzwischen besuchte ich die Schule von Charles Towne im vierten Jahr, aber mein Interesse am Unterricht war perdu. Wie konnte es sein, dass Miss Craig immer und immer wieder dasselbe erzählte? Jahr für Jahr. Latein, Französisch, Historienkunde. Irgendwann musste man doch einmal über einen gewissen Punkt hinauskommen. Veni, vidi, vici. Sehnsüchtig starrte ich nach draußen, während die Zeit rückwärtsging. Vici, vidi, veni.

Und Mister Mathews – ständig verrechnete er sich, und wenn man ihn behutsam darauf hinwies, echauffierte er sich recht unnatürlich.

»Anne Cormac, willst du damit sagen, ich mache Fehler? Ich! Impertinent! Wie kannst du es wagen?! Beug dich über das Pult. Sofort! Glaub mir, ich mache das nicht gern, aber – Strafe muss sein.« Dann holte er seinen Stock heraus und schlug auf mich ein. Wieder und wieder. Und natürlich – er tat es gern – seine Schüler schlagen. Ich hatte ihn gesehen, diesen lüsternen Glanz in seinem Blick, wenn er auf die anderen eingedroschen hatte. Und hatte er erst einmal angefangen, dann war er wie im Rausch und konnte sich kaum bremsen. Grün und blau schlug er einen, aber ich biss die Zähne zusammen. So wahr ich Anne Cormac hieß, niemals würde ich auch nur eine einzige Träne deswegen vergießen. Niemals!

Aber das Allerschlimmste an seinen Attacken war sein Stöhnen dabei.

Doch auch die Schüler im Lehrsaal der Witwe Ball waren keine Freude. Die Mädchen wie ein Hühnerhof. Gackernd und hochnäsig. Am schlimmsten Charlotte, die Tochter des reichsten Plantagenbesitzers. Einmal, während eines Ausritts hatte ich sie gesehen, wie sie auf der Plantage ihres Vaters stand und mit gierigem Blick die Bestrafung eines ihrer Sklaven beobachtete.

Der Aufseher mit der Peitsche, der Sklave an ein Kreuz gekettet.

Die Peitsche. Wieder und wieder grub sie sich in die Haut des Schwarzen. Er brüllte. Sein Rücken nur noch blutige Grate. Und Charlotte, sie schien das Blut mit den Augen aufzulecken und feuerte den Aufseher an: »Nicht so milde, Noah! Dieser Hund hat den Tod verdient. Nein, der Tod ist noch viel zu gut für ihn!«

Endlich verstummte der Sklave, sackte in sich zusammen, der gnädige Tod, während die anderen Sklaven mit ausdruckslosem Gesicht vor sich hin starrten.

Eine schwarze Frau weinte. Der Aufseher nahm den Toten vom Kreuz und legte ihn auf die Erde. Da stieß die Frau auf einmal ein unheimliches Röcheln aus und stürzte sich auf den Leichnam. Ihre Tränen bedeckten seinen Leib.

In diesem Augenblick entriss Charlotte dem Aufseher die Peitsche und ließ sie auf die Frau niederzischen. Wieder und wieder. Doch diese rührte sich nicht vom Fleck. Da geriet Charlotte erst recht in Rage.

Ich ballte meine Hände zur Faust und konnte mich kaum beherrschen, so wütend war ich. Doch ich wusste, dass ich kein

Recht hatte, in das Geschehen einzugreifen, solange es sich auf dem Fairchilde'schen Grund und Boden zutrug. Aber trotzdem würde Charlotte dies büßen. Ich gab Charley ein Zeichen, umzukehren. Für heute hatten wir genug gesehen.

Am nächsten Tag vor der Schule verstellte ich Charlotte den Weg. »Menschenschinderin!«, schrie ich sie an.

Sie blickte mich verständnislos an. »Geh mir aus dem Weg, du rothaarige Hexe!«

»Es hat wohl noch nicht gereicht, dass Noah den Sklaven zu Tode gepeitscht hat? Sag mir, Charlotte – die Sklavin – hast du sie umgebracht?«

»Anne Cormac, was fällt dir ein! Es geht dich nichts an, was ich auf meinem Grund und Boden tue«, zischte Charlotte. Ihre Augen waren nur noch Schlitze.

»Oh! *Dein* Grund und Boden!«, äffte ich sie nach.

Charlotte stürzte sich auf mich und zerrte an meinen Haaren. In diesem Moment holte ich aus und verpasste ihr einen Kinnhaken. Einen Augenblick lang starrte sie mich ganz fassungslos an, dann begann sie zu heulen und rannte zu Misses Ball.

Noch am gleichen Abend stand Alby Fairchilde, Charlottes Vater, bei Dad im Salon.

»Ich kann nicht glauben, Anne, dass du das getan hast! Wie kannst du Charlotte Fairchilde schlagen? Ich dulde es nicht, dass meine Tochter Manieren wie der allerletzte Gossenjunge hat! Eines sage ich dir, Miss – wenn so etwas noch einmal vorkommt, verkaufe ich Anger!«, schrie Dad mich an, nachdem Fairchilde gegangen war.

»Aber Dad!« Und dann erzählte ich ihm, was ich gesehen hatte. Dads Gesichtsausdruck wurde ein bisschen weicher.

»Anne«, er rieb sich die Stirn. »Das … das ist sicher nicht schön, aber es geht uns nichts an.«

»Es geht uns nichts an?!«

Dad nickte. »Alby Fairchilde ist der mächtigste Pflanzer in ganz Charles Towne. Wir dürfen es uns nicht mit ihm verderben.«

Ich sah Dad fassungslos an. Er kuschte. Kuschte vor den Fairchildes. Er, der früher immer von Gerechtigkeit gesprochen hatte. Ich drehte mich auf dem Absatz um und wollte gehen.

»Anne, hast du mich verstanden?«, rief er mir nach.

Ich blieb stehen und funkelte ihn an: »Habe ich dir eigentlich schon einmal gesagt, was ich davon halte, dass du Menschen *besitzt*?«

»Was willst du damit sagen, Anne? Ich behandle unsere Sklaven immer anständig und gerecht. Es war bisher noch nie nötig, dass einer ausgepeitscht wurde.«

»Das ist es nicht. Ich frage dich hiermit: Mit welchem Recht können sich Menschen so sehr über andere Menschen erheben, dass sie glauben, dass sie sie besitzen können?«

»Aber Anne! Es sind doch Schwarze.«

»Und das sind wohl keine Menschen?«, schnaubte ich und ging. Oh ja, ich hatte verstanden. Mehr, als mir lieb war.

# 6

**W**ährend ich am Institut der Witwe Ball nach einer ersten Phase der Aufregung mehr oder weniger ignoriert wurde, hatten sich die Jungs seit einiger Zeit auf mich eingeschossen und taten alles, wirklich alles, damit ich meine Contenance verlor.

Nachdem ich nun vier Jahre Zeit gehabt hatte, sie mir in aller Ruhe anzuschauen, konnte ich mit Fug und Recht sagen, dass ich eigentlich keinen von ihnen mochte. Blasiert und selbstgerecht, manche ebenso grausam wie Charlotte. Eine verzogene Plantagenbrut. Stolz trugen sie den Reichtum ihrer Väter zur Schau. Ein neuer Adel war im Entstehen. Einer ohne Titel. Und in der Sonntagsschule lernten sie auch noch, dass sie es verdient hatten. Allein durch den Fleiß ihrer Väter. Und den Fleiß, den sie selbst dereinst an den Tag legen würden. Die selbsternannte Elite. Nur eigenartig, dass es immer nur die Sklaven waren, die man hart arbeiten sah.

Jebediah Fairchilde, Charlottes ältester Bruder und so geistreich wie Spanisches Moos, war der Schlimmste von allen. Man kann sich gar nicht genug wundern, dass es oft gerade diese Art von Mensch ist, die von den anderen in stillem Einvernehmen zu ihrem Anführer auserkoren wird. Er hatte das Sagen bei den Jungs. Und schon meine bloße Existenz schien ihn nach all den Jahren noch immer über alle Maße zu reizen.

Mit einem Stock nach meinem Rocksaum zu angeln und den Anblick meiner Knie seiner Anhängerschaft darzubieten, schien ihm besonderes Vergnügen zu bereiten.

»Die schönsten Knie von Charles Towne«, rief Jebediah. »Für einen Goldtaler dürft ihr sie sehen. Und für zwei sie anfassen.«

Zweimal ertrug ich sie, diese Demütigung. Diese doppelte Demütigung. Die Rockmassen waren schlimm genug, aber nun auch noch in – oder vielmehr – unter diesen bloßgestellt zu werden, ging über alles hinaus, was ich ertragen konnte. Mum, Dad, es tut mir schrecklich leid, aber in diesem Moment verließ ich die Hülle, die Anne Cormac sein sollte, und war wieder John Dean, wie damals in Cork-Harbour.

»Das dümmste Halunkengesicht von Charles Towne. Einen Taler für einen Treffer!«, rief ich, sprang auf, packte Jebediah am Kragen, holte aus. Und. Traf. Sein linkes Auge.

Jebediah schossen die Tränen ins Gesicht. Er heulte. Und ich, ich fühlte mich so erleichtert und konnte einfach nicht anders und lachte, während Jebediah heulte. Auf diesen Augenblick hatte ich seit vier Jahren gewartet.

»Ich kann mich einfach nicht sattsehen, Jebediah. Keiner hat so schöne blaue Augen wie du«, lachte ich.

Jebediah warf mir einen seltsamen Blick zu. Seine Tränen waren schon wieder getrocknet, und kühl sagte er: »Anne Cormac, dies wirst du bereuen!«

Aber nicht nur er würde mir das niemals verzeihen, nein, ganz Charles Towne nicht. Ich hatte mich zur Ungeheuerlichkeit gemacht. Zur *persona non grata*. Ich war das absolute Ärgernis. Ich war Stadtgespräch.

»Habt ihr schon gehört, Miss Cormac hat sich geprügelt?«, so raunten sie sich auf den Straßen zu.

»Nein, wirklich?«

»Doch. In der Tat.«

»Aber das ist ja ungeheuerlich. So verhält sich ein Mädchen doch nicht.«

Einvernehmliches Kopfschütteln.

Und wie das mit Stadtgesprächen so ist, sie verbreiten sich irgendwann auch noch in den letzten Winkel und dringen in jedes auch noch so uninteressierte Ohr. Und deshalb dauerte es auch nicht lange, bis Dad von meinem undamenhaften Tun erfuhr.

Ich hatte Anger gesattelt und wollte eben aufsteigen, als ich auf einmal von hinten an der Schulter gepackt und herumgerissen wurde.

»Anne Cormac! Ich kann nicht glauben, was mir soeben berichtet wurde. Ist es wahr, dass du dich mit Jebediah Fairchilde geprügelt hast?«

Ich zuckte zusammen. So wütend hatte ich Dad noch nie gesehen. Leugnen wäre sicherlich sinnlos. Also schlug ich die Augen nieder und murmelte: »Ja. Aber er hat angefangen.«

»Anne, es ist mir vollkommen gleichgültig, wer angefangen hat. Ich verbitte mir ein und für allemal, dass meine Tochter sich prügelt.«

Ungerecht. Es war einfach nur ungerecht. Warum durfte ich mich nicht einmal dann wehren, wenn ich vorher so gedemütigt worden war? Mein Hals wurde trocken und meine Hände begannen zu zittern. Und ich konnte einfach nichts tun gegen diese Wut, die plötzlich in mir aufstieg.

»Verdammt! Dad! Die Jungs prügeln sich doch auch!«, entfuhr es mir.

Ein Zucken ging durch Dads Züge, ehe sie erstarrten, einfroren. »Erstens, Anne Cormac, du sollst nicht fluchen, und zweitens, ich dulde es nicht länger, dass du weiterhin mein Ansehen in Charles Towne gefährdest. Wenn du so weitermachst, dann werde ich dich so schnell wie möglich mit einem reichen Pflanzerssohn verheiraten. Dann kann *er* sich mit dir herumärgern oder dir die Leviten lesen. Es ist mir völlig gleich«, rief er und verschwand im Haus.

Fassungslos blickte ich ihm hinterher. Mich fröstelte. Heiraten? Ich? Einen von diesen albernen Bürschchen? Wie konnte er auch nur im Ansatz an so etwas denken? Wie konnte mein geliebter Dad so etwas sagen? Wusste er denn nicht, dass er seine Tochter damit umbringen würde?

»Lass den Kopf nicht hängen, Missy!«

Charley war auf einmal neben mir aufgetaucht.

»Oh Charley, weißt du, was eben passiert ist?«

Er nickte. »Ich habe alles gehört.«

»Verdammt, was soll ich denn jetzt tun, Charley?«

»Machen wir erst einmal einen Ausritt. Das befreit den Kopf«, sagte er und sprang auf seinen Pinto.

Ich schwang mich auf Anger, und eine Weile ritten wir schweigend die von Roteichen gesäumte Allee entlang.

»Meinst du, er macht das wirklich?«, fragte ich irgendwann in die Stille hinein.

Charley zuckte mit den Schultern. »Dein Dad liebt dich sehr, aber auf gewisse Weise sitzt er genauso in der Falle wie du, denn er steht ebenso unter Beobachtung. Er hat genug Neider, die nur darauf warten, dass er auch nur den kleinsten Fehler macht. Und wenn er sich nicht so verhält, wie sie es schätzen, dann hat er kaum eine Chance, sich hier zu halten. Geh also lieber davon aus, dass er es genau so meint, wie er eben gesagt hat.«

Er tätschelte seinem Pinto den Hals. »Ich bin eigentlich ganz froh, dass ich nirgends mehr so richtig dazugehöre.«

»Warum hast du eigentlich deinen Stamm verlassen?«

»Weil mich das Wissen der Weißen fasziniert hat. Ich wollte lernen, wie man liest und schreibt.«

»Und hast du es gelernt?«

»Ja.« Er blickte in die Ferne, als suche er etwas am Horizont. »Aber manchmal macht es einsam, wenn man mehr weiß als die anderen«, murmelte er.

»Warum?«

»Weil ich mich wie ein Fremder zwischen ihnen bewegt habe, als ich zurückgekommen bin. ›Wie kannst du behaupten, dass es egal ist, ob ein Mensch ein Indianer, ein Weißer oder ein Schwarzer ist? Ein Schwarzer ist Dreck, ein Weißer ist so eine Art Mensch, aber am besten sind doch wir. Wer hat dir nur solch eigenartige Gedanken in den Kopf gesetzt?‹, haben sie gefragt. Die Schriftzeichen, die ich las, haben sie für böse Zauberei gehalten. Wir haben zwar miteinander geredet, aber wir haben uns nicht mehr verstanden.« Er seufzte. »Deshalb bin ich gegangen.«

»Und warum glaubst du an den Christengott?«

»Ist es nicht egal, wie man die Natur nennt?«

Dem konnte ich nichts hinzufügen. Eine Weile ritten wir schweigend nebeneinanderher. Schließlich fragte ich: »Charley, was wünschst du dir am sehnlichsten im Leben?«

»Eine Frau, die mich versteht, denn in der Welt der Weißen bin ich genauso fremd wie in meinem Stamm.«

Ich griff unter mein Hemd und zog den »Libertalia«-Anhänger hervor und zeigte ihn Charley. »Das ist es, was ich mir am meisten im Leben wünsche«, sagte ich.

Er lächelte. »Du willst zur See fahren? Das wird deinem Vater gewiss nicht gefallen.«

»Na und? Mir gefällt auch nicht, wozu ich ständig gezwungen werde. Ich will keine Pflanzersgattin werden. Ist es denn verwerflich, wenn man frei sein will?«

Charley schüttelte den Kopf. »Nein. Aber wirkliche Freiheit wird es erst geben, wenn die Menschen eines Tages gelernt haben, sich in Ruhe zu lassen.«

»Meinst du, das wird jemals passieren?«

Charley zuckte mit den Schultern. »Vielleicht ist es ja schon viel, wenn man ein wenig Verständnis aufbringen kann für die Menschen, die einen umgeben.«

Eigentlich war ich wütend auf Dad gewesen, aber Charley hatte recht. Wir standen unablässig unter Beobachtung. Da durften wir uns als Familie keine Blöße geben. Schließlich war es Dad, den ich liebte, und die Leute waren es, die ich verachtete. Ich gelobte also Besserung und biss die Zähne zusammen. Aber es war leichter, sich das vorzunehmen, als es umzusetzen.

Wenn es Mum einmal gelang, ihr Bett zu verlassen, dann war sie keine Hilfe. Im Gegenteil. Immer wieder drang sie in Dad, dass Charley Fourfeathers doch kein Umgang für mich wäre, und ich bekam es mit der Angst zu tun, denn Charley war der Einzige, der mich verstand. Besser als meine Eltern verstand er mich. Charley war mein einziger Freund.

Aber jedes Mal, wenn Mum sich über Charleys Existenz beklagte, winkte Dad nur ab und sagte: »Nein, Peg, es ist viel zu gefährlich, Anne allein reiten zu lassen.«

»Wenn du mich fragst, schickt es sich so oder so nicht, dass Anne überhaupt ausreitet«, sagte Mum.

»Lass sie ausreiten, Peg. Anne braucht das. Sonst wird sie nur noch unbezähmbarer.« Dann seufzte er. »Wenn Anne doch nur ein Junge geworden wäre, dann wäre sie vollkommen normal.«

»Wie du meinst«, murmelte Mum. Allein der Umstand, dass sie ihrem Unmut für ein paar Augenblicke Ausdruck verliehen hatte, schien sie schon wieder all ihre Kraft gekostet zu haben, sodass sie es dabei bewenden ließ und sich auf ihr Zimmer zurückzog, um dort auf ihren Kissenberg zu sinken und vor sich hin zu starren oder Clara zu einem Plauderstündchen herbeizuklingeln.

Ab und zu fing sie zwar noch mal mit Charley an, aber Dad blockte jedes Mal ab, und ich kann gar nicht beschreiben, wie dankbar ich ihm dafür war.

# 7

Ich versuchte wirklich, mich zu benehmen, aber angesichts der Übergriffe Jebediahs und seiner Anhänger war es ein Ding der Unmöglichkeit. Es war nur eine Frage der Zeit, wann die Pferde das nächste Mal mit mir durchgehen würden. Und deshalb beschloss ich, nur noch so selten wie möglich in Witwe Balls Institution zu erscheinen.

»Sehr verehrte Mrs. Ball, ich möchte Euch nicht inkommodieren, aber es wird Euch sicherlich zu Ohren gekommen sein, wie es sich mit dem gesundheitlichen Zustand meiner lieben Mutter verhält«, begann ich und knickste – und *gniggsääähn, Mademoiselle Aaan* –, als ich vor der kleinen schwarzgekleideten Dame stand.

Durch ihr Lorgnon musterte sie mich mit schiefgelegtem Kopf, um anschließend bedächtig zu nicken und mich nicht aus den Augen zu lassen.

»Nun, da meine liebe Mutter weitestgehend an ihr Krankenlager gefesselt ist, betrachte ich es als meine erste Pflicht und Schuldigkeit als Tochter, sie in all den Angelegenheiten ihres Haushalts zu unterstützen, sodass ich zu meinem allergrößten Bedauern befürchte, dass ich Ihrem wunderbaren Institut für einige Wochen fernbleiben muss. Das Schulgeld wird in dieser Zeit natürlich weiterhin an Sie fließen.«

»Gott segne dich, mein liebes Kind«, sagte Witwe Ball und

warf mir einen mitleidigen Blick zu. »Ich werde deine gute Mutter in mein Gebet einschließen.«

»Mrs. Ball, ich bin Ihnen zutiefst zu Dank verpflichtet.« Ich knickste noch einmal.

Und damit war ich frei.

Als ich auf die Straße trat, hatte ich das Gefühl, dass selbst die Luft auf einmal anders roch. Nach unbeschwerten Stunden roch sie, nach Abenteuer und Freiheit. Ich nahm einen tiefen Zug. Jetzt musste ich nur noch mein Reiche-Pflanzer-Tochter-Kleider ablegen, nein, mehr noch, ich musste Anne Cormac ablegen und wieder als John Dean ins Leben treten.

Also schlich ich zu Charleys Blockhütte, die am Waldrand lag, und hoffte inständig, dass ich ihn dort antreffen würde. Meistens wurde er erst nachmittags auf der Plantage gebraucht.

Ich hatte Glück. Charley stand auf seiner Veranda und war gerade dabei, Girlanden aus aufgefädelten Tabakblättern zum Trocknen aufzuhängen.

Ich versteckte mich, entledigte mich all meiner Röcke außer dem Unterrock und verknotete ihn über meinen Knien. Dann schlich ich mich im knöchelhohen Gras robbend an Charley heran, so wie er es mir beigebracht hatte.

»Und? Bist du mit deiner Ernte zufrieden, Charley?«, rief ich.

Charley zuckte zusammen und nahm seine Kampfhaltung ein, aber als er mich sah, entspannte er sich.

»Anne!« Erstaunt schüttelte er den Kopf. »Du bist wirklich sehr, sehr geschickt im Anschleichen. Ich habe dich tatsächlich nicht gehört. So ist das. Irgendwann wachsen die Schüler über ihre Lehrer hinaus.«

Ich lachte, und während ich mir die Grashalme vom Rock ablas, sagte ich: »Ach, Charley, gräm dich nicht. Ich kann noch so viel von dir lernen.«

Charley lächelte, verschwand kurz im Innern seiner Blockhütte und kam mit einem Holzteller warmer Corn pones, kleiner Mais-Süßkartoffel-Fladen, zurück, die er vor mich hin stellte.

»Iss!«, forderte er mich auf. »Wenn man gerade erlebt hat, wie die Schule abgebrannt ist, hat man bestimmt großen Hunger.« Er grinste.

Hungrig war ich in der Tat und griff ordentlich zu. »Deine Corn pones sind wirklich köstlich. Bei Clara schmeckt nichts auch nur annähernd so gut«, sagte ich trotz vollem Mund, weil ich wusste, dass Charley meine Manieren herzlich egal waren.

»Ach, Clara«, Charley winkte ab. »Verbitterte Menschen machen alles bitter. Auch das Essen.« Er nahm sich ebenfalls ein Pone. »Also, willst du mir nicht sagen, warum du in aller Herrgottsfrühe durch den Wald schleichst, anstatt dich über Jebediah Fairchilde zu ärgern? Die Schule ist doch wohl nicht wirklich abgebrannt?«

»Nein.« Und dann erzählte ich Charley alles. Dass ich es einfach nicht mehr ausgehalten hatte in der Schule von Witwe Ball und dass ich Fairchildes Visage nicht mehr sehen konnte und dass ich mich, wenn ich auch nur noch einen Tag länger in der Schule geblieben wäre, wieder mit ihm hätte prügeln müssen. Müssen!

»Das kann doch wohl kein normaler Mensch ertragen, ständig jemand sein zu müssen, der er nicht ist, und sich deswegen auch noch ohne Unterlass beleidigen lassen zu müssen.«

»Ach, Anne«, Charley wiegte bedauernd den Kopf. »Ich verstehe dich sehr gut. Du hast das wilde Blut. Das passt nicht nach Charles Towne. Und ein Mädchen mit dem wilden Blut – das passt gleich doppelt nicht hierher. Aber was willst du machen?«

»Charley, bitte, bitte, bitte, du *musst* mir helfen!«

»Wenn ich kann …«

»Charley, kannst du mir nicht Jungenkleider besorgen? Solche, wie die Jungs am Hafen sie tragen.«

Vielleicht bildete ich es mir nur ein, dass Charley erbleichte, aber er stieß hörbar die Luft aus. »Du willst dich als Junge verkleidet im Hafen herumtreiben? Allein?«

»Was soll ich denn sonst machen? Ich kann doch nicht als Anne Cormac durch Charles Towne stolzieren oder mit dir Ausritte machen, während die anderen in der Schule sitzen. Nach einem halben Tag wüsste die halbe Stadt davon.«

Charley sah mich lange an. Dann nickte er. »Ich werde sehen, was ich für dich tun kann, Anne.«


Und Charley konnte. Gleich am nächsten Morgen machte ich mich für die Schule fein, bog dann zu Charleys Blockhütte ab. Als er mich ankommen sah, warf er mir ein in grobes Papier eingeschlagenes Päckchen zu.

»Charley!« Ich umarmte ihn.

Dann ging ich in die Blockhütte, zog mich aus und öffnete das Päckchen, das eine Hose, ein Leinenhemd, ein Wams und eine grünliche Kappe enthielt. Zärtlich strich ich über den Stoff und ich spürte ein leises Kribbeln in den Fingerspitzen. Erstaunlich, wie die Freiheit manchmal daherkommt. Grob und nicht ganz sauber. So wie diese Jungenkleider.

Von zu Hause hatte ich Leinenstreifen mitgebracht, die ich mir nun um den Oberkörper wickelte, um darunter meine Brüste zu verstecken. Anschließend schlüpfte ich in Hose, Hemd und Wams, band meine Haare zusammen und verbarg sie unter der Kappe. Dann wusch ich mir den Puder mit Wasser aus Charleys Waschkrug vom Gesicht und zuletzt trat ich an die Feuerstelle und verteilte ein wenig Asche auf den Wangen.

»Hey, Mister, mein Name ist John Dean. Hätten 'Se vielleicht ma' 'nen Schilling für 'n armes Waisenkind?« Breitbeinig war ich aus der Hütte getreten und streckte Charley herausfordernd meine schmutzige Hand entgegen.

Charley musterte mich von Kopf bis Fuß, wobei er eine Braue hochzog. Schließlich nickte er bedächtig und grinste. »Anne, ich glaube, ich möchte lieber nicht wissen, wo du das gelernt hast.«

»Das ist wahrscheinlich auch besser«, gab ich zurück und rannte los. Ich genoss es, wie sich meine Muskeln zusammenzogen und entspannten, zusammenzogen und entspannten, zusammenzogen und … Mein Körper ein verlässlicher Apparat. Ich war wie in Hypnose, und es tat gut, so unglaublich gut, diese ganze Energie endlich herauslassen zu können. Fast kam es mir vor, als schwebte ich. Doch dann fiel mir etwas ein.

Ich hatte den Wald fast erreicht, da drehte ich mich kurz um und rief: »Charley, die Kleider hole ich nach Schulschluss!«

Dann rannte ich weiter, und ich wurde das Gefühl nicht los, dass Charley mir so lange nachsah, bis ich verschwunden war, aber höchstwahrscheinlich sogar noch ein wenig länger.

Ziellos schlenderte ich durch die Gassen und Straßen von Charles Towne. Die meisten von ihnen war ich schon dutzende, nein hunderte von Malen abgeschritten, aber obwohl ich sie auswendig kannte, kam es mir vor, als würde ich die Stadt heute zum allerersten Mal sehen. Wirklich sehen. Konnte es sein, dass derselbe Ort von jedem Menschen anders wahrgenommen wurde? Lag es daran, dass ich nun John Dean, der Halbstarke, war und nicht Anne, die junge Lady von der Plantage? War es das andere Geschlecht? Oder die Schicht? Oder beides?

Wie auch immer, der arme John Dean, er wurde mehr oder weniger ignoriert, ganz im Gegensatz zu Anne, die von den Kerlen angestarrt wurde und der die Tratschdamen giftig hinterhertuschelten.

Ich als John genoss es jedenfalls, mit Desinteresse bedacht zu werden – Wiedergeburt in der Unsichtbarkeit –, und sog alles gierig in mich auf.

Auf dem Markt die Farmerfrauen, Früchte und Gemüse in Körben und Kisten, ein Halbblut mit einem Bauchladen voller Kräuter und Tinkturen, dazwischen ein paar Trapper in fransigen Lederhosen und Mokassins an den Füßen. Weit her aus einer der nördlichen Kolonien waren sie gekommen und boten nun Bärenfelldecken, Elchgeweihe, Krallen, Zähne und Pumafelle feil.

Als ich an der Richtstätte vorbeikam, wurde gerade wieder einmal jemand zu Tode gequält. Die Charlestonians waren zumindest in dieser Hinsicht recht einfallsreich. Lüstern verfolgten sie, wie eine angebliche Mörderin verstümmelt wurde. In der ersten Reihe standen einige, die auch in den Gottesdiensten immer die Ersten waren. Leute einfach nur am Galgen baumeln zu sehen, dies genügte einem Teil der illusteren Auswanderer nicht. Am liebsten hatten sie es, wenn einer bei lebendigem

Leibe ausgeweidet oder geviertteilt wurde, und Frauen richtete man auch häufig nackt hin. Am amüsiertesten war man jedoch, wenn sich die Tortur über mehrere Tage hinzog. Genussverlängerung für die einen, verzögerter Übertritt ins Jenseits für die anderen. War dann endlich der gnädige Tod eingetreten, wurden die menschlichen Überreste anschließend gerne zur Schau gestellt.

Zur Abschreckung. So wurde behauptet. Eigenartig nur, dass die Anzahl der Delikte stets mehr oder weniger gleich blieb. Hoffentlich wussten die Rechtgläubigen, dass ihre Rechtgläubigkeit in Wirklichkeit die Rechtgläubigkeit der anderen war. Man konnte sich so fromm dünken, wie man wollte – wenn die anderen Rechtgläubigen nicht daran glaubten, nun, dann konnte es brenzlig werden. Aber der Tod ist ja immer der Tod der anderen, bis man selbst an der Reihe ist. Amen.

Ich fühlte mich wie betäubt, und um auf andere Gedanken zu kommen, ging ich schnell zum Hafen hinunter, denn es fällt schwer, die Menschen nicht grundsätzlich zu hassen, wenn man sieht, mit welcher Begeisterung sie andere quälen und töten und sich dabei auch noch auf Gott berufen.

Am Hafen umfing mich die vertraute Geruchsmelange aus Brackwasser, Teer, feuchten Tauen, Tang und verdorbenem Fisch, auf- und durcheinandergewirbelt von einer frischen Meeresbrise. Fischer, die ihren Morgenfang sortierten. Zahnlose, um Fisch feilschende Weiber. Marinesoldaten auf Freigang. Die ersten Betrunkenen. Zwielichtige Gestalten vor den Spelunken, aus denen der Geruch nach abgestandenem Tabakqualm, schalem Ale, Whiskey und Rum drang. Und an den Ecken stank es nach Schweiß, Kot und Urin, wo die allergierigsten der Zuhälter schon wieder auf den Beinen waren und ihre müden Huren vor sich her scheuchten. Händler, die den Piraten ihre Angebote für deren Diebesgut entgegenbrüllten, und Geschäftsleute, die distinguierter verhandelten, und jeden Abschluss fein säuberlich in ihren Kontorbüchern verzeichneten.

Als ich die Kaufleute sah, erschrak ich. Es konnte gut sein, dass Dad unter ihnen war. Er war oft am Hafen und ging seinen Geschäften nach. Auch mit Piraten. Fast jeder machte hier seine Geschäfte mit ihnen.

Vorsichtig schielte ich um die Ecke. Ich war mir nicht sicher, ob er mich überhaupt erkennen würde. Es war lange her, dass er mich als Junge gesehen hatte, aber ich wollte es besser nicht auf eine Begegnung ankommen lassen. Nur am Platz, an dem die Schausteller kampierten, herrschte noch friedliche Stille. Ich schlenderte weiter und genoss alles, was ich sah.

Zugegeben, auch der Hafen war nicht der Ort, an dem man zwangsläufig auf die gutartige und freundliche Natur des Menschen schließen musste, und die Gerüche waren überwiegend alles andere als wohlduftend, um nicht zu sagen, an manchen Ecken war der Gestank schlichtweg ekelerregend. Aber trotzdem. Für mich war es der Geruch der Freiheit und der Hafen ein Ort der Möglichkeiten, wo das Abenteuerliche die Herrschaft der Ordnung einfach aushebelte. Und niemand wagte es, daran etwas zu ändern.

Ich suchte mir einen Platz auf der Kaimauer und ließ die Beine über dem Wasser baumeln, während ich das Treiben beobachtete. Eine Handvoll Jungs lungerte in einer Ecke herum, die Hände auf eine Kiste gespreizt, und stießen ihre Messer in die Fingerzwischenräume. Lumpenpack. Das würde Dad sagen. ›Wahrscheinlich genau die, die ich gesucht hatte‹, dachte ich und erhob mich.

Betont langsam schlenderte ich in ihre Richtung. In einigem Abstand blieb ich stehen, kramte einen Apfel aus meiner Hosentasche, und während ich ein großes Stück abbiss, ließ ich sie nicht aus den Augen.

Eine Weile ignorierten sie mich, schließlich aber kniff der Älteste von ihnen, ein großer Blonder, die Augen zusammen und rief, ohne sein Messer abzusetzen: »Verdammt, was glotzte denn so?«

Ich hielt seinem Blick stand und ließ mir mit der Antwort Zeit. Schließlich sagte ich: »So halt.«

»Verzieh dich, sonst kannst du dein blaues Wunder erleben!«

Ich biss noch einmal in den Apfel. »Und was, wenn ich es gar nicht erwarten kann, ein Wunder zu erleben, noch dazu ein blaues?«

Es war unverkennbar, der Blonde wurde langsam wütend. Verbissen beschäftigte er sich mit seinem Messer. Er wollte doch nicht etwa kneifen? Ich warf ihm meinen Apfelbutzen an den Kopf.

»Verdammmich!« Der Kerl hatte sich in den Finger geschnitten. Er schleuderte das Messer in eine Ecke, sprang auf und stürzte sich auf mich. »Du verdammter Hurensohn!«, schrie er.

Ich nahm die Arme hoch. Jetzt kam es wirklich darauf an, die Nerven zu behalten und genau das zu tun, was ich in Cork getan und Charley mir beigebracht hatte, sonst würde ich niemals mit ihnen herumlungern können. Nie. Und vor allem durften sie nicht mitbekommen, dass ich ein Mädchen war.

Ich glaube, eigentlich war er stärker als ich, aber dafür war er nicht besonders geschickt. Und seine blinde Wut machte es

132

nicht besser. Er brach in meine Deckung, doch ich drehte mich seitwärts und trat ihm in die Kniekehlen. Er stolperte und fiel vornüber. Ich setzte ihm nach, hockte mich auf seinen Brustkasten und drückte seine ausgestreckten Arme auf den Boden.

»Wo ist denn nun dein blaues Wunder, hm?«, fragte ich ihn.

Wütend spuckte er mir ins Gesicht. Ich ließ ihn kurz los und verpasste ihm eine Ohrfeige. Ein Fehler, denn in diesem Augenblick gelang es ihm, mich abzuwerfen. Wir verknäuelten uns ineinander. Er war wirklich verdammt stark. Auf einmal streckte er die Hand aus und wollte mir die Kappe vom Kopf reißen.

Nein. Nicht die Kappe. Sonst wäre alles vergebens.

Auf gewisse Art gab mir das noch einmal Kraft. Ich packte seinen Arm und verdrehte ihn hinter seinem Rücken. Jetzt hatte ich ihn. Während ich ihn vor mir her stieß, blickte ich zu den anderen.

»Hat vielleicht noch jemand ein blaues Wunder zu bieten? Ich muss sagen, dieses fand ich doch ein wenig enttäuschend.«

Die Jungs murmelten irgendetwas Unverständliches und sahen weg.

»Hey, du Bisamratte, was willst du eigentlich von uns?«, fragte der Blonde und versuchte, sich loszureißen.

»Reden«, sagte ich und packte ihn fester.

Er lachte bitter auf. »Reden! Du willst reden? Was willst *du* denn mit uns reden? Reden! Bist du ein Weib oder was?«

Seine Worte versetzten mir einen Stich. Hatte er etwas gemerkt? Vorsichtshalber verstärkte ich noch einmal meinen Griff.

Der Kerl stöhnte auf. »Von mir aus. Lass mich los und dann«, – fast spuckte er es aus –, »*reden* wir.«

Und nach einer kurzen Pause wandte er sich an die anderen. »Das machen wir doch. Reden. Mit ihm, oder?«

Als Antwort erhielt er nur ein undeutliches Genuschel.

Trotzdem ließ ich ihn los, versetzte ihm aber noch einen Stoß, sodass er in den Dreck stürzte. Auf Letzteres hätte ich gerne verzichtet, aber ich hatte schon damals in Cork gespürt, dass es besser war, sich schlimmer als der Schlimmste von ihnen zu verhalten, wenn man wirklich sichergehen wollte, ernstgenommen zu werden.

Der Kerl rappelte sich auf, klopfte den Staub aus seinen Kleidern und ließ sich auf einen Tauhaufen fallen. Gelangweilt wies er auf einen freien Platz. »Also … Reden wir.«

Ich hockte mich dazu und schwieg.

Nach einer Weile konnte er seine Ungeduld nicht mehr bezähmen. »Was ist denn nun? Ich dachte, du willst reden. Du bist neu hier, oder? Jedenfalls habe ich dich hier noch nie gesehen.«

Die anderen sahen mich erwartungsvoll an.

»Ja.« Und nach einer Pause: »Eigentlich bin ich aus Cork. Aber immer nur aufs Meer starren, das war mir irgendwann nicht mehr genug. Immer hatte ich das Gefühl, dass da irgendwo hinter dem Meer die echte Welt sein muss. Mit merkwürdigen Tieren und fremdartigen Menschen. Jeden Tag an einem anderen Ort, jeden Tag etwas Neues entdecken. Das, dachte ich, das muss die große Freiheit sein.«

»Genau! Freiheit!« Der Blonde war aufgesprungen und gestikulierte wild mit den Händen. Seine Augen leuchteten. »Das ist genau das, was ich euch schon immer gesagt habe. Freiheit, nur darauf kommt es an!« Er blickte triumphierend zu den drei anderen Jungs.

Aber die warfen sich nur Blicke zu und einer murmelte: »Pfff … Freiheit! Freiheit hat noch keinen satt gemacht.«

Der Blonde runzelte kurz die Stirn und schien etwas erwidern zu wollen, besann sich dann aber eines Besseren und hockte sich neben mich. Ganz dicht neben mich. Instinktiv wollte ich zurückweichen, wie immer, wenn mir ein Kerl zu nahe kam. Doch ich blieb, wo ich war.

»Beachte sie einfach nicht. Die wissen nichts. Gar nichts wissen sie! Die sind einfach nur dummes Lumpenpack.«

»Ach, und du wohl nicht?«

Er grinste. »Lumpenpack schon, aber nicht dumm. Deswegen werde ich auch Pirat. Bald. Und irgendwann lasse ich mich für immer in Libertalia nieder.«

Libertalia? Der Sirenenruf. Was wusste er denn von Libertalia? Mein Herz klopfte schneller.

Er blickte verklärt in die Ferne, während die anderen Jungs sich gelangweilt die Stirn rieben.

»Du mit deinem Libertalia! Das gibt's doch gar nicht. Manchmal frage ich mich echt, warum wir dich zum Anführer gewählt haben, wenn du auf solches Seemannsgarn reinfällst.«

»Libertalia?«, fragte ich.

»Wie? Du hast noch nie von Libertalia gehört?«

»Doch.« Ich zog Uncle Grandpas Anhänger unter meinem Hemd hervor. »Schau mal!«

Lange betrachtete er das Figürchen. »Weißt du eigentlich, dass da ›Libertalia‹ draufsteht?«, fragte er und wollte danach greifen.

»Hey! Pfoten weg!«, rief ich und ließ den Anhänger wieder unter mein Hemd gleiten. »Und natürlich weiß ich, dass da ›Libertalia‹ steht. Ich bin ja nicht blöd!«

»Nun ja, für einen Straßenjungen ist es nicht selbstverständlich, lesen zu können.«

Er beäugte mich misstrauisch. »Wer hat dir das gegeben?«, fragte er schließlich.

»Mein Großvater. Ich bin bei ihm aufgewachsen.«

»Und was weißt du über ›Libertalia‹?«

Ich schwieg, weil ich ihm Libertalia nicht erklären konnte. Libertalia war ein Ruf, ein Versprechen, etwas, für das es sich sowohl zu leben als auch zu sterben lohnte.

Also stellte ich mich lieber dumm und sagte: »Das weiß doch jeder. Das war ein berühmter Dreimaster.«

»Nichts weißt du!« Er gab mir eine freundschaftliche Kopfnuss und grinste.

Seine Augen leuchteten noch intensiver. »Libertalia ist das Größte, was eine menschliche Gemeinschaft jemals ersonnen hat, ein Piratenstaat, in dem es keine Herrscher und keine Sklaven gibt, denn jeder Mensch ist frei geboren, und deshalb steht ihm alles zu, was er braucht.«

Seine Worte klangen in mir nach – jeder Mensch ist frei geboren …. Ich musste an mein Gespräch mit Charley denken. Geboren werden wir alle gleich. Aus einem Frauenschoß gepresst mit Käseschmiere im Gesicht. Ziemlich klein, ziemlich faltig und die ersten Tage auch ziemlich hässlich.

Ich sah den Blonden an, und auf einmal hatte ich das Gefühl, dass meine ihm zugewandte Körperhälfte sehr warm wurde. Angenehm warm. Eine Woge, die sich an meiner Seite brach und meinen ganzen Körper überflutete. Und ich konnte ihn riechen. Den Sonnenduft, den die Wärme von seiner Haut aufsteigen ließ, und seinen Schweiß. Gesunden Schweiß.

»Ich bin übrigens Jonathan«, sagte er. Dann deutete er auf

die anderen drei: »Der feiste Fettsack da, der meint, dass Freiheit nicht satt macht, ist Toby. Und der da ist unser Junior.«

Er zeigte auf einen kleinen, spindeldürren und sommersprossigen Jungen. »Ian, der uneheliche Sohn einer Möhre und eines Spargels. Na ja, er ist erst zehn und ziemlich winzig, aber im Gegensatz zu den anderen nicht auf den Kopf gefallen. Und der Lockenkopf da ist mein kleiner, wasserscheuer Bruder Lloyd. Es wird mir das Herz brechen, wenn ich eines Tages an Deck eines Dreimasters den Hafen verlasse und ihm zuwinke, nur weil Mister Lloyd allein schon der Gedanke an Wasser fast umbringt.« Und nach einer Pause: »Und du? Wie heißt du eigentlich?«

»John«, sagte ich. »John Dean.«

»Und wie bist du von Cork hierhergekommen?«

»Nachdem mein Großvater gestorben war, habe ich mich als Schiffsjunge verdingt, aber leider war der Captain ein solcher Menschenschinder, dass ich beim letzten Freigang nicht mehr auf das Schiff zurückgekehrt bin. Und nun – bin ich also hier.« Ein bisschen schmerzte es mich, ihn anlügen zu müssen.

Jonathan musterte mich noch einmal von Kopf bis Fuß. Dann nickte er anerkennend. »Wenn du möchtest, kannst du bei uns mitmachen.«

Und so kam es, dass ich bald neben Charley Fourfeathers noch vier weitere Freunde hatte. Die Vormittage und manchmal auch die Nächte, wenn ich mich heimlich aus dem Haus stahl, waren das Beste, was mir seit Charley und Anger passiert war.

Es war ein Leichtes, betrunkene Zuhälter auszunehmen. Vier lenkten ab, einer bediente sich an den münzgefüllten Taschen. Ian, Toby und Lloyd war es herzlich egal, wen wir bestahlen – »Brot ist Brot und Geld ist Geld«, sagte Toby immer, wenn Jonathan und ich die drei davon zu überzeugen versuchten, dass es redlicher wäre, möglichst nur die Schurken zu bestehlen. Die anderen seufzten zwar, hielten sich aber meistens daran, denn Jonathan war ihr Anführer und ich – ich fragte mich oft, was ich eigentlich für sie war. Wie auch immer – jedenfalls machten sie, was ich sagte. Wahrscheinlich weil ich der Kerl war, der ihren Anführer besiegt hatte. Es war wohl so eine Art doppelte Führerschaft, die wir da betrieben, und vermutlich hätten Jonathan und ich irgendwann noch einmal darum kämpfen müssen, wer denn nun eigentlich das Sagen hatte, aber da wir ohnehin meistens die gleichen Ansichten hatten, war es egal. Wahrscheinlich waren wir die einzige Bande, die so funktionierte. Und nicht nur das – sie funktionierte – obwohl sich Toby, Lloyd und Ian über uns lustig machten, weil wir genau das nicht klärten.

»Frag John Dean. Oder frag Jonathan.« Dann lachten sie.

Es war schon richtiggehend zum geflügelten Wort geworden. Aber es störte sie nicht, auch nicht, dass Jonathan und ich ständig Bücher lasen. Aber merkwürdig fanden sie es doch.

Im Gegensatz zu den anderen war Jonathan nämlich, bevor seine Eltern gestorben waren, ein paar Jahre zur Schule gegangen und außer Pirat wäre er auch gerne Arzt geworden.

»Dann werde doch Schiffsarzt. Auf einem Piratenschiff«, hatte ich ihm einmal gesagt.

Jonathans Augen leuchteten kurz auf. Dann erloschen sie wieder. »Aber wie soll das gehen? Ich habe doch gar keine Bücher.«

Das ließ sich ändern. Im Herrenhaus gab es genug Dinge, die keiner brauchte, die keiner vermisste, die sich versilbern und von denen sich Folianten über Anatomie oder Heilpflanzen kaufen ließen. Von da an brachte ich Jonathan zu jedem Treffen einen ganzen Stapel Bücher mit. Nicht alles im Leben war Schicksal …

Aber manches vielleicht doch.

Nicht immer blieb die ganze Bande beisammen, denn häufig langweilten sich die anderen Jungs während Jonathans und meiner Lesestündchen und gingen zwischenzeitlich ihrer Wege. Wir lachten viel, wenn wir allein waren, und manchmal sahen wir uns ungläubig an. Es war wirklich kaum zu glauben, dass man sich so gut verstehen konnte.

Je öfter wir uns trafen, desto schöner kam mir Jonathan vor.

»Sag mal, wenn ich auf einem Schiff anheuern würde, um wirklich nach Libertalia zu suchen, würdest du … würdest du dann mitkommen?«, fragte ich ihn eines Tages ganz unvermittelt und wunderte mich selbst über meine Frage.

Er legte den Kopf schief und rückte dann näher an mich heran. Ich hörte mein Blut in meinen Ohren rauschen.

»John Dean, ich werde aus dir nicht schlau«, sagte er schließlich statt einer Antwort und sah mich seltsam an.

Ich erschrak, weil er nicht, wie ich es erwartet hatte, *ja* gesagt hatte, und schwieg. Ahnte er etwas?

Auf einmal fühlte ich mich schuldig und alle Leichtigkeit hatte sich aufgelöst.

# 8

Meine Schulvermeidungsstrategie klappte erstaunlich gut. Es wunderte mich selbst. Aber offenbar reichte es Witwe Ball vollkommen, dass das Schulgeld weiterhin an sie floss. Geld macht deine Umgebung geschmeidig.

Ich konnte es jedes Mal kaum erwarten, zu den Jungs zu kommen. Nein, wenn ich ehrlich war, es waren nicht die Jungs, nach denen ich mich sehnte, es war Jonathan. Jonathan mit seinen klugen Augen und seinem warmen Lächeln.

Aber gleichzeitig fürchtete ich mich, seitdem ich ihm die Libertalia-Frage gestellt hatte, vor jeder Begegnung. Seine Nichtantwort verunsicherte mich. Und dabei hätte ich sonst etwas verwettet, dass er *ja* sagen würde.

Trotzdem ertappte ich mich manchmal, wenn ich allein war, dabei, wie ich mir vorstellte, ihn zu küssen. Auf einem prächtigen Dreimaster, der auf allen Sieben Weltmeeren segelte, küsste ich ihn, während sich am Horizont immer deutlicher die Küstenlinie von Libertalia abzeichnete, wo es weder Sklaven noch Pflanzer gab und wo jeder so sein durfte, wie er war, und glücklich, mit wem er wollte.

Jedes Mal, wenn ich mir dies vorstellte, schlug mein Herz ganz schnell und am liebsten wäre ich sofort in den Hafen gerannt und hätte Jonathan alles erzählt. Dass ich Anne war und nicht John. Und dass ich ihn liebte und dass wir sofort nach Libertalia aufbrechen mussten, denn sonst würde ich bald für immer an die Seite eines reichen Charlestonians gefesselt werden und müsste das trübselige Leben meiner Mutter fortsetzen, die aber im Gegensatz zu mir immerhin das Glück hatte, an der Seite des Mannes zu leben, den sie liebte.

Wütend ballte ich die Fäuste.

›Alberne Närrin!‹, schalt ich mich. ›Wenn du Jonathan erzählst, dass du ein Mädchen bist, dann wird er sicherlich nichts mehr mit dir zu tun haben wollen. Für ihn bist du nur ein Freund. Und wenn du ihm erzählst, dass du ein Mädchen bist, dann wirst du nicht einmal mehr das sein.‹

Und Jonathan zu verlieren, das war so ziemlich das Schlimmste, was ich mir vorstellen konnte.

Doch am Horizont dräute Ungemach, was sage ich – Ungemach! Es war eher ein Kanonenhagel aus Katastrophen.

Einschlag Nummer eins war mein fünfzehnter Geburtstag.

»Liebes, dein Vater und ich haben beschlossen, dass du nächstes Jahr einen der reichen Pflanzer heiraten wirst«, eröffnete Mum mit schwacher Stimme.

Es war seit Wochen das erste Mal gewesen, dass sie sich aus ihrem Kissenberg erhoben hatte, und in diesem Augenblick wünschte ich mir nichts sehnlicher, als dass sie auch an diesem Tag dort geblieben wäre. Wollten sie mich umbringen? Ich? Einen dieser schnöseligen Laffen heiraten? Lieber sterben.

»Niemals!«, schrie ich und stampfte mit dem Fuß auf. Tränen schossen mir in die Augen und das machte mich nur noch wütender. »Das könnt ihr mir doch nicht ernstlich antun wollen?!«

Mum blickte hilfesuchend zu Dad, der sich räusperte und mit belegter Stimme sagte: »Ich kann es nicht ändern, Smaragd. *Alle* Pflanzertöchter heiraten mit sechzehn.«

Was gingen mich eigentlich *alle* an? Was scherten mich *man* und *alle*? Waren man und alle glücklich? Nein. Alle und man machten nur, was man und alle eben so machten. Taten, was sie glaubten, dass andere von ihnen erwarteten, und erwarteten von anderen das, was sie wiederum ihnen an Erwartung unterstellten. Dabei hatten sie sich diesen Käfig namens Gesellschaft selbst gebaut, glaubten aber felsenfest daran, dies sei eine natürliche und von Gott gegebene Ordnung. Unglaublich! Warum durchschaute das eigentlich niemand?

Zuerst hätte ich schreien können vor Wut, aber auf einmal stieg eine große Kälte in mir auf. Manchmal sind Worte die schärfsten Waffen, die wir haben. Präziser und tödlicher als so manche Klinge aus Damaszenerstahl.

»Ihr wollt eure Tochter also nur deshalb verkaufen, weil das alle so machen? Ihr wollt wirklich so sein wie alle? Dann stellt sich mir nur eine Frage: Warum habt ihr dann nicht geheiratet wie alle? Warum bist du nicht bei Elizabeth geblieben«, ich zeigte auf Dad – »und du«, nun war Mum an der Reihe, »warum hast du nicht weiterhin das Silber poliert, wie es sich für ein anständiges Hausmädchen geziemt, anstatt mit deinem Herrn einen Bastard zu zeugen?«

Meine Worte hinterließen eine Kälte, eine Erstarrung, die den Salon von den Teppichen bis zur getäfelten Decke mit feinsten Eiskristallen zu überziehen schien. Ein unwirtlicher Ort. Selbst die Zeit schien für einen Augenblick den Atem angehalten zu haben. Manchmal gleicht die Wahrheit der Apokalypse.

Doch auf einmal schmolz Dads Empörung in diese Eiswelt hinein, und auch die Zeit fiel wieder in ihren unerbittlichen Rhythmus – voran, voran, voran … Nur ich blieb, wo ich war – in einem funkelnden Kokon aus blauem Eis.

Dad tat, was er noch nie gemacht hatte, er schlug mich. Immer wieder. Ich spürte es nicht. Stand einfach nur da und wartete darauf, dass er irgendwann damit fertig sein würde.

Aus weiter Ferne sah ich, dass Mum in Ohnmacht fiel.

Clara, die herbeieilte, und ihrer Herrin Luft zufächelte.

Dad, der auf einmal erschrocken innehielt. Mich unvermittelt umarmte. Etwas murmelte, das ich nicht verstand, weil das Rauschen in meinen Ohren so angeschwollen war, dass es alles andere übertönte. Ein tosender Gefühlswasserfall. Dad, der Mum zusammen mit Clara und Charley nach oben trug.

Die Familienbühne leer, abgesehen von mir, dieser nutzlosen Tragödienstatistin. Einen Augenblick lang blieb ich noch stehen. Dann fiel der Vorhang. Aber als ich abtrat, nahm ich meinen Kristallkokon mit.

# 9

Ich weiß nicht, ob es an meiner Darbietung lag oder ob sie es nicht ohnehin schon längst geplant hatten, aber Dad hatte wieder eine Gouvernante für mich engagiert und damit waren sowohl mein Unterricht im Hause Ball als auch meine vormittäglichen Streifzüge beendet.

Stattdessen musste ich nun täglich zwei Stunden auf dem Spinett üben und Werke von Milton, Molière und Boccaccio lesen. Dies ging noch an, aber was ich wirklich aus allertiefstem Herzen verabscheute, war, Menuett zu tanzen. Menuet à deux, Allemande, Contredanse en Carré oder à l'Anglaise. Dem Partner seine Reverenz erweisen, Knicksen die Dame, Verbeugung der Herr, und immer lächeln, ohne die Zähne zu zeigen, und immer graziös und anmutig und immer Haltung bewahren.

Diesen Zirkus mit Madame de Bovary zu üben, war schon grotesk genug, aber die Vorstellung, diese merkwürdigen Bewegungen mit einem dieser Pflanzerschnösel zu zelebrieren, war an Lächerlichkeit kaum zu überbieten.

Hinzu kam die Unterweisung in gesellschaftlicher Etikette und Schönheitspflege. Zum Unterricht zählte tatsächlich, was in das Beutelchen einer Dame gehörte: Duftwässerchen, Riechsalz für die Ohnmacht, falls die Korsage zu eng geschnürt war, ein kleiner Zahnstocher, Nadel und Faden. Madame de Bovary kontrollierte jeden Tag nicht nur den Inhalt des Beutelchens, sondern auch, ob das Mieder und der Rock mit seinem halben Dutzend Unterröcken richtig saßen. Außerdem lernte ich, wie man den Fächer einsetzte, um seine Stimmung mitzuteilen.

Einzig die kleinen schwarzen Schönheitspflästerchen, die Mouches, die man auf den gepuderten Wangen befestigte, übten eine gewisse Faszination auf mich aus, denn es gab sie in allen nur erdenklichen Formen. Sterne, Rauten, Punkte und sogar in Insektengestalt.

Ich wählte stets die Fliege, Allegorie der eitlen Leere und Kurzlebigkeit. Dies war es, was ich von meinen Kostümierungen hielt. Die Verkommenheit der Welt prangte auf meiner Wange und dennoch war ich damit ganz en vogue.

Der Unterricht im Haus führte dazu, dass ich mich, wenn überhaupt, nur noch nachts aus dem Haus schleichen konnte. Dies brachte mich den Jungs gegenüber in arge Erklärungsnöte.

Dabei entdeckte ich Katastrophe Nummer zwei, die sich ganz sacht und heimlich eingeschlichen hatte, und erst jetzt, dadurch, dass ich sie entdeckt hatte, ihre volle Zerstörungskraft entfaltete.

Ich hatte mich eben aus dem Hinterausgang gestohlen und schlich im Schatten der Bäume an den Sklavenhütten vorbei, die links und rechts den Weg säumten, der hinunter zu den Feldern führte, als ich plötzlich ein lautes Stöhnen vernahm. Eine Männerstimme, die ich nur zu gut kannte.

Ich erstarrte. Oh mein Gott, Dad!

Hatten sich seine Rivalen gegen ihn verbündet und ihn im Schutze der Nacht überwältigt, um ihn aus dem Weg zu schaffen? Mein Herz setzte zwei Takte aus. Dann riss ich mich zusammen, klemmte mir mein Jagdmesser zwischen die Zähne und kroch, wie es mir Charley Fourfeathers beigebracht hatte, auf dem Bauch zu der Hütte, aus der ich Dad schreien hörte. Vorsichtig richtete ich mich auf und lugte durch das Fenster.

Aber was ich da zu Gesicht bekam, war kein Mann im Todeskampf, sondern ein Männerleib, der sich in völliger Ekstase über einem Frauenkörper aufbäumte und immer wieder in ihn hineinstieß, als wollte er sich einen Weg bahnen, damit er für immer in diesem anderen Menschen verschwinden konnte.

In diesem Augenblick wühlte sich der Vollmond aus seinen schmutzigen Wolkenlaken und seine obszöne Prallheit erleuchtete auch jedes noch so indiskrete Detail dieser Szenerie. Das schweißige Rinnsal, das Dads Wirbelsäule hinabkroch, die roten Striemen, die Macalas Finger auf seinem Rücken hinterlassen hatten, das letzte Zittern, das Dads Flanken schüttelte, ehe er über der Sklavin zusammensank.

»Massa William sein stark wie afrikanische Mann.« Macalas warme und tiefe Stimme war das Letzte, was ich hörte, ehe ich wie von Sinnen losrannte.

Ich rannte, rannte, rannte. Nur weg von dort. Ich bekam schon keine Luft mehr, aber ich rannte weiter, rannte und blieb erst stehen, als ich unten am Hafen den Haufen mit den ausrangierten Tauen erreicht hatte. Die Jungs waren nicht da. Und ich war mir selbst nicht sicher, ob ich darüber froh oder enttäuscht war.

Ich warf mich auf die Seile, drosch blindwütig auf sie ein und japste nach Luft.

»Hat dir eine den Laufpass gegeben, oder was ist mit dir los?« Jonathan stand auf einmal hinter mir.

Ich sprang auf und wollte ihm in die Arme fallen.

**146**

›Närrin!‹, dachte ich. Im letzten Augenblick war mir eingefallen, dass ich ja John Dean war und Jonathan in die Arme zu
fallen, wohl genau das Unsinnigste war, was ich hätte tun können. Also hielt ich mitten in der Bewegung inne und klopfte
mir den Staub aus der Hose.

»Lange nicht gesehen, John Dean«, sagte Jonathan und sah
mich prüfend an.

Ich zuckte mit den Schultern. »Kann sein.«

»Haste jetzt was Besseres gefunden als uns?« Er sah mich
scharf an.

Ich schüttelte den Kopf.

Jonathan kam näher und fasste mich an der Schulter. Mein
Herz pochte schneller.

»Ich frage dich das nur einmal, John Dean: Bist du wirklich
der, als den du dich ausgibst?«

Verdammt, er hatte es also doch gemerkt oder gespürt oder
geahnt. Ich riss mich los.

»Du bist wohl nicht recht bei Trost! Wer soll ich denn sonst
sein?«, knurrte ich ihn an.

Jonathan blickte mich seltsam an. »Ich weiß nicht, wie es
sich mit den anderen verhält, aber ich fände es jedenfalls gar
nicht so schlimm, wenn du nicht John Dean wärst …«, sagte
er leise.

Beinahe hätte ich meinem Verlangen nachgegeben und ihm
alles erzählt, aber ich war auf einmal so verunsichert wegen
dieser Angelegenheit mit Dad, dass ich es ihm jetzt einfach
nicht sagen konnte. Nicht jetzt. Es war zu viel für einen Tag.

Und dann war da noch die Angst, dass Jonathan mich lediglich aus der Reserve locken wollte, um dann nie wieder etwas
mit mir zu tun haben zu wollen, wenn sich herausstellte, dass

ich ein Mädchen war. Gerade wurde ich auch nicht schlau aus ihm. Warum wollte er das *jetzt* wissen?

»Ich habe nicht im Mindesten eine Ahnung, wovon du sprichst, und ich werde mir das auch nicht mehr länger anhören!«, rief ich stattdessen, ehe ich ihn einfach stehen ließ und davonrannte.

Wahrscheinlich wäre alles anders gekommen, wenn ich ihm in diesem Moment alles gestanden hätte, und vielleicht hätte ich es auch getan, wenn ich gewusst hätte, dass es die einzige Möglichkeit gewesen wäre, das Richtige zu tun, auch wenn es falsch erschien. Aber wie soll man auch immer wissen, wann das vermeintlich Falsche das Richtige ist und umgekehrt?

# 10

Es ist wirklich erstaunlich, wie manchmal monate- oder gar jahrelang nichts Bedeutendes passiert und sich dann auf einmal innerhalb weniger Tage oder Wochen alles, wirklich alles ändert und das Leben, das man kannte, in Windeseile zerstört. Aber es sollte nicht das letzte Mal gewesen sein, dass die Veränderung wie ein Orkan über mein Leben hinwegfegte.

Die letzte Begegnung mit Jonathan arbeitete in mir. Hatte sie mich anfangs noch verwirrt und misstrauisch gemacht, setzte sich nach ein paar Tagen alles zu einem Mosaik zusammen. Zu einem schönen Mosaik.

Jonathan hatte meine Scharade durchschaut, nicht weil er mich bloßstellen wollte, sondern er hatte gespürt, dass ich kein Junge war, eben gerade weil er mich mochte. Vielleicht sogar mehr als mochte. Und dass er nicht sofort mit wehenden Fahnen mit mir nach Libertalia suchen wollte, lag daran, dass ich ihn ja in gewisser Weise angelogen hatte.

Mein Herz pochte heftig. Und wenn ich jetzt zu ihm ging und ihm alles gestand? Dann könnten wir weg. Zusammen. Weg aus Charles Towne mit all seinen Konventionen.

Noch im gleichen Augenblick, als mir dies klar wurde, wollte ich zum Hafen. Es war kurz vor Mitternacht. Ich lauschte, ob ich noch jemanden herumlaufen hörte. Nichts.

Also packte ich den neuen Folianten über komplizierte Knochenbrüche ein, den ich für Jonathan gekauft hatte, und wollte eben zu Charleys Hütte schleichen, um von dort meine Jungenkleider zu holen, als eine krächzende Stimme hinter mir sagte: »Falls Ihr das hier sucht, Miss Anne, müsst Ihr Euch erst gar nicht zu Charley Fourfeathers bemühen.« Triumphierend hielt sie mir mein Kleiderbündel entgegen.

»Clara! Wie kannst du es wagen, mir hinterherzuspionieren?« Ich war außer mir.

Das Hausmädchen warf mir einen maliziösen Blick zu. »Ich weiß alles. Alles! Nichts, was hier vor sich geht, ist mir entgangen. Etwa, dass Ihr Euch mit diesem Gesindel herumtreibt in«, sie sog angeekelt die Luft ein, »in diesen Lumpen hier.«

Sie warf mir selbige vor die Füße.

»Und auch nicht, dass Euer ehrenwerter Herr Vater sich die Nächte mit dieser Niggerin – wie war noch ihr Name, Macala? – versüßt.«

Ich erstarrte. »Was willst du? Willst du Geld?«

Clara lachte bitter auf. »Ich will Euer Geld nicht!«

»Was willst du dann?«

Claras Lippen ein dünner, ihre missbilligend in die Höhe gezogenen Brauen zwei dünne Striche. Sie spuckte vor mir aus. »Das denkt ihr euch so. Dass man mit Geld alles kaufen kann. Menschen. Beischlaf. Ihr teilt doch schon die Teile der Welt auf, die noch gar nicht entdeckt sind! Nein! Ich will Euer Geld nicht. Was ich will, ist, Euch zu vernichten, so wie Euereins mich vernichtet hat.«

»Aber warum? Meine Eltern waren doch immer gut zu dir gewesen? Keiner will dich vernichten, meine Mutter sieht in dir sogar eine Freundin!«, rief ich.

150

»Pah, Freundin! Den ganzen Tag muss ich mir ihr Gejammer anhören. Es ist schier nicht auszuhalten! Deine Mutter ist an Dummheit kaum zu überbieten. Sie hat ja keine Ahnung, wie gut sie es hat. Und was tut sie? Sie jammert und jammert und jammert, anstatt dass sie ihre Chance nutzt.«

Was ich da hörte, machte mich schier fassungslos. Doch was mich noch fassungsloser machte, war der Umstand, dass Clara auf einmal ein Messer hinter ihrem Rücken hervorzog und auf mich losging.

»Und deinen Vater zerstört man am besten dadurch, dass man ihm das Kostbarste nimmt, was er hat. Und das, mit Verlaub, das seid Ihr, Miss Anne!«

Es dauerte einen Augenblick, bis ich mich aus meiner Schockstarre lösen konnte, aber dann griff ich hinter mich zwischen meine Schulterblätter und zog das Messer hervor, das mir Charley geschenkt hatte. ›Diese Welt hier hat einen schönen und anmutigen Schein, aber glaub mir, Anne, darunter ist sie der verworfenste Ort, den man sich nur vorstellen kann‹, hatte er gesagt.

Clara kam immer näher. In ihren Augen glomm ein irres Flämmchen. Kein Zweifel. Sie wollte mich umbringen. Und sie musste irgendwo gelernt haben, mit einem Messer umzugehen. Ich machte einen mächtigen Satz nach hinten und prallte gegen die Tür. Clara setzte mir nach. Ich konnte nur ein wenig zur Seite ausweichen. Ein heftiger Schmerz durchzuckte mich, und ich spürte, wie Blut meinen Arm hinunterlief.

Clara griff erneut an, aber ich fiel ihr in den Arm, sie stolperte, stürzte.

Stürzte in meine gezückte Klinge. Bis zum Heft stürzte sie hinein. Claras überraschter Blick. Ihre Hände, wie sie den

Griff umklammerten. Ein unmenschliches Röcheln. Und auf einmal sackte sie in sich zusammen, Clara. Mitten in diese fürchterliche Stille hinein.

Als Dad mich fand, saß ich noch immer mit dem Rücken an der Tür. Vor mir die tote Clara. Mein Messer im Herzen und ihres mit meinem Blut neben sich.

»Um Gottes willen, Smaragd!«

»Sie wollte mich töten, Dad! Sie wollte uns alle vernichten! Sie hat Mum gehasst und ausspioniert. Sie wusste sogar, dass du deine Nächte bei Macala verbringst.«

»Du … du weißt von Macala?« Dad wurde bleich. »Versprich mir, dass deine Mutter nichts davon erfährt! Wenn sie davon wüsste, ich glaube, es würde sie umbringen.«

Ich nickte schwach.

»Weißt du«, fing Dad noch einmal an. »Das mit Macala … Es hat nichts zu bedeuten. Aber deine Mutter und ihr Zustand … Vielleicht wirst du es irgendwann verstehen können. Manchmal muss man sich eben ein wenig zerstreuen.«

Ich war mir nicht sicher, was ich von Dads Aussage halten sollte, und schwieg.

Da entdeckte er das Kleiderbündel. Mit spitzen Fingern knotete er es auf. »Anne Cormac – hast du dich etwa wieder als Junge am Hafen herumgetrieben, und Clara hat es herausgefunden?«

Was sollte ich es leugnen?

Dad seufzte. »Anne – ein und für alle Mal – du bist *kein* Junge.«

»Leider«, sagte ich tonlos.

Ich hätte mit allem gerechnet, dass Dad außer sich geraten,

mich verstoßen und enterben würde, aber nicht, dass er mir nur einen langen Blick schenkte, in dem fast so etwas wie Mitleid lag.

»Nein, leider bist du das nicht.« Er stand auf und warf das Kleiderbündel ins Herdfeuer.

Traurig sah ich zu, wie die Flammen mein bisschen Freiheit umzüngelten, an ihr hochloderten, sich durch sie hindurchfraßen. Ein letztes Aufflackern, und dann fiel meine Zukunft genauso in sich zusammen wie das armselige Aschehäufchen in der Küche.

»Dad?«

Er lief geschäftig auf und ab und machte sich eifrig Notizen. »Ja?«

»Ich wollte das nicht. Glaubst du mir, dass ich Clara nicht umbringen wollte?«, fragte ich mit belegter Stimme.

»Aber natürlich wolltest du sie nicht töten. Es war ein tragischer Unfall. Clara muss verrückt geworden sein.« Er half mir auf die Beine und versorgte meine Wunde. »Mach dir keine Sorgen, Smaragd, der Prozess wird so enden, dass du als freie Frau aus ihm hervorgehen wirst. Es wäre ja noch schöner, wenn eine dahergelaufene wild gewordene Unfreie *meine* Tochter ins Gefängnis bringen würde.«

Während er noch sprach, entdeckte er den Folianten.

»Komplizierte Knochenbrüche?« Überrascht blickte Dad mich an. »Was hattest du damit vor, Smaragd?«

»Ich ... ich weiß auch nicht, Dad. Ich ... finde medizinische Dinge eben sehr interessant«, log ich.

»Annie, manchmal werde ich wirklich nicht schlau aus dir.«

Ich nickte. Da war er offenbar nicht der Einzige. Und als mein Blick noch einmal auf den Folianten fiel, konnte ich nicht mehr an mich halten und stumme Tränenrinnsale bahnten sich ihren Weg meine Wangen hinab.

Dad selbst hatte noch in der gleichen Nacht den Constable geholt. Eine Leiche einfach so zu beseitigen, das war nicht Dads Art.

Teilnahmslos saß ich auf einem Stuhl, während der Constable Claras persönliche Besitztümer nach vor Gericht verwertbarem Material durchsuchte.

Es war eigentümlich, aber Claras Tod hatte Dad und mich wieder näher zusammengebracht, doch das Seltsamste war, dass Dad beinahe erleichtert schien, dass Clara von nun an nicht mehr durch sein Anwesen schleichen würde.

# II

Der Prozess gegen mich begann schon wenige Tage später. Ganz Charles Towne war auf den Beinen. Hatte die missratene Tochter des honorigen William Cormac und seiner ewig siechen Gattin nun wirklich einen Mord begangen? Sicher, mit diesem Satansbraten von Rotschopf würde es eines Tages noch schlimm enden. Daran hatten die meisten keinen Zweifel. Aber gleich ein Mord?

Andererseits – die Unfreie, Clara, genoss ebenfalls einen zweifelhaften Ruf. Die Mörderin ihres Liebhabers. Und wer einmal gemordet hatte, dem fiel ein zweiter Mord sicher noch leichter. Es versprach, spannend zu werden.

Aus Briefen aus Claras Nachlass ging hervor, dass sie eine außereheliche Affäre mit einem englischen Lord gehabt und mit diesem ein Kind gezeugt hatte. Der Lord, der die Vaterschaft nicht anerkennen wollte, hatte Clara aus seinen Diensten entlassen und war kurze Zeit darauf plötzlich und unter ungeklärten Umständen verstorben.

Gegen Clara war ein Prozess angestrengt worden, aber man konnte ihr nichts nachweisen. Als sie freikam, war sie mittellos und geriet in Schuldknechtschaft, die sie schließlich nach Charles Towne verschlagen hatte. Ob sie es war, die den Lord getötet hatte, oder ob er nicht doch eines natürlichen Todes gestorben war, konnte nie mit letzter Sicherheit geklärt werden.

Und auf einmal wurde mir klar, warum sie uns so hasste und weshalb sie Mum derart verachtete. Mum hatte all das bekommen, was Clara sich immer gewünscht hatte. Und was machte Mum? Sie haderte mit ihrem Schicksal und jammerte der unglücklichen Clara die Ohren voll!

Allein der Umstand, dass Clara eine außereheliche Beziehung gepflegt hatte, egal, ob sie nun einen Mord begangen hatte oder nicht, ließ sie in den Augen der Geschworenen in einem höchst zweifelhaften Licht dastehen, und vermutlich hätte allein dies schon für meinen Freispruch gereicht.

Doch offenbar hatte Dad ganz sichergehen wollen, denn er hatte noch einen weiteren Zeugen aufgetan, der behauptete, er habe Clara des Öfteren nach Sonnenuntergang mit einem Hund spazierengehen sehen. Damit fegte er die letzten Sympathien und die Glaubwürdigkeit Claras beiseite, denn Unfreien war es verboten, Hunde zu besitzen.

Als ich das hörte, traute ich meinen Ohren nicht. Wo hätte Clara, die ja Tag und Nacht um Mum herum war, einen Hund verstecken sollen? Und ich fragte mich, wie viel Dad diese Aussage gekostet hatte.

›Das denkt ihr euch so. Dass man mit Geld alles kaufen kann. Menschen. Beischlaf. Ihr teilt doch schon die Teile der Welt auf, die noch gar nicht entdeckt sind!‹ Claras Worte gingen mir durch den Kopf.

Clara hatte sich geirrt. Tatsächlich konnte man mit Geld alles kaufen, sogar einen hundertprozentigen Freispruch.

Doch wirklich froh machte mich das nicht. Fast wünschte ich, ich hätte Clara nicht an ihrem unseligen Vorhaben gehindert. Jetzt war ich endgültig eine Gefangene dieser Welt, in die ich mich nicht hineingewünscht hatte.

Wenn ich verurteilt würde, dann würden sie meiner Hinrichtung beiwohnen. Vermutlich ausnahmslos alle. Vor mir lag ein Leben ohne Jonathan. Als würde dies alles nicht schon sinnlos genug sein, würde ich demnächst den nächstbesten Pflanzersprössling ehelichen müssen – mein Wert war nun wohl auch stark gesunken – und ihm ein Kind nach dem anderen gebären müssen.

Wie ich die Sache auch drehte und wendete, es sah so oder so nicht gut aus für mich. Ich war wie versteinert. Der blaue Eiskokon war zurückgekehrt und hatte mich fest in sich eingeschlossen.

# 12

Freigesprochen und doch eine Gefangene, kämpfte ich mich durch die Tage, kämpfte mich durch meine Müdigkeit, die jeden Tag größer wurde. Luxus und Lethargie waren die Substanzen, die mich festhielten. Ein in Honig ertrinkendes Insekt war ich. Ich war wie die Fliege meiner Mouche. Dabei wollte ich nur eines. Zu Jonathan und fort von hier. Aufs Meer. Auf nach Libertalia!

Aber Dad hatte dafür gesorgt, dass ich die Plantage nicht mehr verlassen konnte, er hatte ein ernstes Wörtchen mit Charley Fourfeathers geredet und ihm gedroht, dass, sollte er mir noch einmal Jungenkleider besorgen, er nicht nur aus seinen Diensten entlassen, sondern auch in ganz Charles Towne und Umgebung seines Lebens nicht mehr froh werden würde.

Immerhin durfte ich weiter mit Charley ausreiten und Dad hatte meine Bitten erhört und einen Fechtlehrer für mich angestellt. Nein, er hatte sie nicht erhört, meine Bitte, sondern strenggenommen hatten wir einen Vertrag geschlossen, einen mündlichen. Ich würde ein Jahr fechten dürfen, und dafür musste ich nach Ablauf dieser Frist einen von den Pflanzersöhnen heiraten, falls mich noch einer wollte. Aber da ich ja ohnehin keine Wahl hatte, konnte ich wenigstens noch etwas dafür verlangen.

Insgeheim hoffte ich allerdings, dass mein Ruf schon so ruiniert war, dass ich irgendwann als alte Jungfer die Leitung der Plantage übernehmen konnte.

Ja, Dad und ich waren uns wieder nähergekommen. Und auch, wenn er es ungern zugab, es bereitete ihm große Freude, wenn wir uns gelegentlich ein Scheingefecht lieferten. Und wenn ich sein Sohn und nicht seine Tochter gewesen wäre, wäre er sogar stolz darauf gewesen, dass die meisten unserer Gefechte im Patt endeten. Und das war ein Lichtblick. Aber nur ein kleiner.

Auch Mum war alles andere als wohlgestimmt. Um ehrlich zu sein – ich machte mir richtiggehend Sorgen um sie. Dad und ich hatten versucht, den Umstand, dass Clara Mum gehasst und verachtet hatte, so weit wie möglich von ihr fernzuhalten. Aber vor Gericht hatte sie es doch erfahren und wollte seitdem nicht mehr vom Leben als ihre Ruhe. Die verstörend schöne Landschaft mit ihren Blüten wie aus einem irren Traum, der Luxus des Herrenhauses, das Prosperieren von Dads Geschäften – all dies kümmerte sie nicht mehr und am liebsten lag sie bei zugezogenen Vorhängen im Dämmerlicht und döste vor sich hin.

Mum tat mir leid, und häufig nahm ich Millie, dem neuen Hausmädchen, das Teetablett aus der Hand, stellte noch eine Vase mit duftenden Blüten, die ich draußen gepflückt hatte, dazu, und brachte es selbst in Mums düstere Gemächer. Dann riss ich die Vorhänge auf und öffnete die Fenster.

Mum bedeckte ihre Augen mit der Handfläche ihrer rechten Hand. »Anne, nicht! Das blendet.«

»Du wirst dich schon an die Sonne gewöhnen, und ein wenig Luft wird dir guttun«, sagte ich, setzte mich auf die Bettkante und streichelte Mums Hand. Unsere Rollen hatten sich schon lange vertauscht.

»Mum, warum kannst du dein Leben nicht leben?«

Mum warf mir einen gequälten Blick zu und ihre Augen wurden feucht. »Weil alles eine Lüge ist.«

Hilflos sah ich sie an. Was sollte ich darauf antworten?

»Anne, dein Vater betrügt mich. Ich weiß genau, dass er mit einer der Sklavinnen etwas hat.«

Ich schwieg.

»Er macht es genauso mit mir, wie er es damals mit Elizabeth gemacht hat.« Sie drehte den Kopf zum Fenster und fixierte einen Punkt in der Ferne. Nach einer langen Pause fügte sie hinzu: »Ich kann es ihm nicht verdenken, aber, Anne«, sie sah mich mit leerem Blick an, ehe sie mit tonloser Stimme sagte: »… es … es bringt mich langsam um.«

Ich drückte ihre Hand. Dann stand ich langsam auf und deckte Mum zu. »Soll ich das Fenster wieder schließen?«

»Ja, bitte, Kind.«

Ich zog die Vorhänge zu, und das Zimmer fiel wieder in jenes Dämmerlicht, in dem Mum Trost zu finden schien, und alles kam mir vor wie im Theater nach dem letzten Akt. Der Vorhang war gefallen.


Es war eine triste Zeit. Obwohl ich eigentlich wirklich nichts dafür konnte, dass Clara durch mein Messer gestorben war, verfolgte mich die Nacht dieses Geschehens in all meinen Träumen. Ich konnte nicht mehr richtig schlafen und ich sehnte mich nach den Gesprächen mit Jonathan.

Eines Tages hielt ich es einfach nicht mehr länger aus. Ich war gerade mit Charley auf einem Ausritt und meine eigene

Unruhe übertrug sich auf Anger. Er war auf einmal stehen geblieben, seine Ohren zuckten und nervös tänzelte er auf der Stelle.

Charley sah sich nach mir um. Ich war in mich zusammengesunken und machte keinerlei Anstalten, Anger anzutreiben.

»Anne. Was ist nur aus der stolzen Jägerin geworden?« Charley hatte sein Pferd auf die gleiche Höhe mit Anger gebracht und tippte mir an den Ellbogen.

Ich blickte gar nicht erst auf, sondern starrte weiter vor mich hin. Augenblicklich war mir alles zu mühsam.

»Du vermisst den Hafen?«

Ja. Ich vermisste den Hafen, vermisste, John Dean sein zu dürfen, aber am allermeisten vermisste ich Jonathan. Auf einmal hatte ich einen Kloß im Hals.

»Ach, Charley. Mein Leben ist so sinnlos«, seufzte ich.

»Solange man jung und gesund ist, ist ein Leben niemals sinnlos.« Er sah mich streng an.

»Aber ich sitze im Käfig. Sie haben mich eingesperrt, um mich zu verkaufen. Was soll ich tun? Soll ich mich umbringen? Soll ich meinen zukünftigen Gatten ermorden? Ertragen werde ich das Leben, das mir bevorsteht, sicherlich nicht!«, rief ich.

»Im Norden, wo die Trapper ihre Fallen aufstellen, da gibt es Bären und Füchse, die sich lieber ein Bein abbeißen, als weiter in der Falle zu sitzen«, sagte Charley.

Ich blickte ihn an und wurde wütend. Charley und seine Gleichnisse. Sollte ich mir ein Bein abbeißen?

Auf einmal musste ich grinsen. Eine einbeinige Anne Cormac würde bestimmt kein Pflanzer heiraten wollen. Meine Zu-

161

kunft als Faktotum in Charles Towne. Peg-leg-Anne. Die irre Alte von der Plantage, die all ihre Sklaven freigelassen hatte, und trotzdem nicht bankrott gegangen war. Die auf dem Schaukelstuhl auf der Veranda saß, die Muskete auf den Knien, und auf alles schoss, was nach Pflanzer aussah.

Doch dann wurde ich wieder ernst. Ich konnte nicht in Charles Towne bleiben. Egal wie. Es würde nicht gehen. Selbst als irre Peg-leg-Anne würde mir Charles Towne auf Dauer zu klein und zu eng sein. Das Meer. Ich musste aufs Meer. Ich musste Libertalia finden. Es hatte mich schon immer gerufen. Schon in Kinsale.

Selbst Uncle Grandpa hatte es gewusst. Und auf einmal wurde mir klar, was ich tun musste. Ich musste mich noch einmal über Dads Verbot hinwegsetzen, koste es, was es wolle, und Jonathan suchen und ihm alles erzählen und dann könnten wir weg. Ganz einfach auf dem nächsten Schiff anheuern und los.

»Charley, können wir heute ausnahmsweise mal in den Hafen reiten? Bitte!« Es war eine Ungeheuerlichkeit, was ich da von ihm verlangte. Falls Dad davon erfuhr, würde er ihn entlassen oder ihm ein Verfahren anhängen oder Schlimmeres. Trotzdem sah ich Charley flehend an.

Er warf mir einen langen Blick zu. Dann nickte er beinahe unmerklich und ritt voran.

Im Hafen lenkte ich Anger zum Treffpunkt und hoffte inständig, dass die Jungs nicht gerade unterwegs waren, aber ich hatte Glück. Beinahe hatte ich Glück. Alle waren da. Alle, außer Jonathan. Ich sprang vom Pferd, während Charley in einiger Entfernung auf mich wartete.

»Hallo! Sagt mal, wo treibt sich denn Jonathan herum?«, fragte ich.

Während Ian und Lloyd mich verwundert anstarrten, hatte sich Toby erhoben und musterte mich mit vor der Brust verschränkten Armen. »Hey, Missy, was willst du denn von Jonathan, hm?«

»Ich muss mit ihm reden.«

Die Jungs warfen sich amüsierte Blicke zu.

»Reden. Ich wüsste nicht, was Jonathan mit 'ner Lady wie dir zu reden hätte.«

Fassungslos sah ich sie an. Sie erkannten mich nicht. Nicht einmal der Hauch einer Ahnung, dass ich John Dean war, der in Frauenkleidern vor ihnen stand, zeichnete sich in ihren Gesichtern ab.

»Und was wäre, wenn ich John Dean wäre?« So schnell gab ich nicht auf.

Noch einmal tauschten die drei Blicke aus. Peinlich berührt diesmal und alles andere als amüsiert.

Schließlich trat Toby drohend einen weiteren Schritt auf mich zu. »Hör mal, ich weiß nicht, welche Geisteskrankheit von dir Besitz ergriffen hat, dass du dich für John Dean hältst. Ich frage mich ohnehin, wie eine wie du überhaupt John Dean oder Jonathan kennen kann …«

›Eben. Genau das ist doch der Beweis, dass ich John Dean bin‹, lag mir auf der Zunge, doch als Toby weitersprach, schluckte ich meinen Protest hinunter.

»Hier sind sie jedenfalls nicht. John Dean ist weg. Seit ein paar Wochen. Vielleicht ist er zurück nach Cork oder tot. Wie auch immer, er hat uns seine Pläne nicht verraten, sondern war eines Tages einfach verschwunden. Und wenn du Jonathan suchst, er hat kurz nach John Deans Verschwinden auf einem Dreimaster angeheuert. Vielleicht findest du ihn ja in Libertalia.« Er brach in heiseres Lachen aus und Lloyd und Ian fielen mit ein.

Schließlich fügte er an: »Wenn es dir so wichtig ist, mit John Dean oder Jonathan zu sprechen, dann würde ich dir empfehlen, sie einfach zu suchen. Komm wieder, wenn du sie gefunden hast.« Damit wandte er sich von mir ab und polierte seine Messerklinge.

Wortlos bestieg ich mein Pferd. ›Jonathan hat auf einem Dreimaster angeheuert‹, echote es durch meinen Schädel. Ich gab Anger die Sporen und galoppierte davon. Ohne Jonathan und Libertalia, dafür aber mit einer Pflanzerzöglingshochzeitszukunft erschien mir mein Leben nun kein Körbchen Spanisches Moos mehr wert.

# 13

Die Vorbereitungen für den großen alljährlichen Sommerball liefen auf Hochtouren. Das Netz namens Charles Towne zog sich immer dichter um mich zusammen. Mit jedem Menuettschritt, den mir Madame aufzwang, hatte ich das Gefühl, dass mein Schnürmieder enger und enger wurde. Und als ich kurz vor dem Ersticken war, begann der Ball. Und ich, ich hatte kapituliert und spielte die brave Tochter.

Alle, die in Charles Towne etwas auf sich hielten, waren gekommen. Der gesamte Plantagenadel. Sogar Mum hatte ihren Kissenberg verlassen, um der offiziellen Einführung ihrer Tochter in die bessere Gesellschaft beizuwohnen, und als ich kurz aufblickte, fing ich Dads stolzen Blick auf. Ich wusste, dass ich unter besonderer Beobachtung der Charlestonians stand. Nicht nur, dass ich dank meines undamenhaften Verhaltens ohnehin schon einen schlechten Ruf genoss, so war ich es auch, die einen Menschen umgebracht hatte, wenngleich in Notwehr.

Während die Mädchen nervös an ihren Röcken nestelten oder sich betont gelangweilt Luft zufächelten, wurden die Jungs von den älteren Herren mit festem Händedruck begrüßt. Kernig und herzlich. Willkommen in der Männerwelt. Willkommen im Plantagenadel.

Hinter dem Schutz meines Fächers ließ ich den Blick durch den Saal schweifen. Joshua Cunningham, Alfie Collister, Harper Wayne und da hinten war auch noch Riley Warren. So richtig schienen auch die Jungs ihre Initiation in die Männerwelt nicht zu genießen. Zu sehr waren sie vom Rascheln der Röcke, den durch Korsagen in Form gehobenen und geschobenen Brüsten und all den klickenden Fächern abgelenkt.

Wer mochte ihre Zukünftige sein?

Enttäuscht klappte ich den Fächer zusammen. Was hatte ich auch erwartet? Neue Gesichter in Charles Towne? Nicht doch. Und wenn, dann hätte man es schon vorher erfahren.

Auf einmal begann die Kapelle zu spielen. Die eben noch bunt durcheinanderredende Menge formierte sich zu schweigenden Gruppen. Auf der einen Seite der Tanzfläche die zu verheiratenden Frauen, auf der anderen die jungen Männer. Die restlichen Besucher verteilten sich auf diejenigen Plätze, von denen aus sie möglichst nichts verpassten.

Gleichgültig begab ich mich in Positur. Ob ich mit diesem oder jenem tanzte, was machte das für einen Unterschied? Ich würde es mit jedem von ihnen gleich ungern tun.

Doch in diesem Augenblick erspähte ich Jebediah Fairchilde, der schnurstracks auf mich zulief. Er würde doch nicht? Impertinent! Er tat es. Jebediah Fairchilde forderte mich zum Tanz auf. Wie konnte er es wagen? Aber ich hatte keine Wahl. Mich zu weigern, wäre ein Affront gewesen, der sich in einer Stadt wie Charles Towne schnell zum Skandal aufbauschen würde. Das konnte ich Dad nicht antun. Nicht schon wieder. Schließlich hatte ich es versprochen.

Widerwillig knickste ich und warf Jebediah einen vernichtenden Blick zu, den er wortlos mit einer höhnisch in die Höhe gezogenen Braue erwiderte. Alle Augen waren auf uns gerichtet. Es tanzten, voilà, die Kinder der beiden reichsten Pflanzer der Gegend. Wahrlich, ein schönes Paar. Eine beidseitig gute Partie.

»Du tanzt erstaunlich gut für eine Frau mit Gossenmanieren«, raunte er mir während einer Drehung zu.

»Nun, dafür bist du von Kopf bis Fuß dégoûtant. Was fällt dir ein, ausgerechnet *mich* zum Tanzen aufzufordern?«, zischte ich ihm bei der nächsten Umdrehung zu, bei der er meine Hüfte umfassen musste.

»Weil du mich heiraten wirst, Anne Cormac.« Er hatte seine Lippen in unangenehme Nähe meines Ohrs gebracht, sodass ich seinen Atem spürte. Seine Finger gruben sich tiefer in meine Seite. Gierig.

Aber ich lächelte weiterhin ins Publikum, ohne die Zähne zu zeigen, ganz so, wie ich es bei Madame gelernt hatte, und als uns erneut ein Tanzschritt in unerträgliche Nähe zueinander führte, presste ich hervor: »Bei Gott, hiermit schwöre ich: Eher bringe ich dich um oder mich, als dass ich jemals eine Fairchilde und deine Gattin werde.« Ich lächelte weiter, und auch Jebediahs Gesichtsausdruck ließ die Zuschauer nichts von der Niederträchtigkeit seiner nächsten Worte ahnen.

»Nun, im Leuteumbringen hast du ja schon eine gewisse Routine, Anne Fairchilde.«

Die Musik wurde leiser. Gottlob, der Schlusstakt nahte. Ich schenkte Jebediah mein zuckersüßestes Lächeln, als ich abschließend vor ihm knickste. »Dann nimm dich besser vor Anne Cormac in Acht, Jebediah Fairchilde.«

»Ich habe bisher noch alles bekommen, was ich wollte«, entgegnete er und verbeugte sich tiefer, als es nötig gewesen wäre.

Darauf wollte ich noch etwas erwidern, aber in diesem Augenblick fiel mir ein Mann auf, der neben Dad stand und mich nicht aus den Augen ließ. Er war braungebrannt, bärtig und wirkte so gar nicht wie ein Pflanzer. Jebediah entfernte sich, und ich überlegte, wo ich den Mann schon einmal gesehen hatte. Als er merkte, dass ich ihn anstarrte, zwinkerte er mir zu. Nein, das war kein Pflanzer. Und dann fiel es mir ein. Er war einer der Seeleute, mit denen Dad in letzter Zeit gute Geschäfte machte, indem er Privateers, private Kaperschiffe, ausgerüstet hatte, die in seinem Auftrag ausländische Handelsschiffe überfielen. Zwei Drittel der Beute, die diese aufbrachten, standen Dad zu. Ein lukratives Geschäft.

Ich stellte mich zu Dad. Und Mum, die sich sichtlich nicht sehr wohl in ihrer Haut fühlte, begann sofort, an meiner Kleidung herumzuzupfen.

Unwillig schüttelte ich sie ab und wandte mich stattdessen meinem Vater und dem Seemann zu. »Dad, willst du uns nicht vorstellen?«

Er warf mir einen misstrauischen Blick zu und räusperte sich. Schließlich wies er zuerst auf mich. »Dies ist meine Tochter Anne«, dann: »Anne. Dies ist James Bonny.«

Ich knickste kokett. »Sehr erfreut, Ihre Bekanntschaft zu machen, Mister Bonny.«

»Die Freude liegt ganz bei mir, Miss Anne.« Er zwinkerte mir noch einmal zu, in Anbetracht dieser Gesellschaft eine Ungeheuerlichkeit.

Aber vielleicht imponierte mir gerade dies, denn vor dem Hintergrund der Langeweile macht eine kleine Unverschämtheit ungeheuer attraktiv.

# 14

Meine Hoffnung, dass aufgrund meines immer wieder als skandalös betrachteten Verhaltens die Freier fernbleiben würden, sowie die Annahme, dass mein Wert auf dem Hochzeitsmarkt gesunken war, erfüllten sich zu meinem größten Bedauern nicht.

Im Gegenteil. Sie standen Schlange. Und dass dies so war, lag sicherlich nicht an meinem Charme, wahrscheinlich auch nicht an meiner Schönheit, sondern es war wohl vor allem meine zu erwartende Mitgift, die mich auf einmal einer ganzen Reihe von jungen Pflanzern unwiderstehlich erscheinen ließ.

Ich war sehr erleichtert, dass sich Fairchilde nach seinem Balztanz nicht mehr unter meine Verehrer gemischt hatte. Meine Aufregung war völlig umsonst gewesen. Jebediah war einfach nur ein Schaumschläger. Das war er schon immer gewesen und er würde es auch für immer bleiben. So dachte ich.

Doch ein paar Tage nach jenem Ball des Grauens sollte ich eines Besseren belehrt werden. Ich war eben von einem Ausritt mit Charley und Anger zurückgekehrt. Der Abend war schon hereingebrochen und eine gewittrige Schwüle lastete schwer über den Feldern. Alle Menschen, denen ich an diesem Tag begegnet war, waren gereizt und wischten sich den

Schweiß von den Stirnen. Es braute sich etwas zusammen da oben. Und die Frage war nicht, ob es sich entladen würde, sondern lediglich, wann.

Ich führte den nervös tänzelnden Anger auf seine Koppel am Waldrand, damit er noch ein wenig weiden konnte, ehe ich ihn, bevor das Gewitter losbrechen würde, in seinen Stall bringen würde. Anger hatte die Ohren gespitzt und starrte unverwandt ins Dunkel, während ich über das Gatter gesprungen war, um den Stall auszumisten.

Auf einmal schnaubte er unwillig und in diesem Moment wurde ich von hinten an der Schulter gepackt und zu Boden gerissen. Mein Kopf traf auf einen Stein, und auf einmal drehte sich alles. Eine große dunkle Gestalt beugte sich über mich. Verschwommen und von sehr weit weg nahm ich wahr, dass sie erst meine Hose öffnete, um dann anschließend die eigene aufzuknöpfen.

»Ich habe dir doch gesagt, dass ich alles bekomme, was ich will«, sagte eine Stimme, die ich nur zu gut kannte, und möglicherweise von allen Stimmen, die ich jemals gehört hatte, am meisten verabscheute.

Meine Sinne kehrten zurück, und obwohl noch immer alles um mich herum schwankte, versuchte ich mich aufzurichten. Doch ich wurde zurückgestoßen, und Jebediah, indem er meine Arme auf den Boden drückte, beugte sich über mich und flüsterte mir ins Ohr: »Ich liebe dich. Ich habe dich schon immer geliebt, Anne Cormac.«

»Was du für Liebe hältst, ist lediglich Begehrlichkeit, denn von allen Mädchen in Charles Towne bin ich diejenige, die für dich am schwersten zu erreichen ist.«

Er hielt mir mit einer Hand den Mund zu. »Was weißt du

denn von Leidenschaft? Du raubst mir den Schlaf. Du ahnst gar nicht, wie sehr du mich quälst«, wagte es dieser Hund, mir ins Ohr zu winseln.

Ich spürte, wie sein Geschlecht immer heftiger gegen meinen Bauch drückte.

»Ich habe es bereits allen erzählt, Anne. Jeder in Charles Towne weiß jetzt, wie herrlich der Beischlaf mit der wilden Anne ist.« Er lachte. »Und nun gilt es zu überprüfen, ob ich nicht Vorschusslorbeeren verteilt habe.«

Er stieß einen obszönen Seufzer aus.

»Aber jetzt wird alle Qual ein Ende haben, denn gleich wirst du auf immer mir gehören, Anne Fairchilde. Und wenn erst dieser Akt vollzogen ist, und du mir deine Jungfräulichkeit geschenkt haben wirst, bist du für niemand anderen auch nur mehr einen Pfifferling wert.« Er gab meinen Mund frei und richtete sich auf, um sich seiner Hose zu entledigen.

In diesem Moment gelang es mir, eine der Latten, die zur Ausbesserung des Gatters vor dem Zaun lagen, zu ergreifen. Ich richtete mich auf und zog Jebediah das Holz über den Kopf. Für einen Augenblick sah er mich überrascht an, dann erhob er sich, wobei er jedoch etwas torkelte.

»Ich habe dir doch gesagt, dass ich nie, niemals Anne Fairchilde werde. Und wenn einer von uns dafür sterben muss!«, rief ich und sprang auf die Füße. Mir war noch immer schwindlig, aber ich musste dies irgendwie durchstehen.

Jebediahs Plan war perfide, aber genial. Wenn es ihm gelänge, mich zu vergewaltigen, dann hätte Dad gar keine andere Wahl, als mich ihm zur Frau zu geben. Und ein Leben mit Jebediah? Dann lieber der gnädige Tod!

Wir umkreisten uns, und dabei kam mir erst richtig zu Bewusstsein, welch unglaubliche Dreistigkeit Jebediah eben an den Tag gelegt hatte, welche Ungeheuerlichkeit sich mir da gerade offenbart hatte. Ich empfand einen solchen Ekel und Verachtung und Wut, dass ich mit der Latte auf ihn losging. Ich bin mir nicht sicher, ob ich jemals zuvor schon einmal so wütend gewesen war.

Und das gab mir meine Kraft zurück, mehr noch – die Wut, sie verlieh mir eine beinahe übermenschliche Stärke. Während Jebediah vergeblich versuchte, mir das Holz aus der Hand zu reißen, drosch ich blindlings auf ihn ein.

»Du verdammter Hurensohn! Du glaubst, du kannst dir alles nehmen, was du willst, ja? Ist das so? Aber da bist du bei mir an die Falsche geraten! Ich verachte dich! Dich und deine Schwester und deine gesamte Familie! Ich verachte, wie ihr mit euren Sklaven umgeht, und ich verachte euren Reichtum, den ihr aus fremdem Blut und Schmerz und Tod destilliert habt!«

»Anne, es ist genug, Anne! Bitte, hör auf!«, jaulte Jebediah irgendwann, aber ich konnte es nicht. Aufhören. Die Kränkung war zu groß.

»Ich hasse dich!« Noch einmal schlug ich zu und irgendetwas knackte in Jebediahs Leib. Er sank auf die Knie und sah mich blöde an, ehe er vornüberfiel und liegen blieb.

Ich ging noch zwei Schritte, dann übergab ich mich. Und wie ich mich übergab! Jebediah! ›Nie! Niemals!‹, dachte ich. Dann schwanden mir die Sinne.

# 15

Dad hatte uns später gefunden. Die zerschmetterte gute Partie. Als ich die Augen öffnete, lag mein Kopf auf Dads Schoß und Dad tätschelte meine Wangen. »Verdammt, Anne! Was hast du mit Fairchilde gemacht?«

Ich erzählte ihm die Ungeheuerlichkeit, derer sich Jebediah erdreistet hatte.

Dad wurde blass. »Dieser Bastard!«, flüsterte er. »Aber trotzdem, Anne. Du bist eine Lady. Eine Lady prügelt sich nicht! Warum bist du nicht zu mir gekommen?«

Ich lachte bitter auf. Wie hätte ich zu ihm kommen sollen, wenn Fairchilde mich mit dem gesamten Gewicht seiner nicht unerheblichen Leidenschaft in den Staub gedrückt hatte. »Wer küsst und es herumerzählt, verdient Prügel. Hätte ich einen Bruder, wäre der nicht anders mit dem Kerl verfahren!«, antwortete ich schließlich.

Dad sagte nichts mehr, aber er stieß einen tiefen Seufzer aus.

Nach unserer Auseinandersetzung war Jebediah eine Woche lang bettlägerig, und das Gerücht, das er gestreut hatte, verbreitete sich wie ein Lauffeuer. Seine Saat war aufgegangen. Ich war nun das Flittchen von Charles Towne. Immerhin reduzierte es die Anzahl meiner Freier drastisch. Nur Jebediah Fairchilde gab nicht auf. Natürlich nicht.

173

Ich wusste, dass er und sein Vater alles daran setzen würden, mich in ihre Falle zu treiben, aber sie hatten nicht mit dem Ass in meinem Ärmel gerechnet.

James Bonny.

Die Geschäftskontakte zwischen Dad und ihm schienen sich intensiviert zu haben, zumindest verkehrte Bonny in diesen Tagen sehr häufig im Herrenhaus unserer Plantage.

Eines Tages, als Dad und er im Salon saßen, nahm ich Millie das Tablett ab, um den Herren den Tee selbst zu servieren.

Als ich die Tür öffnete, sagte Dad zerstreut: »Du kannst das Tablett erst einmal auf dem Vertiko abstellen, Millie!«

Der Tisch war mit Abrechnungen übersät, und Dad war gerade dabei, die Zahlungen an Bonny in sein Kontorbuch einzutragen.

»Sehr gern, Mister Cormac«, sagte ich und knickste kokett.

Dad blickte irritiert von seinen Papieren auf. »Anne!«

Ich lächelte und fing Bonnys amüsierten Blick auf.

»Tee, Mister Bonny?«, fragte ich.

»Sehr gerne, Miss Cormac.«

»Dad?«

»Ja, bitte?« Er sah mich gequält an, und es war ihm anzumerken, dass er sich fragte, was wohl in meinem Kopf vorging.

Ich goss den Tee in die Tässchen. »Voilà.« Ich knickste noch einmal, und als ich den Raum verließ, spürte ich Bonnys Blick zwischen meinen Schulterblättern.


Eine halbe Stunde später schwang ich mich auf Angers Rücken und ritt heimlich durch den Wald zum Ende der Allee, die zum Herrenhaus führte. Bonny würde hier vorbeikommen, wenn die Unterredung mit Dad zu Ende war.

Allzu lange musste ich nicht warten, bis ich Hufgetrappel herannahen hörte. Ich verließ mein Versteck und ließ Anger in einen leichten Trab fallen. Als Bonny fast auf gleicher Höhe mit mir war, verstellte ich ihm den Weg.

»Oh, Mister Bonny, scheinbar möchte es der Zufall, dass wir uns gleich zweimal an einem Tag über den Weg laufen.«

Er lächelte. »Ich glaube nicht an Zufälle, Miss Anne.«

»Oh, Ihr glaubt nicht an Zufälle? Als was würdet Ihr dann unsere zweimalige Begegnung deuten?«

Bonny zog seinen Dreispitz vor mir. »Ich komme nicht umhin, diese als Bestimmung zu interpretieren.«

»Nun, Bestimmung … Das ist ein großes Wort, meint Ihr nicht?«, entgegnete ich.

Bonny lenkte seinen Fuchs etwas näher an Anger und sah mich an. »Auch wenn ich mich vor Euch möglicherweise zum Gespött mache, aber Ihr habt mich von dem Augenblick an verzaubert, an dem ich Euch zum ersten Mal sah.«

Ich schlug die Augen nieder und spürte ein sanftes Kribbeln, das sich über meinen gesamten Körper ausbreitete. Es war nicht so stark wie damals bei Jonathan, aber es war angenehm. Höchst angenehm. »Ihr macht mich verlegen«, sagte ich.

»Miss Anne, ich bin untröstlich. Ich wollte Euch mit meinem Geschwätz mitnichten inkommodieren.« Er warf einen beunruhigten Blick in Richtung Herrenhaus. Dann kam er noch ein wenig näher. »Verzeiht meine Kühnheit, aber denkt Ihr, dass es eine Gelegenheit außerhalb des Zufalls gibt, Euch wiederzusehen? Vielleicht heute Nacht?«

Überrascht sah ich ihn an. »Was erdreistet Ihr Euch?«

Er senkte den Kopf. »Es war die Leidenschaft, die mir diese Worte eingegeben hat. Ich hätte besser geschwiegen.«

Ich lächelte ihn an. »Nun, ausnahmsweise werde ich Euch vergeben.«

Er lächelte zurück. »Es ist wohl ausgeschlossen, dass ich, sollte ich mich heute nach Mitternacht hier einfinden, auf Euch treffen werde?«

Ich zog die Brauen hoch. »Höchstwahrscheinlich ist es das.« Dann schenkte ich ihm noch einmal mein bezauberndstes Lächeln. »Aber – nun, man kann nie wissen.« Ohne mich noch einmal nach ihm umzublicken, galoppierte ich davon. Und ich war mir sicher, dass er mir noch so lange nachsah, bis ich hinter dem Herrenhaus verschwunden war.

Den ganzen Abend überlegte ich, ob ich nicht drauf und dran war, eine große Torheit zu begehen. Nun, da Jonathan Charles Towne verlassen hatte, gab es keinen Mann, der mir besser gefiel als Bonny, zumal die einzige Alternative Jebediah Fairchilde hieß und nun wirklich alles andere als eine Alternative war. Aber irgendetwas, eine Winzigkeit, so klein, dass ich noch nicht einmal genau sagen konnte, was es war, störte mich. Vielleicht lag es daran, dass er nicht Jonathan war. Jonathan. Bei dem Gedanken an ihn wurde mir ganz schwer ums Herz. Aber Jonathan war fort. Und dass es war, wie es war, daran trug ich ausreichend Mitschuld. Zurückzublicken würde alles nur noch unerfreulicher machen.

Ich seufzte. Nein. Die Würfel waren gefallen und so fand ich mich also kurz nach Mitternacht am Ende der Eichenallee ein. Es war Neumond und die schmale Sichel warf nur wenig Licht auf die Welt. Ich blickte mich um, konnte aber nichts erkennen. Unglaublich, aber ich war mutterseelenallein. Dieser Schuft wollte mich wohl zum Narren halten.

Gerade wollte ich in wütendem Galopp nach Hause zurückkehren und Dad vorschlagen, dass ich den Rest meines Lebens
doch auch im Kloster verbringen könnte, da löste sich auf einmal ein Schatten aus der Dunkelheit und griff nach meinem
Zaumzeug.

»Ihr wirktet beinahe ein wenig enttäuscht, als Ihr Euch hier
alleine wähntet.« Er lachte.

Ärgerlich sprang ich vom Pferd und packte Bonnys Zaumzeug. »James Bonny, wenn Ihr glaubt, dass Ihr Euch solche
Späße mit mir erlauben könnt, dann habt Ihr Euch ganz gewaltig getäuscht!« Wütend funkelte ich ihn an, aber er, er lächelte nur und stieg von seinem Fuchs.

Bonnys Blick war auf einmal ganz weich. »Ihr seid so schön,
wenn Ihr wütend seid …« Seine Hände umfassten zärtlich die
meine, die noch immer das Zaumzeug hielt. Wir standen so
dicht beieinander, dass ich ihn riechen konnte. Und er roch
gut. Sonne, Salz und Meer schienen sich in seiner Haut verfan-
gen zu haben. Sonne, Salz und Meer. Und er roch noch nach
etwas anderem, nach Abenteuer roch er. Und nach Mann.

Ich lockerte meinen Griff.

»Werdet Ihr mich umbringen, wenn ich Euch jetzt küsse?«,
fragte er.

Mein Herz schlug ziemlich schnell dafür, dass ich mich vor
einer Stunde noch gefragt hatte, ob ich ihn überhaupt mochte.
»Nun, Ihr könntet Euren Mut beweisen, indem Ihr es einfach
versucht …«

# 16

Nun war also wahr geworden, was man sich in Charles Towne über mich erzählte. Die selbsterfüllende Prophezeiung des Jebediah Fairchilde. Ich hatte mich einem Mann hingegeben. Nur war es eben nicht Jebediah gewesen.

James und ich sahen uns von nun an beinahe jede Nacht, und manchmal dachte ich, dass die Schönheit dieser Nächte durchaus einen beschädigten Ruf wert waren. Ich glaube, dass ich damals glücklich war. Zumindest meistens.

»James, du nimmst mich doch mit, wenn du wieder in See stichst?«, hatte ich ihn eines Nachts bestürmt.

»Liebes, wie soll ich dich denn mitnehmen? Dein Vater würde mich doch sofort hängen lassen.«

Ich sah ihn streng an. »James. Du *musst* mich mitnehmen. Das ist meine Bestimmung.«

Er lachte. »Siehst du, das habe ich dir doch schon immer gesagt, dass ich deine Bestimmung bin.«

Ich gab ihm einen Klaps und lächelte. »Du eitler Kerl! Ich weiß nicht, ob *du* meine Bestimmung bist, aber ich weiß, dass es meine Bestimmung ist, zur See zu fahren.« Und dann erzählte ich ihm vom Old Head, und wie mich jedes Mal die Sehnsucht gepackt hatte, wenn der alte Ian von seinen Fahrten und seinen Seeungeheuern erzählt hatte. Ich griff nach der »Libertalia«

und zeigte sie James. »Das ist das Kostbarste, was ich jemals besessen habe.«

»Dieses Spielzeug?« Er lachte. »Wer so feurig im Bett ist wie du, den hätte ich fürwahr schon für ein wenig erwachsener gehalten.«

Ich war enttäuscht und seine Worte versetzten mir einen Stich. Jonathan hatte ganz anders reagiert, denn Jonathan hatte es von Anfang an verstanden, aber James – er nahm mich nicht ernst. Trotzdem erzählte ich ihm von Grandpa Uncle Jack und dass er die »Libertalia« noch kurz vor seinem Tod für mich geschnitzt hatte. »James, wir müssen nach Libertalia!«

Er lachte noch einmal auf. »Anne, was bist du nur für ein Kindskopf! Libertalia! Libertalia ist nichts als stark verknotetes Seemannsgarn.« Er schüttelte den Kopf.

Und auf einmal fühlte ich mich sehr einsam neben ihm.


»Du hast doch schon wieder Liebeskummer«, empfing mich Charley am nächsten Nachmittag. »Wer ist denn diesmal der Glückliche?«

»Du darfst es aber niemandem erzählen«, sagte ich.

Charley lächelte. »Wem sollte *ich* denn etwas erzählen?«

Ich seufzte. »Es … es ist James Bonny.«

Charleys Blick verfinsterte sich. »Bonny? Oh du mein Gott.«

»Bonny ist … sehr interessant.«

»Dass er interessant ist, glaube ich sofort. Aber ist er auch nett zu dir?«

Ich zuckte mit den Schultern. »Er ist zumindest netter als Fairchilde.«

Nun war es Charley, der seufzte. »Liebst du wirklich ihn? Oder ist es das Abenteuer, das ihn umweht?«

Ach, der gute Charley. Keiner kannte mich so gut wie er. Trotzdem sagte ich: »Natürlich liebe ich ihn!«

Charley nickte, aber es war ihm anzumerken, dass er mir nicht so recht glauben wollte. »Du wirst mich hassen, wenn ich dir sage, was ich von Bonny halte, aber glaub mir, er ist ein Feigling.«

»Nein! Hör auf damit, Charley! Ich will das nicht hören.« Ich hielt mir die Ohren zu und rannte weg.

Der Nachmittagsausritt fiel aus, weil Anne Cormac wütend auf Charley Fourfeathers war. Und was sie besonders wütend machte, war die Tatsache, dass sie im Grunde ihres Herzens fürchtete, er könnte recht haben.

Es gibt so Tage, an denen sich eine Unerfreulichkeit an die nächste reiht wie Perlen an einer besonders hässlichen Kette. Und dieser war einer davon. So wie die Nacht begonnen hatte, hatte sich der Nachmittag fortgesetzt, und das dicke Ende kam am Abend, als mich Dad in den Salon rief.

»Smaragd, ich muss mit dir reden. Setz dich.«

Folgsam ließ ich mich auf einem der gepolsterten Salonstühle nieder.

»Ich weiß, dass dir das nicht gefallen wird, aber du wirst bald siebzehn, sodass es allerhöchste Zeit wird, zu heiraten. Bedauerlicherweise hat das böswillige Gerücht, das Jebediah Fairchilde über dich in die Welt gesetzt hat, dazu geführt, dass sich die Anzahl der Bewerber, die um deine Hand anhalten, drastisch auf eine Person reduziert hat. Es ist, du ahnst es sicherlich, Jebediah Fairchilde.«

»Dad! Jebediah Fairchilde! Das kannst du nicht tun, Dad! Er wollte mich vergewaltigen und hat Lügen über mich verbreitet. Niemals, so wahr ich Anne Cormac bin, werde ich Jebediah Fairchilde heiraten!« Ich war aufgesprungen. Obwohl ich längst gewusst hatte, dass es so kommen würde, hasste ich meinen Vater in diesem Augenblick.

»Anne! Ich wünsche keine weiteren Diskussionen mehr darüber. Es ist, wie es ist. Hättest du dich besser benommen, hättest du auch eine größere Auswahl gehabt.«

Auch Dad war aufgestanden und blickte mich streng an.

Hätte ich mich besser benommen?

War es meine Schuld, dass Fairchilde seine heimlichen Phantasien öffentlich gemacht und als Tatsachen hingestellt hatte? Es war nicht zu fassen! Ich stampfte mit dem Fuß auf.

»Dad, wenn du *das* machst, dann werde ich nie wieder ein Wort mit dir sprechen. Lieber gehe ich in ein Kloster in Irland, als dass ich eine Fairchilde werde.«

»Es tut mir leid, Anne. Der Vertrag ist bereits unterzeichnet. Die Hochzeit findet in einem Monat statt. Gewöhn dich daran. Das Leben ist nun einmal nicht immer so, wie man es sich wünscht.« Damit wandte er mir den Rücken zu und ich bekam kaum noch Luft vor so viel Ungerechtigkeit. Schließlich stürzte ich hinaus und ließ die Tür krachend ins Schloss fallen. Dieser Tag, er war keine abscheuliche Perlenkette, er war der Strick, der mich zu strangulieren drohte.

# 17

Nachdem ich den Salon verlassen hatte, suchte ich ein paar Sachen zusammen, die ich für die Flucht brauchte. Auch die »Libertalia« befand sich in meinem Gepäck. Sollte James ruhig lachen über mein *Spielzeug*.

Dann sah ich bei Charley vorbei.

»Charley, es tut mir leid, dass ich so heftig reagiert habe vorhin. Vielleicht hast du recht. Aber ich habe keine andere Wahl. Lieber mit einem Feigling in der weiten Welt als mit einem Vergewaltiger und Sklavenschinder unter einem Dach, und mag es auch noch so golden sein.«

Er seufzte. »Du wirst mir sehr fehlen, Annie.« Er umarmte mich. Dann legte er mir eine Kette aus Bärenkrallen um den Hals. »Die ist von meinem Vater. Sie soll dir Glück bringen.«

»Danke, Charley. Ich werde dich auch sehr vermissen, aber es wird nicht für lange sein. Dad wird sich schon daran gewöhnen, dass James sein Schwiegersohn ist.«

»An deiner Stelle wäre ich mir da nicht so sicher. Ich denke, es wird ihn tödlich beleidigen.«

»Ach was. Glaub mir, er gewöhnt sich daran. Dad liebt mich.«

»Genau deshalb, Anne.«

Ich hörte gar nicht mehr richtig zu und saß schon auf Anger. Auf einmal war ich wie im Fieber. Aufbruchsfieber. »Bis in ein paar Wochen, Charley!« Ich winkte ihm und preschte dann zum Herrenhaus. Während ich auf die Nacht wartete, verfasste ich einen Abschiedsbrief an Mum und Dad, und als es so weit war, kletterte ich aus dem Fenster und ritt zu unserem Treffpunkt, das blickdichte Gebüsch, das aus unerfindlichen Gründen in einem fast perfekten Kreis wuchs und dessen Zentrum ein kleines Stückchen Wiese war. So groß wie ein Bett.

»James!«, rief ich. »Komm raus! Wir müssen hier weg!«

»Was? Wieso?«, drang seine Stimme unwillig aus dem Dickicht.

»Dad weiß alles. Er wird uns Feuer unterm Hintern machen, wenn wir nicht schnell verschwinden.«

»Was!?« James brach aus dem Gebüsch hervor. Offenbar hatte er es sich schon recht bequem gemacht, denn er trug nur noch sein Hemd und versuchte nun, im Laufen wieder in seine Hose zu schlüpfen. »Er weiß es? Verflucht noch mal, Anne, warum hast du ihm das gesagt?«

»Weil es so ist und weil er damit leben muss und weil er mir vor ein paar Stunden offeriert hat, dass der Vertrag mit Fairchilde schon unterschrieben ist. Na, was sagst du?«

»Ich sage, du bist wahnsinnig, Anne! Hättest du doch Fairchilde geheiratet, wir hätten uns doch trotzdem weiter sehen können. Was wird denn nun aus meinen Geschäften?«

Ich musste mich wohl verhört haben. Er dachte in diesem Moment an seine Geschäfte? Und er wollte mich offenbar nur heimlich treffen.

»Wenn du nicht mitkommst, dann sage ich Dad auch noch, dass du meine Jungfräulichkeit gestohlen hast. Dann wird er dafür sorgen, dass du im nächstbesten Kerkerloch verfaulst!«, schrie ich ihn an.

»Wie du willst, Anne. Dann lass uns abhauen«, sagte er schließlich.

Und doch war ich Anne Cormacs Enttäuschung und ihre vollste Verachtung. Sonst war ich nichts. Verachtung und Enttäuschung. So wie die Dinge lagen, war ich wohl vom Regen in die Traufe geraten.

Wir gingen in das erst vor wenigen Jahren gegründete Beaufort, wo ich James dazu überredete, mich zu heiraten. »James, Dad wird uns eher vergeben, wenn wir heiraten. Dann hat nach außen hin zumindest alles seine Ordnung. Und es wird dir nicht zum Nachteil gereichen, eine reiche Frau zu haben.«

Vor allem Letzteres schien ihn zu überzeugen, und so fand eine kurze, schmucklose Zeremonie statt, während der wir uns das Jawort gaben. Eigentlich widerstrebte es mir, einen anderen Namen anzunehmen. Aber rechtlich sah es so aus, dass James mich aus dem Besitz meines Vaters gelöst und dass ich nun in seinen Besitz übergegangen war. Deshalb musste ich nun auch ein neues Etikett tragen. Bonny. Anne Bonny.

Aber wenn man die Sache einmal bei Lichte betrachtete, dann war ohnehin alles ein großer Etikettenschwindel, denn strenggenommen war ich Anne Brennan, weil meine Eltern bis zum heutigen Tag nicht geheiratet hatten.

›Sei's drum‹, dachte ich, ›sollte James jemals auf die Idee kommen, mich tatsächlich wie seinen Besitz zu behandeln, so werde ich ihm schon beibringen, dass er sich dafür die Falsche ausgesucht hat.‹

Es folgten zwei ereignislose Monate, in denen wir in erster Linie davon lebten, dass ich ein paar meiner Schmuckstücke versilberte.

Ansonsten warteten wir darauf, dass sich die Aufregung zu Hause gelegt haben würde. Ich langweilte mich schrecklich in dieser Zeit. Es war nicht das Abenteuer, das ich erhofft hatte, stattdessen waren wir auf Gedeih und Verderb miteinander eingepfercht in unsere kleine Mansarde.

Zu James' größter Verärgerung gab ich ein Vermögen für diverse Folianten aus und las alles, was man über Seefahrt nur lesen konnte. Schließlich konnte ich ja nicht den ganzen Tag tatenlos in diesem Zimmerchen sitzen. Und so überlegte ich, wie sich die Tage etwas aufregender gestalten ließen. Da fiel mir ein, dass Bonny ein wirklich guter Schütze war.

»James, du musst mir unbedingt zeigen, wie man mit einer Pistole umgeht.«

»Das fehlte noch! Ich bringe meinem Weib das Schießen bei.«

Da baute ich mich vor ihm auf und sagte: »Wenn du das nicht tust, hast du bald kein Weib mehr.«

»Das ist doch Verschwendung. Pulver ist teuer«, versuchte er sich aus der Situation herauszuwinden.

»Das mag sein, aber wenn ich dich freundlich daran erinnern darf: Es ist *mein* Geld, von dem wir leben.«

Unwillig folgte er mir und Anger auf seinem Fuchs in ein abgelegenes Sumpfgelände, wo er mir mit dem gleichen zähen Widerwillen zeigte, wie man mit einer Pistole schoss.

Ich war hingerissen und hörte bis zum Abend nicht mehr damit auf. Als die Sonne hinter dem Horizont verschwand, sagte ich: »Jetzt können wir um die Wette schießen.«

James tippte sich erbost an die Stirn.

Nun, dann würde ich eben jeden Tag allein hierhin hinausreiten und üben.

# 18

Nach zwei Monaten kehrte ich nach Charles Towne zurück. Die Welt hatte den Atem angehalten vor Schwüle und vor dem Unwetter, das sich über dem Meer zusammenbraute. Schon als wir durch die Stadt ritten, merkte ich, dass irgendetwas nicht stimmte. Die Menschen starrten uns an, aber dies allein wäre noch gar nicht einmal so eigenartig gewesen, denn die Leute in Charles Towne starrten immer. Es war eher die Art, *wie* sie starrten. Kurz, intensiv starrten sie, nur, um sich sogleich wieder von uns abzuwenden, als wäre es der Leibhaftige, den sie erblickt hatten. Und das hatte mit der Vorgewitterstimmung, während der die Menschen sich stets eigenartig verhalten, nichts zu tun.

Ein ungutes Gefühl stieg in mir auf. Es war alles so befremdlich und unangenehm, dass ich schließlich im Galopp die Battery entlangstürmte, raus aus der Stadt, vorbei an den Baumwollfeldern, durch das Wäldchen, und als wir am Herrenhaus ankamen, waren die Flanken unserer Tiere so schweißgetränkt, dass wir sie erst einmal trockenreiben mussten.

Das Haus wirkte merkwürdig still. Etwas Unheimliches lastete über dem ganzen Anwesen. Ich bedeutete James, draußen auf mich zu warten, und ging ins Haus. Die Tür stand offen, aber kein Geräusch war zu hören.

»Dad?«, rief ich. Und noch einmal. »Dad???«

In diesem Moment kam Millie auf mich zu. »Um Gottes willen, Miss Anne!«, flüsterte sie.

»Was ist denn los, Millie?«, fragte ich. Mein Herz setzte einen Schlag lang aus. Irgendein Unheil schien in jeden Winkel des Hauses gekrochen zu sein.

»Oh mein Gott, Miss Anne, Ihr wisst es noch nicht?«

»Was? Was weiß ich nicht? Nun sag schon, Millie!«

Millie blickte sich nach allen Seiten um, dann hauchte sie: »Misses Cormac, sie …«

»Verdammt, Millie! Was ist mit Mum?«

Millie schlug die Augen nieder. »Sie … sie ist tot.«

Ich fühlte mich, als hätte ich einen kräftigen Schlag auf den Hinterkopf bekommen. »Was sagst du da? Tot?«, flüsterte ich und musste mich auf dem Tisch abstützen. »Aber … wann?«

»Kurz nachdem Ihr …« Millie warf mir einen unsicheren Blick zu. »Nachdem Ihr … gegangen seid.«

In diesem Moment erschien ein Mann im Türrahmen. Zusammengesunken. Auf einen Stock gestützt. Aschfahl. Es fiel mir schwer, in diesem gebrochenen Menschen den ehrgeizigen William Cormac zu erkennen.

»Dad?«, sagte ich mit tonloser Stimme.

Er warf mir einen Blick zu, den ich gar nicht beschreiben kann. Irgendwie stumpf und doch voller Hass. Seine Augäpfel in einem rotgeäderten Netz gefangen wie bei jemandem, der keine Tränen mehr hat.

»Dad?«, flüsterte ich noch einmal.

Auf einmal kam Leben in ihn. »Du! Duuuuu! Nenn mich nie wieder Dad, du Hure!«

Fassungslos starrte ich den Menschen an, der einmal mein Vater, mein über alles geliebter Vater, gewesen war. Ich hörte von draußen ein Donnergrollen und die Erde erzitterte. Das Wetterleuchten erhellte einen Lidschlag lang den Salon. Auf einmal zog Dad seinen Degen und ging auf mich los. Seine Hand zitterte. Ich wich zurück. Vor ihm. Vor diesem fürchterlichen Albtraum, in den ich auf einmal geraten war.

Dad setzte mir nach. »Du! Du hast deine Mutter umgebracht! Umgebracht hast du sie! Wegen dir ist sie vor Gram vergangen.«

Auf einmal wurde auch ich wütend. »Wegen mir? Wer hat sie denn bis zuletzt nicht geheiratet, obwohl das das Einzige war, was sie sich auf Erden jemals gewünscht hat?«, schrie ich.

»Schweig, du Bastard!«, schrie er zurück, und hätte ich in diesem Moment nicht nach meinem Degen gegriffen und seinen Angriff pariert, Dad hätte meine Halsschlagader getroffen. Wir fochten. Fochten verbissen. Und es war jene Verbissenheit, mit der nur diejenigen gegeneinander kämpfen, die sich einmal sehr nahegestanden haben. Millie stand daneben, wie erstarrt stand sie und hielt sich mit weit aufgerissenen Augen die Hände vor den Mund.

Die Wut ließ den Mann, der vor Kurzem noch mein Vater gewesen war, besser kämpfen als sonst, und ich musste mich in Acht nehmen, denn ich ahnte, dass er mich heute töten würde, selbst wenn es ihm hinterher leidtäte. Doch dann machte er auf einmal den entscheidenden Fehler, und es gelang mir, ihm den Degen aus der Hand zu schlagen. Dad stürzte, ich ergriff seine Waffe, stellte mich neben ihn und hielt ihm die Spitze meines Degens an den Hals.

»Sie hat es gewusst, Dad. Das mit Macala hat sie gewusst.« Die Tränen liefen meine Wangen herab. Es war mir egal. »Lebwohl, Dad.« Damit drehte ich mich um und ging.

»Verflucht sei der Tag, an dem du geboren wurdest, Anne!
Ich werde dich des Mordes anklagen und dann wirst du hängen. Jawohl, hängen wirst du!« Dad war mir bis zur Tür gefolgt
und stützte sich keuchend am Türrahmen ab.

Mit hemmungsloser Gewalt entluden sich die Naturkräfte
und es goss in Strömen. James war verschwunden, und als ich
auf Anger davongaloppierte, stand Dad noch genauso da. Als
wäre er in Kälte erstarrt. Und so sollte ich ihn noch lange in
Erinnerung behalten. Mein Vater als eine Skulptur des Hasses
an dem Tag, an dem sich alles entlud. Wahrhaft alles.

# 19

Im Wäldchen holte ich Bonny ein, verstellte ihm mit Anger den Weg und hielt ihm nun die Pistole an den Kopf.

»Du gottverdammter Feigling! Was fällt dir ein, dich einfach aus dem Staub zu machen? Wolltest du wohl gar selbst den Constable holen?«

James hatte den Kopf gesenkt und murmelte: »Hätte ich mich doch niemals mit dir eingelassen. Du zerstörst mein Leben.«

»Oh mein armer James, dass du mit einer solchen Furie von Frau zusammen sein musst, dauert mich ungemein. Wie ich eben erfahren durfte, hat dein Weib sogar ihre eigene Mutter ins Grab gebracht.« Ich lachte bitter auf, obwohl mir eher nach Weinen zumute war. »Du hast die Wahl: Entweder nimmst du mich irgendwohin mit, was weit genug von hier weg ist, sodass Dads Schergen uns nicht finden, oder ich erschieße dich hier auf der Stelle.«

»Anne, sei doch vernünftig!«

»Lieber James, ich bin die Mutter der Vernunft. Und ich möchte dir eine kleine Entscheidungshilfe geben: Auch dich wird man in irgendeinem feuchten Kerker verschimmeln lassen, denn auch du steckst schon viel zu tief in dieser Angelegenheit mit drin, als dass du noch ungeschoren davonkämst. Dad ist auf dem Kriegspfad.«

James stöhnte auf.

»Ich interpretiere dies als *ja*. Du reitest voran, und ich sage dir, wo es langgeht. Und gnade dir Gott, James, wenn du irgendwelche Tricks versuchst.«

Im Nachhinein kann man dieser Szene, wie das junge Glück einander in Schach hielt, eine gewisse Komik nicht absprechen, aber als ich sie erlebte, hätte ich schreien können. Vor Wut und vor Verzweiflung.

Zehn Minuten später standen wir vor Charleys Blockhütte. Die Lage schien aussichtslos. Wir konnten nicht einfach in den Hafen gehen. Dort würde Dad uns als Erstes suchen lassen und dank seiner Handelskontakte zu den Schmugglern und Piraten würde es nur eines mäßigen Kopfgeldes und weniger Stunden bedürfen, uns dingfest zu machen.

Nach Westen auszuweichen, erschien sinnlos, denn da war Indianergebiet. Was sollten wir dort? Also blieb nur noch der Weg nach Osten. Wir schlugen uns nach Bath durch, das mehr als dreihundert Meilen von Charles Towne entfernt war. Charley begleitete uns bis zum Pamlico River, und dann musste ich Anger und den letzten Menschen auf dieser Welt, der mich noch liebte, zurücklassen.

»Willst du nicht mitkommen, Charley?«, fragte ich.

Er schüttelte den Kopf. »Nein, Anne. Ich … ich habe mich verliebt.«

Ich musste lächeln. »Charley! Das ist doch wunderbar.«

»Ja, das ist es. Und wenn ich genug Geld gespart habe, dann werde ich sie freikaufen.«

Ein letztes Mal legte ich Anger die Hand auf die Nüstern, dann drückte ich Charley die Zügel in die Hand. »Verkauf Anger und nimm das Geld als Anzahlung. Falls es möglich ist, an jemanden, der nett zu ihm ist. Sobald ich zu Geld komme, werde ich dir so viel schicken, dass du deine Liebste auslösen kannst. Du sollst glücklich werden.«

»Pass lieber auf *dich* auf, Anne. Ich werde schon zurechtkommen. Und du«, damit wandte er sich an James, »wirst Anne stets wie eine Lady behandeln. Falls nicht, dann komme ich bis ans Ende der Welt und schneide dir nachts die Kehle durch. Ist das klar?«

»Wirst du wohl dein freches Maul halten, du verdammte Rothaut!«, zischte James.

Ich versetzte ihm einen Stoß, aber Charley winkte ab.

Wir ließen den Einbaum ins Wasser und legten ab. »Anne, ich weiß, dass du es weißt – aber du warst immer wie eine Tochter für mich.« Er hielt kurz inne, dann grinste er. »Oder wie ein Sohn.«

# 20

Nachdem ich eine meiner Ketten zu Geld gemacht hatte, verhandelte ich im Hafen von Bath mit einem der Piratenkapitäne über die Überfahrt auf die Bahamas.

»Kindchen, *dich* würde ich ja mitnehmen. So wie du aussiehst, hätten meine Jungs sicherlich ihre helle Freude an dir ...«

Meine Rechte schnellte an meinen Degen, den ich seit meiner Flucht nicht einmal mehr während des Schlafens ablegte. Captain Alexander entblößte seine sehr unvollständigen Zahnreihen und lachte laut auf.

»Lass stecken, Kindchen. Wir mögen zwar Piraten und Schurken sein, aber unter den Untiefen unserer sündigen Seelen sind wir in unserem tiefsten Herzensgrund doch wahre Gentlemen und würden uns niemals an einer Lady vergehen, die so behände mit ihrem Degen umzugehen weiß. Aber – Bonny kommt mir nicht an Bord.«

»Warum nicht? Was ist mit Bonny? Du kennst ihn?«

Captain Alexander spuckte aus. »Alas!«

Zu gern hätte ich gewusst, welches Hühnchen er mit James noch zu rupfen hatte, aber da die Zeit drängte, angelte ich zwei weitere Goldstücke aus dem Lederbeutelchen und hielt sie ihm wortlos hin. Genauso wortlos ergriff er sie. Dann sah er mich lange an. »Eine Schande ist das, dass eine wie du sich an einen solchen Hund vergeudet.«

Eigentlich hätte ich als liebende Ehefrau seiner Zunge Einhalt gebieten müssen, aber ich war noch immer damit beschäftigt, zu überlegen, was wohl vorgefallen sein mochte, während der Captain sich umdrehte und kurzerhand über die Planke balancierte und sich über die Reling auf sein Schiff schwang.

»In einer Stunde legen wir ab. Seid pünktlich. Wir können nicht auf euch warten.« Er spuckte über die Reling. »Unser ehrenwerter Lump von Gouverneur hat seinen Dornröschenschlaf beendet. Die Jagdsaison scheint eröffnet.«

Die Überfahrt von Bath nach New Providence dauerte nur zehn Tage, und was mich betraf, ich amüsierte mich prächtig. Stundenlang stand ich an der Reling und starrte ins Wasser und konnte gar nicht genug bekommen von dem prächtigen Farbenspiel. Niemals hätte ich gedacht, dass es derartig viele Blau- und Grüntöne gab. Zuerst der Atlantik, majestätisch, meist von tiefem Preußisch- und von einem bleiernen Blaugrau, wenn der Himmel bedeckt war. Dann der Golf von Mexiko, meist heiter in der Höhe von La Florida. Weißlich über den langgestreckten Sandbänken der Küsten, jadegrün um die Inseln mit ihren vorgelagerten wogenden Unterwasserdschungeln, aus denen die silbernen Leiber der Barrakudas wie blankpolierte Lanzenspitzen aufblitzten, zwischen Türkis und Azur changierend, durchzogen von weißgischtenden Wellenkämmen und Petrolgrün und Tiefblau auf offener See.

Der Captain hatte nicht zu viel versprochen. Seine Männer mochten zwar raue Kerle sein, aber nichtsdestotrotz schienen sie ehrliche Häute zu sein. Zumindest im weiteren Sinn. Fast alle waren sie für ein paar Jahre bei der Royal Navy gewesen und irgendwann desertiert.

»Eine solche Schinderei kannst du dir nicht vorstellen, Anne. Ein mickriger Sold, von dem du dir nicht wenigstens einmal im Jahr ein Stückchen Fleisch kaufen konntest, und nichts als schimmliger Schiffszwieback, während der feine Herr Kapitän und seine ehrenwerten Passagiere, die er auf eigene Kasse mitnahm, sich die gebratenen Täubchen in die fetten Wänste fliegen ließen.«

Wenn es nichts zu tun gab, dann zockte ich mit den Männern oder wir machten das Messerspiel. Das Essen war zwar eine Herausforderung, aber wir hatten unseren Spaß. Mit jeder Seemeile, die wir zwischen uns und Carolina brachten, fühlte ich mich besser. Nur James, der mit säuerlicher Miene alles vom Bugspriet verfolgte und sich an seiner Rumbuddel festhielt, wurde von allen geschnitten.

»Hör mal gut zu, du Piratenflittchen! Ich dulde es nicht, dass sich mein mir angetrautes Weib mit diesen Kerlen besäuft.«, schrie James eines Tages und packte mich an den Schultern.

»Wenn hier einer besoffen ist, mein lieber James, dann bist du das.« Ich wollte das Ganze ins Lächerliche ziehen, aber James erdreistete sich tatsächlich, auszuholen, um mich vor der versammelten Mannschaft zu schlagen.

Doch in diesem Moment fiel ihm ein Steward in den Arm und verpasste ihm einen Haken, dass mein betrunkener Ehemann rückwärtstaumelte und wohl über die Reling gestürzt wäre, hätte ich ihn nicht im letzten Augenblick beim Kragen gepackt und festgehalten.

»Mädchen, lass den Verräter doch über Bord gehen! Glaub mir, um diesen Kerl ist es wirklich nicht schade!«, dröhnte

der einäugige Isaac. Und wahrlich, kaum hatte sich James gefangen, holte er doch tatsächlich noch einmal aus, aber sein
Zustand ließ ihn mich drei Handbreit verfehlen. Was für eine
Hochzeitsreise! Einen Augenblick lang bedauerte ich es tatsächlich, ihn festgehalten zu haben.

In diesem Moment tauchte der Captain auf. »Verdammt,
Bonny, wusste ich's doch, dass ich mit einem wie dir an Bord
nichts als Ärger haben würde! Auf meinem Schiff werden
keine Frauen geschlagen!« Er spuckte vor ihm aus, dann nickte
er den Männern zu, und sie packten den wild um sich schla-
genden James an Armen und Beinen und fesselten ihn an den
Mast.

Bonny fluchte in einer Art, die dem ärgsten Trunkenbold
alle Ehre gemacht hätte, und zur Belohnung stopfte ihm der
Captain einen alten Lappen, den er wohl zuletzt beim Kalfatern benutzt hatte, in den Mund. Nach einer Weile gab James
endlich Ruhe, doch aus seinen Augen loderte der pure Hass,
und ich hatte das Gefühl, dass dieser mehr noch als den Männern vor allem mir galt.

Während James den Rest der Reise am Schiffsmast verbrachte,
stiegen bange Gedanken in mir auf. Wen hatte ich da eigentlich geheiratet? Was war von einer Zukunft an der Seite eines
Mannes zu erwarten, der – zumindest seinem Blick nach zu
urteilen – seine Frau schon während des Honeymoons am
liebsten umgebracht hätte, während andere Paare in diesem
Stadium noch vor lauter Tändelei in purem Glück zerflossen?
Ich verfluchte mich dafür, dass ich damals Jonathan nicht die
Wahrheit gesagt hatte. Wer weiß, wie anders mein Leben nun
ausgesehen hätte? Für einen Augenblick sehnte ich mich auf

die Plantage zurück, sehnte mich nach Charley und ja, selbst nach Dad sehnte ich mich.

Doch als wir den Wall erreichten, diesen Archipel Bahamas, mit seinen Abertausenden von Riffs und unzähligen Inseln, bot sich mir ein atemberaubender Anblick, und meine trüben Gedanken waren wie weggeblasen. Wir fuhren vorbei an zahllosen Meeresarmen und Buchten, viele mit weißen Stränden aus dem feinsten Sand, den ich jemals gesehen hatte, andere hingegen, bestanden aus gratigen Riffen. Das Wasser war so klar, dass ich manchmal bis auf den Grund sehen konnte, wo bunte Fischschwärme ihre Korallenfestungen bevölkerten. All dies stimmte mich so feierlich und friedlich, dass ich James schließlich aus seiner misslichen Lage befreite. Doch er würdigte mich bis zum Ende der Reise keines Blickes mehr. Augenblicklich war mir dies jedoch egal, denn ich war in Sicherheit vor Dads Rache, und vor mir lag ein Leben, das mir noch so neu und unbekannt war, dass ich es kaum erwarten konnte, es zu leben.

# VI

New Providence, Bahamas
1716/1717

# I

Als wir auf New Providence zusteuerten, konnte ich schon aus weiter Ferne ihre Strände sehen, die so weiß waren, dass es beinahe schon blendete, begrenzt von sattgrünen Palmen unter einem tiefblauen wolkenlosen Himmel. Umgeben war New Providence von einem Korallenriff, das sich wie ein unterseeischer Festungsring um die Insel schloss.

Mr. Dennell hatte mir damals viel über New Providence erzählt. Wie die Insel von Kolumbus entdeckt worden war, und dass sich später die Engländer dort niedergelassen hatten, erst Indianer und später Schwarze als Sklaven mitbrachten. Doch die Insel prosperierte nicht, und als dann auch noch die letzten englischen Siedler mehrfach von französischen Kaperern ausgeraubt und ihre Holzhäuser niedergebrannt worden waren, rissen sich englische Freibeuter die Insel unter den Nagel, und seitdem galt Providence als verruchtes Piratennest.

Mein Herz tat einen Satz. Libertalia! Vielleicht war das hier wirklich Libertalia? Und wenn das hier Libertalia war, vielleicht … Aber ich verwarf den Gedanken an Jonathan wieder. Es gab hier Hunderte, vielleicht sogar Tausende von Inseln. Warum sollte er ausgerechnet auf dieser hier sein? Vielleicht hatte James ja ausnahmsweise einmal recht, und es gab Libertalia gar nicht?

Während ich von derlei Gedanken verwirrt wurde, liefen wir am 24. Mai 1716 im Hafen von Nassau ein, wo gepflegte Schaluppen neben heruntergekommenen Brigantinen und seepockenüberwucherten Wracks vor sich hin dümpelten.

Was meinen Abschied von den Männern betraf, so war er äußerst herzlich. James hingegen schlich sich wortlos hinter mir von Bord, aber ich spürte seine Wut wie winzige Messerstiche zwischen meinen Schulterblättern. Seitens der Mannschaft wurde er weder eines Blickes noch eines weiteren Wortes gewürdigt.

Meine Erwartung, hier in Nassau auf so eine Art irdisches Paradies zu stoßen, wurde schnell enttäuscht. Zwar brach sich das Wasser malerisch und blaugrün auf dem Sand, aber über dem gesamten Strand hing ein übler Gestank nach verdorbenem Fisch, Urin und fauligen Früchten, deren Reste neben zertrümmerten Rumfässern, abgenagten Knochen und zerbrochenen Sparren vor sich hin moderten.

Im Hafen herrschte reges Treiben. Betrunkene torkelten unsicher, manche grölend, zwischen den Seidenballen und Gewürzsäcken, die vor den Brigantinen der Zwischenhändler aufgeschichtet waren, und Krüppel, holzbeinig, einarmig oder blind, stürzten sich auf uns.

»Schöne Lady, ein Almosen, bitte. Gott wird es Euch vergelten.«

Ich steckte einem der Bettler ein paar Münzen zu und sofort hörte ich James hinter mir zischen: »Wirf nur mit meinem Geld um dich! Als wäre dieser Hundsfott jemals auch nur ein Sekündchen der Gottesfürchtigkeit fähig gewesen.« Er spuckte aus.

»Nun, wie erfreulich, dass wenigstens unser guter James stets ein solch gottgefälliges Leben geführt hat«, gab ich spitz zurück.

In diesem Augenblick taumelte ein betrunkener Matrose auf mich zu und verstellte mir den Weg. »Keiner kommt hier vorbei, der nicht mit mir trinkt!«, verkündete er lallend. Dabei blickte er mich herausfordernd an. Er hatte nur noch ein Ohr und unter den Armen trug er je ein Rumfässchen. In seinem Gurt steckten zwei Pistolen, deren ziselierte Griffe in der Sonne glänzten.

»Guter Mann, die Sonne steht gerade erst im Zenit. Dein Vergnügen sei dir vergönnt, aber wir müssen erst Umschau nach einer Unterkunft halten«, sagte ich.

»Ach was, Unterkunft!« Der Matrose grinste mich anzüglich an. »So einem hübschen Vögelchen wie dir werde ich es schon gemütlich machen!« Er stellte die Fässer ab, öffnete eines und ließ den Rum in seine Kehle rinnen. Dann wischte er sich den Mund mit dem Handrücken ab und hielt mir das Fass hin. »Los, trink!« Es klang wie ein Befehl.

Ich drehte mich nach James um, aber er hatte noch einen größeren Abstand zwischen sich und mich gebracht und tat, als ginge ihn dies alles nichts an. Stattdessen starrte er einer der Hafenhuren so ungeniert auf die großen Brüste, dass sogleich ihr Zuhälter angerannt kam, um sich mit James über ihren Preis zu einigen.

Die Abscheu, die in diesem Augenblick in mir aufstieg, war von einer solch galligen Bitterkeit, dass ich regelrecht gegen den aufsteigenden Brechreiz ankämpfen musste.

Durch James' Eskapaden abgelenkt, hatte ich ganz vergessen, den betrunkenen Matrosen im Auge zu behalten. Und als ich mich nach ihm umwandte, hatte er schon die Rechte ausgestreckt und war drauf und dran, nach meinen Brüsten zu grapschen, während sich ein Ring aus Schaulustigen um uns gebildet hatte und den Kerl anfeuerte. Wo ein Skandal war, da war auch das Pack nicht weit.

Solche Sitten durfte ich erst gar nicht einreißen lassen, sonst hätte bald ganz Nassau seine Hände, wo sie nicht hingehörten.

Ohne lange nachzudenken, griff ich zwischen die Falten meines Rockes, zog die Pistole hervor, spannte den Hahn und zielte auf seinen Kopf. Der Schuss löste sich krachend, und da, wo eben noch das unversehrte Ohr des Kerls gewesen war, bot sich der grölenden Menge nur noch ein blutendes Nichts.

Verdutzt griff sich der Matrose an den Kopf, und als er die Hand zurückzog und sie sich unter die Augen hielt, da begann er zu schreien und zu fluchen. »Du verfluchte Metze, du Teufel in Weibsgestalt!«

Und während die Menge johlte und mir applaudierte, nahm ich dem Kerl die Pistolen ab und ließ sie zwischen meinen Rockfalten verschwinden.

»Oh mein aufrichtigstes Pardon, Monsieur! Eben wähnte ich noch ein Fässchen auf Eurem Halse. Jetzt erst sehe ich, dass es wohl doch Euer Haupt war«, sagte ich und nahm einen Schluck Rum. »Sehr zum Wohle.« Dann ließ ich meinen Blick über die Schaulustigen schweifen. Von einem zum anderen. »Wie unhöflich von mir, mich der erlauchten Bürgerschaft von Nassau nicht vorzustellen. Gestattet, Anne Bonny.« Damit raffte ich meine Röcke und schritt davon, ohne mich noch einmal umzusehen. Aber ich wusste, dass sie mir hinterherblickten. Jeder Einzelne von ihnen. Und jeder Einzelne von ihnen hatte sich meinen Namen gemerkt.

*Anne Bonny.*

James, der mir nachgestolpert war, knurrte: »Deinen Einstand hast du ja prächtig vermasselt.«

Aber ich schenkte ihm das zuckersüßeste Lächeln, das Madame mir beigebracht hatte, und sagte: »Im Gegenteil, mein lieber James. Ganz im Gegenteil!«

Nach einiger Sucherei bezogen wir schließlich Quartier bei der einäugigen Hawkins, die das einzige Lokal betrieb, auf das der Begriff *Wirtshaus* besser passte als *Spelunke,* und während James seinen Geschäften nachging, erkundete ich die Stadt oder zumindest das, was die Stirn besaß, sich als solche zu bezeichnen.

Nassau war ein rauer Ort, ein westindisches Eldorado, bevölkert von allem, was die Charlestonians, der Pflanzeradel Carolinas, schlichtweg als Abschaum bezeichnet hätte. Piraten, Schmuggler, Banditen aller Art, Huren und Zuhälter bildeten das Herz der Nassauer Gesellschaft. Daneben gab es auch noch ein paar wenige Nachkommen der ehemaligen englischen Siedler, die sich sehr zu ihrem Vorteil mit der neueren Bevölkerung arrangiert hatten, und die Zwischenhändler, die den Piraten ihre Prisen abkauften, um diese dann auf dem Festland an andere Kaufleute zu verhökern, die wiederum Handel trieben, nicht zuletzt auch mit den Charlestonians. Ironie des Schicksals – so mancher Pflanzer konnte an Land zurückkaufen, was er auf hoher See an die Piraten verloren hatte.

Beinahe zweitausend Menschen lebten hier, ohne dass irgendjemand sichtbar ihr Zusammenleben überwachte oder organisierte. Das Leben in Nassau erinnerte mich ein wenig an meine Tage am Hafen von Charles Towne. Nur dass es besser war. Es war größer. Ganz Nassau war, was Charles Towne nur in seinem Hafen war: einigermaßen frei.

Nassau hatte keine auf den ersten Blick erkennbaren Strukturen und sah aus, als wäre es das, was von einer Stadt nach der Apokalypse übrig blieb: schlichtweg Chaos. Über den rechtwinkligen Fundamenten der alten englischen Siedlung erhoben sich krumme und amorphe Gebilde, aus altem Wrackholz und unbehauenen Baumstämmen hingezimmert, ohne festes Dach, nur mit Palmblättern flüchtig gedeckt. Und das waren noch die besseren Gebäude. Viele der Piraten bauten sich lediglich eine Art Zelt aus zerfetztem und teils schon schwarz versportem Segeltuch. Die einzigen etwas haltbareren Gebäude, in denen auch der ein oder andere Stein mit verbaut worden war, waren die zahllosen Schenken und Spelunken, in denen die Männer die Tage mit Bier und Rum versoffen oder sie verhurten oder verwürfelten, und schon so manchem Piraten war es gelungen, an nur einem einzigen Tag sein gesamtes und meist nicht unerhebliches Vermögen durchzubringen.

Die ersten Wochen auf Providence war ich wirklich euphorisch. ›Was für eine freie Art, zu leben‹, dachte ich. Und auch mit James verstand ich mich wieder besser. Immerhin war es unser Honeymoon. Wenn man sich da schon so gar nicht mochte, wie sollte man sich zukünftig nicht hassen? Ja, doch, ein bisschen liebte ich ihn vielleicht doch. Immerhin hatte er mich davor bewahrt, das Ein-Kind-nach-dem-anderen-gebären-an-der-Seite-eines-Pflanzers-Leben zu führen. Und davon einmal abgesehen, stellte ich fest, dass man einen Mann nicht unbedingt abgöttisch lieben musste, um seinem Körper ein wenig Vergnügen für sich selbst zu entlocken.

Und genau nach einer solchen Nacht wachte ich morgens auf und war nicht unglücklich darüber, Mistress James Bonny zu sein. Noch halb im Traum wollte ich mich an James schmiegen, doch anstatt eines warmen festen Männerleibes erwartete mich ein kühles schlaffes Laken. James hatte sich wohl schon seinen Geschäften zugewandt, aber ein wenig wunderte ich mich doch, welche Umtriebigkeit er in letzter Zeit an den Tag legte. Eigentlich sahen wir uns nämlich nur noch recht selten.

Doch zu behaupten, wir hätten bereits große Pläne für unsere gemeinsame Zukunft geschmiedet, wäre eine kühne Übertreibung gewesen, denn das Einzige, was klar war, war, dass wir nicht für immer auf Providence bleiben konnten, immerhin hatte Dad mir eine Mordanklage angehängt, und dass der Inhalt meiner Schmuckschatulle nicht bis in alle Ewigkeit reichen würde, war offensichtlich.

Träge erhob ich mich von dem Strohquader, der uns als Matratze diente, benetzte mein Gesicht mit etwas Wasser aus der Waschschüssel und glitt in ein fließendes Kleid. Gottlob musste man auf Providence als weiblicher Outlaw nicht der neuesten Mode der Pflanzergesellschaft von Charles Towne folgen. Trotzdem überkam mich eine kurze Wehmut, als ich an meine Zeiten als John Dean dachte. Zu gerne wäre ich einfach in eine von James' Segeltuchhosen geschlüpft, die er nachlässig über eine grob zusammengezimmerte Truhe geworfen hatte. Aber selbst in Nassau, dem derzeit wahrscheinlich verruchtesten Ort der Neuen Welt, würde dies wohl für Verwirrung sorgen. Ich seufzte und stieg die windschiefen Stufen hinab.

Hawkins war schon dabei, resolut ihren riesigen Kessel zu scheuern. Als sie mich hörte, hielt sie kurz inne und sagte mit einem Grinsen: »Wünsche wohl geruht zu haben, Anniefox Bonny.«

»Guten Morgen, Hawkins! Ist James schon wieder fleißig?«

Hawkins stützte sich mit ihren feisten Armen auf dem Kesselrand ab und ihr eines Auge warf mir einen halb belustigten, halb bedauernden Blick zu.

»Kindchen, wenn du es Fleiß nennen möchtest, dann nenne es Fleiß. Aber wenn du mich fragst, ich würde vielleicht eher von *Potenz* sprechen. Immerhin habt ihr da oben ja schon die halbe Nacht ein Spektakel veranstaltet, dass eine alte Frau nicht einmal ihr eines Auge schließen konnte.«

Ich sah Hawkins verständnislos an, die ihren Zeigefinger unter die Augenklappe gesteckt hatte und in ihrer leeren Augenhöhle herumpulte.

»Aber er hat doch gesagt, dass er im Moment so viel zu tun hat, weil er so gute Geschäfte mit den Piraten macht.«

»Anniefox Bonny! An sich scheinst du mir ja nicht auf den Kopf gefallen zu sein, aber in Sachen James ist dein hübsches Köpfchen so träge wie eine Schildkröte an Land. Ich sage nur Melonen-Molly!«

»Melonen-Molly?«

»Ja. Melonen-Molly. Dicke Brüste, dicker Hintern. Justins the Hooks einträglichste Hure. Dein feiner James macht ihr schon seit Wochen den Hof.«

Ich erinnerte mich an den Tag unserer Ankunft im Hafen. James in diesem Licht präsentiert zu bekommen, förderte sogleich einen weiteren Verdacht zutage. Ich ließ Hawkins stehen, eilte nach oben in unsere Stube und durchwühlte meine Sachen. Verflucht! Beinahe mein gesamter Schmuck war verschwunden. Wütend stampfte ich mit dem Fuß auf. Ich rannte wieder nach unten und rief Hawkins im Gehen zu: »Hawkins, ich schwöre dir: Das wird James nicht überleben!«

»Hey, du Stinkmorchel! Wenn dir dein armseliges Leben lieb ist, dann sagst du mir augenblicklich, in welchem wanzenverseuchten, flohschwangeren Sündenpfuhl sich deine verfluchte Melonen-Molly gerade herumsuhlt!« Schon von Weitem hatte ich Justin the Hook erspäht, mich von hinten angeschlichen und hielt ihm nun mein Messer an die Kehle.

»Na, wenn das nicht die Bonny-Fähe ist, will ich meinen Besen …«

»Erspar es mir, zu erfahren, was du mit deinem Besen treibst«, schnitt ich ihm das Wort ab. »Wo ist Bonny?«

»Wie schade, Schätzchen. Ich dachte, du willst bei mir anfangen. So eine rote Rassestute fehlt mir noch in meinem Ladys-Portefeuille.«

»Elender! Soll ich dir erst die Zunge aus deinem frechen Maul herausschneiden?« Ich verstärkte den Druck auf die Klinge.

»Ist ja gut, Lady. Ich sag dir, wo der Kerl ist. Am besten, du schaffst ihn mir gleich ganz vom Hals.«

Ich ließ Haken-Justin los und er führte mich in den Hinterraum einer der heruntergekommensten Spelunken ganz Nassaus. Was ich erblickte, ließ mir übel werden. Ein liederliches Knäuel nackten Menschenfleischs in brünstiger Umklammerung.

»Du gottverfluchter Hurenbock!«, schrie ich James an. Meine Wut galt einzig meinem vermaledeiten Gatten. Molly tat ja nur ihre Arbeit, und James' entrücktem Gesichtsausdruck zu urteilen, machte sie ihre Sache wirklich gut.

Für einen Augenblick starrte mich Bonny blöde und mit leeren Augen an, dann sprang er auf und glitt so schnell in Hemd und Hose, wie ich ihn dies noch niemals vorher habe tun sehen, während Molly ungerührt in all ihrer drallen Nacktheit verharrte und die Szene belustigt verfolgte. Es war wohl nicht das erste Mal, dass sie so etwas erlebte.

»Wie kannst du es wagen, dieser Dirne meinen gesamten Schmuck zwischen die Schenkel zu legen?«

James wich bis zur Wand der Kammer zurück und hob beschwichtigend die Hände. »Annie, das hat nichts zu bedeuten. Du bist mir doch von allen die Liebste. Es ist nur …«

Ich glaubte ihm kein Wort. Selbst wenn ich ihm von *allen* die Liebste war, so war allein der Umstand, nicht die *Einzige* zu sein, schon eine Schmach, die zu ertragen ich nicht willens war. Ich zog mein Messer und warf es so nach ihm, dass es ihm seinen Ärmel an die Wand heftete.

In James' Augen flackerte ein Flämmchen namens Todesangst. »Annie! Nein, das kannst du doch nicht tun!«

Oh, da kannte James mich aber schlecht. Ich konnte noch ganz andere Dinge. Zum Beispiel auch noch das andere Messer werfen.

»Wage es nicht, dich noch einmal in meiner Nähe blicken zu lassen!«, rief ich ihm zu, ehe ich mich zum Gehen umwandte. »Von nun an sind wir geschiedene Leute, James.«

Und so würde ich meinen Gatten in lebendiger Erinnerung behalten: In Selbstmitleid zerflossen. Die Augen angstvoll aufgerissen. An die Wand einer Hurenkammer geheftet.

Und gottlob, James kam fürs Erste nicht wieder. Aber wer hätte gedacht, dass das Fernbleiben eines Schuftes noch weitaus größere Probleme nach sich ziehen würde als seine Anwesenheit?

Mein liebender Gatte verschwand. Mit einem Schildkrötenfangboot verschwand er und mit ihm das Geld, das er den Piraten noch für den Weiterverkauf ihrer Prisen schuldete. In Nassau, nein, auf ganz Providence brauchte er sich fürs Erste nicht mehr blicken zu lassen. Wahrlich, hier hatte er im Moment keine Freunde mehr.

Zuerst war ich froh darüber, dass er mir wohl nie wieder unter die Augen treten würde, aber was ich nicht bedacht hatte, war der Umstand, dass auch auf Providence eine Frau ohne Ehemann eine Art Vogelfreie war. Zwar hatte ich den einohrigen Matrosen sofort in seine Schranken verwiesen und das hatte sich glücklicherweise herumgesprochen, aber gleichzeitig verlieh mir gerade dies eine merkwürdige Attraktivität.

Doch immerhin hatte ich ein Dach über dem Kopf und genug zu essen, denn Hawkins hatte angeboten, dass ich ihr fürs Erste in der Schenke helfen konnte, bis ich eine andere Idee hatte.

»Anniefox Bonny, eine Frau wie du sollte etwas Besseres aus ihrem Leben machen, als versoffenen Kerlen einen Bumboo zusammenzurühren«, hatte sie gesagt.

Und ich, ich hatte mit den Schultern gezuckt und entgegnet: »Solange sie ihre Hände bei sich behalten, kann ich mir Schlimmeres vorstellen.«

Aber sie ließen ihre Hände nicht bei sich. Ich war Thema in Nassau, und seitdem ich unbemannt bei Hawkins hauste und ihr half, war das »One Eye’s« die meistbesuchte Schenke der Stadt. Die Kerle waren wie die Fliegen. Und wunderbare Namen hatten sie sich für mich ausgedacht. Roter Teufel, die Bonny-Hexe, verruchte Fähe, irische Rassestute. Einer schmeichelhafter als der andere.

»Anniefox Bonny, du bist ein richtiges Goldvögelchen. Ich mache den Umsatz meines Lebens. Wenn deine Verehrer weiterhin so Schlange an meinem Tresen stehen, dann kann ich mich nächstes Jahr aus dem Gewerbe zurückziehen und mich eines angenehmen Lebensabends erfreuen«, sagte Hawkins immer wieder.

Und ja, meine Verehrer standen wirklich Schlange. Nicht etwa, weil sie mir in abgöttischer Liebe verfallen gewesen wären, oh nein! Was sie reizte, das war der Gedanke, dass gerade sie es sein würden, die es schafften, den Willen des wildgewordenen Teufelsweibs zu brechen.

In Nassau keine Verbündeten zu haben, das konnte tödlich sein, zumindest würde es auf längere Sicht genau in jene Knechtschaft führen, vor der ich geflohen war. Und der Käfig, der hier auf mich wartete, war kein weitläufiger goldener wie in Charles Towne, nein, hier war er so windschief wie die Behausungen, und seine Gitterstäbe so rostig wie der Käfig am Tilbury Point, in dem der selige Captain Kidd, Gott sei seiner Seele gnädig, baumelte.

# 2

Ein paar Wochen nachdem sich James abgesetzt hatte, war eines Abends alles aus dem Ruder gelaufen. Ein Kerl, der sich John Moustache nannte, hatte den Bogen überspannt, indem er die Dreistigkeit besessen hatte, meinen Rock anzuheben, als ich eben über einen Tisch gebeugt mehrere Humpen Bier abstellen wollte. Ohne lange nachzudenken, hatte ich mich umgedreht und ihm ein Veilchen verpasst. Dies hatte gewirkt wie eine Lunte, die plötzlich entzündet wurde. Der Auftakt einer wirklich formidablen Schlägerei.

Auf einmal waren alle Männer auf den Beinen gewesen. Stühle wurden geworfen, Bierhumpen flogen durch die Luft, Tische und Bänke wurden umgestürzt. Jeder hieb auf jeden ein, und Hawkins und ich brauchten beinahe eine Stunde, bis wir alle Streithähne hinausgeworfen hatten und das »One Eye's« vor der Zeit schließen konnten.

Nachdem wir die Tische und Bänke wieder aufgerichtet hatten, kredenzten wir uns selbst einen Bumboo, ein Gebräu aus Rum, Wasser, Zuckerrohr, Muskat und einer Prise Zimt. Schließlich legte Hawkins die Beine auf den Tisch, entzündete sich eine ihrer dicken Zigarren und paffte schweigend vor sich hin, während sie mit ihrem einen Auge ins Leere starrte.

Auf einmal klopfte es an der Tür. Ich sprang auf und zog mein Messer. Hatten die Schweineköpfe noch immer nicht

genug? Doch es waren Hawkins' Freundinnen Beth und Zola.
Ich bereitete ihnen ebenfalls einen Bumboo und dann setzten
wir uns zu Hawkins.

Nachdem Beth gehört hatte, was passiert war, runzelte sie
die Stirn und sagte: »Was du brauchst, Anne, das ist ein Kerl.«

»Ach, komm schon, Beth, ich glaube, das ist das Letzte, was
ich im Moment brauche. Ein Kerl! Wozu denn, bitte schön?«

»Damit du nicht zum Weib *aller* Männer wirst!« In einem
anderen, einem früheren Leben, war Beth Hebamme gewesen,
aber als ihr eine reiche Lady während einer komplizierten Geburt unter den Händen weggestorben war, musste sie aus Carolina fliehen, denn man war schon drauf und dran gewesen,
sie als Hexe zu verurteilen und sie danach einer schmählichen
und qualvollen Hinrichtung zu unterziehen. Auf eine gewisse
Art waren Hebammen ohnehin immer verdächtig. Gottlob
hatte sie durch eine Freundin von dieser Sache Wind bekommen und sich rechtzeitig nach Providence absetzen können.
Und hier, nun, man kann nicht direkt behaupten, dass sie ihre
Profession gewechselt hätte, aber hier arbeitete sie vor allem
für die Prostituierten, oder vielmehr deren Zuhälter. Und nun
war es das Ziel ihrer Bemühungen, dafür zu sorgen, dass keine
Kinder geboren wurden.

Ich schüttelte wild den Kopf. »Niemals! Du hast doch auch
keinen Mann.«

»Nein. Aber ich bin ja auch alt und hässlich. Mich würden
die nicht einmal mehr nehmen, selbst wenn ich sie mit Gold-
stücken bewerfen würde. Aber du, du bist jung und wunder-
schön. Und das, mein Kind, ist der durchaus bedeutende Unterschied.«

»Ach was! Ein Mann beschützt dich auch nicht. Wenn er

dich satthat, dann verkauft er dich einfach weiter. Und zwar nicht an den, den du willst, sondern an den, der am meisten zahlt«, mischte sich Hawkins ein. Sie stieß einen großen Rauchkringel in die Luft und leerte ihren Becher in einem Zug. »Das muss man sich einmal vorstellen: Zehn Jahre lang hat mich dieser alte Bock von einem Ehemann jede Nacht besprungen, und dann kam auf einmal was Jüngeres daher und da hat er mich an einen alten Tattergreis verkauft. Die Quittung hat er bestimmt bis heute. Eine Quittung, das ist so gut wie eine Scheidungsurkunde. Ich muss wohl nicht erwähnen, dass ich danach die Nase gestrichen voll hatte von Männern. Aber der Tattergreis erwies sich schließlich noch als rüstig genug, mit einem Brecheisen auf mich loszugehen, als ich ihm nicht beischlafen wollte. Diese Sache ist tüchtig ins Auge gegangen«, sie lachte heiser auf. »Nun gut, jedenfalls ist es mir danach nicht einmal mehr im Traum eingefallen, bei dem Kerl zu bleiben. Eines Nachts habe ich meine Sachen gepackt und bin gegangen. Aber der Alte hat wohl Gott und die Welt in Bewegung gesetzt. Jedenfalls wurde die entlaufene Ehefrau, also ich, aufgegriffen und danach haben sie mich in Ketten nach Virginia geschleppt. Das war ein Spaß, kann ich euch sagen. Egal wie du es anstellst, du kommst immer vom Regen in die Traufe.«

»Aber das müssen wir uns doch nicht bieten lassen«, protestierte ich.

Hawkins sah mich mit ihrem einen Auge durchdringend an. »Nein, aber die meisten von uns tappen irgendwann in die Falle. Und dann: Weib oder Sklave – das macht im Grunde keinen Unterschied. Aber zumindest sollten wir die Gelegenheit nutzen, wenn sich mal eine bietet. Und ich habe sie genutzt. Als einer der Wachen eingeschlafen war, da habe ich die Beine in die Hand genommen und bin davongerannt. Gelegentlich ist es auch mal von Vorteil, dass man als Frau ständig unterschätzt wird.«

Zolas Augen wurden immer größer. Zola war Mulattin, Prostituierte und die schönste Frau, die ich jemals gesehen habe. Ihr Vater war auch ein Pflanzer gewesen, der eine seiner Sklavinnen beglückt hatte. Die Vaterschaft hatte er jedoch abgestritten, und so war Zola eines Tages einfach weggelaufen, um nicht weiterverkauft zu werden. Ich musste an Dad denken, und dies versetzte mir einen Stich. Warum nur hatten sich unsere Wege in Feindschaft getrennt? Aber ich schob diesen Gedanken beiseite. Die Zukunft liegt vorne. Eine Binsenweisheit. Und trotzdem ist es manchmal verdammt schwierig, nicht mehr hinter sich zu blicken.

Ich fragte mich, ob Zola sich gelegentlich nach ihrer Vergangenheit sehnte, aber vermutlich nicht. Sie hatte noch weniger zu verlieren gehabt als ich. Nach einer langen Passage war sie schließlich auf Providence gestrandet. Und hier war sie zu einer einflussreichen Frau geworden, denn Zola war nicht irgendeine Prostituierte – Huren gab es in Nassau bald mehr als Sandkörner am Strand –, nein, Madame Zola arbeitete nur für sich und deshalb hatte sie nur handverlesene Kundschaft. Nein, richtiger wäre es, es so zu formulieren: Sie hatte zahllose Verehrer, aber sie erhörte nur eine Handvoll, nämlich nur die reichsten und einflussreichsten, und diese bedankten sich für die Gunst, die ihnen erwiesen wurde, mit erlesenen und kostbaren Geschenken, die Zola im Laufe der Zeit reich gemacht hatten.

»Nun schau doch nicht so, Zola. Auch ich war einmal jung. Und ich mag wohl einäugig sein, aber meine beiden Beine sind mir geblieben«, protestierte Hawkins. »Natürlich haben sie mich gejagt, aber es gelang mir, auf einem Piratenschiff als Bordhure anzuheuern. Und glaubt es oder glaubt es nicht. Die Piraten haben es sich etwas kosten lassen, sich die Nächte mit einer Einäugigen zu versüßen. Bei manchen Männern ist es gerade das Bizarre, das sie reizt. Nach einer Weile hatte ich jedenfalls ein kleines Vermögen und in Nassau bin ich von Bord gegangen und habe mir ein bisschen Grund und einen Verhau gekauft. Und daraus ward diese Spelunke hier geboren. Und wenn ich irgendwas in meinem armseligen Leben gelernt habe, dann das: Aus dem, was man nicht verbergen kann, muss man Kapital schlagen. Also habe ich sie »One Eye's« genannt.« Sie sog genussvoll an ihrer Zigarre. »So, und nun bin ich alt, aber ich war niemals mehr von einem Mann abhängig.« Sie füllte ihren Humpen erneut mit Bumboo, äugte in unsere Krüge, goss uns nach und lehnte sich schließlich seufzend zurück. »Ach, wisst ihr, Kinder, einmal hätte ich doch noch gerne einen Kerl auf meinem Strohsack. Einen hübschen, netten Kerl. Es sind ja längst nicht alle Männer schlecht.«

Ich schüttelte den Kopf. »Nein. Es sind die Leute. Weil alle mitmachen. Männer und Frauen. Es gibt immer zwei Seiten. Die einen, die herrschen, und die anderen, die sich beherrschen lassen. Aber davon einmal abgesehen, mag ich Männer!«

Die anderen Frauen begannen zu lachen, nickten beifällig und rissen ihre Humpen empor und stießen mit mir an. Und es wurde noch viel gelacht und angestoßen in dieser Nacht. So viel, dass ich mich beim besten Willen nicht mehr daran erinnern kann, wann und wie ich in mein Bett gekommen bin.

# 3

Und so wurden diese Frauen meine Freundinnen und ich lernte viel von ihnen. Kämpfen, ja, das konnte ich. Das konnte ich sogar besser als die drei. Aber zum Überleben in der vermutlich verruchtesten Stadt der Neuen Welt gehörte noch ein wenig mehr. Schließlich konnte ich mich nicht den ganzen Tag duellieren. Und obwohl unser Leben gelegentlich hart war, hart auf andere Art als in Charles Towne, waren die meisten unserer Tage dennoch vergnüglich.

So brachte mir Madame Zola, die Gnädige, bei, wie man aus Fischblut und Beeren Tinte herstellen konnte, wenn der Tintennachschub vom Festland wieder einmal wochen- oder monatelang auf sich warten ließ. Und was noch wichtiger war, wie man sein Vergnügen mit Männern fand, ohne dass man seinen Wert verlor.

Von Hawkins lernte ich vor allem eines, nämlich, egal wie schlimm die Dinge auch kamen, das Beste daraus zu machen. In dieser Hinsicht war sie mir ein leuchtendes Vorbild. Und während ich ihr half, das »One Eye's« in Schuss zu halten, zeigte sie mir Dinge wie die, dass Wäsche wieder blütenweiß wurde, wenn man sie in Salzwasser wusch, oder dass sich Bettwanzen fernhalten ließen, wenn man alle Ritzen in und um das Bett gelegentlich mit kochend heißem Fett tränkte. Wenn wir gemeinsam kochten, dann prägte ich mir ihre Rezepte ein, denn ihre Kochkünste waren in der Tat unübertroffen. Ihr Maniokwurzelbrei mit Bananen und Muskat war wirklich eine Delikatesse, ebenso ihre Schildkrötensuppe. Und bei Gott, ich habe Salmagundi in hundert Varianten gegessen, aber nie wieder kam eine an Hawkins' heran. Wahrlich, sie meinte es wirklich gut, was die Zutaten für diesen Salat betraf: Sie briet Schildkrötenfleisch und schnitt es in feine Streifen, dann fügte sie Kohl, Sardellen, Palmherzen, Öl, Knoblauch, Eier und fein gewürfelte Salzfischchen hinzu. Das Ganze wurde kräftig mit Senfkörnern und Pfeffer gewürzt und zum Schluss mit Essig und Öl übergossen, und fertig war das beste Salmagundi der Neuen Welt.

Als ich eines Nachmittags wieder einmal Beth besuchte, hockte sie auf ihrer windschiefen Treibholz-Veranda und war gerade dabei, Bienenwachs zu kneten.

»Willst du Kerzen ziehen?«, fragte ich sie.

Sie lachte laut auf. »Gott bewahre! Kerzen ziehen! Wer soll denn vom Kerzenziehen leben? Komm, setz dich, Anne. Ich zeig dir was.«

Und dann drückte sie mir einen Wachsklumpen in die Hand. »Wenn er weich ist, dann kannst du daraus Kappen formen. Und wenn du mit einem Kerl das Lager teilen willst, aber nicht gleich einen ganzen Stall Kinder von ihm möchtest, dann führ dir das vorher ein.«

Verwundert starrte ich auf die Kappe. »Und das nützt?«

»Nun. Meistens. Am besten, du drückst es vorher noch gut an. Aber merk dir: Die Natur ist stark.«

Dann lotste sie mich in ihre niedrige verrußte Küche, wo sich schiefe Regale unter der Last von Gläsern bogen, die mit

Kräutern und allerhand Seltsamkeiten gefüllt waren. Getrocknetes Seegetier, verdorrte Salamander, Steine und Pülverchen und ein paar Kröten und Schlangen krümmten sich in einer alkoholischen Lösung wie in einer gläsernen Gebärmutter. Beth kramte in einer großen Truhe. »Ah, hier.« Sie reichte mir ein Beutelchen mit einem trockenen Kraut. »Sollte dir die Natur doch mal einen Streich spielen, dann mischst du das mit festem Fett und formst ein Zäpfchen daraus.« Versonnen ließ sie ihren Blick über die Gläser schweifen. »Für mein Leben gern wäre ich Ärztin geworden …« Sie seufzte. »Egal, die schwarze Nieswurz wird dich jedenfalls wieder bluten lassen, auch, wenn du schwanger bist.«

»Immer?«

»Nein. Aber – meistens.«

Verwirrt steckte ich das Beutelchen unter meinen Gürtel.

»Ach ja, und sieh zu, dass du möglichst viel Orangen oder Limetten isst.«

»Hilft das auch gegen ungewollte Schwangerschaften?«, fragte ich.

Beth lachte hellauf auf. »Nein, aber gegen Zahnausfall. Vor allem auf hoher See.«


Drei Mal erlebte ich kleinere Zyklone. Jedes Mal war vorher die Sonne wie ein milchig roter Ball hinter den dunstigen Nebeln schwerfällig über den Himmel gekrochen. Schon am Tag vorher war es extrem drückend gewesen, und die Natur verharrte in atemloser Stille. Wenn schließlich die erste lange Dünung heranrollte, dann wurde es allerhöchste Zeit, die Hühner in den Stall zu jagen, die Boote an Land zu ziehen und sich selbst im stabilsten Haus zu verkriechen, das sich auf die Schnelle finden ließ. Noch eine Schrecksekunde absolute Stille, und dann brach er los, peitschte die Wogen meterhoch an den Strand, zerrte und rüttelte an Nassaus bizarren Baulichkeiten und riss alles Leben mit sich, das so unvorsichtig war, sich noch auf den Straßen herumzutreiben. Am Morgen war Nassau nichts als ein riesiger Haufen geborstener Stämme und zerbrochenen Gebälks, der nur darauf wartete, dass aus ihm neue Häuser entstanden – noch windschiefer als die alten.

Aber an schönen Tagen konnte Providence auch überaus prächtig sein. Bei meinen Streifzügen über die Insel hatte ich eine verträumte Bucht entdeckt, die nicht weit vom »One Eye's« entfernt lag, und es gelang mir, Hawkins, Beth und Zola dazu zu überreden, eines Spätnachmittags, versehen mit einem kleinen Proviantkorb, mitzukommen. Sie zeigten sich durchaus beeindruckt von der Schönheit des Ortes, aber als ich mein Kleid abstreifte, um ins Wasser zu steigen, griffen sie sich verständnislos an den Kopf.

»Anniefox Bonny«, begann Hawkins mit zugekniffenem Auge. »Was hast du vor, du Heißsporn? Du willst doch nicht etwa ins Wasser?«

»Doch, ich dachte, dass wir genau deshalb hier sind.« Die drei sahen sich an und lachten.

Beth fing sich als Erste wieder. »Du glaubst doch nicht ernsthaft, dass wir weiter als bis zu den Knöcheln in dieses Haifischbecken steigen! Von Haien mal ganz abgesehen, mögen auch Muränen und Barrakudas ab und zu ein zartes Stückchen Menschenfleisch.«

»Und weißt du eigentlich, was für hässliche Quaddeln und Schwellungen es gibt, wenn du mit Skorpionfischen, Feuerkorallen oder Portugiesischen Galeeren in Kontakt kommst? Das dauert Tage oder Wochen, bis du wieder eine makellose Haut hast.« Zola schüttelte sich. »Ekelerregend und geschäftsschädigend.«

»Was seid ihr bloß für Memmen?«, lachte ich und stürzte mich ins Wasser. Dann tauchte ich unter und genoss meine kräftigen Züge unter Wasser, die mich schnell weg vom Ufer brachten. Als ich zum Luftholen wieder an die Oberfläche kam, sah ich die drei aufgeregt am Ufer gestikulieren, verstand aber nicht, was sie mir zuriefen. Also schwamm ich zurück. »Was ist? Geht ihr wirklich nicht ins Wasser?«

»Nur über meine Leiche!«, empörte sich Zola. Die anderen lachten, aber auch sie blieben dabei. Schwimmen – das war ihrer Meinung nach nur etwas für Schiffbrüchige.

# 4

Inzwischen war ich schon beinahe ein halbes Jahr in Nassau und hatte mich wirklich gut eingelebt, aber ich spürte jeden Tag deutlicher, dass diese Stadt nicht das Ende meiner Reise war. Erst hatte mich die Unruhe nur wie ein hungriges Kätzchen umschlichen, aber inzwischen fraß sie mich auf. Auf Providence gab es so eine Redensart, die besagte: »Wenn ein Pirat auf hoher See schläft, so träumt er nicht etwa davon, er sei gestorben und in den Himmel aufgefahren, sondern er sei nach New Providence zurückgekommen.« Aber bei mir verhielt es sich genau andersherum. Immer, wenn ich in New Providence einschlief, träumte ich, ich wäre auf das Meer zurückgekehrt.

Meine Sehnsucht trieb mich immer wieder in den Hafen.

»Ah, Burning-Red-Bonny ist unter die Hafenhuren gegangen« oder »Was kostet's denn?«, musste ich mir fast jedes Mal anhören, und ab und zu war es auch nötig, das Messer zu ziehen, um den ein oder anderen aufdringlichen Kerl in seine Schranken zu weisen.

Es zermürbte mich, dass ich, sobald ich auftauchte, als Frau wahrgenommen wurde. Und als Frau wahrgenommen zu werden, das bedeutete hier: in erster Linie als etwas, das es zu erobern galt, oder schlimmer noch, als etwas, das man sich einfach nehmen konnte. Aber nach dem Menschen hinter der Frau fragte niemand. Ob ich etwas konnte oder wusste, das war ihnen in etwa so gleichgültig wie ein leeres Rumfass. Das Einzige, was sie interessierte, das war diese Hülle, die mich umgab. Brüste, Hintern, Haar. Aber ich wollte mehr sein als das. Und genau deshalb hatte ich auch bald die Lust daran verloren, mich in Kleidern am Hafen zu zeigen. So betrüblich es auch war – um als Mensch behandelt zu werden, musste ich ihnen als Mann gegenübertreten.

Also kramte ich James' Hemden und Hosen heraus, die er bei seinem überstürzten Aufbruch mit dem Schildkrötenfangboot zurückgelassen hatte, und der Geruch, der aus ihnen aufstieg, verwirrte mich, löste zugleich Ekel und Begehren aus. Der Ekel galt dem spezifisch jamesischen Element, darunter lag jedoch noch eine andere, eine universellere Note: Der Geruch nach Mann. Und das war jener Bestandteil, der mich über alle Maßen erregte.

Und so kam es, dass kurz vor dem Weihnachtsfeste im Jahr des Herrn 1716, John Dean, der im heimischen Herd in Charles Towne in Flammen aufgegangen war, nur ein Jahr später in New Providence seine österliche Wiederauferstehung feierte. Aus eins mach zwei. Gestatten: Anne Bonny, die Frau, der man alles nachsagen konnte, ohne dass man sie jemals kennengelernt hatte, und von der man nur wusste, dass sie ein wildgewordenes Weib, und ihr Gatte ein Lump und zudem verschwunden war. Enchantée. Oder auch nicht. Und: John Dean. Schlichter: Johnny. An der Grenze zwischen Junge und Mann. Noch ein Milchbart, also bartlos. Der Schiffsjunge, aus dem ganz sicher bald ein ganzer Kerl werden würde.

Tagsüber war ich Johnny und nachts Anne. Und Anne, die Frau, der man alles nachsagen konnte, ließ sich hin und wieder mit dem einen oder anderen Kapitän ein. Keine allzu großen Liebesstürme, aber amüsierliche Abenteuer, Ablenkung. Und ich hatte ja all die Mittelchen, die Beth mir gegeben hatte. Unglaublich, aber genau das machte frei.

Nur einmal war ich an den Falschen geraten. Chidley Bayard.

Ich hatte ihn im »One Eye's« kennengelernt und war zunächst recht angetan von ihm gewesen. Wir hatten reichlich dem Bumboo zugesprochen, und ich muss gestehen, dass ich es ein wenig zu gut mit mir gemeint hatte. Um ehrlich zu sein, ich war sturzbetrunken. Als ich mich erhob, schwankte die Welt sowohl zu meiner Rechten als auch zu meiner Linken, und ich wusste kaum noch, wo oben und unten war.

»Wartet, ich bringe Euch in Eure Gemächer«, sagte Bayard.

Er hakte mich unter, und da ich ihn einen Gentleman wähnte, ließ ich es geschehen.

»Ich stehe in Eurer Schuld«, bedankte ich mich, als wir die Tür zu meiner Kammer im »One Eye's« erreicht hatten. »In meinen Alkoven finde ich alleine. Ich wünsche Euch eine geruhsame Nacht«, wollte ich Bayard verabschieden.

»Aber Anne, Ihr wollt mich doch jetzt nicht wegschicken?«

»Bedaure, Chidley, aber ich bin unpässlich«, entgegnete ich und öffnete die Tür.

Doch anstatt den Rückweg in den Schankraum anzutreten, schob mich Bayard hastig in die Kammer, verschloss die Tür und stellte sich in den Türrahmen.

Verblüfft ob dieser Dreistigkeit, starrte ich den schwankenden Kaufmann an. »Schleicht Euch, Bayard! Ihr habt hier nichts verloren.«

Doch er dachte gar nicht daran, das Feld zu räumen. Stattdessen warf er sich auf mich, um mich zu befingern.

Wütend wollte ich ihn von mir stoßen, aber meine Koordination ließ zu wünschen übrig, sodass mir nur ein leichter Stoß gelang.

»Mit Verlaub, Teuerste, Ihr glaubt doch nicht, dass ich eine so schöne Frau, wie Ihr es seid, als Jungfrau entkommen lasse.«

»Ihr werdet in diesem ganzen verdammten Raum keine Jungfrau mehr finden, also schert Euch zum Teufel«, fuhr ich ihn an, und ich musste mich wirklich sehr konzentrieren, um nicht alle Silben durcheinanderzuwerfen.

»Keine Jungfrau? Wie bedauerlich. Dies mindert natürlich Euren Preis.«

Ich glaubte, mich verhört zu haben. Wofür hielt er mich? Wütend versuchte ich, meinen Degen zu ziehen, aber merkwürdigerweise griff meine Hand stets ins Leere.

»Seid unbesorgt, Anne! So schön, wie Ihr seid, werde ich Euch dennoch mit Gold überhäufen.«

»Bildet Euch bloß nicht ein, dass Ihr mit Eurem Geld alles kaufen könnt«, schrie ich ihn an und stürzte mich auf ihn, und kaum hatte ich diese Worte gesprochen, musste ich unwillkürlich an Clara denken.

Er brach in dröhnendes Gelächter aus. »Seid nicht naiv! Ihr wisst so gut wie ich, dass man sehr wohl *alles* kaufen kann.« Damit zog er mich an sich und schob mir seine Hände unter den Rock.

Alles drehte sich und ich verfluchte meine Unmäßigkeit mit dem Bumboo. Wie töricht, sich selbst außer Gefecht zu setzen! Und als ich mir meiner momentanen Hilflosigkeit bewusst wurde, wallte Panik in mir auf. Mein Magen spielte verrückt, und Bayards Hände erzeugten ein Gefühl überwältigenden Ekels in mir. Meine Knie wurden weich, und ich nahm alles wie aus weiter Ferne wahr.

Bayard nutzte meine Schwäche aus, zerrte mich zum Bett, zog mich aus und schüttete ein ganzes Säckchen Goldmünzen über meinen nackten Leib.

»Es soll hinterher keiner behaupten, Chidley Bayard wäre ein Dieb«, sagte er, und mir kam es so vor, als würde jede einzelne Münze ein tiefes Loch in meinen Körper brennen.

Doch gerade als Bayard meine Beine auseinanderschob, um seinen Geschäftsabschluss zu besiegeln, wurde die Tür aufgerissen und Hawkins stand im Türrahmen. Einen Augenblick verharrte sie dort, aber dann deutete sie die Situation richtig, stürzte sich auf Bayard und zog ihm den Humpen, den sie in der Hand hielt, über den Schädel.

Bayard glitt stöhnend auf den Boden, wo er bewusstlos liegen blieb. Im fahlen Mondschein, der durch das Fenster fiel, leuchtete Bayards nackter Hintern wie ein zu groß geratener Brotteigling.

»Das war knapp. Danke, Hawkins!«, japste ich.

»Keine Ursache«, grinste sie und zog Bayard an den Füßen aus der Kammer.

Und ehe ich in den tiefen Schlaf der Betrunkenen sank, um am nächsten Tag mit höllischen Kopfschmerzen wieder zu erwachen, dachte ich, dass es ganz wunderbar ist, Freundinnen zu haben, ganz besonders, wenn man betrunken ist.

Diese Sache mit Bayard war ein peinlicher Unfall, und künftig hütete ich mich, in der Gesellschaft von Fremden zu viel zu trinken. Trotzdem wollte ich die Männer nicht meiden und fand in den Zusammenkünften mit dem ein oder anderen Kapitän wirklich galante Zerstreuungen, zumal da auch noch die leise Hoffnung war, eines nicht allzu fernen Tages als Matrose auf einem der Piratenschiffe anzuheuern, hinter mir den immer kleiner werdenden Hafen Nassaus und vor mir die Unendlichkeit des Horizontes und irgendwo dort: Libertalia. Vielleicht.

Und um diesem Ziel näher zu kommen, ging Johnny nun beinahe täglich an den Hafen. John Dean aus Carolina, Johnny, der in Nassau gestrandet war, aber baldmöglichst wieder von dort wegwollte.

Am Strand lagen immer Schiffe, die gekielholt worden waren, um Reparaturen an ihnen durchzuführen. Ich kannte dieses Procedere schon von Cork und deshalb gesellte ich mich zu den Seeleuten und packte ungefragt mit an. Sämtliche Geschütze und das Tauwerk mussten zunächst abgebaut werden, um dann Muscheln, Rankenfußkrebse und Seepocken, die sich am Kiel und an den Planken festgesetzt hatten, abzuschaben und -zusengen. Danach wurden die morschen Planken ausgetauscht, durch die der Schiffsbohrwurm seine Röhren getrieben hatte, und weitere kleinere Reparaturarbeiten in Angriff genommen. Im Anschluss daran kam das Kalfatern, bei dem die Ritzen zwischen den Brettern mit Werg und Holzteer abgedichtet wurden. Und zum Schluss wurde die Schiffshaut noch mit einer Schutzschicht aus Teer, Talg und Schwefel bepinselt. Es war eine mühselige Arbeit, die sich Tage und manchmal auch Wochen hinzog.

Die Seeleute wunderten sich zwar, warum der junge Kerl nichts Besseres zu tun hatte, als Schiffe auszubessern, aber da sie froh über jedes weitere Paar Hände waren, ließen sie mich gewähren und beantworteten mir geduldig all meine Fragen, sodass ich ganz nebenbei und unauffällig jede Menge Informationen über diverse Kapitäne, ihre Schiffe und die von ihnen bevorzugten Routen erhielt. Gespräche, die mit Anne niemand geführt hätte, selbst wenn sie danach gefragt hätte.

Bei meinem Kontakt mit den Piraten zeigte sich auch, dass sie genauso unterschiedlich waren, wie Menschen überall unterschiedlich sind. Piraten waren der Abschaum der Gesellschaft, allesamt Bösewichte und Missetäter, darin waren sich die Charlestonians einig, was sie natürlich trotzdem nicht davon abhielt, mit ihnen Geschäfte zu machen. Natürlich gab es unter den Piraten diejenigen, die schon am helllichten Tag rotzbesoffen durch die Stadt torkelten, und die, die die Nächte ausschließlich zwischen Kartenspiel und Hurenhaus verbrachten, und die, die ihr Temperament nicht im Zaum halten konnten und bei der erstbesten Gelegenheit unkontrolliert in die Luft feuerten.

Aber wer kannte nicht wenigstens einen Geschäftsmann oder Pflanzer, der sich nicht gelegentlich ebenso verhielt?

Doch auf der anderen Seite gab es auch die Gentlemen, denen das Leben irgendwann einen Strich durch die Rechnung gemacht hatte, ihnen alles genommen und sie auf große Reise geschickt hatte. Ja, sie hatten alles verloren bis auf ihre Manieren. Und dann gab es noch die Frommen, aber auch die Frömmler. Die Frommen studierten in stiller Einkehr die Bibel und gingen bedachtsamen Schrittes zur Messe. In der Tat, auch an einem solch gottlosen und verfluchten Ort wie Nassau wurde die heilige Messe gefeiert. Und die Frömmler machten viel Aufhebens um ihren Glauben, aber dafür ließen sie es im Kampf trotzdem nicht an unnötiger Grausamkeit fehlen.

Einer der Piratenkapitäne, mit denen ich Umgang pflegte, war Henry Jennings, ein ehemaliger Freibeuter, den die britische Krone während des Spanischen Erbfolgekrieges mit einem Kaperbrief ausgestattet hatte. Nachdem jedoch die Streitigkeiten beigelegt worden waren, erlosch auch seine Kaperlizenz. Doch wer einmal vom Freibeuterleben gekostet hatte, den machte eine ehrbare Existenz nicht mehr froh, und deshalb hatte Jennings einfach weiter getan, was er am besten konnte – Schiffe überfallen. Eine Zeit lang hatte er sich mit Black Bellamy, einem begnadeten Nautiker und Piratenkapitän, zusammengeschlossen, und einige Häfen geplündert, in denen die Schätze gesunkener spanischer Schiffe aufbewahrt wurden. Doch dann hatte sich Jennings Nassau als Stützpunkt auserkoren. Hier war er zu einer Art inoffiziellem Bürgermeister aufgestiegen und hatte ein interessantes Geschäftsmodell entwickelt: Den Bau des perfekten Piratenhafens.

Hierfür hatte er eine Stelle gewählt, die von hohen Korallenbergen umgeben war, und von der man einen weiten Blick auf herannahende Opfer oder Feinde hatte. Zudem war die Versorgungslage ausgezeichnet, denn das Meer und die reiche Rifffauna hielten einen schier unerschöpflichen Vorrat an Fischen, Muscheln, Hummern, Langusten und Schildkröten bereit, und auf der Insel gab es reichlich verwilderte Schweine und Rinder, die von den Engländern dereinst als lebender Proviant ausgesetzt worden waren. Zudem Hühner, Tauben, frisches Quellwasser und Früchte aller Art. Vor allem die Mangos, die hier wuchsen, waren eine Delikatesse.

Für die Kriegsschiffe der Royal Navy, die einen weitaus tieferen Kielgang hatten als die kleinen und wendigeren Brigantinen, Schaluppen oder Schoner der Piraten, war das Wasser in der Bucht viel zu seicht. Hätten sie versucht, tatsächlich bis in den Hafen vorzudringen, wären sie unweigerlich auf Grund gelaufen. Dieser Hafen war tatsächlich wie geschaffen für die Machenschaften der Piraten, denn hier, direkt vor New Providences Haustür zwischen Karibik und dem Golf von Florida, befand sich der Knotenpunkt des Dreieckshandels zwischen Europa, Afrika und der Neuen Welt. Man brauchte lediglich zwischen den zahllosen Riffen, Untiefen und für größere Schiffe kaum passierbaren Buchten seiner Beute aufzulauern und im geeigneten Moment zuzuschlagen.

Die Royal Navy konnte nicht anders als hilflos zusehen, denn der Stolz der britischen Krone war ein maroder Haufen, die Besatzung meist chronisch unterbesetzt und -ernährt, und der Fraß, den die Marines vorgesetzt bekamen, war noch viel schlimmer als auf allen anderen Schiffen. Andernorts würde man so etwas nicht einmal seinem Hund vorwerfen. Krankheit und Tod grassierten auf den Schiffen. Und all dies für einen lächerlich geringen Sold. Wer konnte, desertierte. Und so lagen viele Marineschiffe oft monatelang ungenutzt in den Häfen und setzten eine Seepocke nach der anderen an.

Das Piratenwesen dagegen florierte.

Schon im Jahr 1714 hatte der Gouverneur der Bahamas sich über New Providence echauffiert: »In Westindisch-Nassau hausen zweihundert Familien und dies ohne jegliche behördliche Ordnung durcheinander, und jeder tue, was ihm recht dünke. Ein Nest, ein Pfuhl infamer Schurken, ein Piratensumpf, den auszumerzen, je eher, desto besser, ratsam sei.«

Um der Lage Herr zu werden, verbündeten sich die englischen Kaufleute schließlich mit den Gouverneuren und gründeten im Jahre des Herrn, anno 1716, eine private Interessensgemeinschaft. Doch bisher glichen alle Maßnahmen eher einem Witz.

Wie auch immer, Jennings jedenfalls hatte diesen Hafen anlegen lassen und kassierte nun fürstlich von den Piraten, die sich unter seinen Schutz begaben. Hier konnten sie geschützt und unbehelligt von allen Widersachern ihre Schiffe auf Vordermann bringen, denn während der Reparaturarbeiten war auch eine Piratenmannschaft so gut wie wehrlos. Und hier, von Jennings' Hafen aus, konnten die Piraten operieren.

Mit Jennings auf gutem Fuß zu stehen, war nur von Vorteil. Und seitdem ich mich mit ihm angefreundet hatte, wagte keiner der Kerle mehr, mir auch nur in irgendeiner Form zu nahe zu treten, denn es kursierte das Gerücht, ich sei Jennings' neue Favoritin. Obwohl ich mich in dieser Zeit mit einigen Piratenkapitänen eingelassen hatte, gehörte Jennings nicht dazu, denn es empfiehlt sich, niemals eine Affäre mit jemandem einzugehen, mit dem man plant, ein Geschäft abzuschließen. Mein Interesse galt vielmehr dem hinter vorgehaltener Hand gemunkelten Gerücht, dass zu Jennings' Besatzung auch immer wieder Frauen gehört hatten – und zwar nicht nur als Bordhuren. Und das war mein Ansatzpunkt.

Was uns aber darüber hinaus verband, war vielmehr eine Art Freundschaft, ein beiderseitiges kurioses Interesse. Jennings war zwar ein verwilderter, aber nichtsdestotrotz ein Gentleman. Gebildet. Intelligent. Einer, der über Grenzen hinweg denken konnte. Die großartigen Erfolge seiner Operationen verdankte er seinen brillanten Einfällen und nicht etwa der Brutalität eines Blackbeards oder Vanes.

Jennings gefiel es, dass ich zur See fahren wollte, aber da

er nun selbst zu so einer Art Piraten-Gouverneur geworden war, lagen seine Schiffe momentan alle vor Anker. Allerdings hatte er mir versprochen, dass er sich umhören würde, auf welchem Schiff ich anheuern konnte. Es gab mehr Schiffe mit Frauen an Bord, als man gemeinhin annahm.

Des Öfteren trafen wir uns zu freundschaftlichen Degengefechten und wir hatten auch schon die ein oder andere Nacht zechend im »One Eye's« verbracht. Jedoch jedes Mal, ohne uns mehr als geistig näherzukommen.

Eines Abends, wir saßen wieder bei Hawkins in der Schankstube, flog die Tür auf und Meg stürzte herein.

»Du verdammter Hurenbock!«, schrie sie und goss Jennings seinen Krug mit Bumboo über den Kopf. Ich kannte Meg flüchtig. Sie war sehr eng mit Zola, aber jedes Mal, wenn ich aufgetaucht war, hatte sie mir hasserfüllte Blicke zugeworfen und war verschwunden. Als ich Zola einmal gefragt hatte, was es mit Meg auf sich hatte, erfuhr ich, dass sie eines Nachts ihren Ehemann erstochen hatte, als dieser versucht hatte, sie gewaltsam zum Beischlaf zu bewegen. Auf der Flucht vor der Obrigkeit war sie Jennings in die Arme gelaufen, und der hatte sie mit nach Providence genommen, wo sie zu einem Paar geworden waren.

»Und du, Anne Bonny, du liederliches Weibsstück, von mir aus kannst du die Kapitäne von ganz Providence rauf- und runtervögeln, von mir aus auch jeden Mann auf der ganzen Welt, aber von Henry lässt du gefälligst die Finger! Und ich schwöre dir, wenn ich dich noch einmal mit ihm sehe, wirst du das nicht überleben, Anne!«

Ich war so verblüfft über diesen Ausbruch, dass ich erst einmal schwieg. Doch Jennings hatte seine Fassung schnell wiedergefunden und zog die wütende Meg auf seinen Schoß. Widerwillig versuchte sie, seine Hände von sich abzuschütteln.

Inzwischen war Hawkins besorgt herbeigeeilt, um die Wogen zu glätten. Von fliegendem Mobiliar hatte sie in ihrer Schenke fürs Erste genug.

»Aber, aber, mein Vögelchen! Wer wird denn gleich so außer sich geraten? Anne will doch nur auf einem meiner Schiffe anheuern«, sagte Jennings zu Meg, die ihm gerade in die Hand gebissen hatte, damit er sie losließ.

»Anne, du willst was?«, fragte Hawkins aufgebracht. »Du willst hier weg? Am besten dich klammheimlich von seinen Freundinnen davonstehlen, ja?«

Schuldbewusst blickte ich zu Boden. »Noch bin ich ja hier«, murmelte ich. »Ich hätte es dir schon rechtzeitig gesagt.«

»Ach, du willst weg?« Meg hingegen schien erleichtert.

Ich nickte.

»Das ist gut«, sagte sie, und ein Lächeln huschte über ihr Gesicht. Und nach einer kurzen Pause: »Nun, da habe ich die Angelegenheit wohl ein bisschen falsch eingeschätzt.«

Ich grinste sie an. »Dann können wir uns jetzt ja wie zivilisierte Ladys begegnen«, sagte ich und hielt ihr meine Hand hin.

»Aber Jennings bleibt auch weiterhin tabu für dich.« Sie blickte mich noch einmal streng an.

»Ach, sei unbesorgt«, zwinkerte ich ihr zu. »Jennings ist viel zu gut für mich.«

Sie lachte laut auf und sah ihren Geliebten herausfordernd an. »Henry ist auch nicht viel besser als die anderen Kerle. Aber ich habe mich eben an ihn gewöhnt«, sagte sie und ergriff meine ausgestreckte Hand.

»Und da heißt es immer, dass Frauen von Geburt an so zärtlich veranlagt seien«, brummte Jennings.

Und so kam es, dass ich nach und nach in Meg eine neue Freundin fand. Gemeinsam verbrachten wir viele amüsante Abende, und häufig kamen auch Zola und Beth dazu. Aber meine Tage auf Providence waren gezählt.

# 5

Eines Tages, ich war gerade wieder dabei, als John Dean beim Ausbessern eines Schiffes im Hafen zu helfen, während die anderen Schiffszimmerleute eine Rumpause in der nächsten Schenke machten, kam Jennings, der in meine Doppelexistenz eingeweiht war, aufgeregt herbei. »Anniefox, ich habe eine Überraschung für dich.«

Missmutig blickte ich von meinem Eimer mit dem Werg auf. »Du bist schwanger?«

Jennings boxte mich in die Seite. »Nein, Rackham und Vane operieren derzeit um die Bahamas. Und eben sind sie hier angelandet. Nun, Vane schuldet mir noch einen Gefallen. Ich denke, wenn er sein Schiff wieder klargemacht hat, wird er keine Ausrede finden, weshalb du nicht bei ihm anheuern kannst.«

Ich sprang auf. »Jennings!«, rief ich und umarmte ihn.

In diesem Augenblick bog Meg um die Ecke. »Aaaaaanne! Hab ich dir nicht gesagt, dass du deine Finger von Henry lassen sollst?«

Ich rannte ihr entgegen, und als ich sie erreicht hatte, wirbelte ich sie herum. »Meggie! Nur noch ein paar Wochen, und ich bin weg!«

»Anne!« Sie umarmte mich. Dann hielt sie mich an beiden Händen und sah mich an. »Anne, ich war mir immer sicher, dass ich erleichtert sein würde, wenn du gehst, denn Jennings mag dich für meinen Geschmack ein bisschen zu sehr. Aber nun, ich weiß nicht, auch an dich habe ich mich irgendwie gewöhnt.« Sie umarmte mich noch einmal.

In diesem Augenblick schlenderte ein Kerl von gar wunderlichem Äußeren heran. Und in einer Stadt wie Nassau, wo jeder herumlief, wie es ihm gefiel, und in der es jede Menge Exaltiertheiten gab, wollte dies etwas bedeuten. Der Kerl hatte langes, dunkles gewelltes Haar, das er sich lose zu einem Zopf zusammengebunden hatte, und das sich unter einem schwarzen Dreispitz hervorringelte. Das Bemerkenswerteste aber waren mit Sicherheit seine Augen, die aus seinem scharfgeschnittenen, bartlosen Gesicht in einem solchen Grün hervorfunkelten, das jeden Malachit hätte fahl erscheinen lassen. Über seinem weißen Rüschenhemd trug er ein Wams, aber das Absonderlichste an ihm war seine Kniehose, die aus feinstem gestreiften Calicogewebe war und in allen Farben des Regenbogens leuchtete, obwohl sie schon steif vor lauter Schmutz war. Diese Hose hätte man auch ohne ihren Träger auf eine Hafenmole stellen können, ohne dass sie umgefallen wäre.

Ich fragte mich, wer dieser schöne Pfau war und wer ihn wohl auf Providence ausgesetzt hatte, aber noch im gleichen Augenblick konnte ich mir die Antwort selbst geben. Antwort Numero eins: Calico-Jack. Antwort Numero zwei: Vane.

Ich hatte ihn wohl einen Augenblick zu lange beobachtet, denn auf einmal stürzte er auf mich zu und packte mich am Kragen. »Was starrst du mich so an, Kerl?«

Was fiel diesem Bastard ein, mich so anzugehen? Wütend schüttete ich ihm den Eimer mit dem heißen Teer über seine blankpolierten Stiefel.

Fluchend ließ er mich los und sprang zur Seite. »Wie kannst du es wagen? Weißt du eigentlich, wen du hier vor dir hast?«

In seinen Augen loderte die schiere Wut und machte sie noch grüner.

Ich nutzte den neugewonnenen Abstand und zog meinen Degen. »Mit Verlaub, mein Herr, ich hätte nicht gedacht, dass der große Jack Rackham so zart besaitet ist, dass ihn der harmlose Blick eines Schiffsjungen so das Fürchten lehrt, dass er gleich bis zum Äußersten geht«, provozierte ich ihn.

Rackham riss sich die teerigen Stiefel von den Hacken und war so dermaßen in Rage, dass er sie weit von sich schleuderte. Jennings konnte gerade noch rechtzeitig in Deckung gehen.

»Euch hat die Wut wohl ein wenig zu sehr die Füße gewärmt?«, spottete ich.

Dies schien zu viel für ihn zu sein. Er stieß einen Wutschrei aus, riss seinen Degen aus der Scheide und stürzte sich blindlings auf mich. »Das wirst du mir büßen, du verdammter, kleiner Bastard!«

Auch wenn Rackham nicht wissen konnte, wie recht er mit seiner Schmähung hatte, machte mich gerade die Wahrheit dahinter rasend.

»Euch dünkt wohl, dass Ihr etwas Besonderes seid, Rackham. Aber glaubt mir, ein wenig Calico und ein bisschen Farbenpracht allein machen noch lange keinen Helden aus Euch! Letztere teilt ihr zwar mit dem Pfau, aber mir ist bisher noch nicht zu Ohren gekommen, dass sich der Pfau im Tierreich besonders tapfer ausgenommen hätte.«

»Ho, ho, ho«, lachte er laut auf und wandte sich an die Umstehenden. »Habt ihr das gehört? Der kleine Bastard von

Schiffsjunge wagt es, mir zu drohen!? Na warte, dich werde ich Mores lehren. Den Hintern werde ich dir versohlen!«

»Davon möchte ich Euch tunlichst abraten, denn wenn Ihr dies versucht, werde ich bedauerlicherweise nicht umhinkönnen, Euch zu töten.«

Ich tat einen Satz auf ihn zu, und Rackham parierte, überrascht, dass ich es tatsächlich wagte, ihn anzugreifen. Wir umtänzelten uns, sprangen umeinander herum, Schritt vor, Schritt zurück, Sprung zurück, Sprung vor. Egal ob Finte, Flèche, Parade oder Coupé, gleich ob von Rackham oder mir ausgeführt, nichts führte zum Erfolg.

Als die Schaulustigen, die sich immer einfanden, wenn es Auseinandersetzungen gab, schon zu ermüden begannen und die ersten den Platz verließen, da kämpften wir noch immer. Parade, Finte, Coupé. Parade. Finte. Coupé. Immer langsamer wurden die Abfolgen unserer Angriffe.

»Falls du nicht darauf bestehst, mich heute noch in die Jenseitsgefilde zu befördern, würde ich vorschlagen, wir beenden dies fürs Erste mit einem Indécis«, rief Rackham plötzlich.

Gerne hätte ich aufgehört, aber ich war mir nicht sicher, ob ich Rackham trauen konnte. Er schien eitel zu sein. Ob er wirklich mit der Schmach leben wollte, dass ein dahergelaufener Schiffsjunge ihm so lange die Stirn bot? Ich warf ihm einen prüfenden Blick zu.

»Gut, du traust mir nicht. Das ist klug, aber niemand ist vertrauenswürdiger als Calico-Jack Rackham«, lachte er und steckte seinen Degen in den Sand, wo die Klinge noch ein wenig nachschwang.

Da schob auch ich den Degen zurück in die Scheide, ließ Rackham dabei jedoch nicht aus den Augen.

»Nun, Chapeau! Noch nicht viele haben Jack Rackham in ein solches Patt manövriert. Schon gar nicht so ein Grünfink wie du. Sag an, wie lautet dein Name, Bursche?«

»John«, sagte ich.

»Und wie weiter?«, insistierte er.

»Dean. John Dean. Ihr könnt aber auch einfach Johnny zu mir sagen.«

»Gut, Johnny. Ich bin Jack und für dich kein Ihr. Hast du mich verstanden?«

»Ganz, wie Ihr es wünscht«, sagte ich.

Rackham warf mir einen gequälten Blick zu.

»Ja … Jack«, korrigierte ich mich. Wie ist es doch manchmal schwierig, seine Rolle zu verlassen. Und Hierarchien, an die man selbst nicht glaubt.

»So ist es recht.« Rackham legte seinen Arm auf meine Schulter, und ich konnte den Duft seines Schweißes und den Dreck seines Schiffes und des Meeres in seinen Kleidern riechen. Ich sog den Geruch tief in mich ein. Mir schien, dass dies der Geruch der Freiheit war.

»Nun, Johnny. Solche Burschen wie dich können wir brauchen. Was hältst du davon, auf der ›Neptune‹ als Schiffzimmermannsgehilfe anzuheuern? Das Kommando führt Charles Vane. Und ich bin sein Quartermaster.«

Mein Herz schlug schneller. Ja! Ich war so gut wie weg. Jennings und Rackham als Fürsprecher. Vane konnte gar nicht anders, als mich mitzunehmen.

# 6

Doch die Dinge verkomplizierten sich, und bald war ich mir nicht mehr sicher, ob ich jemals auf der »Neptune« anheuern würde, denn noch am Abend des gleichen Tages, an dem Calico-Jack John Dean kennengelernt hatte, machte er Bekanntschaft mit Anne Bonny.

Ich war eben dabei, einen Bumboo zusammenzurühren, während ich die Ereignisse des Tages noch einmal Revue passieren ließ. Calico-Jack Rackham. Er wollte mir nicht mehr aus dem Kopf gehen.

›Dumme Gans!‹, schalt ich mich. ›Du wirst dich doch nicht von so ein bisschen Tand wie einer bunten Kniehose aus Calico-Stoff blenden lassen.‹

Nein, es bestand keinerlei Zweifel daran, dass Rackham ein Haudrauf und Tunichtgut der allerschlimmsten Sorte war. Nicht mehr als die attraktivere Wiederkehr eines James Bonny und vermutlich um den gleichen Grad, den er hübscher war als Bonny, auch schurkiger.

Für einen Augenblick schloss ich die Augen und tauchte ein in dieses grüne Feuer, das erst vor wenigen Stunden so wütend vor mir aufgelodert war. Jadegrün wie das Wasser um die Inseln im Golf von Mexiko.

»Wenn die schöne Lady die Liebenswürdigkeit besitzen würde, mir Unwürdigem einen Bumboo zu kredenzen«, sagte eine Stimme, die zu den Augen passte, aber wie sie sprach, fügte sich nicht zu dem wütenden Grün, das ich eben noch gesehen hatte. Ich zwang mich, meine Tagträumereien zu beenden, und öffnete die Augen. Calico-Jack Rackham. Er stand vor mir und hatte sich über den Tresen gebeugt.

Vor Schreck fiel mir der tönerne Krug, den ich eben befüllt hatte, aus den Händen.

›Jack!‹, hätte ich beinahe gerufen, konnte mir aber gerade noch auf die Zunge beißen. Stattdessen bückte ich mich, um die Scherben aufzulesen. Hier unten würde er wenigstens die Röte nicht sehen, die die Wärme, die von irgendwo tief unten aus meinem Körper aufgestiegen war, auf meinem Hals und den Wangen hinterließ.

»Haltet ein!«, rief er, sprang über den Tresen und kniete neben mir nieder. »Zerstecht euch eure zarten Hände nicht, Mylady!«

Mylady! Und dies aus dem Munde des Kerls, der mich zwei Stunden vorher noch als Bastard beschimpft hatte und mit seiner unbedachten Äußerung richtiger lag, als er es selbst wohl ahnte.

»Allein der Umstand, dass meine Wenigkeit zu nächtlicher Zeit mit dem Ausschank betraut ist, dürfte bei Euch längst jeglichen Zweifel zerstreut haben, dass es sich bei mir um eine Person adligen Geblüts oder gar um eine Lady handeln könnte«, gab ich spitz zurück.

Schuldbewusst senkte er den Blick. »Verzeiht! Wie konnte ich Euch nur so beleidigen?«, sprach er weiter, während ich die Scherben in einen Holzeimer warf und mir dabei aus Versehen in die Hand schnitt. »Verdammmich!«, entfuhr es mir.

Belustigt ob meiner groben Wortwahl, sah er mich an, um

dann unvermittelt nach meiner Hand zu greifen und sie einen Moment lang zu betrachten. »Für mich seid Ihr die Königin der Karibik«, sagte er, wobei er mir unverwandt in die Augen sah. Schließlich führte er die blutende Stelle an seine Lippen und küsste sie.

Wie benebelt hatte ich dies alles geschehen lassen und war neben mir stehende Zeugin der Ereignisse gewesen. Doch als seine Lippen meine Haut berührten, kam ich wieder zu mir. Dieser Galan! Welch Geck! War das zu glauben? Ich entriss ihm meine Hand und gab ihm eine schallende Ohrfeige.

»Was erdreistet Ihr Euch? Wer seid Ihr überhaupt? Und wer hat Euch zu diesem gar lächerlichen Beinkleid geraten?«

In gespielter Betrübnis blickte er an sich herab und sagte: »Aber woran sollen denn die Leute sonst erkennen, dass ich Calico-Jack Rackham bin?«

»Nun, falls Ihr denkt, dass mir Euer Name ob Eurer vermeintlichen Heldentaten geläufig ist, so irrt Ihr Euch gewaltig. Jedoch: Zu einem solch pfauengleichen Gecken, wie Ihr es seid, passt dieser Aufzug natürlich auf das Vortrefflichste.«

»Mon dieu, so widerfährt es mir heute schon zum zweiten Male, dass ich mit einem Pfau verglichen werde. Glaubt mir, Königin der Karibik, wenn ich es *könnte*, für *Euch* würde ich ein Rad schlagen.«

»Und glaubt *mir*: Wenn Ihr nicht sofort hinter meinem Tresen verschwindet, dann sollt Ihr mich kennenlernen, so wahr ich Anne Bonny heiße!«

Er hob beschwichtigend die Hände und schwang sich wieder auf die andere Seite des Ausschanks, wo er den Kopf auf beide Fäuste aufstützte und mich von unten ansah. »Bonny … Bonny …, irgendwie kommt mir dieser Name bekannt vor.«

Er runzelte die Stirn, nahm seinen Dreispitz vom Kopf und starrte hinein, als würde er darin üblicherweise die Antworten auf alle Fragen dieser Welt finden. Auf einmal warf er seine Kopfbedeckung auf den Tresen und hieb mit der Faust auf das Holz. »Bonny! Das ist dieser Dreckskerl, der mir noch ein höchst erkleckliches Sümmchen schuldet. Sagte, er würde ein paar Dinge für uns verkaufen, aber am nächsten Tag waren sowohl er als auch die Ware verschwunden.«

Ich unterdrückte ein Grinsen. Das sah James ähnlich. »Der Bonny, den Ihr meint, das ist mein Ehemann. Vom Namen Bonny geht stets Ungemach aus. Und deshalb nehmt meinen Rat an und verschwindet, ehe ich noch außer mich gerate.«

Rackham warf mir einen ungläubigen Blick zu. »Wie kann eine Lady, wie Ihr es seid, einen solchen Halunken ehelichen? Was ist diese Welt doch nur für ein unerfreulicher Ort?« Er griff nach dem Dreispitz, setzte ihn wieder auf sein Haupt und wandte sich zum Gehen. Aber dass ich ihn nicht davon abhielt, schien ihn so zu enervieren, dass er noch einmal zurückkam.

»Vielleicht hättet Ihr ja Freude daran, noch ein winziges Schlückchen Rum oder eine unbedeutende Menge Bumboo mit mir einzunehmen?«

»Gewiss nicht! Ihr habt wohl schon wieder vergessen, dass ich eine verheiratete Frau bin?«

»Ihr seid so grausam«, sagte er und kniete nieder, wobei er theatralisch seinen Dreispitz vor mir zog. »Aber Euer Wunsch ist mir Befehl …« Er erhob sich, und hauchte mir, ehe er Richtung Tür schritt, noch ein »Königin der Karibik« zu.

Der Bierkrug, den ich nach ihm warf, verfehlte ihn. Allerdings nur knapp.

# 7

Von nun an sah ich Jack jeden Tag. Tagsüber am Hafen, wo ich ihm und seinen Männern gegen einen geringen Obolus half, die »Neptune« auf Vordermann zu bringen. Nach und nach freundete ich mich mit Jack an. Vielmehr, Jack freundete sich mit John Dean an. Jack war intelligent und geschickt, jedoch ein mäßiger Arbeiter, aber er schien mich gut leiden zu können.

Und auch nachts sah ich ihn, denn so sicher wie das Amen in der Kirche tauchte Jack nach Sonnenuntergang im »One Eye's« auf, wo er Anne Bonny den Hof machte, während er sich tagsüber bei John Dean über ihre Sturheit und Hartleibigkeit beschwerte. Nachts überhäufte er mich mit kostbarem Tand, und in der Tat, es waren erlesene Stücke, die auch einer Königin gut zu Gesicht gestanden hätten, und ich war mir mit mir selbst nicht einig, ob ich mich über sie freute oder empört war, weil es ja beinahe so aussah, als wollte er mich kaufen. Wie auch immer. Ich trug seinen Schmuck nie, sondern hob ihn für schlechte Zeiten auf, die ja manchmal schneller vor der Tür stehen, als man denkt. Zu glauben, dass ihn seine Geschenke schon zum Ziel führen würden, das würde ich ihm austreiben.

Und so kam es, dass ich am eigenen Leib erfahren konnte, wie unterschiedlich Jack mit Männern und mit Frauen umging.

Am Tag freundschaftlich, ein Großer-Bruder-kleiner-Bruder-Verhältnis, ein Mann, mit dem man interessante Gespräche führen und Pferde stehlen und von dem man durchaus noch etwas lernen konnte.

Am Abend ein Verehrer und Geck, der mir nichts bot als kostbaren Tand und galantes Geschwätz, das mich schnell ermüden ließ und vor dem davonzulaufen das einzig Ratsame schien.

Dennoch geschah es gelegentlich, dass ich von Calico-Jack träumte, und dafür verfluchte ich mich. Wie es wohl für ihn wäre, wenn er eines Tages herausbekäme, dass er John Dean eigentlich von Mann zu Frau verriet, wie mit den Weibern umzugehen sei? Und ich fragte mich, wie lange sich dieses Verwirrspiel wohl noch hinziehen würde, und ob es jemals zu einer Auflösung käme. Und vor allem, ob es ratsam wäre, auf demselben Schiff wie Jack anzuheuern. Aber wie sollte ich sonst endlich Nassau verlassen?

Nach solchen wehmütigen Träumen musste ich oft an Jonathan denken. Was wäre gewesen, wenn ich ihm damals die Wahrheit gesagt hätte? Ob er Libertalia wohl schon gefunden hatte? Ich wischte den Gedanken beiseite. Zunächst ging es einzig darum, irgendein Schiff zu finden, das mich mitnahm. Vermutlich konnte ich getrost auf der »Neptune« anheuern, denn Rackham war ja stets so sehr mit sich selbst beschäftigt, dass er noch nicht einmal den Hauch eines Verdachtes geschöpft zu haben schien.

Und ich? Konnte ich mir selbst trauen? Nun, es könnte sein, dass ich mich in den Tag-Jack ein ganz klein wenig verliebt hatte, aber der Nacht-Jack stellte sich als solch galanter Schwätzer dar, dass ihn von mir aus der Teufel holen konnte.

**245**

Doch es sollte sich zeigen, dass dies alles gar nicht so einfach war.

»Was ist, John, hast du mittlerweile schon bei Vane vorgesprochen?«, fragte mich Jack eines Tages.

In der Tat, das hatte ich nicht. Denn wie sollte ich damit umgehen, dass Rackham dem Schiffszimmermannsgehilfen den Hof machte? Was wäre, wenn die Tatsache, dass ich eine Frau war, an Bord ruchbar werden würde? Frauen an Bord, ja, es gab sie. Aber wenn ihre Verkleidung aufflog, waren sie des Todes. Und allzu oft eines ganz besonders grausamen Todes. Dass sich die halbe Mannschaft vorher noch an ihnen verging, das war noch das geringste Übel.

Ich schüttelte den Kopf.

Jack rollte mit den Augen, drehte sich um und ging. Verwundert blickte ich ihm nach.

Kurze Zeit später kehrte er mit einem großen, kräftigen Kerl zurück, der eine weiß gepuderte Perücke trug, und dessen Mund von einem dunklen, gepflegten Bart umrahmt war. Vanes Nase war groß und ein wenig gebogen, und seine blauen Augen kündeten von Entschlossenheit, aber auch von einem gewissen Schalk. Aber da war noch etwas anderes. Etwas, das tiefer lag. Eigentlich verborgen war, aber doch da. Vielleicht nicht wirklich sicht-, aber doch spürbar. Dieser winzige Zug, der seine Mundwinkel umspielte, er kündete von einem nicht unerheblichen Maß an Grausamkeit.

»Nun, du bist also John Dean und willst unter meinem Kommando als Schiffszimmermannsgehilfe auf der ›Neptune‹ anheuern?«, fragte Vane und sah mich prüfend an.

Nein sagen, das ging nicht. Das ging auf gar keinen Fall. Kein Mensch kann Nein sagen, wenn ihm die Erfüllung seiner

Träume in Aussicht gestellt wird. Egal, wie verworren oder gefährlich die Begleitumstände sind.

»Ja, Sir.«

Vane klopfte mir auf die Schulter. »Gut, John. Fähige Zimmerleute können wir immer gebrauchen an Bord. Sobald die ›Neptune‹ wieder einsatzbereit ist, bekommst du deinen Heuerbrief.« Dann wandte er sich an Jack: »Nun, Rackham, ich weiß schon, warum du mein bester Mann bist.« Er lachte, und irgendetwas war seltsam an der Art, wie er Jack ansah.

Jack hatte mich überrumpelt, aber so langsam gewöhnte ich mich an den Gedanken, nein, beinahe freute ich mich, dass ich den Tag-Jack auch weiterhin täglich sehen würde und gleichzeitig den Nacht-Jack loswurde.

Wir hatten endlich die letzten Zimmermannsarbeiten an der ›Neptune‹ abgeschlossen. Zwei Tage noch, dann würden wir unter dem Kommando von Captain Vane in See stechen.

»John, mich dünkt, dass heute ein besonderer Tag ist, und ich finde, dass wir die Wiederherstellung der ›Neptune‹ ein wenig feiern sollten. Ich habe dir doch von diesem rothaarigen Teufelsweib aus dem ›One Eye's‹ erzählt?«

›So, Teufelsweib!‹, dachte ich, nickte aber.

»Pass auf, John, diese Rassestute spielt ein merkwürdiges Spiel mit mir. Ständig mimt sie die Unnahbare und brave Gattin von James Bonny! Aber rate, was ich herausgefunden habe?!«

Mein Herz pochte schneller, aber ich versuchte, es mir nicht anmerken zu lassen.

»Ach, Jack. Du langweilst mich zu Tode mit deinen Weibergeschichten«, gab ich zurück und gähnte demonstrativ, obwohl ich beinahe vor Neugier platzte.

»Was heißt hier Weiber? Hier geht es nur um *ein* Weib und das heißt Anne Bonny.«

»Jack, du lügst wie der Teufel. Du willst mich doch nicht glauben machen, dass du, seitdem dir dieser Satansbraten begegnet ist, keine andere Frau mehr angesehen hast?«

Jack blickte mich streng an. »Da irrst du dich, Johnny! Ich schwöre, so wahr ich Calico-Jack Rackham bin, seitdem ich dieses wunderbare Geschöpf gesehen habe, interessiert mich das restliche Weibsvolk einen Dreck!«

»Vergiss sie, Jack!«, sagte ich. »An die kommst du nicht ran.«

Auf einmal argwöhnisch geworden, sah Jack mich prüfend an. »Wohlan, das klingt ja interessant, John. Was weißt denn du Grünschnabel über Anne?«

Ich zuckte gelangweilt die Schultern. »Nicht mehr als das, was du mir erzählt hast. Aber wenn *sie* nicht will, dann nimm doch eine andere. Außerdem legen wir morgen ab, dann siehst du sie ohnehin nicht so schnell wieder.«

»Du Rindvieh von einem Bengel! Verstehst du denn nicht? Warst du denn noch niemals verliebt?«

Oh doch. Das war ich wohl, aber ich schwieg und sah ihm frank in die Augen.

»John! Für diese Frau würde ich mich freiwillig vierteilen lassen!«

Ich schüttelte den Kopf. »Ich glaube, es wird Zeit, dass dir mal wieder eine frische Brise um den Schädel weht. Hier an Land mit seiner Schwüle kommst du nur auf dumme Ideen.«

»Nein, John. Ich denke wirklich ernsthaft darüber nach, ob ich hierbleibe, wenn sie mich heute nicht erhört.«

Was sagte dieser Wahnsinnige da? Er wollte hierbleiben? Jetzt, wo ich mich daran gewöhnt hatte, ihn jeden Tag zu sehen. Na, er würde Augen machen, wenn er hierbliebe, und Anne ganz plötzlich sang- und klanglos verschwunden wäre. Doch ich ließ mir meine Erregung nicht anmerken und fragte stattdessen: »Aber was hast du denn nun über diese Bonnymetze herausgefunden?«

Jack zückte seinen Entersäbel und hielt ihn mir drohend unter die Nase. »Ich betrachte dich wirklich als Freund, aber Metze nennt niemand die Frau, die ich liebe. Auch du nicht! Ist das klar?«

Ich rollte mit den Augen. »Ja, ja, ist ja gut.«

Ehe er seinen Säbel zurück in die Scheide steckte, sah er mich noch einmal strafend an, aber dann begannen seine Augen zu funkeln. »John, stell dir vor, was ich herausbekommen habe: Dieses durchtriebene Prachtweib hat ihren Alten einfach zum Teufel gejagt, und ihre Freundinnen sind die illustresten Ladys, die ganz Nassau zu bieten hat.«

»Du meinst die verrückten Weiber um Hawkins?«

Jack legte seine Pranke auf meine Schulter, und ein Schauer durchfuhr mich. »Du bist noch zu grün hinter den Löffeln, um das zu verstehen. Was mich betrifft – ich mag starke Frauen.«

Hört, hört. Das hätte ich Jack in der Tat nicht zugetraut.

»Und was gedenkst du nun zu tun?«, fragte ich beschwingt, aber als ich die Antwort hörte, wurde mir ganz angst und bang.

»*Wir*, John. *Wir.* Wir schlendern jetzt an den Strand, wo ich ein schönes Fässchen Rum versteckt habe, das leeren wir und danach gehen wir ins ›One Eye's‹.

Was blieb mir anderes übrig, als mitzukommen? Beunruhigt stapfte ich Jack hinterher. Die Sonne stand schon recht tief, und eine angenehme Brise wehte vom Meer her, die die Palmblätter rascheln ließ.

»So. Hier sind wir.« Jack bückte sich und buddelte im Sand hinter einem merkwürdig geformten Stein.

War das zu fassen? Jack vergrub seine Sachen in meiner geheimen Badebucht?!

Ehe er sich im Schatten einer Palme langmachte, blies er die restlichen Sandkörner vom Fässchen, dann hieb er ein Loch hinein, setzte an und nahm einen kräftigen Schluck. Schließlich reichte er das Fässchen an mich weiter, während ich wie erstarrt war und mich fragte, wohin dies alles führen sollte.

»Wohlan, John, was bist du denn auf einmal so schüchtern? Setz dich und leiste mir Gesellschaft.«

Ich rührte mich noch immer nicht vom Fleck.

»Es … wie soll ich sagen? Du würdest mir sehr helfen, wenn du noch ein wenig hierbliebest«, sagte er.

Ob dieser merkwürdigen Situation ganz benebelt, ließ ich mich in gebührendem Abstand neben ihm nieder und nahm einen tüchtigen Zug aus dem Fass. »Meinst du, dass es deiner Anne gefallen wird, wenn du sturzbetrunken ins ›One Eye’s‹ kommst?«

Jack schüttelte energisch den Kopf. »Nein!«

»Warum … ich meine, was tust du dann hier?«

Jack zuckte mit den Schultern. »Vielleicht hoffe ich, dass ich es betrunken überlebe, wenn sie mich auch heute wieder abweist.« Dann korrigierte er sich und seufzte. »Alas, ich werde es nicht überleben.«

Während der Rum im Innern meines Leibes eine Hitze erzeugte, die sich immer weiter ausbreitete und kaum auszuhalten war, blickte ich aufs Meer hinaus. Die Sonne sank Richtung

Meer und tauchte die Welt in Farben, wie nur der Abend sie kennt. Weich. Freundlich. Und am Strand: ein goldenes Licht zwischen den Blättern. Ausgesendet von einem rosa Zentrum in einem hellblau-lilafarbenen Himmel über einem immer azurblaueren Meer.

»Und was ist, wenn sie heute gar nicht da ist?«, fragte ich.

»Natürlich ist sie da. Seitdem ich in Nassau bin, war sie immer da.« Energisch riss er mir das Fässchen aus den Händen und hielt es über seinen Kopf, sodass der Rum in breitem Strom in seinen offenen Mund floss.

»Aber was wäre, wenn sie gerade heute nicht da ist, sondern vielleicht mit einem stattlichen Piraten, sagen wir mal … unter einer Palme liegt und … Rum trinkt?«

»Rede nicht so ein Zeug, Kerl! Hier, trink lieber!« Ärgerlich drückte er mir das Fass wieder in die Hand. »Los! Lass uns ein wenig schwimmen gehen!« Jack stand auf und riss sich das Hemd von der Brust.

Zu behaupten, dass mir nicht gefiel, was ich da sah, wäre eine dreiste Lüge gewesen, aber es machte mich nervös. Ich umklammerte das Fass, als wäre es ein Anker, der mich auf sicherem Grund halten könnte, während ich noch einmal zum Horizont blickte.

Am Übergang vom Abend zur Nacht schwindet für einen Augenblick alle Friedlichkeit, und so weit das Auge reicht, ist ein Spektakel zu sehen, bei dem nicht auszumachen ist, ob es sich um Kampf, Leidenschaft oder beides zugleich handelt. Alles Pastellige ist gewichen, die Sonne ein blutiger Stumpf, bein- und armlos, stürzt meerwärts, der Himmel orange, dann rot, eine klaffende Wunde, das Meer ein blutiger Pfuhl, ein letztes Aufglühen und dann –

Jack hatte mir den Rücken zugewandt, und nachdem er seine Hose abgestreift hatte, konnte ich im letzten Lichtschein die Konturen seines nackten Hinterns sehen.

Daraufhin legte ich den Kopf in den Nacken und ließ den Rum meine Kehle hinabrinnen. Als ich absetzte, tat ich dies nur, um erneut anzusetzen. Sicher war sicher. Schließlich erhob ich mich, löste mein Haar und schlüpfte aus meinen Kleidern.

Jack fixierte den Horizont und rief, ohne sich nach mir umzudrehen: »Verdammt, John, wo bleibst …?«

Ich tippte ihm auf die Schulter. »Ich bin hier, Jack«, sagte ich leise.

Er drehte sich um, starrte auf meine nackten Brüste und war zum ersten Mal, seitdem ich ihn kannte, sprachlos.

Ich zog ihn an mich, und ehe ich ihn küsste, sagte ich: »Jack Rackham, mich dünkt, dass ich mich in Euch getäuscht habe …«

# 8

Die Sonne stand schon hoch am Himmel, als ich erwachte. Ich blinzelte in den Tag und fühlte mich so wohl. So wohl, wie ich mich noch niemals in meinem Leben gefühlt hatte. Doch dann bemerkte ich die Hand, die nicht die meine war und die auf meinem Geschlecht lag. Erschrocken fuhr ich auf.

Jack hob träge ein Augenlid, dann lächelte er und murmelte: »Die Königin der Karibik ist erwacht ...«.

Beim Gedanken an die vergangene Nacht ließ ich mich zurück in den Sand sinken und betrachtete Jack Rackham, der vor mir lag, wie Gott ihn geschaffen hatte. Auch ich lächelte.

Aber auf einmal wurde mir gewahr, dass wir morgen in See stechen würden. Würden *wir* in See stechen oder würde *ich* zurückbleiben wie so viele Frauen?

»Jack?«

»Hmmm ...?«, fragte er noch immer schläfrig.

»Was ist mit Vane?«

»Was soll mit Vane sein?«

Er gähnte, richtete sich auf, ließ seinen Blick über meinen Hintern schweifen. Dann legte er sich über mich und sagte: »Vergiss Vane.«

Aber dass Vane zu vergessen, Rackham-typisches, brunftvernebeltes Geschwätz war, zeigte sich, als wir wieder in unsere Kleider gestiegen waren.

»Vane darf das auf keinen Fall erfahren. Weder, dass du eine Frau bist, noch, dass wir ein Paar sind«, sagte Jack plötzlich.

Ich weiß nicht, warum, aber mich ärgerte seine plötzliche Geheimniskrämerei. Wütend starrte ich ihn an.

»Wir sind doch ein Paar? ... Anne, sag doch was!« In Jacks Züge hatte sich auf einmal die Angst geschlichen.

»Wenn du mich vor Vane verleugnest, dann bist du für mich gestorben, Jack Rackham!«

»Anne! Du weißt nicht, was du da von mir verlangst. Vane, er ... Es wird ihm nicht gefallen. Niemals wird er dich auf seinem Schiff anheuern lassen.«

Ich funkelte Jack voller Verachtung an. »Du hast die Wahl: Verleugne mich und ich bin weg. Unwiederbringlich weg. Oder du hast genug Arsch in der Hose, Vane zu sagen, dass, wenn er mich nicht mitnimmt, du nicht mehr sein Quartermaster sein wirst. Dann gehe ich mit dir bis ans Ende der Welt.«

»Anne, hör mir zu! Anne!«

»Nein, ich höre dir nicht zu. Entscheide dich jetzt für oder gegen Anne Bonny, aber entscheide dich!« Ich verschränkte die Arme vor der Brust und starrte Jack an. »Schließlich bist du doch Vanes ›bester Mann‹!«

Jack sah mich seltsam an. »Ja, genau das ist das Problem.« Er zog mich an sich und seufzte. »Wie könnte ich mich gegen dich entscheiden? Doch sei versichert, es wird in einer Apokalypse enden.«

Nun, die Apokalypse wurde es zwar nicht, aber Vane tobte. Und wie er tobte.

Die »Neptune« war zu Wasser gelassen worden, Geschützpforten und Takelage waren wieder montiert, und das Schiff
dümpelte träge im Hafen. Vane war in seiner Kajüte, und ich
trat als John vor ihn und forderte meinen Heuervertrag, während Jack, dem sichtlich unwohl war, hinter mir stand.

Vane wühlte in seinen Dokumenten und reichte mir ein
Stück Pergament. Er grinste. »Du hast gute Arbeit geleistet,
John. Die ›Neptune‹ ist wie neu. Ich freue mich, dass du uns
künftig begleiten wirst.«

»Nun, Captain Vane, da ist noch eine Sache, die ich anspre-
chen wollte, ehe ich den Kontrakt unterzeichne.«

»Wohlan, John! Wohlan!«

»Die Dinge sind ja nicht immer, wie sie auf den ersten Blick
scheinen. Ihr sollt wissen, Captain, dass es nicht John Dean,
sondern Anne Bonny ist, die geholfen hat, Euer Schiff instand
zu setzen und die auf der ›Neptune‹ anheuern will.«

Vane sah mich blöde an. Es war offensichtlich, dass er mir
nicht folgen konnte.

Ich riss mir das Tuch vom Kopf, löste mein Haar und wiederholte: »Es ist Anne Bonny, die sich unter Euer Kommando
begeben will.«

Vane starrte mich an. Für einen Augenblick fassungslos.
Dann erhob er sich schwer und trat drohend auf mich zu: »Wie
kannst du es wagen, du verderbtes Weibsbild, mich dermaßen
zu narren? Niemals wird eine Weibliche auf einem meiner
Schiffe fahren!« Vane geriet in Rage.

Jack trat vor. »Captain, weshalb soll Bonny nicht mit uns
kommen? Sie kämpft so gut wie jeder Mann, sogar besser als
die meisten. Sie ist klug und kann sich benehmen wie ein
Mann. Niemand wird Verdacht schöpfen.«

Dies war zu viel für Vane. Er schäumte. »Rackham, du verdammter Hurensohn!« Vane packte Jack am Kragen. »*Du* hast mir das eingebrockt!« Er zog seinen Dolch. Und dies war nun wiederum für mich zu viel, sodass auch ich meinen Dolch zog und auf Vane losging.

In diesem Augenblick flog die Tür auf und Jennings kam herein. Überrascht ließ Vane von Jack ab, und auch Jack starrte Jennings verwundert an. Was beide nicht wussten, war, dass ich Jennings am Morgen informiert hatte. Schließlich hatte er es mir versprochen, nein, er hatte mir Vane und Jack regelrecht angepriesen. Und, Chapeau! Jennings hatte ein gutes Gespür für den richtigen Zeitpunkt.

»Aber, aber. Ich bitte euch, es besteht kein Grund, dass die Wogen derart hochschlagen.« Jennings trat auf Vane zu und lächelte: »Mein lieber Vane. Nun sieh dir doch dieses Prachtweib an. Und trotzdem versteht sie es, sich in der Imago des John so geschickt zu verpuppen, dass niemand, nicht einmal du, lieber Charles, auf den Gedanken gekommen bist, dass es sich um eine Lady handelt. Von daher schlage ich dir vor, Vane: Nimm sie mit. Es wird dir nicht zum Nachteil gereichen.«

»Niemals! Wo denkst du hin, Jennings!«, wehrte sich Vane erbittert.

»Nun, ich muss wohl deutlicher werden. Du *wirst* Anne mitnehmen.«

»Was? Jennings! Bist du noch recht bei Trost? Ich soll Weiber mit an Bord nehmen? Das weiß doch jeder, dass das Unglück bringt!«

»Mein lieber Vane, ich hatte jahrelang immer wieder Frauen an Bord. Und sieh dich um! Sieht so das Leben eines Menschen aus, der vom Unglück verfolgt wird?«

»Das kannst du nicht von mir verlangen, Jennings!«

»Nein, verlangen kann ich das nicht. Aber was ich kann, das ist, dir zukünftig einen Anlegeplatz in meinem Hafen zu verweigern, wenn du Anne nicht mitnimmst. Sie wird sich natürlich weiterhin als John Dean ausgeben. Mehr kann ich dir leider nicht entgegenkommen, Vane.«

Jennings hatte sein letztes Wort zu diesem Thema gesprochen. Ein Machtwort. Und fürwahr, keiner der Piratenkapitäne konnte es sich leisten, sich Jennings' Gunst dauerhaft zu verscherzen. Widerwillig unterschrieb Vane den Heuerkontrakt und reichte ihn mit grämlichem Gesicht an mich weiter. Während ich meine Unterschrift unter das Dokument setzte, warf ich dem verwunderten Jack einen triumphierenden Blick zu.

Als wir draußen und außer Hörweite waren, schüttelte er den Kopf. »Anne Bonny, du überraschst mich immer wieder.«

»Das ist gut, Jack. Denn das Schlimmste zwischen zwei Liebenden ist die Langeweile.«

Plötzlich hielt mir Jack die Augen zu. »Ich habe eine Überraschung für John Dean.«

Etwas klirrte, und daraufhin gab Jack meine Sicht wieder frei. Vor mir lagen ein Entersäbel und -beil, Muskete und der prächtigste Dolch, den man sich vorstellen konnte.

»Jack!?«

»Ich weiß, du verfügst bereits über zwei Pistolen und deinen Degen, aber als Pirat wirst du außerdem dies hier benötigen.«

Ich lächelte und befestigte Säbel und Beil an meinem Gürtel, den Dolch schob ich in meinen Hosenbund und die Muskete klemmte ich mir unter den Arm. »Mich dünkt, unsere Zukunft wird niemals langweilig werden.«

# 9

Den letzten Abend auf Providence verbrachte ich ohne Jack im »One Eye's«. Hawkins hatte bereits am frühen Abend die letzten Gäste hinauskomplimentiert und die, die nicht freiwillig verschwinden wollten, hatte sie so ausgiebig mit Flüchen bedacht, dass sie schließlich murrend das Feld geräumt hatten.

Diese Nacht sollte uns gehören. Uns ganz allein. Meg, Beth, Zola, Hawkins und mir. Mädchenabend im »One Eye's«.

Es floss viel Bumboo und Rum. Was die Kerle konnten, konnten wir schon lange.

Auf einmal überreichte mir Beth ein Paket, das in buntes Seidenpapier eingeschlagen war. Ich entfernte die Verpackung, während mich die anderen neugierig beäugten. Ein Kästchen mit Kräutern und Tinkturen sowie einige Pergamente, eng beschrieben mit Beths penibler Handschrift.

»Deine Apotheke. Glaub mir, die Versorgung an Bord ist lausig. Und wenn du dir ob ihrer Anwendung nicht sicher bist, dann kannst du es nachlesen«, sagte Beth.

»Danke, Beth! Du denkst an alles.«

»Das Wichtigste hast du übersehen, Anne!«, knurrte sie.

Ich tastete das zerknüllte Seidenpapier ab und spürte einen festen, länglichen Gegenstand. Als ich ihn ausgewickelt hatte, starrte ich überrascht auf eine Art hölzernen Penis.

»Beth! Was soll denn das?«, kicherte Meg. »Anne wird ein Schiff mit mehr als sechzig Männern teilen und du schenkst ihr einen Freudenspender?«

Und Zola kreischte auf: »Mit Jack an ihrer Seite braucht sie dieses hässliche Ding ganz gewiss nicht!«

Mit Verschwörerblick sahen sie sich an und brachen in wieherndes Gelächter aus. Ich fand das nicht amüsant. Ganz und gar nicht. »Zola? Gibt es etwas, das ich wissen müsste?«

»Schätzchen. Jack gehört nicht mehr zu meinem Kundenstamm, seitdem er zum ersten Mal eine gewisse Anne Bonny erblickt hat. ›Die oder keine‹, mit diesen Worten hat er unsere Geschäftsbeziehung beendet. Aber falls du der Täuschung erlegen bist, dass dir mit Jack eine Jungfrau ins Netz gegangen ist, muss ich dich leider enttäuschen. Männlein wie Weiblein hat der schöne Jack schon den Kopf verdreht.«

Nun musste auch ich lachen, oh, wie ich lachte. Ich war wohl schon ziemlich betrunken, aber man verabschiedet sich schließlich nicht alle Tage von seinen besten Freundinnen. Ich riss meinen Humpen in die Höhe und schrie: »Hinunter damit!«

Wir stießen an, dass der Bumboo nur so schwappte, und lachten und konnten gar nicht mehr aufhören zu lachen.

Schließlich, als wir uns etwas beruhigt hatten, widmeten wir uns wieder dem merkwürdigen Holzgegenstand. Er war ausgehöhlt und hatte an der Spitze ein Loch. Ratlos drehte ich ihn zwischen meinen Händen hin und her.

»Wirklich, Mädels, ich hätte euch für intelligenter gehalten. Was glaubt ihr, was Annie am dringendsten braucht, wenn sie sich allein in einer Männerhorde befindet? Na?« Erwartungsvoll blickte Beth in die Runde und rollte mit den Augen. »Kinders, ihr kennt es alle: Wenn die Kerle besoffen sind, stehen sie in Gruppen herum und pissen gegen die nächstbeste Mauer. Was soll unsere Annie da tun? Beschämt zu Boden blicken? Oder gar die Hosen runterlassen und hockend ihren bleichen Hintern präsentieren? Was meint ihr wohl, wie lange es dauern würde, bis sie herausfinden, dass Johnny kein Kerl ist?«

»Ein Urinarium! Beth!«, rief ich und umarmte sie heftig. Was ist es gut, eine kluge Freundin zu haben. Natürlich! Wie war es auf meinen wenigen bisherigen Schiffsreisen immer kompliziert gewesen, irgendwo einen verschwiegenen Winkel zu finden, um sich zu erleichtern, aber in all der Aufregung und Vorfreude hatte ich an dieses Problem überhaupt keinen Gedanken verschwendet.

Beth nickte zufrieden. »Kluges Kind.«

Wir lachten noch sehr viel an diesem Abend, und der Himmel färbte sich bereits blau, als wir endlich in die Betten kamen. Doch ich konnte nicht einschlafen, obwohl alles geregelt war, was es zu regeln gegolten hatte: Den Großteil meines Schmucks hatte ich bei Hawkins gelassen, damit sie ihn verkaufen konnte, wenn ein Notfall eintrat, der Kontrakt war unterschrieben, was sollte also noch schiefgehen? Eine freudige Unruhe hatte mich erfasst und eine leichte Wehmut. Wahrhaftig, die Mädels würde ich vermissen.

# VII

Karibik, 1717–1720

# I

Bevor ich am nächsten Tag an Bord durfte, wedelte Vane noch mit einem Dokument vor meiner Nase herum.

»Du hast gestern vergessen, die Standesregeln zu unterzeichnen. Damit du weißt, was deine Rechte und Pflichten an Bord sind.«

Ich überflog das Papier. Bei allen bedeutenden Entscheidungen hatte ich eine Stimme, das gleiche Anrecht auf jegliche Form von Vorräten, sollte ich mich an der Beute mehr als meine Kameraden bereichern und würde dies ruchbar werden, so würde ich marooned, auf einer einsamen Insel ausgesetzt, Glücksspiel um Geld oder Juwelen war an Bord verboten, nach acht Uhr abends durften weder Laternen noch Kerzen brennen, die Waffen mussten sauber und funktionstüchtig sein, verließ ich das Schiff während des Kampfes, würde ich getötet oder marooned; Schlägereien an Bord waren strengstens untersagt, stattdessen musste jeglicher Streit an Land mit Schwert oder Pistole ausgetragen werden, mein Piratenleben durfte ich erst aufgeben, wenn ich eintausend Pfund mein Eigen nannte, sollte ich aber zuvor verkrüppelt oder verstümmelt werden, so würde ich achthundert Pfund aus dem gemeinsamen Schatz erhalten, damit ich mich zur Ruhe setzen konnte. Außerdem erklärte ich mich damit einverstanden, dass Kapitän und Quartermeister je zwei Anteile von jeder

Prise erhielten, jeder Bootsmann und Kanonier anderthalb, jeder andere Offizier einen Anteil und ein Viertel, und ich, wie jedes normale Mannschaftsmitglied, einen Anteil. Es fiel mir nicht schwer, all diese Punkte zu unterschreiben, einzig bei einem Paragraphen musste ich mich sehr beherrschen, damit meine Hand nicht zitterte: »Jeder Mann, der eine Weibsperson verführt und sie in Verkleidung mit auf See nimmt, soll den Tod erleiden.« Und ich fragte mich, wen es treffen würde, sollte meine Verkleidung auffliegen. Vane? Jack? Mich? Oder uns alle drei?

Jack war Quartermaster, der Erste Offizier. Er war gleich nach Vane die wichtigste Person an Bord und dafür verantwortlich, dass die Rationen an Rum und Nahrung, aber auch die Beute gerecht unter den Männern aufgeteilt wurde. Außerdem oblag es ihm, Mannschaftsmitglieder, die gegen die Regeln an Bord verstoßen hatten, zu bestrafen.

Da ich neu war, musste ich ganz unten anfangen und die Bilge schrubben, aber das kannte ich ja schon von meiner Überfahrt von London nach Carolina. Meine Funktion an Bord war offenbar eine Mischung aus Schiffsjunge und Zimmermannsgehilfe.

Die »Neptune« war eine Brigantine mit vierzehn Kanonen und nur einem Mast, und in einer Kiste ruhte das Joli Rouge, die blutrote Piratenflagge. Aber sie wurde nur kurz vor dem Angriff gehisst, um die Feinde in Angst und Schrecken zu versetzen. Stand kein Angriff bevor, war es besser, inkognito zu fahren oder eine falsche Flagge zu setzen, damit niemand Verdacht schöpfte, dass es sich bei unserem Schiff um ein Piratenschiff handelte.

Eigentlich war unsere Brigantine nur für sechzig Männer ausgelegt, aber Vane schwor darauf, lieber zu viele als zu wenige Männer mitzunehmen, und so tummelten sich nun hundertzwanzig Leiber dicht an dicht und wir schliefen nebeneinander auf dem Boden des Zwischendecks oder wir lagen an Deck herum. Manchmal gab es auch Streit, wer wo schlafen durfte.

In Anbetracht dieser Unmenge an Männern stellte es sich als gar nicht so einfach heraus, meine Weiblichkeit zu verbergen. Es fing beim Waschen und Umkleiden an. Aber wie gut, dass ich Beths Urinarium hatte. Seine Notdurft verrichtete man auf dem Bugspriet, wo es einen schlichten Sitz gab, von dem aus man sich direkt ins Meer erleichterte. Es blieb nur zu hoffen, dass ich nicht verwundet oder krank wurde. Wie hätten dann ich oder Jack es verhindern können, dass man uns auf die Schliche kam?

Die Mannschaft war ein bunt zusammengewürfelter Haufen und bestand aus desertierten Marinesoldaten, Abenteurern, entlaufenen Sklaven und Männern, die auf die ein oder andere Art mit dem Gesetz in Konflikt gekommen waren. Gentlemen, Hasardeure und Schwerkriminelle trafen hier aufeinander und mussten auf engstem Raum miteinander zurechtkommen. Gemeinsam war ihnen allen, dass sie es satthatten, sich den starren Hierarchien widerspruchslos zu beugen, überhaupt Hierarchien als solche zu akzeptieren. Wer legte eigentlich Wert und Rang eines Menschen fest? Eben. Und wer behauptete, die bestehende Ordnung sei eine gottgegebene, der war ein Lügner. So sahen das alle auf der »Neptune«. So sahen das – wie ich nach und nach feststellte – überhaupt alle Piraten. Denn genau deshalb waren sie Piraten geworden.

Jeder an Bord hatte seine festgelegte Aufgabe. Und nur wenn die Mannschaft wie ein großes Ganzes handelte, war sie erfolgreich.

Die wichtigste Person an Bord war der Kapitän und, anders als auf allen anderen Schiffen, wurde er nicht durch eine höhere Instanz bestimmt, sondern wurde von der Mannschaft gewählt. Genauso gut konnte er aber auch wieder abgewählt werden, etwa, wenn es ihm nicht gelang, seine Mannschaft in den Griff zu bekommen oder er mehrere taktische Fehlentscheidungen getroffen hatte. Und gar nicht überschätzt werden konnte die Arbeit des Schiffszimmermanns, denn er war es, der dafür sorgte, dass diese kleine, hölzerne Welt inmitten der Endlosigkeit der Ozeane nicht sank.

Auf dem Schiff gab es den ganzen Tag etwas zu tun, denn Wasser und Holz befanden sich in stetiger Feindschaft. Immer wieder brachen Spanten oder Planken verfaulten und mussten ersetzt werden. Lecks mussten gestopft und Segel geflickt werden. Und dann gab es noch den Kanonier oder Geschützoffizier, der dafür zu sorgen hatte, dass das Pulver nicht feucht wurde, und der die ganz spezielle Kunst beherrschte, die Kanonenbatterie im exakten Winkel auszurichten und im richtigen Moment abzufeuern. Die meisten Kanoniere mussten erst jahrelang als Pulverjungen dienen, und falls sie lange genug überlebten, bestand die Möglichkeit, dass sie sich schließlich zum erfahrenen Kanonier hocharbeiteten. Es dauerte ein halbes Leben, bis ein Kanonier voll einsatzfähig war. Die Boatswains, die Bootsmänner, mussten sich um die Takelage und die Segel kümmern. Außerdem war es ihre Aufgabe, das Deck sauber zu halten. Auf manchen Schiffen gab es auch einen Arzt, aber die »Neptune« musste sich mit dem Schiffszimmermann begnügen, der im Ernstfall die Säge für Amputationen zum Einsatz brachte.

Eines Tages stürzte Thabo, ein entlaufener Sklave und Schiffskoch, aus der Kombüse und warf dem Captain wütend die Schöpfkelle vor die Füße.

»Wenn wir nicht bald irgendwo an Land gehen, dann weigere ich mich, hier überhaupt noch irgendetwas vorzubereiten.«

Auf die Kelle folgten Schiffszwieback und ein Stück gepökeltes Fleisch.

»Sieh dir nur diesen Fraß an, Captain. Der Zwieback und das Fleisch können schon ganz von alleine laufen. Das eine wimmelt vor Brotkäfern und das andere ist schimmelgrün. Bon appétit! Willst du die Männer umbringen?«

Der Captain öffnete eben den Mund, um etwas zu sagen, doch Thabo war schon wieder auf dem Weg in die Kombüse.

Nein, das Leben an Bord konnte zur schmutzigen Angelegenheit werden. Manchmal brachen Seuchen aus, die die ganze Mannschaft dahinrafften. Fleckfieber, Typhus, Skorbut, Gelbfieber, Syphilis, Malaria und Ruhr. Wahrlich, ein Seefahrer hatte viele Möglichkeiten zu sterben. Nicht nur im Kampf.

Der Schiffsrumpf, wo sich der Unrat in Ritzen und Winkeln sammelte, war ein Schlaraffenland für Käfer, Kakerlaken und Ratten. Da half nur, das Schiff täglich mit Essig und Salzwasser zu schrubben, und wenn nichts anderes zur Hand war, dann musste auch schon einmal der gute französische Brandy dafür herhalten. Und trotzdem musste sich alle paar Tage einer erbarmen und den stinkenden Kessel mit schwelendem Pech und Schwefel unter Deck tragen, um das Ungeziefer auszuräuchern.

Aber nach einigen Wochen hatte ich mich an das Leben an Bord gewöhnt, und keiner der Männer schien auch nur im Traum daran zu denken, dass hinter John Dean irgendjemand anderes stecken könnte als John Dean.

Selbst Jack sagte eines Tages zu mir: »Wenn ich dich so sehe, Anne, kann ich manchmal selbst kaum glauben, dass du eine Frau bist.«

»Vieles ist eben nur eine Frage der Erziehung, Jack. Und ich wurde jahrelang als Junge erzogen.«

»Manchmal frage ich mich wirklich, in wen ich mich da verliebt habe ...«, meinte Jack.

Ich drückte ihm kurz die Hand. Mehr Zärtlichkeit war an Bord nicht möglich. Trotzdem bekam ich eine Gänsehaut, und ich war mir nicht sicher, was ich mehr herbeisehnte: den ersten Landgang oder den ersten Kampf.

# 2

Wir dümpelten schon seit einigen Tagen auf hoher See, und Langeweile hatte sich breitgemacht. Die meisten vertrieben sich die Zeit mit Kartenspielen oder dösten an Deck herum. Wohl dem, der eine Tätigkeit fand, um der Lethargie Herr zu werden. Jack inspizierte die Ausrüstung nun schon zum dritten Mal, und ich begleitete ihn dabei. Ich war neugierig, und es war allemal besser, zu lernen, wie ein Schiff in optimalem Zustand zu halten war, als müßig herumzuliegen und sich völlig dem Rumdusel zu ergeben.

Alles war in Ordnung. Doch dann zog Jack das Joli Rouge aus der Kiste und hielt es gegen das Licht. Das Gewebe war mürbe und fadenscheinig. Ärgerlich feuerte er es auf den Boden.

»Verdammmich! Das ist bestenfalls noch ein Putzlumpen, aber bestimmt keine Piratenflagge!«

Das Joli Rouge, das hübsche Rot, die Piratenflagge.

Jack ging unter Deck und durchwühlte sämtliche Kisten. Dabei fluchte er immer lauter. »Ist das zu fassen? Die Säcke und Kisten quellen über vor nutzlosem Plunder, und dennoch ist nicht das kleinste Stückchen roten Stoffs zu finden?« Wütend warf er mir einen Ballen schwarzen und weißen Tuchs vor die Füße. »Da! Das ist alles, was ich finden kann.«

Ich ließ meine Finger über den weißen Stoff gleiten. »Totenschädelweiß«, sagte ich.

»Totenschädelweiß?« Jack sah mich für einen Augenblick verdutzt an. »Totenschädelweiß …« Auf einmal verneigte er sich vor mir. »Madame. Totenschädelweiß! Das ist es! Das wird unser neues Joli Rouge!«

Ich konnte Jack nicht folgen, aber er packte sich die Ballen unter den Arm, förderte Nadel und Faden aus seinem Beutel zutage und zog sich an Deck zurück, wo er dem Stoff emsig zu Leibe rückte.

Ein paar Stunden später tauchte er wieder auf und entrollte ein schwarzes Stück Tuch, auf das er einen weißen Totenschädel über zwei gekreuzte Entermesser genäht hatte.

Stolz wie ein Kind, das glaubt, die Welt neu erfunden zu haben, verkündete er: »Hiermit wird eine neue Ära der Piraterie eingeläutet. Das Joli Rouge ist Vergangenheit. Darf ich vorstellen: Der Jolly Roger!«

Auf einmal rief Hoskin the Hopper, der Schiffsjunge, der im Ausguck herumturnte, in die nachmittägliche Lethargie: »Handelsgaleone Backbord voraus!«.

Augenblicklich herrschte rege Geschäftigkeit an Bord. »Hisst die Flagge und die Segel!«, brüllte Vane.

Jack entrollte seinen Jolly Roger und zog ihn am Hauptmast empor.

»Verflucht, Jack! Was soll das denn sein? Wo ist das Joli Rouge?«, schrie Vane.

Jack machte seinen Rücken sehr gerade und ließ indigniert verlautbaren: »Das, Captain, ist die neue Ära der Piraterie. Der Jolly Roger.«

Vane zeigte ihm einen Vogel. »Jolly Roger! Neue Ära der Piraterie!« Er spuckte verärgert vor Jack aus.

Aber es blieb keine Zeit für weitere Diskussionen. Alle Männer begaben sich in Gefechtsposition, und wir nahmen die Verfolgung der »Queen's Pride« auf. Nun kam es auf Geschicklichkeit an und darauf, dass die Mannschaft funktionierte.

In Charles Towne hatten sie immer behauptet, dass Piraten nach Blut lechzten. Sicher, es gab so manchen Unhold, doch die meisten Piratenkapitäne setzten eher auf List und Geschick. Wer möchte schon vor der Zeit aus dem Leben scheiden? Auch die meisten Piraten nicht.

Überlebenswichtig war es, sich schnell ins Kielwasser des Beuteschiffs zu begeben und sich möglichst genau hinter dem Heck des Verfolgten zu halten, weil im Gegensatz zu den Seiten des Schiffes hier nicht mehr als vier Geschütze befestigt waren, die sich leicht unschädlich machen ließen.

Da wir viel schneller waren als das träge Handelsschiff, holten wir zügig auf. Schließlich schienen sie uns bemerkt zu haben, denn die »Queen's Pride« versuchte eine hastige Kursänderung, damit sie uns Breitseite geben konnte. Unser Schiff schlingerte, als auch wir beidrehten, aber da unsere Brigantine niedrigeren Tiefgang hatte als die riesige Galeone, waren wir viel wendiger und rasch fuhren wir wieder im Kielwasser unserer Beute.

Ich blickte durch das Fernrohr und sah, dass die gegnerischen Geschützmeister die Kanonen luden. Schnell ließ ich das Rohr sinken und sprang zu den Scharfschützen, die ihre Musketen bereits angelegt hatten, um die beiden Männer, die die Heckgeschütze der »Queen's Pride« bedienten, auszuschalten.

Inzwischen waren wir so nah, dass ich die Geschützmeister mit bloßem Auge sehen konnte. Ich legte meine Muskete an, kniff ein Auge zusammen und schoss. Eine Gestalt sank hinter ihrem Stückpforten zusammen. Noch einmal nahm ich das gegnerische Heck ins Visier. Zielte. Schoss. Der zweite Kanonier brach zusammen. Auch wenn mir die Monate mit Bonny im Nachhinein wie vertane Zeit vorkamen, musste man es ihm zumindest lassen, dass er einen guten Schützen aus mir gemacht hatte.

»Wohlan, Johnny! Das nenne ich einen prächtigen Einstieg!«, rief Vane und hieb mir anerkennend auf die Schulter. »Wenn du so weitermachst, bereue ich möglicherweise doch nicht, dich mitgenommen zu haben.«

Die Männer brachen in beifälliges Gejohle aus, und sogar der knurrige van Huerdler stampfte anerkennend mit seinem Holzbein auf und grummelte: »Bei John Dean sind wir so sicher wie in Abrahams Schoß!« Ein heiseres Lachen rasselte aus seiner Kehle.

Wir fuhren nun neben der »Queen's Pride«. Breitseite an Breitseite. Dutzende Geschütze waren auf uns gerichtet, sie wurden gezündet, aber sie konnten uns nichts mehr anhaben, denn wir waren bereits viel zu nah. So konnten die gegnerischen Geschütze nicht mehr im richtigen Winkel geneigt werden, und die Kanonenkugeln donnerten einfach über uns hinweg und klatschten zischend in die Gischt. Der Besatzung der »Queen's Pride« blieb also nichts anderes mehr übrig, als dass die einen ihre Pistolen aus den Gürteln zerrten und ihre Musketen anlegten, während die anderen Brand- und Stinktöpfe warfen, um unser Schiff abzufackeln. Nur wenige landeten tatsächlich an Bord und die galt es schnellstmöglich zu entfernen und im Meer unschädlich zu machen.

Mittlerweile hatten wir die überkragende Heckgilling der »Queen's Pride« erreicht, sodass wir unsere Enterhaken und

Leinen werfen konnten, die sich an den üppigen Figuren und dem Geknaufe der opulenten Galerien verfingen. In diesem Moment stimmten unsere Männer ein markerschütterndes Gebrüll an und begannen, das Enterbeil zwischen den Zähnen, flink an den Enterleinen und Gesimsen emporzuklettern. Toby the Timber, unser Schiffszimmermann, war als Erster an Bord der Galeone, und das Erste, was er dort tat, war, mit einem wuchtigen Hammer Holzkeile zwischen Ruder und Steven zu treiben, sodass die »Queen's Pride« nicht mehr manövrieren konnte.

Ich stimmte in das Geschrei ein, denn ich wollte den Männern in nichts nachstehen. An einer der Enterleinen zog ich mich hoch und sprang über die Reling. Vielleicht würde dies mein letzter Kampf sein, aber es blieb gar keine Zeit, um darüber nachzudenken. Doch als ich mit gezogener Pistole und gezücktem Entermesser auf dem Achterdeck stand, war ich fast ein wenig enttäuscht, als die gesamte gegnerische Mannschaft ihre Waffen niederwarf und schockstarr und gelähmt der Dinge harrte, die da kommen würden. Ich tippte eine der Salzsäulen mit der Spitze meines Entersäbels an, doch der Matrose starrte mich nur mit angstgeweiteten Augen an, ohne dass ihm ein Laut über die Lippen ging. Schade um den Kampf, der nicht stattgefunden hatte. Solange man kämpft, kann man sich zumindest sicher sein, dass man noch am Leben ist. Andererseits – es ist nur gut, wenn kein unschuldiges Blut vergossen wird.

Also überließ ich den Kerl weiterhin seiner Katatonie und schwang mich in die Takelung, von wo ich auf die Spitze des Hauptmastes kletterte. Ich schnitt die Flagge ab und beim Hinunterklettern hieb ich mit dem Enterbeil die Taue der Takelage durch. Als ich unten war, fällte Toby the Timber den Hauptmast, während Vane sich den Captain der »Queen's Pride« vornahm.

»Gestatten: Captain Charles Vane. Gehe ich recht in der Annahme, dass Ihr Captain Havering seid?«

Er nickte. Bleich wie Gebein.

»Gut!« Vane rieb sich die Hände. »Dann möchte ich Euch den Vorschlag unterbreiten, mir nun eine kleine Schiffsführung angedeihen zu lassen. Und, mit Verlaub, wenn Euch Euer Leben lieb ist, so möchte ich Euch dringend davon abraten, mir irgendwelche interessanten Details Eures Schiffes vorzuenthalten. Ich denke da an gewisse Kisten und Fässer«, fügte Vane hinzu und klimperte bedeutungsvoll mit dem Lederbeutelchen, in dem er seine Goldstücke aufzubewahren pflegte.

Schweren Schrittes, als hätte man ihm ein zusätzliches Gewicht von mehreren Tonnen aufgebürdet, setzte sich Captain Havering in Bewegung und verschwand, dicht gefolgt von Vane, in der Galerie, wo sich auch die Kapitänskajüte befand, während sich unsere Leute die Taschen der Matrosen vorknöpften. Jack stand in der Mitte des Hauptdecks neben einem großen Tuch und wachte darüber, dass alle Piraten ihre Beute bei ihm ablieferten. Als ich die Flagge in das Tuch legte, nahm er sie wieder heraus, drückte sie mir in die Hand und sagte: »Nein, John. Die behältst du mal schön.«

»Warum?«, fragte ich.

»Das wirst du schon noch sehen ...«

Schulterzuckend steckte ich sie in meinen Hosenbund.

In diesem Moment kam Vane mit dem Captain zurück. Er winkte mir und drei anderen Männern zu: »In der Kapitänskajüte stehen fünf Kisten. Bringt sie an Bord der ›Neptune‹!«

Neugierig wollte ich eben den Deckel einer der Kisten öffnen, doch Hoskins raunte mir zu: »Lass das zu, Johnny! Der Captain versteht bei Neugier keinen Spaß. So jovial er ist, er kann auch sehr grausam sein. Bei der Fundteilung wirst du noch früh genug erfahren, was in den Kisten ist.«

Die Kisten waren höllenschwer, und es war gar nicht so einfach, sie von einem Schiff auf das andere zu bringen. Aber schließlich hatten wir es geschafft. Der Rest der Mannschaft war bereits wieder auf der »Neptune« und wartete gespannt auf die Verteilung der Prise.

Auch sechs Leute, die ich nicht kannte, waren in Fesseln an Deck geführt worden. Vane hatte den Schiffsarzt und die Bordkapelle entführt, hatte sie shanghait. Den Rest der Mannschaft ließen wir auf der »Queen's Pride« zurück. Sie konnten uns so schnell nicht gefährlich werden, denn ihre Munition und die Fässer mit Schwarzpulver hatten wir mitgenommen und ohne Hauptmast und Takelage konnten sie nicht segeln. Sie würden Tage brauchen, das Schiff wieder klarzumachen. Wir holten den Jolly Roger ein und segelten weiter, bis wir an eine verschwiegene Bucht einer unbewohnten Insel kamen, die Jack von einer seiner früheren Beutezüge kannte.

»Das ist das reinste Paradies, Männer. Schildkröten, wilde Schweine, Orangen, Mangos. Alles, was das skorbutgeplagte Herz begehrt!«

Noch an Bord breitete Jack vor den Augen aller die Beute aus und begann, die Goldstücke und Münzen auf Häufchen zu setzen, die der Anzahl der Piraten entsprach. Bei den Schmuckstücken und Waffen wurde es schwieriger. Ihr Wert musste erst geschätzt werden und dann wurde verhandelt und Münzen wurden auf andere Häufchen verteilt. Es war ein langwieriges Procedere, aber einige Stunden später hatte jeder seinen Anteil, und Toby the Timber und ich bekamen den doppelten. Er, weil er als Erster auf der »Queen's Pride« war, und ich, weil ich die gegnerische Flagge erbeutet hatte.

Neben den Schätzen waren wir auch an etliche Fässer mit Rum gekommen. Die meisten lagerten wir unter Deck ein, aber vier Fässer gab Vane für das anstehende Gelage auf der Insel frei.

Als die Dämmerung hereinbrach, hatte Thabo aus den Schildkröten, die Jack und ich gefangen hatten, ein Salmagundi gezaubert, das beinahe an Hawkins' heranreichte. Aber nur beinahe.

Der Rum floss in Strömen, doch als die ersten sturzbetrunken waren, stahlen Jack und ich uns davon und marschierten einige Meilen an der Küste entlang, bis wir sicher waren, dass uns niemand finden würde.

»Weißt du eigentlich, wie schwer es mir fällt, Annie, dich den ganzen Tag zu sehen, ohne dich berühren zu können?«, fragte Jack.

»Und du, hast du eine Vorstellung davon, wie schwer es wäre, dich *nicht* den ganzen Tag zu sehen?«, erwiderte ich.

Dann fassten wir uns an. Und wie wir uns anfassten. Unsere Körper vergruben sich ineinander, als gäbe es kein Morgen mehr. Und wer weiß, vielleicht gab es das ja auch nicht, ein Morgen.

# 3

Auf Kuba hatten wir eine düstere Kaschemme aufgesucht, aus der ein eigenartiger, süßlicher Geruch drang. Im Schankraum war die Quelle des Geruchs nicht auszumachen, aber als wir den Hinterraum betraten, der mit allerlei – allerdings schon sehr fleckigen – Draperien ausgeschlagen war, lagen etwa ein Dutzend Kerle mit abwesendem Blick auf Kissen und sogen an langen, mit Silber beschlagenen Pfeifen. In Jacks Augen glomm ein Fünkchen Gier.

»Euer Majestät, nehmt doch Platz«, grinste er und wies auf ein schmuddeliges Damastkissen.

Ein vernarbter Kerl sprang herbei und offerierte eine seiner Pfeifen.

Jack nickte ihm aufmunternd zu, und der Narbige drückte mit seinem schwarzen Daumen eine dunkle, etwas bitter riechende Substanz in den Pfeifenkopf. Mit einem Haken, den er über einer Talgkerze erhitzt hatte, stocherte er die Masse noch tiefer in die Öffnung, um sie anschließend zu entzünden. Der gleiche süßliche Duft, der in allen Ecken und Winkeln des Raums hing, entwich in einem Wölkchen dem Pfeifenkopf, als Jack daran sog. Zufrieden versank er in den Kissen und mit abwesendem Blick reichte er die Opiumpfeife an mich weiter. Ich nahm einen kleinen, vorsichtigen Zug, und für einen Augenblick geschah nichts, aber dann breitete sich eine tiefe Ruhe in mir und das Weichste, das man sich nur vorstellen kann, um mich herum aus und hüllte mich ein. Weicher als Samt und glatter als Seide. Alles, was mich eben noch bedrückend eng umgeben hatte, erschien nun sehr weit entfernt und vollkommen bedeutungslos. Ich gab Jack die Pfeife zurück, und als ich wieder am Zuge gewesen wäre, lehnte ich ab. Der Zustand war zwar sehr angenehm, aber es schien mir nicht die richtige Umgebung zu sein, sich gänzlich fallen zu lassen. Jack hingegen gab sich dem Rausch vollkommen hin. In diesem Moment stolperte ein sturzbetrunkener spanischer Soldat herein, wobei er im Laufen den Vorhang abriss und lallte: »Cabrones! ... De puta madre! ...« Dann stürzte er sich auf Jack, dessen Geist aktuell nicht in diesem Raum weilte, und packte Jack am Schlafittchen. Er grunzte und machte eine unwillige Geste mit der Hand, als wollte er eine lästige Fliege verscheuchen. Ich versuchte, meinen Degen zu ziehen und auf den Kerl zuzuspringen, aber es kostete mich größte Mühe, und es fühlte sich an, als würden diese beiden Handlungen Stunden in Anspruch nehmen. »Hola, hombre!«, rief ich mit schwerer Zunge. »Wenn du Ärger suchst, dann such ihn mit mir und nicht mit einem, der hilflos am Boden liegt.«

Der Kerl schwankte bedrohlich auf mich zu, und ich torkelte ihm mit schweren Gliedern und gezogenem Degen entgegen. Schaulustige kamen aus der Schankstube und lachten gar sehr über das erbärmliche Spektakel, das sich ihnen darbot. Es kämpfte Rausch gegen Rausch. Für die Umstehenden wahrscheinlich der langsamste Kampf, den man sich nur vorstellen konnte.

Doch auf einmal kam Bewegung in die Menge. Zwei andere Kerle waren aneinandergeraten, und es kristallisierten sich mehr und mehr Schläger um sie herum. Der betrunkene Muchacho wurde in den Strudel des Tumults hineingerissen, und ich nutzte die Gunst der Stunde und zerrte den unwilligen Jack nach draußen, während die Männer mit den langen Pfeifen ungerührt auf ihren Kissen liegen blieben, und der ein oder andere uns einen trägen Blick unter halbgeöffneten Lidern hinterherschickte, um sie sogleich wieder zu schließen.

Als wir zurück auf der »Neptune« waren, hatte ich den Eindruck, dass Opium hervorragend dazu angetan war, Probleme vergessen zu machen, aber nicht, sie zu lösen.

Jack hingegen schlich noch die nächsten drei Tage unruhig an Bord auf und ab und murmelte: »Verdammt, wir hätten uns einen kleinen Vorrat mitnehmen sollen.«

Aber als ich mir Jack so ansah, war ich über die Maßen froh, dass wir genau das nicht getan hatten.

# 4

Im Großen und Ganzen fühlte ich mich die ersten Monate an Bord der »Neptune« wie im Rausch, auch ohne weitere Opiumexperimente und trotz aller Härten an Bord. Das war das Leben, das ich mir immer erträumt hatte, aber ich musste die Erfahrung machen, dass keine Vollkommenheit ewig währt oder dass Vollkommenheit etwas ist, das dadurch entsteht, dass man sich weigert, alles, was ihr im Wege steht, zur Kenntnis zu nehmen.

»Was machst du eigentlich so oft in Vanes Kajüte?«, fragte ich Jack eines Tages und verstellte ihm den Weg, als er wieder einmal mitten in der Nacht aus Vanes Gemächern schlüpfte und seltsam erschöpft wirkte.

Mir schien, als wäre er kurz zusammengezuckt, als er mich sah, doch wenn dem so gewesen war, dann hatte er sich schnell wieder gefasst und antwortete so verflucht Jack-Rackham-typisch: »Der Königin der Karibik ist wohl entfallen, dass ich der Erste Offizier bin, und der Quartermaster sich nun einmal um die Belange von Mannschaft und Kapitän zu kümmern hat.«

»Nun, mich dünkt, dass du dich ungleich eifriger um Vanes Belange scherst als um die der Mannschaft.«

»Er ist nun mal der Captain.« Jack schenkte mir ein Lächeln, das unter gewöhnlichen Umständen nicht anders als entwaffnend zu bezeichnen gewesen wäre, doch da mein Argwohn geweckt war, hätte ich ihm am liebsten meinen Degen auf die Brust gesetzt.

»Was habt ihr besprochen?«

»Ich bin müde, Annie!« Damit ließ er mich stehen, und keine zwei Minuten später dröhnte sein Schnarchen vom Haufen mit den Tauen.

›Männlein wie Weiblein hat der schöne Jack schon den Kopf verdreht‹, schoss mir Zolas Bemerkung an unserem Abschiedsabend durch den Kopf, und Jacks merkwürdige Angst davor, dass Vane herausfinden könnte, dass ich eine Frau war: ›Du bist doch Vanes bester Mann‹ – ›Genau das ist das Problem‹.

Nun, es war kein Geheimnis, dass Nassau eine Hochburg war für Männer, die Männer liebten. Viele Männer kamen genau aus diesem Grund nach New Providence, wie alle, die etwas taten oder wollten, was andernorts missbilligt wurde. Genau das war schließlich das Großartige an dieser Insel. Warum gab es überhaupt Gesellschaften wie die in Cork oder Charles Towne, die darüber bestimmen wollten, wer wen körperlich lieben durfte, und die mit ›dies ist wider die Natur‹ und ›ein Frevel an Gott‹ argumentierten? Als wüssten sie, was Gott will. War Gott nicht viel zu groß, um sich darum zu scheren, wer wen lieben durfte? Und warum hätte er den Menschen solche Gefühle geben sollen, wenn sie gegen seine göttliche Natur verstießen? War nicht gerade das der eigentliche Frevel? Welch Anmaßung, Gott ein Wollen zu unterstellen, das nur die eigene Beschränktheit oder den eigenen Machtwillen spiegelte? Was ging es eine Gesellschaft an, wer wen liebte? Das war doch schließlich eine Angelegenheit, die nur die beiden Liebenden betraf.

Aber wie es aussah, gab es gerade drei Liebende. Und dabei ist ja meist einer der Dumme. Wie es aussah, war das wohl ich. Warum tat Jack das? Warum ausgerechnet dieser Dreckskerl Vane? Hätte er eine Liebschaft mit unserem Hausmädchen Clara gehabt, Gott sei ihrer Seele gnädig, es hätte mich kaum mehr schockieren können.

Ich erwartete Antworten und ich erwartete den nächsten Landgang, denn wegen der Enge an Bord war nicht daran zu denken, dass sich eine Möglichkeit bieten würde, diese Angelegenheit zu klären.

Aber die Liebschaft mit Jack war nicht das Einzige, was mich zunehmend gegen Vane aufbrachte.

Nun, es war eine Tatsache, dass man als Pirat weder zimperlich noch allzu zart besaitet sein durfte, aber die Art der Exzesse, die Vane an seinen Opfern beging, spottete jeder Beschreibung und weckte in mir den Verdacht, dass Vane möglicherweise in den Folterkellern dieser Welt mehr Erfüllung gefunden hätte als auf einem Piratenschiff.

Die Grausamkeit, die Blackbeard nachgesagt wurde, Vane, er lebte sie. Nicht umsonst hatten sie für einige Zeit gemeinsame Sache gemacht. Obwohl uns die Mehrzahl der Schiffe fast kampflos in die Hände fiel, hielt Vane es immer wieder für nötig, die Gefangenen grundlos zu quälen. So hatte es ihm einmal eine diebische Freude bereitet, einem Matrosen teergetränktes Werg in den Mund zu stopfen und dieses dann zu entzünden. Der arme Mann verstarb noch am selben Tag.

Und nun hatte er einem Kapitän einen Strick um den Hals gelegt und ihn an der Großrah immer wieder auf- und abgezogen, während er das shanghaite Bordorchester zwang, dazu eine muntere Melodie zu spielen. Es war entsetzlich. Auch ein Großteil der Mannschaft hatte keinen Gefallen an dieser Darbietung gefunden. Der arme Teufel litt schon seit Minuten. Da war mir der Geduldsfaden gerissen. Ich zog meine Pistole aus dem Hosenbund und beendete das Spektakel, indem ich den Kerl erschoss.

»Alas, Dean! Du Hundsfott! Was erdreistest du dich?«, brüllte mich Vane an und riss seinen Degen aus der Scheide.

Auch ich zog meinen Degen und sprang auf das Dach der Kajüte. »Du hast dein Schauspiel gehabt, Vane! Lass es gut sein.«

Doch Vane schäumte. »Ich bring dich um, Dean!« Er tat einen Satz auf mich zu, und ich nahm meinen Degen zwischen die Zähne und rettete mich in die Takelage. »An deiner Stelle wäre ich vorsichtig, Vane. Niemandem hier gefällt es, wie du dich benimmst. Weder, dass du dir immer wieder mehr als deinen zweifachen Anteil an den Prisen einsteckst, noch, dass du ständig arme Teufel, die dir nichts getan haben, quälst.«

Die Piraten, die gerade an Deck waren, murmelten beifällig.

»Ho, ho, was wird das, Dean? Willst du eine Meuterei anzetteln?« Vane lachte siegesgewiss, aber die Mannschaft stimmte nicht wie sonst ein.

Vor nichts hat ein Kapitän mehr Angst als vor einer Meuterei, denn so schnell, wie er gewählt wurde, konnte er auch wieder abgesetzt werden.

In diesem Moment sprang ich aus der Takelung, Vane direkt vor die Füße. Und dann fochten wir. Gegen alle Regeln. An Bord. Wir kämpften verbissen und sahen uns dabei hasserfüllt an. Vane standen schon dicke Schweißperlen auf der Stirn. Dieser Dreckskerl! Wie ich ihn verachtete. Wir fochten und fochten und fochten. Die Mannschaft feuerte mich an, und das schien Vane zu beflügeln, sodass er noch verbissener kämpfte. Und auch ich focht um mein Leben, denn ich war wahrlich nicht sehr erpicht darauf, von ihm gekielholt zu werden. Aber es war mehr als ein Kampf auf Leben und Tod. Vane war nicht dumm. Sicherlich hatte auch er sich schon eins und eins zusammengerechnet und wusste, was es mit Jack und mir auf sich hatte. Also war es der Kampf um Jack. Der Kampf zwischen zweien, von denen einer zu viel war und von denen jeder annahm, dass nicht er es sei.

Und dann, endlich, machte Vane einen Fehler. Einen tödlichen Fehler. Ich schlug ihm den Degen aus der Hand. Vane stürzte. Ich setzte nach. Und da lag er vor mir auf dem Rücken wie ein Käfer, der nicht mehr auf die Beine kam. Ich stand über ihm und drückte ihm leicht die Spitze meines Floretts gegen die Halsschlagader.

Vane röchelte. »Nun stich schon zu, du gottverdammter Hurensohn!«

»Ich werde dein Leben verschonen, Vane, aber zwei Dinge verlange ich von dir. Erstens: Du wirst keine Gefangenen mehr quälen, und zweitens: Du wirst eine Sache nicht mehr tun, von der nur du und ich und Jack wissen.« Ich steckte meinen Degen zurück und ließ Vane liegen.

»Johnny! Johnny!« Die meisten Piraten johlten und applaudierten. Nur etwa eine Handvoll Männer warf mir böse Blicke zu. Es waren die gleichen, die immer am lautesten geschrien hatten, wenn Vane seine Folterspektakel vollführte. Ich hatte meinen Triumph gehabt, aber Vane blieb Captain. Unausgesprochener Waffenstillstand. Aber unter der Oberfläche brodelte es. Wir belauerten uns. Ich hätte meinen rechten Arm dafür verwettet, dass Vane bereits darüber nachsann, wie er mich loswerden konnte. Aber wir hatten einander in der Hand. Zusammengeschmiedet durch ein Geheimnis, das zu lüften weder für ihn noch für mich von Vorteil sein würde. Ein Patt.

Irgendwann hielt ich es nicht mehr aus, und als alle zu schlafen schienen, weckte ich Jack und forderte Rechenschaft.

»Was ist das mit Vane? Jack, ich verstehe nicht, warum du das getan hast!«, flüsterte ich.

Jack winkte ab. »Anne, es hat nichts zu bedeuten. Es ist … wie soll ich sagen? Ich … ich habe Vane einiges zu verdanken.«

»Tsss, was kannst du ihm so Großes zu verdanken haben, dass du …«, schnaubte ich.

»Ich konnte ja nicht wissen, dass ich dich kennenlernen würde. Er hat mein Leben gerettet, Anne. Es ist so eine Art Gewohnheitsrecht.« Für einen Augenblick sah er betreten zu Boden.

»Das … das ist überraschend …«. Für einen Moment verschlug es mir die Sprache.

»Außerdem gibt es Dinge, die weniger Spaß machen«, fügte er schließlich lachend hinzu. Dafür, dass er schon wieder grinsen konnte, hätte ich mich am liebsten mit ihm geprügelt.

»Dann bleib ihm doch für den Rest deines Lebens zu Diensten!«, fauchte ich.

»Nein … Hör zu, Anne!« Jack wurde wieder ernst. »Solange es dich noch nicht in meinem Leben gab, war es in Ordnung, aber nun würde ich es gerne beenden. Doch du kennst Vane. Wenn ich das tue, dann wird er sicherlich versuchen, dir etwas anzutun.«

»Vane muss weg!«, rief ich.

»Was??? Du willst ihn umbringen?«

»Nein, wenn ich das wollen würde, dann hätte ich es neulich getan. Was ich meine, ist: Wir müssen uns von ihm trennen.«

»Willst du dich mit dem Beiboot davonmachen?«

Ich blickte mich um, ob auch wirklich niemand zuhörte. »Meuterei, Jack!«, wisperte ich. »Er hat mich selbst auf die Idee gebracht.«

»Bist du des Wahnsinns?!«, raunte Jack zurück.

»Nein. Erinnerst du dich an den Kampf mit Vane? Die meisten seiner Leute, sie standen nicht hinter ihm, sondern hinter mir. Es gefällt ihnen schon lange nicht mehr, wie Vane sich aufführt. Und dir, Jack, gefällt das alles auch nicht. Ich habe es in deinem Gesicht gelesen. Jeden Tag.«

Jack seufzte. »Früher war er nicht so. Er hat sich zu lange mit Blackbeard verbündet.«

»Mag sein, Jack. Aber Macht kann einen Menschen verändern.«

Jack schwieg und ich hakte nach: »Nun, was hältst du von einer Meuterei?«

In Jacks Augen blitzte kurz etwas auf. War es die Vorstellung, selbst Captain zu werden? Dann erlosch dieses Funkeln wieder. Er drückte mir die Hand und meinte: »Vielleicht ... Wenn sich einmal die Gelegenheit bieten sollte ...«

# 5

Die Gelegenheit bot sich. Und sie bot sich rasch.
Wenige Tage nach meiner nächtlichen Unterredung mit Jack befahl Vane den Angriff auf eine Fregatte. Die Männer waren bester Stimmung. Tagelang waren wir in einer Flaute auf dem offenen Meer dahingedümpelt, doch am Morgen war eine angenehme Brise aufgekommen, sodass wir Segel setzen konnten und wieder vom Fleck kamen. Und die Krönung des Ganzen war nun diese Fregatte, die Aussicht auf fette Beute verhieß.

Wie immer begaben wir uns ins Kielwasser des gegnerischen Schiffs, aber als wir nah genug waren, stellte sich heraus, dass wir es diesmal nicht mit einem Handels-, sondern mit einem französischen Kriegsschiff zu tun hatten.

»Klar zur Wende«, brüllte Vane auf einmal.

Der Steuermann reagierte nicht, und die Männer sahen sich verdutzt an.

»Verflucht noch mal, ihr Hornochsen! Habt ihr nicht gehört? Ihr sollt wenden!«

»Das kann doch nicht wirklich dein Ernst sein, Vane!«, protestierte der Steuermann.

»Ihr räudigen Landratten! Wenn ihr nur ein Mal eure Klüsen bemühen und euer Hirn gebrauchen würdet, dann hättet ihr gesehen, dass das«, er deutete auf die Fregatte, die wir fast eingeholt hatten, »dass. Das. Ein. Marineschiff. ist. Marineschiff! Die sind randvoll mit Sechspfündern. Und wenn sie die auf uns richten, dann schicken die uns heute noch in Davy Jones' Kiste!«

Als den Männern aufging, dass sie richtig gehört hatten, und dass Vane die Fregatte ungeschoren ziehen lassen wollte, weil sie ein paar mehr Kanonen als ein Handelsschiff hatte, da kippte die Stimmung. Keiner der Männer regte sich, aber ihr Unmut stand ihnen überdeutlich ins Gesicht geschrieben.

Da preschte ich vor. »Merkst du es nicht, Vane, deine Männer sind unzufrieden mit dir. Sie haben es satt, dass du dich nach Gutdünken an den Prisen bedienst, und sie haben die Freude satt, die dich dabei befällt, wenn du andere quälst. Und dass du dich nun als ausgebuffter Feigling zeigst, das macht die Sache nicht besser!«, rief ich.

Von den Männern kam ein beifälliges »Arr!«.

»Johnny! Johnny, Johnny, Johnny …«

Vane hatte beide Arme in die Hüften gestemmt und setzte ein mitleidiges Lächeln auf. »Mir dünkt, der kleine Schiffszimmermannsgehilfe möchte eine Rebellion anzetteln.« Er kam näher. »Aber eines sage ich dir, Johnny, auf *meinem* Schiff, da gibt es keine Rebellion. Hast du mich verstanden? *Ich* bin der Captain!«

»Ja, du bist der Captain. Aber du bist nur der Captain, weil deine Männer es so *wollten*. Aber wie sieht es *jetzt* aus?« Ich drehte mich zu den anderen Piraten um. »Wie sieht es aus, Männer? Wollt ihr euch weiter von Vane bestehlen lassen? Wollt ihr weiter seine Launen ertragen? Wollt ihr das? Und wollt ihr, dass diese Fregatte entkommt, nur weil ihr so feige seid wie euer Captain?«

Jack warf mir einen Blick zu, der beides enthielt: Bewunderung und Besorgnis. Ja, es war ein nicht zu unterschätzendes Risiko, das ich eben eingegangen war. Wenn die Wut der Männer noch nicht groß genug war, und sie die Meuterei nicht mittrugen, dann wäre ich diejenige, die ausgesetzt werden würde. Bestenfalls. Oder die unter dem Kiel durchgezogen würde, bis mir die gratigen Seepocken am Schiffsrumpf die Haut vom Leibe geschält hätten. Aber es gab jetzt kein Zurück mehr.

Die Luft an Bord hätte man auf einmal schneiden können, so dick war sie.

Da trat Jack vor. »Mich dünkt, Johnny hat recht. Wie lange sollen wir uns denn noch von diesem Tyrannen knechten lassen?«, rief er, woraufhin Vane ihm einen derart fassungslosen und verletzten Blick zuwarf, dass er mir beinahe schon wieder leidtat.

»Nun, wer dafür ist, dass Vane Captain bleibt, der hebe die rechte Hand.«

Und es wurden Hände gehoben. Aber nicht viele. Fünfzehn etwa. In Anbetracht einer Mannschaft von hundertzwanzig Leuten war das mehr als eine Niederlage. Vane ließ seinen Blick von einem zum andern wandern, doch es kamen keine neuen Hände dazu.

Ohne ein weiteres Wort zu verlieren, nickte er seinen fünfzehn Getreuen zu, die zwei der Beiboote zu Wasser ließen. Dann ruderten sie davon.

Man kann über Vane sagen, was man will, aber fürwahr, er ist gegangen wie ein Mann.

Als Vane außer Sichtweite war, wurde über seine Nachfolge abgestimmt. Die meisten Stimmen erhielten Jack und – ich konnte es kaum glauben – ich. Bisher war es nur mein innigster Wunsch gewesen, zur See zu fahren, aber dass viele Männer mir ihre Stimme gegeben hatten, das eröffnete ganz neue Perspektiven. Mir wurde auf einmal bewusst, dass ich Captain werden konnte. Und: Ich wollte Captain werden. Aber es war zu früh. Es gab noch so viel, das ich lernen musste, denn was ist schmählicher, als vor der Zeit ein Amt zu bekleiden und mangels ausreichender Kenntnis damit zu scheitern? Also gab ich Jack meine Stimmen. Und so wurde aus Jack der berühmt-berüchtigte Captain Jack Rackham. Und der Schiffszimmermannsgehilfe Johnny Dean stieg auf zum Quartermaster.

# 6

Eine glückliche Zeit brach an. Mein Rivale war weg, und Jack und ich mussten nun nicht mehr die Landgänge herbeisehnen, um uns zu lieben. Jacks Kajüte stand mir jederzeit offen.

Nur eine Angelegenheit belastete mich. Mein Versteckspiel vor den Männern. Sie hatten mir ihr Vertrauen geschenkt, indem sie meinem Aufruf zur Meuterei gefolgt waren und einige mich sogar gerne als Captain gesehen hätten. Und ich? Betrog ich sie nicht mit Johnny, den es gar nicht gab?

Und dann war da noch etwas: Ich war eifersüchtig. Eifersüchtig auf Johnny, denn Johnny konnte alles erreichen. Weil er mutig und intelligent und ein Mann war. Aber Anne? Konnte Anne, die genauso mutig und intelligent war, auch alles erreichen, obwohl sie eine Frau war? Das war es, was mich nicht losließ. War es nicht eigentlich merkwürdig, dass dieselbe Person mit denselben Eigenschaften in dem Augenblick, in dem sie andere Kleider trug, vollkommen anders beurteilt wurde?

Ich lag auf der Seite und fuhr versonnen mit dem Zeigefinger Jacks nackte Konturen nach. »Ich werde es ihnen sagen, Jack.«

»Was wirst du ihnen sagen? Und wem überhaupt?«, fragte er schläfrig.

»Den Männern. Dass ich eine Frau bin.«

Jack fuhr von seinem Kissenberg auf. Schlagartig war er hellwach. »Bist du wahnsinnig, Anne? Das kann nicht dein Ernst sein!«, rief er.

»Doch, Jack. Ich will, dass sie *mich* schätzen. Nicht Johnny Dean.«

»Ich verstehe überhaupt nicht, was du willst. Du kannst froh sein, dass sie dir den Johnny abkaufen. Was willst du denn noch?«

»Wie ich schon sagte – ich habe dieses Versteckspiel satt. Ich will Anne sein. Und ich will, dass die Männer akzeptieren, dass es nicht darauf ankommt, ob man ein Mann oder eine Frau ist, sondern darauf, was man kann.«

Jacks Gesichtsausdruck ließ keinerlei Zweifel daran, dass er gerade ernstlich in Betracht zog, ich könnte einem plötzlichen Wahnsinn verfallen sein. »Du kannst eine Gesellschaft nicht ändern.«

Diese Behauptung machte mich so wütend, dass ich aufsprang. »Nein, wenn ich alles als gegeben hinnehme, dann kann ich natürlich nichts ändern! Und ich behaupte auch gar nicht, dass ich allein die ganze Welt verändern kann, aber wenigstens die Menschen, die mich umgeben, kann ich zum Denken bewegen. Das ist doch nicht zu viel verlangt?« Seltsamerweise musste ich in dem Augenblick, als ich mich diese Worte sagen hörte, an Libertalia denken. Gab es Libertalia wirklich? Oder sollte James ausnahmsweise einmal die Wahrheit gesagt haben, als er es als Seemannsgarn abtat? Unter den Inseln, die wir bisher angesteuert hatten, war es jedenfalls nicht gewesen.

»Gut, ich sage dir, was passieren wird, wenn du die Männer über deine Weiblichkeit in Kenntnis setzt: Sie werden über dich herfallen. Hundert Männer werden ihren Spaß mit dir haben. Und danach werden sie dich über Bord werfen. Und mich werden sie dir hinterherschicken, denn wenn hundert Männer anderer Meinung sind als der Captain, dann ist der Captain kein Captain mehr. Nicht auf einem Piratenschiff. Versteh mich nicht falsch, es ist nicht so, dass ich der Vorstellung, mit der Königin der Karibik gemeinsam unterzugehen, nicht einen gewissen Zauber abgewinnen könnte. Zumindest, wenn es sein muss, aber deine Provokation ist vollkommen unnötig.«

Wütend schlüpfte ich in Hemd und Hose. »Die Königin hat genug von dir! Jack, König der Feiglinge!«, brüllte ich und verließ die Kajüte. Krachend fiel die Tür hinter mir ins Schloss.

Zwei Tage ging ich Jack, soweit es möglich war, aus dem Weg und sprach nur das Nötigste mit ihm. Es verletzte mich, dass er den Grund meines Ansinnens ganz offensichtlich nicht nachvollziehen konnte. Aber vielleicht hatte er zumindest insofern recht, als es möglicherweise zu früh war, den Männern meine wahre Identität preiszugeben. Ein Triumph musste her. Ein großer. Oder ein Plan. Einer, der hundertprozentig aufgehen würde. Einer, bei dessen Ausführung es sich als günstig erweisen würde, dass ich eine Frau war. Während ich an der Reling stand und in die Weite des Horizontes starrte, arbeitete es fieberhaft in meinem Kopf. Die »Neptune« war nicht gerade das, was man gemeinhin als Juwel der Schiffsbaukunst bezeichnen konnte. Sie war ziemlich grobschlächtig, beschränkte sich in der Ausstattung auf das Notwendigste und außerdem war sie schon ziemlich in die Jahre gekommen. In diesem Moment entstand vor meinem geistigen Auge das Bild einer Schaluppe, wie sie die Welt noch nie zuvor gesehen hatte. Elegant. Wendig. Wehrhaft. Ausgestattet mit den besten Kanonen. Das Beste vom Besten. Schlichtweg schiffgewordene Schönheit. Die »Royal Queen«. Der ganze Stolz Chidley Bayards. Ha! Chidley Bayard. Dieser Bastard, der sich einbildete, dass man mit Geld alles kaufen konnte. Es wurde auch gemunkelt, dass er in letzter Zeit einige obskure Geschäfte mit James abgeschlossen hatte. Nein, Bayard war kein Ehrenmann, auch wenn er sich gerne als solcher ausgab.

Und auf einmal wusste ich, was zu tun war. Die »Royal Queen« war in den Gewässern vor Kuba gesehen worden. Das Kommando hatte Captain Hudson, ein Weiberheld vor dem Herrn. Das war seine Schwäche. Und genau diese Schwäche würde meine Stärke sein.

Ich berief die Männer zu einer Versammlung ein und kletterte auf ein Fass, damit sie mich alle sehen konnten.

»Hört mir zu, Männer. Es geht um Folgendes: Die ›Neptune‹ fault uns so langsam unterm Hintern weg. Früher oder später müssen wir uns also nach einem neuen Kahn umsehen, wenn wir nicht mit Haut und Haar untergehen wollen. Und nun hat es das gnädige Schicksal so eingerichtet, dass sich just in diesem Moment die ›Royal Queen‹, die schnellste, modernste und luxuriöseste Schaluppe der Neuen Welt, ganz in unserer Nähe herumtreibt. Warum sich also nicht nach dem besten strecken, wenn es greifbar ist?«

Von Seiten der Männer kam beifälliges Gemurmel, das immer lauter wurde und in zustimmendes Gejohle überging.

Ich hob die Hand, um mir noch einmal Gehör zu verschaffen. Als sich der Lärm wieder gelegt hatte, sprach ich weiter: »Es gibt nur einen Haken: Die ›Royal Queen‹ gehört einem reichen Pfeffersack namens Chidley Bayard und der hat das Schiff bis zu den Zähnen bewaffnen lassen. Die neuesten und besten Geschütze, die jedem Schiff der Royal-Navy alle Ehre machen würden. Außerdem ist die ›Royal Queen‹ viel zu schnell. Mit unserem maroden Kahn kämen wir ihr gar nicht hinterher.«

Van Huerdler stampfte wütend mit seinem Holzbein auf: »Alas, Quartermaster, warum erzählst du uns dann von dieser Prachtschaluppe, wenn sie so unbesiegbar ist?«

Ich blickte ihn strafend an: »Davon, dass sie unbesiegbar ist, habe ich nichts gesagt. Ich habe nur gesagt, dass wir ihr mit herkömmlichen Mitteln nicht beikommen werden. Wir brauchen eine List.«

»Und wie soll die aussehen?«, fragte Hoskin the Hopper.

»Der Captain, dieser Hudson, ist ein über die Gewässer der Karibik hinaus bekannter Weiberheld. Damit kriegen wir ihn.«

Van Huerdler hieb sich vor Lachen auf sein hölzernes Bein. »Willst du dich in Rock und Korsage zwängen, Quartermaster, um Hudson bei einem Techtelmechtel deine haarigen Beine um die Hüften zu schlingen?«

Auch die anderen Männer brachen nun in dröhnendes Gelächter aus. Als es verebbt war, sagte ich: »Holzbein, da liegst du ganz richtig, denn im Gegensatz zu dir sehe ich damit zuckersüß aus.«

Wieder lachten die Männer über meinen trefflichen Scherz.

»Ihr mögt dies für einen Witz halten, aber da ist eine Angelegenheit, die ich euch mitzuteilen habe und die ich euch gerne schon früher mitgeteilt hätte … « Damit zog ich meine Haare unter dem Kopftuch hervor und riss mein Hemd auf, sodass alle meine Brüste sehen konnten.

In diesem Moment tauchte Jack aus der Kajüte auf. Auch er blickte für einen Augenblick irritiert auf meinen Busen, dann warf er mir einen Blick zu. Einen traurigen. Einen Trauerblick. Jack war sich sicher, dass ich die Totenglocken für mein letztes Stündchen eingeläutet hatte.

Ich ließ mich nicht beirren, es gab nun kein Zurück mehr. Wieder einmal. Und es sollte auch keines geben, auch wenn ich mir nicht sicher war, ob und wie ich die nächsten Stunden überleben würde.

»Bei dem, den ihr unter dem Namen John Dean kennt, handelt es sich in Wahrheit um Anne Bonny.«

Auf einmal herrschte absolute Stille an Deck. Man hätte eine Laus fallen hören können. Alle starrten noch immer auf meine Brüste, und ich hielt es langsam für gegeben, mein Hemd wieder zuzuknöpfen.

Nachdem sich der erste Schock gelegt hatte, ging ein unwilliges Raunen durch die Reihen.

Ich hob die Hand, damit sie mir noch einmal zuhörten.

»Männer, ich weiß, ich habe euch zum Narren gehalten, doch geschadet habe ich euch nie. Desgleichen weiß ich, dass Frauen eine harte Strafe droht, wenn sie sich auf ein Schiff einschleichen. Aber wir sind bisher bestens miteinander ausgekommen. Ich bin dieselbe Person wie vorher. Es liegt nur an euch, ob euer Wissen um mein wahres Geschlecht einen anderen Menschen aus mir macht. Und ich gebe zu bedenken, dass nicht wenige von euch mich zum Captain machen wollten. Aber warum dachten sie, dass ich dafür geeignet sei?« Ich ließ meinen Blick über die Piraten schweifen. »Nun, möglicherweise lag es daran, dass sie glaubten, dass ich wachen Geistes und ein guter Kämpfer bin. Und warum haben sie nicht irgendeinen aus eurer Mitte gewählt, sondern ihre Stimmen Rackham und mir gegeben?«

Die Männer schwiegen, und viele von ihnen blickten so intensiv auf ihre Füße, als hätten sie sie eben erst entdeckt.

»Mit Verlaub, es wird wohl daran gelegen haben, dass sie Jack und mich für besser geeignet für die Schiffsführung hielten als einen von euch. Wenn ihr eure Entscheidung jetzt zurückzieht, dann sagt ihr damit zugleich, dass ihr selbst euch für Hornochsen haltet, nicht fähig, zu entscheiden, was gut für Schiff und Mannschaft ist. Will sagen, wenn ihr mir euer Vertrauen entzieht, dann entzieht ihr es euch selbst.«

Die Männer murrten unwillig.

Sie schienen noch nicht überzeugt, also sprach ich weiter: »Ist es denn so, dass der Umstand meines Frauseins meine Verdienste schmälert? Erstehen die Männer, die ich getötet habe, bereits im Diesseits wieder auf? Hat einer von euch sie gesehen, ja?«

Ein paar der Kerle lachten, während die meisten anderen sich noch immer in feindseliger Zurückhaltung übten.

»Sind das Gold, der Schmuck und die Waffen, die ich erbeutet habe, weniger wert als das, was ihr erbeutet habt? Und wie sieht es mit dem Rum aus? Hat er sich etwa unter meinen Weiberhänden in Wasser verwandelt?«

Während ich noch sprach, stürzten sich auf einmal drei der Männer mit gezogenem Entersäbel auf mich. Dies geschah so unvermittelt, dass ich gerade noch rechtzeitig in die Takelage springen konnte. Ich zog meinen Degen und schwang mich zurück an Deck, wo sich ein hitziges Gefecht zwischen mir und den dreien entsponn.

Für mich ging es um alles. Zuvorderst natürlich um mein Leben, aber darüber hinaus stand gerade alles, wovon ich jemals geträumt hatte, auf dem Spiel.

»Ihr feigen Hunde! Was fallt ihr mich aus dem Hinterhalt an? Seid ihr nicht Manns genug, mir von Angesicht zu Angesicht im Kampf gegenüberzutreten? Braucht es drei Männer im Rücken einer Frau, um sie zur Strecke zu bringen?«

»Du Hure!« war alles, was ich zur Antwort bekam. Ich kannte das. Wenn Männer auf eine von einer Frau gestellten Frage nur noch mit ›Hure‹ antworteten, so war ein wunder Punkt getroffen. ›Hure‹, das war die männliche Kapitulation vor jeder rationalen Argumentation. Sie verhielten sich, als ob ihnen dadurch, dass ich genauso gut kämpfte wie sie, etwas weggenommen würde. In welche Absurditäten sich menschliches Denken gelegentlich versteigt! Jedoch, dies war augenblicklich nicht mein Problem. Oder vielleicht gerade doch, denn allmählich wurden meine Arme immer schwerer. Und alleine gegen drei zu kämpfen, das ist immer anstrengend.

Doch auch die Bewegungen der Piraten wurden langsamer. Endlich gelang es mir, einem den Enterhaken aus der Hand zu schlagen. Ich kickte ihn in Jacks Richtung, der ihn aufhob. Dann flog der nächste Säbel über die Reling. Doch es war nicht der meinige. Und endlich, als ich beinahe schon keine Kraft mehr hatte, fiel ich Jasper, dem letzten der drei Kerle, in den Arm und entwand ihm das Enterbeil.

Schweigend hatten die anderen Männer dem Kampf zugesehen. Außer Atem wandte ich mich ihnen wieder zu, doch da spürte ich einen Luftzug im Rücken und drehte mich um. Jasper hatte einen Dolch in der Hand und stürzte sich auf mich. Ich riss meinen Degen hoch und stach zu. Jasper sank in sich zusammen. Das unschöne Ende eines Feiglings.

Aus den Augenwinkeln sah ich, dass Jack Blickkontakt zu mir suchte, aber ich konzentrierte mich auf die anderen Männer. Noch immer hielt ich die blutige Klinge in den Händen. Ich sah von einem zum anderen.

»Möchte vielleicht noch jemand gegen mich kämpfen?«, fragte ich und hoffte inständig, dass sich keiner mehr dazu berufen fühlte, dem Weib zu zeigen, was ein echter Kerl war.

Keiner trat vor. Keiner verlor ein Wort.

»Nun, wenn dem nicht so ist, appelliere ich an euch: Man hält euch für den Abschaum der Menschheit, und ihr seid Außenseiter, weil jeder Einzelne von euch mit der Gesellschaft, aus der er ursprünglich stammte, gebrochen hat. Und jeder Einzelne von euch hatte seine Gründe dafür. Gute Gründe. Dies ist bei mir nicht anders: Zuerst war es mein Vater, der über alle Belange meines Lebens entscheiden konnte, und dann sollte ich verheiratet werden, damit künftig mein Ehemann mir vorschreibt, was ich tun und lassen soll. Die einzige Aufgabe, die er für mich vorgesehen hatte, war, einen Erben zu gebären und mich ansonsten nutzlosen Zerstreuungen und tödlicher Langeweile hinzugeben. Nun, ihr habt gesehen, wozu ich fähig bin. Wäre es nicht Verschwendung sondergleichen gewesen, wenn ich mich zu Tode gelangweilt hätte?«

»Vor allem dein Tuch ist Verschwendung. Ohne siehst du viel besser aus!«, tönte Toby the Timber. Einer, zwei, drei Männer stimmten mit ein. Schließlich lachten fast alle.

»Warum also wollt ihr, die Gesellschaft der Außenseiter, mich ausschließen?«

Ich blickte in die Runde. In den Gesichtern der meisten war die Feindseligkeit der Nachdenklichkeit gewichen.

»Lasst mich euch folgenden Vorschlag unterbreiten: Gebt mir und meinem Plan eine Chance, und ich schwöre euch, es wird euch nicht zum Nachteil gereichen. Sollte diese Operation jedoch scheitern, so sollt ihr mich auf der nächstbesten Insel maroonen.«

Lange sagte keiner ein Wort, aber schließlich trat van Huerdler neben mich und ließ sein Holzbein ein paar Mal auf die Planken niederfahren, bis ihm die volle Aufmerksamkeit aller gewiss war. »Männer! Johnny – Bonny ... Wo ist da der Unterschied? An einem Buchstaben soll alles hängen? Und das, wo doch die Hälfte von euch ungebildeten Teufeln noch nicht einmal lesen kann?« Der alte Graubart ließ seine wachen blauen Augen von einem zum anderen schweifen. »Also mir ist es egal wie ein leeres Rumfass, ob das«, er deutete auf mich, »nun Johnny oder Bonny ist. Und was Johnny-Bonny zwischen den Beinen hat, das geht uns gefälligst nichts an. Eines ist jedenfalls mal so sicher wie das Amen in der Kirche ...«, van Huerdler griff nach meinem rechten Arm und riss ihn in die Höhe, »Bonny hat ihre Sache bisher besser gemacht als all ihr verfluchten Hurenböcke zusammen. Und jetzt wird abgestimmt. Wer dafür ist, Bonnys Plan anzunehmen, der hebe die rechte Hand.«

Ich traute meinen Augen nicht. *Alle* Hände schnellten nach oben, und die Männer riefen: »Bonny! Bonny! Bonny!«

Nur die beiden Kerle, die mich umbringen wollten, sahen betreten zu Boden.

»Und ihr beiden? Wollt ihr marooned werden, oder könnt ihr euch vorstellen, weiterhin mit einer Frau an Bord auf der ›Neptune‹ zu segeln?«

Unsicher sahen sie mich an, dann hoben auch sie ihre Rechte. Ich grinste und streckte ihnen meine Hand hin. Die Sitten an Bord waren nun mal rau. Die Männer schlugen ein. Es empfahl sich nicht, nachtragend zu sein.

# 7

Die »Royal Queen« lag im Hafen von Havanna vor Anker. Ich überzeugte Jack, dass wir nicht in den Hafen einfuhren, sondern dass die »Neptune« weiter draußen warten sollte, damit wir keinen Verdacht erregten. Dann durchstöberte ich die Beutekisten nach einem geeigneten Kleid und Schmuckstücken. Schließlich entschied ich mich für ein dunkelgrünes Seidengewand und ein goldenes Collier, in das tropfenförmige Smaragde eingefasst waren. Auch die zugehörigen Ohrgehänge und Armbänder fanden sich. Ich zog mich in die Kajüte zurück, nahm den »Libertalia«-Anhänger ab und legte ihn auf den Tisch. Dann kleidete ich mich um und kämmte meine Haare. Als ich fertig war, blickte ich in den Spiegel. Was ich sah, war schon recht ordentlich, aber es ging noch besser. Ich kramte nach dem perlenbestickten Beutelchen, das mir Zola zum Abschied mit den Worten überreicht hatte: »Ich bin überzeugt davon, Schätzchen, dass dir dies eines Tages noch hervorragende Dienste leisten wird.«

Und genau jetzt war der richtige Zeitpunkt, um Khol, Puder, Rouge und das Lippenpigment zum Einsatz zu bringen.

Nachdem ich alles aufgetragen hatte, trat ich aus der Kajüte, um die Probe aufs Exempel zu machen. Van Huerdler war gerade dabei, die Taue aufzurollen. Als er mich sah, rief er: »Jesus, Maria im Himmel!«, und bekreuzigte sich.

»Ich habe dir doch gesagt, dass ich zuckersüß sein kann. Aber nur, wenn ich es will!«, lachte ich.

»Alas, Anne Bonny, du bist nicht nur ein echter Teufelskerl, sondern auch ein wahres Teufelsweib!« Anerkennend zog er seine buschigen Augenbrauen hoch. »Wer hätte das gedacht, dass aus dem sommersprossigen Johnny eines Tages ein solcher Schwan werden würde.«

Mein Effekt auf die anderen Männer war ein ähnlicher. Ich hatte den Eindruck, dass ihnen meine Verwandlung einerseits Angst machte, aber gleichzeitig schmolzen sie dahin. Und dies war nun wiederum mir unheimlich. Schönheit war weder ein Verdienst noch etwas, das von langer Dauer war. Eigentlich war Schönheit eine Frauenfalle. Für ein paar Jahre verlieh sie dir eine magische Macht über andere Menschen, denn der Mensch vergöttert die Schönheit. Aber Schönheit war etwas, das zwischen den Fingern zerrann wie allerfeinster Sand in einer Sanduhr, die sich nicht umdrehen ließ. Und wenn das Alter die Schönheit verschluckt hatte, was blieb übrig? Ich meine, was bleibt einer Frau, die ihr Leben einzig dem Schönsein verschrieben hatte? Wenn sie alt ist, wird sie zur gestürzten, vergessenen Göttin, die beim Nichtstun auf dem Ruinenfeld ihrer Schönheit zusehends verwittert.

Aber ich verscheuchte meine Gedanken. Es ging hier nicht darum, sich vergöttern zu lassen, sondern darum, die »Royal Queen« zu kapern. Und wenn es nicht anders möglich war, dann würde ich sie eben im Netz der Schönheit fangen.

Nachdem meine Kostümierung – denn so kam es mir vor nach all den Monaten in Hemd und Hose, eine Verkleidung, hübsch, aber hinderlich – die gewünschte Wirkung gezeigt hatte, verpuppte ich mich noch einmal als Johnny. Ehe ich die Kajüte verließ, fiel mein Blick auf die »Libertalia«. Schnell steckte ich sie in mein Perlenbeutelchen. Uncle Grandpas Gruß sollte dabei sein, wenn sich mein weiteres Schicksal entschied. Dann ruderte ich in einem der Beiboote an Land, wo ich mich in den Hafenschenken nach Captain Hudson und seinen Gepflogenheiten umhörte.

Als ich schließlich alles erfahren hatte, was ich wissen wollte, zog ich mich in eine abgelegene Bucht zurück und vollzog erneut meine Metamorphose zu jenem Schmetterling, der, darin eher einer Spinne gleichend, hoffte, Hudson würde wie geplant ins Netz gehen.

Ich warf noch einen letzten Blick in den silbernen Handspiegel, der ebenfalls in Zolas Aussteuerbeutelchen gewesen war. Ich musste lächeln. Wie viele Stunden Zola wohl in den ihren blickte? Sie hatte wohl ihre eigene Strategie. Und man kann es nicht anders sagen, als dass sie damit höchst erfolgreich war.

Nachdem ich Johnnys Kleider unter einem Stein vergraben hatte, begab ich mich zurück in den Hafen, wo ich auch nicht lange darauf warten musste, Captain Hudson zu finden. Kein Zweifel, er war ein recht attraktiver Mensch, obwohl er nicht mehr ganz jung und eine leichte Tendenz zur Fettleibigkeit zeigte wie viele sinnenfreudige Menschen. Groß, modisch gekleidet, das Haar unter einer weißen Perücke verborgen, die im Nacken mit einem schwarzen Samtband zu einem Zopf zusammengebunden war.

Ich näherte mich ihm, ohne ihn scheinbar zu beachten, aber als ich mich auf Augenhöhe mit ihm befand, täuschte ich einen plötzlichen Ohnmachtsanfall vor. Ein Mittel, das ich im Grunde meines Herzens zutiefst verachtete, so wie ich auch die Frauen verachtete, die versuchten, mittels ihrer Schwäche zu regieren. Ich wankte, schloss die Augen und ließ mich fallen, wohlwissend, dass da zwei starke Arme sein würden, die mich auffingen.

Als ich die Augen wieder öffnete, hatte mich Hudson auf den Boden gelegt und sich besorgt über mich gebeugt. »Mon dieu, Madame, geht es Euch nicht gut?«

Ich fächelte mir nervös Luft zu. »Es … es geht schon wieder«, hauchte ich und zwang mich zu einem gequälten Lächeln. »Ob ihr wohl die Liebenswürdigkeit hättet, mir aufzuhelfen? Es erscheint mir doch sehr undamenhaft, so im Staube zu liegen.«

»Es gibt nichts, was ich lieber täte.« Er reichte mir die Hand, zog mich hoch, verbeugte sich und hauchte einen Kuss über meine behandschuhten Finger.

Dankbar lächelte ich ihn an. »Ihr ahnt gar nicht, wie dankbar ich Euch bin«, sagte ich augenklimpernd und hauchte noch hinterher: »Mein Retter …«

Hudson räusperte sich. »Madame, ob ich Euch vielleicht für einen Augenblick an Bord meines bescheidenen Schiffes bitten dürfte, um Euch mit einem Glas Wasser zu erfrischen?«

»Nun, ich … ich bin mir nicht sicher, ob es sich für eine Lady schickt …«, zierte ich mich, wurde jedoch sogleich unterbrochen: »Oh seid ganz unbesorgt. Ich bin ein Gentleman. Es wird Euch nichts geschehen. Dafür werde ich mit meinem Leben einstehen.«

Ich lächelte schwach, so, als wäre mir noch immer ein wenig blümerant. »Ach, Ihr scheint mir ein Mann von Ehre zu sein. Ein Glas Wasser würde mich sicherlich wieder ein wenig beleben.«

Auch Hudson lächelte, und ich glaubte, einen Anflug von

Siegesgewissheit darin erkennen zu können. Er bot mir seinen Arm, und bereitwillig hakte ich mich ein.

In seiner Kajüte bat er mich, Platz zu nehmen, und goss mir aus einer eleganten Karaffe kühles Wasser in einen herrlich geschliffenen Glaspokal.

Während ich vorsichtig an meinem Getränk nippte, blickte ich mich um, und was ich sah, das verschlug mir beinahe die Sprache. Fürwahr, die »Royal Queen« war noch weitaus besser als ihr Ruf. Es schien, als hätten die besten Handwerker sowohl der Neuen als auch der Alten Welt das Ansinnen gehabt, sich in der Ausstattung dieses Schiffes zu verewigen. Die »Royal Queen« glich einem schwimmenden Palast, zugleich war sie jedoch auch technisch und was ihre Armierung betraf, auf dem allerneuesten Stand. Ein wahres Wunderwerk menschlichen Erfindungsreichtums.

Als ich ausgetrunken hatte, erhob ich mich und strich meinen Rock glatt. »Nun, Captain ...«, begann ich.

»Oh verzeiht meine rüpelhaften Sitten, ich habe mich Euch gar nicht vorgestellt – zu groß war der Schreck, dass Euch ein Unglück widerfahren sein könnte. Gestattet: Captain Horatius Hudson.«

Ich knickste artig, wie ich es bei Madame gelernt hatte. Nichts ist so übel, als dass es letztlich nicht doch noch zu irgendetwas taugt. »Es ist mir eine Freude, Captain Hudson. Anne Bonny«, entgegnete ich und streckte ihm meine Hand entgegen.

In größter Verzückung ergriff er sie erneut, um meinen Handrücken noch einmal küssend zu überhauchen. »Wenn Ihr mich jetzt verlasst, so ist es, als ob die Sonne augenblicklich hinter dem Horizont versinken würde, ohne jemals wieder für mich aufzugehen. Ich werde untröstlich sein.«

Sein galantes Schwadronieren strengte mich ordentlich an. Wie vielen Frauen mochte er diese Worte bereits gesagt haben? Wie viele hatten sie geglaubt oder wollten sie zumindest glauben? Ob er mich gerade seinem Standardrepertoire unterzog? Trotzdem warf ich ihm einen bedauernden Blick zu.

»Es tut mir aufrichtig leid, wenn ich Ursache Eures Ungemachs bin. Wenn Euch eine Möglichkeit einfällt, wie ich Euer Leid mildern könnte, so lasst es mich wissen.«

»Mylady«, er griff sich ans Herz. »Ich bin mir der Dreistigkeit meines Ansinnens vollkommen bewusst, aber ich *muss* Euch wiedersehen. Ich betone: *muss*! Andernfalls wäre mein Leben auf immer verwirkt.«

Während er redete, erschien es mir immer unvorstellbarer, dass es möglicherweise Frauen gab, die diesem Geschwätz verfielen, aber es musste so sein. Die Gerüchte kamen wohl nicht von ungefähr. Jedoch – es war schier nicht zum Aushalten.

»Lady Anne, ich darf Euch doch Anne nennen?« Er wartete meine Zustimmung erst gar nicht ab, sondern sprach gleich weiter: »Ihr würdet mir mein Leben retten, wenn ich Euch heute Abend zu einem ausgiebigen Mahle an Bord der ›Royal Queen‹ bitten dürfte. Was meint Ihr?«

»Nun, Captain … Ich weiß nicht«, gab ich mich spröde. ›Das ist auch so eine Sache – weshalb muss eine Frau sich immer zieren, um nicht sofort in den Ruf einer Hure zu geraten?‹, fragte ich mich. »Ich bin mir durchaus dessen bewusst, wie sehr ich in Eurer Schuld stehe, und ich möchte natürlich mein Möglichstes tun, Leid und Unheil von Euch fernzuhalten, aber es ziemt sich nicht, dass ich am Abend allein – auch wenn Ihr zweifelsohne ein Ehrenmann seid …«

Noch einmal griff sich der Ehrenmann ans Herz und noch

einmal unterbrach er mich. »Ich bitte Euch!« Er sank vor mir auf die Knie und senkte den Kopf. »Alles andere wäre mein Todesurteil!«

Ich schwieg einen Moment. »Captain Hudson, mir liegt sehr viel an Eurem Leben, aber ich bedaure, dass ich eine Bedingung stellen muss, wenn Ihr auf Eurer Einladung besteht.«

»Oh *eine*? Ihr dürft *jede* Bedingung stellen, die Euch einfällt!« Er erhob sich und griff nach meinen Händen.

»Gut. Ich werde kommen, aber ich muss Euch bitten, dass Ihr Eure Mannschaft für diesen Abend freistellt, sodass ich einzig Euch auf Eurem Schiff antreffen werde. Vergesst nicht, ich habe meinen guten Ruf zu verlieren.«

Er musterte mich für einen Augenblick. War er argwöhnisch geworden? Nein, Männer wie er wurden Frauen gegenüber nicht argwöhnisch, weil sie ihnen nichts zutrauten. Er schien sich seiner Sache auch schon sehr sicher.

Hudson drückte meine Hände. »Euer Wunsch ist mir Befehl. Diskretion ist mein zweiter Vorname. Glaubt mir, Ihr werdet Eure Entscheidung nicht bereuen.«

Damit geleitete er mich hinaus, und ich fragte mich, ob der eitle Geck seiner Fraueneroberungsliste gerade einen weiteren Strich hinzugefügt hatte.

# 8

Am Abend erschien ich auf der »Royal Queen« und Hudson hatte Wort gehalten und seiner gesamten Mannschaft Landurlaub gewährt. Was meine Robe betraf, hatte ich mich diesmal für ein blutrotes Kleid und ein Geschmeide aus facettierten Rubinen entschieden. In einer Welt, in der Frauen der Zerstreuung der Männerwelt zugedacht sind, ist es wichtig, jeden Hauch von Langeweile zu vermeiden und die Spannung hochzuhalten.

Hudson hatte sich alle erdenkliche Mühe gegeben. Auf dem Tisch feinstes Tuch aus Damast, durchscheinende Chinoiserien die Gedecke und venezianisches Kristallglas die Pokale, all dies in Szene gesetzt durch einen vergoldeten elfarmigen und anmutig gedrehten Tischleuchter.

»Erlaubt mir, dass ich nun in der von Euch gewünschten Ermangelung meines Personals den ersten Gang der fünfzehn bescheidenen Köstlichkeiten selbst auftrage.«

Ich lächelte ihm aufmunternd zu, und er verschwand kurz, um mit einer Platte Rinderfilet à la ficelle und einer Karaffe dunkelroten Weins zurückzukehren.

Über unsere harmlose Plauderei hinweg versuchte er, mich betrunken zu machen, indem er mir beständig Wein und französischen Cognac nachschenkte, während ich einen ebenso harmlosen Anschein wahrte und den Umstand, dass ich ihn über seine Reiseroute aushorchte, hinter einem Vorhang aus Allgemeinplätzen verbarg.

Aber jedes Mal, wenn er ging, um einen neuen Gang zu holen, kippte ich meinen Wein in den Nachttopf, der unter seinem Bett stand. Betrinken sollte man sich wahrlich nur in guter Gesellschaft, nicht jedoch im Angesicht eines solchen Taugenichts wie Hudson. Trotzdem gab ich mich albern und leichtsinnig, was ihn sichtlich amüsierte und in Sicherheit wiegte, sodass seine Tändeleien immer massiver wurden.

»Anne, Euer Anblick verschlägt mir den Atem. Es ist, als wäre Euer Haar wie die Flammen dieser Kerzen. Es setzt mich innerlich in Brand«, sagte er und kam immer näher, wobei sich dieser Schurke erdreistete, mir mit seinem Zeigefinger den Hals entlangzufahren. Ich bekam eine Gänsehaut. Jedoch nicht aus entfachter Leidenschaft, sondern vor Ekel.

»Nicht doch, Ihr seid unartig«, kicherte ich.

»Teuerste Anne, ich werde nun das Mahl d'amour hereinholen«, sagte er. »Und dann ... nun, vielleicht seid Ihr dann einer kleinen Zärtlichkeit nicht abgeneigt?«

»Oh Captain Hudson, was seid Ihr nur für ein Filou. Ich frage mich ernstlich, ob ich nicht doch einen Fehler gemacht habe, mich allein in die Gegenwart eines solch großzügigen, gutaussehenden, eloquenten und charmanten Mannes begeben zu haben, denn ich bin mir nicht sicher, ob ich nicht bald meine Tugendhaftigkeit vergesse ...« Ich ließ ein glockenhelles Lachen erklingen.

In Hudsons Augen glomm unverhohlene Begierde.

»Captain Hudson, ich sollte wirklich besser gehen ...« Ich erhob mich halbherzig, doch Hudson drückte mich mit sanfter Gewalt auf meinen Stuhl zurück.

»Glaubt mir, Ihr müsst um Eure Tugendhaftigkeit nicht besorgt sein, denn ich bin …«

»… ein Ehrenmann«, ergänzte ich matt.

»So ist es.«

Damit kehrte mir der Schwerenöter den Rücken zu, aber ehe er die Kajüte verließ, drehte er sich noch einmal um und sagte: »Anne, ich bitte Euch, nennt mich nicht immer Captain Hudson. Das … das klingt so kühl. Bitte nennt mich einfach Horatius. Nein, sagt doch am besten einfach Holly zu mir. So hat meine geliebte Frau Mutter, Maman, mich stets genannt. Und jedes Mal, wenn ich dergleichen gerufen werde, spüre ich den wohligen Schauer der Vertrautheit in mir aufsteigen.«

Ich schenkte Hudson ein Strahlen und versuchte, ihm möglichst viel menschliche Wärme beizumengen. »Wenn ich Euch damit eine Freude mache, Horatius, ich meine … Holly!«

Seinem Blick nach zu urteilen, glaubte er sich schon sehr kurz vor seinem Ziel. Dann endlich ging er.

Pah! Holly! Ich fragte mich, welche Frau es erregend fand, mit der Mutter ihres zukünftigen Liebhabers – wenn auch nur ansatzweise – verglichen zu werden. Je mehr er sprach, desto unattraktiver erschien er mir. Doch was sollte all die Grübelei? Holly, der Ehrenmann, würde ohnehin gleich von mir schlafen gelegt werden, aber nicht so, wie er es von seiner Frau Mama gewöhnt war. Ich schob meinen Rock hoch und nestelte an meinem Strumpfband, in das ich eine Pistole und ein kleines Briefchen mit einem ganz speziellen Pülverchen aus Beths Vorräten gesteckt hatte. Die Pistole war nur für den Notfall gedacht, aber das Briefchen riss ich auf und schüttete seinen Inhalt in Hudsons Weinglas.

In diesem Augenblick kam er zurück, ich zuckte zusammen

und ließ das Briefchen unter den Tisch fallen, aber Hudson hatte es bereits erspäht.

»Ihr habt da etwas verloren«, sagte er.

»Ach, Grundgütiger, wie könnt Ihr in diesem besonderen Augenblick an ein Papierfetzchen denken!« Ich goss mir selbst Wein nach und trat mit beiden Gläsern auf ihn zu.

»Horatius, ich bitte Euch, wollt Ihr mir den Gefallen tun und mit mir auf diesen wundervollen Abend anstoßen?«

Verwundert griff er nach dem Glas und starrte es blöde an. Ich konnte sehen, dass sich das Pulver noch nicht vollständig gelöst hatte. Sollte er misstrauisch werden, so würde mein gesamter wunderbarer Plan zur Hölle fahren. Nun musste ich alle Register ziehen. Ich stieß sein Glas mit dem meinigen an.

»Holly! Wie könnt Ihr mir diese schlichte Bitte abschlagen?« Ich sah ihn traurig an, und beinahe wäre es mir geglückt, auch meine Augen ein wenig feucht schimmern zu lassen. Demonstrativ hielt ich ihm mein Glas vor das Gesicht.

»Oh Anne, bitte verzeiht meine Unhöflichkeit. Natürlich, es ist mir eine Ehre, auf Euer Wohl anzustoßen. Ich war nur ein wenig überrascht ob Eurer Sinneswandlung. Eben wolltet Ihr noch gehen und nun seid Ihr so … zutraulich.«

»Ach, liebster Holly, wir Frauen sind eben das launische Geschlecht. Mal so, mal so. Ihr dürft uns Frauen einfach nicht so ernst nehmen. Was wir sagen, ist von keinerlei Bedeutung.« Für diesen Satz hätte ich mich selbst ohrfeigen können, aber dieser gesamte Abend entsprach nicht meiner Ansicht einer Welt, wie sie sein sollte, sondern eher einer Welt, wie sie momentan war. Und das war verdammt noch mal verbesserungswürdig.

»Ihr seid eine kluge Frau.« Er prostete mir zu.

›Ihr sagt das Gegenteil von dem, was Ihr meint‹, dachte ich und lächelte.

Wir stießen an, und ich leerte mein Glas in einem Zuge, und die Höflichkeit gebot es, dass er sich meinem Trinkverhalten anpasste.

Er hatte den Wein noch nicht hinuntergeschluckt, da warf er schon sein Glas hinter sich, sodass es in tausend Scherben zersprang. »Oh Anne!«, brach es aus ihm heraus. »Was seid Ihr für ein Teufelsweib!« Sprach's und riss mich an sich. Während er meinen Hintern knetete, verstümmelte seine Brunst die Worte, die er sprach, zu einem unverständlichen Grunzen.

»Holly, was seid Ihr unartig! Meint Ihr nicht, dass wir den Moment noch ein wenig genießen sollten?«

Hudson schien anderer Meinung, denn er dachte gar nicht daran, seine Hände wieder von meinem Leib abzuziehen, und ich hoffte inständig, dass Beths verdammtes Mittelchen endlich den ersehnten Schlaf herbeiführen würde.

»Nun gut, Ihr denkt da offenbar anders. Dann sollten wir es uns wenigstens bequem machen.«

Dies hingegen ließ er sich nicht zweimal sagen. Er packte mich und warf mich über seine Schulter. Vorhang auf. Abmarsch Galan. Aufmarsch Barbar. Der Barbar war aus seiner galanten Hülle geschlüpft wie ein Sumpfkrokodil aus seinem Ei. Unter normalen Umständen wäre dies sein Todesurteil gewesen, aber hier ging es um mehr. Es ging darum, dass Anne Bonny Anne Bonny sein konnte. Und zwar auf einem Piratenschiff. Als Frau. Piratin. Als sie selbst. Und ich weiß nicht, warum, aber in diesem Augenblick musste ich wieder an Jonathan und Libertalia denken.

›Verdammt, Beth! Warum wirkt dein verfluchtes Schlafpulver denn nicht? Ich tauge nicht zur Hure. Niemals könnte ich es ertragen, den Beischlaf mit einem Kerl zu vollziehen, dessen Charakter mir von Grund auf widerwärtig ist. Dieser Plan ist gründlich gescheitert‹, dachte ich. Allein die Vorstellung, dass sich dieser Heuchler gleich auf mich werfen würde, ließ mich unwillkürlich nach meiner Pistole greifen.

Doch in diesem Augenblick spürte ich, dass Hudsons Griff an Festigkeit verlor. Er taumelte. Ließ los. Ich glitt herab und stieß ihn aufs Bett.

»Ihr macht, dass mir ganz schwindlig wird, Anne. Eine Rassestute wie Ihr …« Sein Kopf sank in die Kissen, und keine Minute später begann er zu schnarchen, dass sich die Spanten bogen.

Um ganz sicherzugehen, kippte ich ihm einen Becher Wein ins Gesicht und tätschelte ihm die Wangen. Nichts. Gut so. Dann zerwühlte ich das Bett und band ihm eines meiner Strumpfbänder um den Hals. Als Trophäe. Sollte er doch glauben, dass er die tugendsame feuerrote Rassestute in den Sonnenuntergang geritten hatte. Sollte er doch einen weiteren Strich auf seiner Liste machen. Es kam schließlich nicht darauf an, was die Leute dachten, sondern was war. Und es war nichts. Absolut nichts. Gelobt seist du, Beth, und deine Mittelchen!

Eines war jedenfalls sicher: Horatius Hudson würde nach dem Erwachen schreckliche Kopfschmerzen haben und es sehr bedauern, dass er sich an all die absonderlichen Schweinereien der vergangenen Nacht, von der das Band auf seinem Haupte und der Wein in seinem Nachttopf zeugten, nicht erinnern konnte.

»Holly, mein Schätzchen, Maman wird dich nun statt eines Wiegenliedes auf sehr elegante Art entwaffnen, und zwar so, dass du bis auf Weiteres nichts davon merken wirst. Wünsche angenehme Träume. Und die Finger immer schön über der Bettdecke lassen!« Ich verbeugte mich und lachte in mich hinein. Was für ein Hornochse war mir da ins Netz gegangen!

Dann verschaffte ich mir einen Überblick über die Geschütze an Bord. Mon dieu! Mit diesem Schiff würden wir unbesiegbar sein. Ich pfiff eine muntere Piratenweise vor mich hin, während ich die Schlagbolzen der Geschütze ordentlich mit Wasser tränkte. Denn Pulver und Nässe, das verträgt sich so gut wie Hund und Katze.

# 9

Ich hatte Hudson entlockt, dass er gleich am nächsten Morgen in See stechen würde. Ich wäre gerne Mäuschen gewesen, als sich die verkaterte Elitetruppe in Bewegung setzte. Der Captain noch angeschlagen von einem verstörenden Tête-à-Tête und die Mannschaft übermüdet und ausgezehrt vom Landgang.

Wir lagen bereits seit dem ersten Morgengrauen auf offener See auf der Lauer. Hudson hatte mir in seiner Brunst den genauen Kurs preisgegeben, dies war wichtig, denn im Hafen konnten wir die »Royal Queen« nicht überfallen, denn sonst hätten wir sofort die gesamte dort ankernde Royal Navy auf dem Hals gehabt. Wahrscheinlich hatte er angenommen, dass ich kein Wort davon verstehen würde, was er erzählte. Gelegentlich war es auch von Vorteil, unterschätzt zu werden. Tatonga, der im Krähennest hockte, erspähte die »Royal Queen« als Erster.

Wir begaben uns in Gefechtsposition und hissten den Jolly Roger. Ich beobachtete den bleichen und derangierten Hudson und seine Mannschaft. Auf einmal kam Leben in seine Besatzung. Auch Hudson blickte durch sein Fernrohr. Ich erlaubte mir den Spaß, mich deutlich sichtbar am Bug zu positionieren, und als Hudson mich sah, zuckte er zusammen, und ich warf ihm ein Kusshändchen zu, ehe ich an Deck dafür sorgte, dass jeder an seinem Platz war, und den Männern Jacks Befehle weitergab.

»Heute können wir uns gleich in voller Breitseite nähern, denn die Geschütze werden nicht funktionieren«, rief ich, aber die Männer waren noch skeptisch. Wenn es nötig war, würden sie im Kampf sterben, aber keiner legte es darauf an, vorzeitig in Davy Jones' Kiste zu steigen und das Jenseits auf dem Meeresgrund zu erforschen.

In diesem Moment gab Hudson den Befehl, die Kanonen zu zünden, aber wohl zu seiner größten Verblüffung geschah … nichts. Nichts, außer, dass es fürchterlich qualmte.

Da brachen unsere Männer in Gelächter aus. »Bonny, du bist in der Tat ein Fuchs!«, rief einer.

Ich kletterte in die Takelage und schrie zurück: »Vielleicht bin ich ein Fuchs, aber keine feuerrote Rassestute. Merkt euch das!«

Die Männer lachten noch lauter.

»Alles klarmachen zum Entern!«, gab ich den Befehl.

Und das, was folgte, war wahrlich ein Kinderspiel. Die meisten Männer der »Royal Queen« kapitulierten kampflos. Nur Hudson und eine Handvoll seiner treuesten Anhänger wehrten sich. Vermutlich empfand er seine Niederlage als umso größer, als es eine Frau gewesen war, die ihn genarrt hatte.

Schon nach wenigen Minuten war das Gefecht vorüber und gottlob gab es nur zwei Tote. Einer davon war Hudson, der auf van Huerdlers Kappe ging. Es war wirklich erstaunlich, aber der Alte auf seinem Hinkebein war flinker als so manch Junger auf zwei gesunden Beinen.

»Nun, Holly, Schätzchen, was machst du bloß für Sachen? Maman ist fast ein wenig traurig, dass es dich so arg erwischt hat. Aber mit dem Feuer spielt man nicht!«, flüsterte ich Hudsons Leichnam ins Ohr, ehe ich seine Lider für immer schloss.

Danach nähten wir die Leichen zusammen mit ein paar Steinen in Segeltuch ein und warfen sie über Bord.

Und ich schwöre, dass ich Hudson nicht den Tod gewünscht hatte. Zwar war er ein Dreckskerl, aber wenn man jeden Dreckskerl auf dieser Welt gleich umbringen wollte, dann gäbe es bald keine Menschen mehr.

Nachdem wir die »Royal Queen« gekapert und die »Neptune« in Brand gesetzt hatten, liefen einige von Hudsons Leuten zu uns über. Den Rest der Besatzung setzten wir schließlich in den Beibooten aus. »Mit den herzlichsten Grüßen an Chidley Bayard von Anne Bonny«, gab ich den Männern mit auf den Weg. Eine etwas andere Form der Flaschenpost.

Dann inspizierte unsere Mannschaft die »Royal Queen« und war begeistert.

»Habe ich euch zu viel versprochen, Männer?«

»Bonny! Bonny! Bonny!«, brüllten sie und trugen mich huckepack über das Deck, während Jack das Geschehen mit einer Mischung aus Stolz und Neid beobachtete.

»Du musst nicht eifersüchtig sein, Jack. *Du* bist der Captain. Und nicht irgendein Captain, nein, du bist der Captain der stolzesten Schaluppe, die die Karibik jemals gesehen hat«, sagte ich, als ich nachts in der Kapitänskajüte neben ihm lag.

Er sah mich lange schweigend an. Dann sagte er: »Manchmal frage ich mich, ob ich dir auf Dauer gewachsen sein werde.«

»Schschsch .... Was redest du nur für einen Unsinn, Jack?« Sanft drückte ich ihm meinen Zeigefinger auf die Lippen und küsste Jack.

# 10

Die Männer hielten sich an die Abmachung. Ich war jetzt einer von ihnen und ich hätte in wallenden Gewändern und vom kleinen Zeh bis zum Scheitel mit Juwelen geschmückt an Deck herumspazieren können, es hätte sie nicht mehr gestört. Für sie war ich einfach Bonny. Doch ich war von jeher schon immer eher der Freund von Hemd und Hose gewesen, sodass ich als einzigen Tribut meiner Weiblichkeit die Haare manchmal offen trug.

Wir kamen viel herum in dieser Zeit. Von Kuba über Haiti Richtung Barbados, und während dieser Fahrt gelang es uns immer wieder, die ein oder andere reich beladene Handelsgaleone aufzubringen. Unter anderem die »Fortune«, von der ein Kerl namens Samson zu uns überlief. Wenn ich so an Samson denke, dann bin ich mir nicht sicher, ob es nicht besser gewesen wäre, ihn gar nicht erst mitzunehmen, denn während sich die Mannschaft inzwischen daran gewöhnt hatte, eine Frau an Bord zu haben, und fast ein bisschen stolz darauf zu sein schien, machte Samson jedes Mal Stielaugen, wenn ich meine Haare offen trug. Und immer, wenn ich an ihm vorbeilief – und das passiert auf einem nicht allzu großen Schiff wie einer Schaluppe ungezählte Male am Tag –, zog er, wenn er sich unbeobachtet fühlte, daraus den Schluss, er dürfe mich ungestraft angrapschen.

»Alas, mein rothaariges Fohlen, ich denke, es wird Zeit, dir einmal ordentlich das Reiten beizubringen«, erdreistete er sich eines Tages.

Ohne überhaupt nachzudenken, hatte ich ihn am Kragen gepackt. »Hör zu, du fetter Bock! Ich habe dich oft genug gewarnt. Beim nächsten Landgang fordere ich dich zum Duell auf Leben und Tod.« Am liebsten hätte ich mich sofort mit ihm geprügelt, aber darauf stand Auspeitschen. Auch für den Quartermaster. Und mich vor aller Augen von Jack auspeitschen lassen? Lieber sterben.

»Ha, ha! Das kann nicht dein Ernst sein, meine Hübsche! Du Frauenzimmer willst es mit *mir* aufnehmen? Aber ich bin ja nicht so: Ich habe deine Herausforderung nicht gehört.«

Da trat ich ganz nahe an ihn heran und zog seinen Kopf zu mir. Der geile Kater, gleich würde er anfangen zu schnurren, aber was dann kam, damit hatte er nicht gerechnet.

Als sein Ohr ganz dicht an meinen Lippen war, brüllte ich ihm in den Gehörgang: »Du hast mich nicht gehört? Nein? Dann sage ich es jetzt noch einmal laut und deutlich: Beim nächsten Landgang fordere ich, Erster Offizier der ›Royal Queen‹, von dir, Peter Samson, Satisfaktion!« Damit ließ ich ihn los.

Fluchend rieb er sich sein Ohr. »Du verdammte Hure, du! Du hast soeben dein Todesurteil unterschrieben.«

Ich drehte mich um und ging.

»Verdammte Hure«, rief er mir nach.

Da war es wieder. Das Ende jeder sinnvollen Argumentation. Und vermutlich gab es keine Frau auf dieser Welt, die es nicht schon irgendwann von irgendeinem Kerl zu hören bekommen hatte, wenn sie nicht tat, was er von ihr wollte.

Als wir zwei Wochen später endlich vor Martinique vor Anker gingen, wurde es höchste Zeit für einen Landgang. Unsere Vorräte waren beinahe aufgebraucht, und das Wasser war mittlerweile so faulig geworden, dass wir alle nur noch Bier und Rum tranken, was der Moral und dem Umgang der Mannschaft untereinander sehr abträglich war. Schiffskoller.

Als in der Ferne das Eiland auftauchte, konnte ich es kaum erwarten, festen Boden unter den Füßen zu haben, um Samson, der mich die letzten Tage zwar nicht mehr angefasst, aber dafür umso hasserfüllter angeblickt hatte, in seine Schranken zu weisen.

»Willst du das wirklich tun, Anne?«, fragte Jack besorgt.

»Liebster Jack! Wäre es nicht mein unbedingter Wille gewesen, hätte ich ihm nicht Ausdruck verliehen. Du wirst doch wohl keine Zweifel an meinen Fähigkeiten hegen?« Ich gab ihm einen Kuss. »Sei unbesorgt. Es wird schon schiefgehen.«

»Nimm das nicht so leicht, Anne. Samson ist ein Dreckskerl. Er wird sich gewiss irgendeine Finte einfallen lassen.«

Ich lächelte Jack an. »Vertrau mir.«

»Weiber!« Die Männer murrten, weil ich darauf bestand, das Duell sofort durchzuführen, noch ehe nach einer Quelle mit frischem Trinkwasser gesucht, ein Schwein gejagt oder ein Bad genommen worden war. Doch seufzend gaben sie nach. Schließlich mochten sie mich, und außerdem war das, was ich forderte, nicht mehr als mein gutes Recht.

Normalerweise wäre es die Aufgabe des Quartermasters gewesen, die Pistolen auszugeben, aber da es ja der Quartermaster war, der sich duellieren wollte, musste Jack die Waffenausgabe übernehmen. Es waren einschüssige Pistolen, die mit

Pulver gefüllt waren. Die Widerwilligkeit, mit der er seine Aufgabe ausführte, beleidigte mich beinahe. Hatte er so wenig Vertrauen in meine Fähigkeiten?

Samson und ich stellten uns Rücken an Rücken auf, und Jack begann zu zählen. Zehn Schritte, bis ich Samson Mores lehren würde. Eins. Schritt. Zwei. Schritt. ... Neun. Schuss. Schuss?

Dicht neben mir stob der Sand auf, dass die Körner nur so spritzten. Samson! Was für ein jämmerlicher Bastard! Er hatte zu früh gefeuert. Ich drehte mich um, zielte auf seine Hand. Schoss. Samson heulte auf und starrte auf die Stelle, wo bis eben sein rechter Daumen gewesen war.

»Vielleicht bringst du es nun fertig, deine restlichen Finger in Zukunft bei dir zu lassen«, rief ich ihm zu und steckte die Pistole in den Halfter zurück. Samson zu töten – das war nicht nötig. Er hatte soeben alles verloren. Seine Mannesehre. Seinen Platz auf der »Royal Queen«. Seinen rechten Daumen. Ich konnte töten, wenn es sein musste, aber ich musste nicht töten, nur weil ich es hätte tun können.

»Ho, ho, Samson! Selbst wenn du nicht beschissen hättest, hätte dir Anne den Daumen abgeschossen«, grölten die Männer und fesselten Samson, der noch immer wie ein getretener Hund vor sich hin winselte, an den nächstbesten Baum.

Fünf Tage blieben wir auf Martinique, stockten unsere Vorräte auf und füllten die Fässer mit frischem Trinkwasser. Samson ließen wir zurück. Wer gegen die Regeln verstieß, die letztlich für das Überleben aller sorgten, wurde eben ausgesetzt. Und fürwahr, Samson hatte es verdient, marooned zu werden.

# II

Ein halbes Jahr genoss ich das Leben der Freibeuter in vollen Zügen, auch wenn wir strenggenommen keine Freibeuter, sondern Piraten waren. Freibeuter hatten eine Lizenz ihrer Regierung, die ihnen erlaubte, straffrei die Handelsschiffe eines gegnerischen Landes zu kapern. Allerdings mussten sie den Großteil ihrer Prisen bei der Krone abliefern, und die Krone profitierte davon, dass die feindlichen Ökonomien durch die zahlreichen Angriffe der Freibeuter geschwächt wurden. Piraten hingegen überfielen, wann und wen auch immer, ganz wie sie es wollten, und behielten alles, was sie gekapert hatten, für sich. Unabhängig von irgendeiner nationalen Zugehörigkeit. Dafür drohte ihnen jedoch die Todesstrafe, egal, von welcher Macht sie aufgegriffen wurden. Es klang hehr, aber natürlich war es das nicht. Im Prinzip waren wir Diebe, die auf dem Wasser unterwegs waren. Allerdings raubten wir nur andere Diebe aus, die, da sie in die Gesellschaft eingebettet, staatlich sanktioniert waren und sich Kaufleute nannten. Es ging hier nicht um die braven kleinen Kaufleute, die irgendwo in ihrer kleinen Stadt ihren kleinen Krämer- oder Kurzwarenladen oder Ähnliches betrieben, nein, die Galeonen, die wir überfielen, waren große Zusammenschlüsse wie die Westindien-Company, die ihrerseits wiederum ihren Profit auf dem Rücken anderer aufgebaut hatten.

Wenn Räuber Räuber überfallen, hält sich das schlechte Gewissen in Grenzen. Das einzig Hehre, was wir taten, war, gelegentlich ein Sklavenschiff zu entern und diejenigen der gefangenen Menschen, die noch lebten, freizulassen. Sklavenschiffe waren das Bestialischste, was man sich nur vorstellen kann. Hier zeigte sich das wahre Gesicht unserer Zivilisation in der Neuen Welt. Erbaut auf dem Humus geraubter Menschenkadaver und gedüngt mit dem Blut derer, die, ihrer Freiheit beraubt, auf unseren Plantagen starben. Und alle machten mit. Ganz Europa.

Nein, wir waren keine guten Menschen. Wir waren Räuber und wir töteten. Aber die, die wir beraubten und töteten, hielten sich für gute und gottgefällige Menschen, dabei waren sie die Zahnrädchen eines weitaus räuberischeren und mörderischeren Systems. Und es würde sich ausbreiten. Wie ein Geschwür. Über die gesamte Welt. Und da fiel mir Claras Bemerkung wieder ein. ›Ihr teilt schon die Teile der Welt unter euch auf, die noch gar nicht entdeckt sind.‹ Und dies zu wissen, erleichterte es mir, zu töten, wenn die Vernunft es gebot. Ich fühlte mich als Freibeuterin im wörtlichen Sinn. Ich fühlte mich frei. Und ich war glücklich, denn ich konnte an der Seite des Mannes kämpfen, den ich liebte, anstatt zu Hause zu hocken und Strümpfe zu stopfen und darauf zu hoffen, dass er irgendwann wieder heimkehren würde.

Doch dann passierte etwas, das einen dunklen Schatten über mein Leben warf.

Trotz aller Mittelchen, die Beth mir mitgegeben hatte, blieb meine Menstruation aus. Zunächst redete ich mir ein, dass sie sich nur verzögert hatte, doch sie kam nicht. Einen Monat nicht. Zwei Monate nicht. Ich hatte Gewissheit. Und: Ich bekam Angst. Richtige Angst. Eine andere Art Angst. Eine Angst, wie ich sie bisher noch nicht kennengelernt hatte, denn es war keine Todesangst. Es war eher diese Angst, die ein Tier hat, das in eine Falle geraten ist, und sich lieber ein Bein abbeißt, als nicht wieder freizukommen.

»Jack, ich bin schwanger«, verkündete ich Rackham eines Nachts.

»Was?« Es dauerte einen Augenblick, bis Jack begriffen hatte, was er eben vernommen hatte, aber als er den Inhalt der Worte erfasst hatte, drehte er sich zu mir um und zog mich an sich. »Aber das ist doch wunderbar, Liebste!« Seine Augen leuchteten.

»Wunderbar??? Jack! Das ist wirklich alles andere als wunderbar. Wie soll ich weiter zur See fahren? Was soll mit dem Kind geschehen?«

Jack ging nicht auf meine Worte ein. »Unser Sohn, Anne. Es wird ein Prachtkerl werden.«

Jacks Verhalten erboste mich.

»Jack, erstens: es könnte auch ein Mädchen werden. Zweitens: Hast du schon einmal in Betracht gezogen, dass ich dein Kind vielleicht gar nicht austragen will? Und drittens: Ich werde auf jeden Fall weiter zur See fahren.«

»Was? Du willst *mein* Kind nicht austragen? Aber warum denn nicht? Liebst du mich denn nicht mehr?« Er sah mich traurig an.

»Doch, natürlich liebe ich dich, Jack! Aber – ihr Männer, ihr stellt euch das immer so einfach vor.« Und nach einer Pause fügte ich hinzu: »Und es wäre *unser* Kind, nicht nur deines.«

»Verzeih. Natürlich, unseres. Hör zu, Königin der Karibik, wenn es so weit ist, werde ich dich nach Kuba bringen. Wir werden Beth informieren, damit sie ebenfalls dorthin kommt und sich um dich kümmert. In besseren Händen kann man wohl kaum sein. Du wirst sehen, Anne. Es wird ein Prachtweibchen. Oder ein Prachtkerlchen. Lassen wir uns einfach überraschen.« Er küsste mich und schien glücklich zu sein. So glücklich, dass er bald höchst zufrieden mit sich und über den Gang der Dinge einschlief, während ich die ganze Nacht wachlag. In meinem Kopf herrschte raue See. Gischtende Gedankenwogen rollten auf mich zu und schlugen über mir zusammen und drohten, mich mit in die Tiefe zu reißen.

Irgendwann hielt ich es nicht mehr aus und ging an Deck. Die meisten Männer schliefen, und es war ein Geschnarche und Geröchel, dass es wahrlich keine Freude war. Erleichtert sah ich, dass das Krähennest verwaist lag. Ich kletterte hinauf. Der Ausguck war der einzige Ort auf einem Piratenschiff, wo man sich ab und zu des Alleinseins erfreuen konnte. Denn nicht alle Männer liebten es, sich in solchen Höhen zu bewegen.

Die Luft war lau und eine angenehme Brise wehte von Westen her. Tief atmete ich die frische Luft ein, während ich in den sternenbesprenkelten Himmel über mir starrte und mich fragte, was die Sterne eigentlich waren. Waren es wirklich nur kleine Lichter? Oder war da vielleicht noch mehr? Es hätte alles so schön sein können, aber verflucht, ich war schwanger. Daran war nicht zu rütteln. Ich hatte sogar Beths Nieswurzzäpfchen verwendet, aber die Natur war stark. Stärker als ich. ›Beth, ich wünschte, du wärst hier!‹ Und eine große Sehnsucht nach meinen Freundinnen befiel mich. Und dann lachte ich bitter auf: ›Daddy, du wirst Großvater, und dein Schwiegersohn ist der berühmt-berüchtigte Piratenkapitän Jack Rackham. Ich hoffe, du freust dich‹, dachte ich.

Und auf einmal sehnte ich mich nach meinem Vater. Dem einsamsten Mann der Welt. Und dem stursten. Ob er seinen Smaragd wohl ab und zu vermisste? Oder hatte ihn seine Sturheit dazu getrieben, mich wirklich ein für alle Mal aus seinem Herzen zu verbannen? ›Gut, dass du das nicht mehr erleben musst, Mum.‹ Wie es Charley wohl ging? Ob er seine Liebste schon hatte freikaufen können? Wahrscheinlich nicht. Er hatte wenig Möglichkeiten, Geld zu verdienen. Hoffentlich würde ich ihn eines Tages wiedersehen. Ich hatte ihm so vieles zu erzählen. Ich beschloss, ihm, sobald ich auf Kuba war, einen Teil meiner Beute zu schicken. Dann könnte er endlich mit der Frau zusammen sein, die er liebte. Wenn irgendwer ein Recht auf ein bisschen Glück in dieser Welt hatte, dann war es Charley. Vielleicht würde er dann eine Familie gründen. So wie ich.

Verdammt! Aber ich, ich wollte keine Familie gründen! Ich wollte einfach nicht Mutter werden. Allein die Vorstellung, mich Tag und Nacht um einen anderen Menschen kümmern zu müssen, schnürte mir die Brust zu und ich bekam kaum noch Luft.

In diesem Moment kam mir mein Leben in einer solchen Vollkommenheit vertan vor, dass es kaum auszuhalten war. Und weil es kaum auszuhalten war, rannen mir die Tränen die Wangen hinab, und ich umklammerte die Taue der Takelage dermaßen fest, dass sie meine Haut aufrissen. So, wie dieses Kind mich in sieben Monaten aufreißen würde.

# 12

Jack, bitte bring mich, so schnell du kannst, nach Kuba«, flehte ich ihn an. Dies war nur zwei Monate später, und wir waren in der Nähe von Haiti. Seit einer Woche wurde ich von solch unglaublichen Schmerzen im Unterleib gepeinigt, dass es mich nicht gewundert hätte, wenn ich einfach in zwei Teile zerfallen wäre. Es war mir beinahe unmöglich, aufrecht zu gehen, und das Kämpfen fiel mir zusehends schwerer. Ich hasste ihn, diesen Zustand. Ich hasste, dass das, was in mir wuchs, mich schwach machte. Trotzdem. Ich hatte mich damit abgefunden, dass ich ein Kind von Jack erwartete. Mehr noch. Ich empfand inzwischen so etwas wie Freude darüber, aber ich musste so schnell wie möglich von diesem verfluchten Kahn herunter, denn ich würde es nicht ertragen, wenn Bonny bald nicht mehr würde kämpfen können, und die Männer das sahen.

Ich würde unser Kind bekommen, auch wenn ich keine gute Mutter sein würde. Aber ich würde es die ersten zwei Monate hätscheln und stillen. Und dann würde ich es zurücklassen. Ich seufzte. Allein die Vorstellung, dass ich es nicht aufwachsen sehen würde, verschlimmerte mein Leibgrimmen. Doch ich wusste, dass ich nicht für ein Leben an Land geschaffen war. Schlimmer noch – für ein Leben einzig an Heim und Herd. Wenn ich bliebe, würde ich das Kind nicht lieben können, denn es wäre mein Käfig. Wer kann einen Käfig lieben? Nein, ich würde gehen müssen. Nach zwei Monaten. Nur so würde ich es lieben können. Und ab da würde ich nie wieder allein sein. Ab diesem Zeitpunkt würde mich ein Schatten umhüllen. Mein schlechtes Gewissen wäre mein ständiger Begleiter. Ein Schmerz jagte durch meinen Unterleib. Mir blieb die Luft weg, alles verschwamm. Ich ging in die Knie.

»Hey, Bonny, alles in Ordnung?« Van Huerdler war neben mir aufgetaucht.

»Yepp. Ich bin nur gestolpert«, sagte ich und richtete mich auf. Alas, es wurde wahrlich Zeit, das Schiff zu verlassen.

Eine Woche später hatten wir schließlich Kuba und dann das etwas weiter südlich gelegene Parrot Island erreicht. Wie Jack es versprochen hatte, hatte er nach Beth geschickt, und sie war gekommen. Gottlob, sie war wirklich gekommen!

Ich verabschiedete mich von den Männern, die nichts von meiner Schwangerschaft ahnten, und wir weihten sie auch nicht ein. Es war eine Angelegenheit einzig zwischen Jack und mir. Die Interessen der Männer würden hierdurch nicht tangiert. Offiziell hatte ich geschäftliche Angelegenheiten auf Kuba zu erledigen.

»Pass auf dich auf«, sagte Jack zum Abschied.

»Bitte halt mich noch einmal. Ganz fest«, flüsterte ich, denn ein nagendes Gefühl hatte sich in mir breitgemacht, das ich nicht loswurde. Es war Angst. Schlicht und ergreifend Angst. Und auf einmal hielt ich es nicht für ausgeschlossen, Jack heute vielleicht zum allerletzten Mal zu sehen.

Jack legte seine Arme um mich. »Alles wird gut werden«, sagte er, und keiner von uns beiden ahnte, wie sehr er sich irrte.

# 13

Beth hatte sich nebst ihren Instrumenten in einer Hütte auf Parrot Island häuslich eingerichtet. Es tat gut, Beth wiederzusehen.

»Kindchen, du siehst schlecht aus.« Sie warf mir einen mitleidigen Blick zu. »Bedaure, das sagen zu müssen, aber das wird eine schwierige Schwangerschaft. Ich habe dir doch gesagt, dass die Natur stark ist.«

»Ja, Beth. Stärker als ich.«

Beth nickte. »Nun, wir werden das Kindchen schon schaukeln. Und jetzt machst du dich erst mal lang.« Bestimmt wies sie auf eine Nische, in der ein grob zusammengezimmertes Bett mit einem Strohsack stand.

»Aber ...«

»Keine Widerrede!« Sie sah mich streng an.

Widerwillig legte ich mich hin und sah, wie Beth hurtig eine Schildkröte ausnahm und in ihrem großen Kessel eine stärkende Suppe ansetzte.

Ein Hurrikan tobte über das düstere Gewässer, und die Wolken hatten sich wie riesenhafte Fäuste über uns zusammengeballt. Keine Frage, der Himmel war wütend. Der Wind peitschte die See auf, und die blutrote Gischt spritzte an Deck. Das Schiff tanzte auf dem Wasser wie ein Korken. Viel zu klein. Viel zu leicht, um dem, was da auf uns zukam, standzuhalten. Die ersten Wogen rollten über das Schiff hinweg und zogen uns unter Wasser. Barrakudas schossen zwischen den Segeln hindurch, Korallen rissen die Schiffswände auf, während wir tiefer und tiefer sanken, bis wir den Meeresgrund erreicht hatten, auf dem es seltsam hell war. Wir fuhren weiter, und auf einmal erblickte ich vor uns eine reich verzierte Truhe, von der ein seltsames Leuchten ausging, und deren Deckel sich leicht hob und senkte wie eine Muschelschale. Als wäre sie lebendig. Die Truhe hatte solch gespenstische Ausmaße, dass unsere Schaluppe ohne Weiteres dreimal in ihr Platz gefunden hätte.

»Oh mein Gott. Das ist ... ist ... Davy Jones' Kiste!«, rief van Huerdler und bekreuzigte sich.

Zusammen mit den anderen Männern starrte auch ich auf den Deckel, der sich auf einmal ganz geöffnet hatte und den Blick auf eine tang- und algenumwucherte Riesententakel freigab, die sich langsam aus der Truhe arbeitete. Eine weitere folgte. Und dann Tentakel auf Tentakel auf Tentakel. Ich konnte sie irgendwann nicht mehr zählen. Das Wasser verdunkelte sich. Zuletzt schob sich ein unförmiger, seepocken- und muschelverkrusteter Leib aus der Truhe, der so groß wie unser Schiff war. Das Wesen, das entfernt an einen Riesenkraken gemahnte, entrollte seine Arme, umschlang unser Schiff und schleuderte es hin und her, als wäre es ein Spielzeug.

»Wer seid ihr, dass ihr es wagt, die Ruhe von Davy Jones zu stören?«, grollte das Wesen mit einer Stimme, die aus einer unendlich fernen Vergangenheit zu kommen schien, und blitzte uns aus feuerroten Korallenaugen böse an. Keiner von uns wagte zu atmen, geschweige denn auch nur ein einziges Wort zu verlieren.

»Ihr seid noch nicht bereit für meine Kiste. Kommt in hundert Jahren wieder!«

In diesem Moment wurde unser Schiff aus dem Meer heraus- und durch die Sturmluft geschleudert. Im freien Fall überschlug es sich ein paar Mal, ehe es krachend mit dem Kiel wieder auf der Wasseroberfläche aufsetzte.

Es dauerte einen Moment, bis ich begriff, was gerade geschehen war. Davy Jones. Wir hatten Davy Jones gesehen, an dessen Existenz ich nie geglaubt hatte. Davy Jones' Kiste – eine Redensart, Seemannsgarn. Bisher war noch keiner vom Meeresgrund zurückgekommen, und noch niemals vorher hatte einer Davy Jones gesehen, um hinterher davon berichten zu können. Aber wir – wir hatten die Begegnung überlebt. Doch irgendetwas schien sich verändert zu haben. Das Schiff war auf einmal rabenschwarz, und all seine Segel tiefrot von der blutigen Gischt. Mein Dreispitz fiel von meinem Kopf, denn er war mir zu groß geworden. Ich blickte an mir herab, und was ich sah, das war das nackte Gebein, von dem noch ein paar faltige graue Fleischfetzen herabhingen wie seinerzeit beim unseligen Kadaver Captain Kidds, und als ich mir ins Gesicht griff, spürte ich dort keine Haut mehr, sondern einen Totenschädel. ›Kommt in hundert Jahren wieder‹, hallte Davy Jones' dröhnende Stimme in mir nach. In hundert Jahren ... Und da wurde mir klar, was es bedeutete. Wir waren verflucht. Unser Schiff ein Geisterschiff. Hundert Jahre. Erst dann würde der Fluch von uns genommen, nämlich dann, wenn sich Davy Jones' Kiste erneut für uns öffnete. Zum letzten Mal ...

»Jesses!«, murmelte eine Stimme, und jemand legte mir seine kühle Hand auf die Stirn.

Erschrocken fuhr ich auf. Ich musste wohl eingeschlafen sein, und es dauerte eine Weile, bis ich ausmachen konnte, wo ich mich befand. Nein, ich war weder auf einem rabenschwarzen Schiff noch umgab mich ein düsteres Gewässer mit blutroter Gischt, und ich war auch nicht zum Skelett geworden. Ich lag auf Beths Strohsack und mir war fürchterlich heiß.

Beth hielt mir eine Schüssel mit Schildkrötensuppe unter die Nase, aber ich schüttelte den Kopf. Ich hatte weder Hunger, noch erschien es mir möglich, den Löffel zu halten. So schwach fühlte ich mich mit einem Male. Aber Beth ließ sich nicht so ohne Weiteres abwimmeln und flößte mir ihre Suppe ein. Ob ich wollte oder nicht.

Dergleichen vergingen die Tage. Im Delirium. Wüste Träume von Tod, Unglück und Verderben, und dazwischen immer wieder Beths Hände, die mir Suppen und Suds verabreichten.

Ich kann mich nur an *einen* klaren Moment vor der Niederkunft erinnern, in dem ich Beth anflehte, sie solle die Hälfte dessen, was sich in meinem Lederbeutel befand, zu Charley Fourfeathers nach Charles Towne schicken.

»Das hat doch Zeit, Kindchen«, murrte Beth.

Ich richtete mich auf. »Das hat es nicht, Beth! Eben habe ich von Charley geträumt, und dass seine Geliebte an die Fairchildes verkauft worden ist. Ich habe dir doch von den Fairchildes erzählt. Das ist das Schlimmste, was einem Menschen passieren kann, dass er in ihren Besitz übergeht. Das Schlimmste, hörst du?«

»Aber das war doch nur ein Traum.«

»Ja, aber trotzdem … Bitte, Beth. Charley ist der einzige Mensch, der mir aus meinem alten Leben geblieben ist, und er hat es verdient, glücklich zu werden. Ich … ich möchte das erledigt haben, bevor ich st…«

Beth hielt mir den Mund zu. »Gut, wenn du mir versprichst, dass du nie wieder vom Sterben sprichst, kümmere ich mich darum. Aber nur dann. Du stirbst gefälligst nicht, denn ich habe mir geschworen, dass niemand mehr das Zeitliche segnet, wenn er in meiner Obhut ist. Hast du mich verstanden?«

Ich lächelte. Und ehe ich in meine Fieberträume zurücksank, dachte ich: ›Wenn die Zeiten doch nur so wären, dass sie Ärztin hätte werden können. Niemand hätte sie übertroffen. Niemand!‹

Das Nächste, woran ich mich erinnern kann, war ein unbeschreiblicher Schmerz, tatsächlich, als ob mich jemand in der Körpermitte auseinanderreißen wollte. Ich kann nicht sagen, ob er Minuten oder Stunden andauerte, aber mir war so, als wäre alles voller Blut gewesen. Doch irgendwann ließ er nach, der Schmerz, und ich fiel in einen tiefen traumlosen Schlaf, von dem ich gleichfalls nicht weiß, ob er Tage oder Wochen anhielt. Als ich die Augen öffnete, saß Beth neben mir und war eingenickt.

»Beth?«

Sie fuhr auf. »Himmel, Anne, hast du mich erschreckt!« Sie lächelte. »Gottlob, du bist wieder zu dir gekommen.«

Stöhnend richtete ich mich auf, und meine Hände tasteten nach meinem Bauch, der ungewohnt flach war. So flach wie … früher. »Wo … wo ist es?«, fragte ich.

Beth sah mich bekümmert an. »Anne … es …«

»*Wo*, Beth?« Ich merkte, wie meine Stimme schrill wurde.

»Es … es hat nicht gelebt.«

Obwohl Beth ganz leise gesprochen hatte, hatten ihre Worte die Wucht eines Kanonendonners. Hat nicht gelebt ... Zunächst verstand ich sie nicht, diese Worte. Hat nicht gelebt. Was sollte das heißen, hat nicht gelebt? Ich wollte aus dem Bett springen, um zu begreifen, was ich eben gehört hatte, aber es ging nicht. Meine Glieder waren wie gelähmt. Hat nicht gelebt. Und auf einmal umflutete mich ein Gefühl unendlicher Leere und namenloser Vergeblichkeit. Hat nicht gelebt. Und in diesem Moment begriff ich sie. Beths Worte.

Die Leere hielt mich umklammert. Auf diese Weise umarmt der Tod. Stumm lag ich auf meinem Strohsack, während mir ein stetes Tränenrinnsal aus den Augen tropfte. Mit offenen Augen lag ich da und fand keinen Schlaf mehr, und eine Sehnsucht überkam mich nach Davy Jones' Kiste, nach den Tentakelarmen, die mich sanft hineinheben und dann den Deckel für immer über mir schließen würden. Doch es gab keine Kiste und keinen Schlaf, sondern nur die Leere und Beth, die rabiat Nahrung in mich hineinschob, weil ich mich weigerte, etwas zu essen.

Nach ein paar Tagen, als ich wieder etwas kräftiger geworden war, forderte ich mit tonloser Stimme: »Zeig es mir!«

»Nein, Anne.«

»Verdammt, was hast du mit ihm gemacht?« Meine Stimme wurde wieder schrill.

»Vergraben habe ich es. Vor einer Woche.«

»Wo?«

»Draußen.«

Ich fragte nicht weiter, denn ich wusste genau, dass sie mir jetzt noch nicht verraten würde, wo die Stelle war, doch als Beth ans Meer ging, um sich nach Fisch und Schildkröten umzusehen, verließ ich zum ersten Mal nach anderthalb Monaten mein Bett. Genauer gesagt, ich kroch. Kroch aus dem Bett, kroch aus der Hütte, denn gehen konnte ich noch nicht. Hätte mich jemand in diesem Zustand gesehen, er wäre wohl in Todesangst geflohen. Die blutleere ausgemergelte Gestalt, die nicht gehen, sondern nur kriechen konnte, konnte es an Schrecklichkeit mit jedem Untoten aufnehmen. Aber ich war mir sicher, dass Beth das Kind nicht einfach verscharrt hatte, und deshalb kroch ich mit letzter Kraft um die Hütte, bis ich das kleine Kreuz aus Treibholz gefunden hatte, um das Beth eine Spirale aus Muschelschalen gelegt hatte. Ein paar Minuten blickte ich starr auf die Stelle, aber dann riss ich das Kreuz aus dem Boden und grub mit beiden Händen wie eine Wahnsinnige im Erdreich. Grub und grub, bis ich etwas Festes spürte. Ich buddelte weiter und schließlich hielt ich eine kleine Truhe mit fein ziselierten Beschlägen in den Händen. Es pochte in meinen Schläfen, meine Hände zitterten. Davy Jones' Kiste.

Schließlich stellte ich die Truhe vor mich hin und, auf einmal ruhig geworden, hob ich den Deckel und sah hinein. Es war kein schöner Anblick, aber trotzdem war es das, was Jack und ich hervorgebracht hatten. Ehe ich den Deckel wieder schloss, küsste ich es und stellte die Truhe zurück ins Grab.

»Hast du den Verstand verloren?«, schalt mich Beth, die mich ein paar Stunden später ohnmächtig und mit Erde unter den Nägeln über der durchwühlten Grube gefunden hatte.

»Es hat gespürt, dass ich mich anfangs nicht gefreut habe«, flüsterte ich.

»Unsinn!« Unwirsch schnitt sie mir das Wort ab. »Es kommt eben leider manchmal vor, dass es im Leib stirbt. Auch bei den Frauen, die sich ihr Lebtag nichts sehnlicher als ein Kind gewünscht haben.« Ärgerlich schaufelte sie die Grube zu und steckte das Kreuz wieder in die Erde. »Die Muscheln kannst du selbst legen, wenn es dir wieder besser geht.«

Und es ging mir besser. Jeden Tag ein klein wenig mehr. So eigenartig es war, aber der Umstand, dass ich das tote Kind gesehen hatte, so furchtbar der Anblick auch war, half mir, diese Tatsache zu akzeptieren. Ich glaube, hätte ich es nicht gefunden, ich hätte den Rest meines Lebens danach gesucht. Was blieb, war die Trauer. Doch Trauer ist allemal besser als diese namenlose Leere.

Nach zwei Wochen konnte ich wieder herumlaufen und ich ging zum Grab und gestaltete die Muschelspirale neu. Jeden Tag wanderte ich zum Strand und legte danach jedes Mal eine besonders schöne Muschel dazu.

Und dann, eines Tages, gab es eine große Überraschung. Hawkins stand plötzlich in der Tür.

Ich musste sie so merkwürdig angestarrt haben, dass sie lachend sagte: »Schon vergessen? Gestatten, Hawkins!«

Wir umarmten uns.

»Gut siehst du aus. Zeig mal das Kleine!«

Ich spürte, wie meine Gesichtszüge erstarrten.

»Annie? Oh …«

Ich musste gar nichts mehr sagen, Hawkins hatte verstanden. Schweigend nahm sie mich einfach in den Arm und ich musste gegen meine Tränen ankämpfen. Doch nach einer Weile hatte ich mich wieder gefangen und fragte: »Wunderbar, dass du hier bist, aber du willst mir doch wohl kaum erzählen, dass du auf Parrot Island gekommen bist, um dich wie eine echte Lady der Sommerfrische zu erfreuen?«

»Ja, nun. Es gibt Neuigkeiten. Aber keine allzu guten«, sagte sie.

Wir hockten uns mit Beth auf die Bank vor der Hütte.

»Wie steht es um New Providence?«, fragte ich.

Beth wiegte besorgt den Kopf hin und her, und Hawkins kramte aus einem Beutel ein zerknittertes Pergament hervor. »Hier, das habe ich dir mitgebracht. Damit du weißt, was der Piraterie der Karibik bevorsteht.«

»Gegeben durch den König: Eine Proklamation, um der Seeräuberei ein Ende zu machen«, las ich laut vor. »... und Wir versprechen, dass besagte Seeräuber, falls sie sich am oder vor dem 5. September im Jahre Unseres Herrn 1718 einem Unserer Hauptstaatssekretäre oder einem Gouverneur Unserer Kolonien in Übersee unterwerfen, Unser gnädiges Pardon erhalten werden.« Verwundert ließ ich das Dokument sinken. »Eine Generalamnestie?«

»Und? Wirst du schwach werden?«, fragte Hawkins, obwohl sie meine Antwort wohl schon ahnte.

Ich lachte. »Mitnichten. Die glauben doch nicht ernsthaft, dass sie damit durchkommen? Welcher Pirat wird sich wohl darauf einlassen, dieses freie Leben gegen die Knechtschaft an Land einzutauschen? Nein, Mädels, ich wünsche ganz sicher keine Amnestie. Ihr könnt euch gar nicht vorstellen, wie froh ich sein werde, wenn meine Gesundheit wieder so weit hergestellt ist, dass ich zurück auf die ›Royal Queen‹ kann.«

»Annie, sei dir mal deiner Sache nicht zu sicher. Die Amnestie ist nämlich nicht die einzige Neuigkeit. Wir haben einen neuen Gouverneur auf New Providence. Woodes Rogers. Ich bin sicher, dass dir dieser Name ein Begriff ist. Stell dir vor, ausgerechnet diese Ausgeburt von Tugendhaftigkeit, Pflichterfüllung und Eitelkeit!«

Rogers? Dies war in der Tat erstaunlich. Ich kannte ihn flüchtig. Rogers, dieser Hundsfott, war selbst Kaperkapitän gewesen. Gut, Freibeuter, nicht Pirat. Und genau das war auch sein Problem gewesen, denn er hatte auf seinen Kaperfahrten zwar den Gegenwert von achthunderttausend Pfund erbeutet, aber da er ja im Auftrag seiner Majestät handelte, blieben ihm nicht einmal achthundert. Achthundert Pfund! Darüber kann ein Pirat nur lachen. Zumal ja jeder wusste, dass Rogers sich ob seiner Ruhm- und Prunksucht hoch verschuldet hatte. Dieser alberne Royalist! Aber so königstreu und ergeben, wie er war, hatte er der Krone sicherlich gerne beinahe alles in den gierigen Schoß gelegt. Er hätte für England ja sogar sein Leben gegeben während der zahllosen Seeschlachten, an denen er im Rahmen des Spanischen Erbfolgekriegs teilgenommen hatte. So, und dieser krankhafte Ehrgeizling sollte nun also die Geschicke von New Providence lenken und der Piraterie ein für alle Mal den Dolchstoß versetzen?

»Nun, die Kaufleute der großen Handelsorganisationen haben die Nase gestrichen voll von euch. Es stehen Hunderttausende für sie auf dem Spiel. Denn sie hatten sich die Sache ganz anders vorgestellt, als sie die Bahamas von der Krone gepachtet haben. Ihnen schwebte vor, diese Inseln zu kultivieren und mit anständigen Leuten zu besiedeln. Prosperität, Anne! Das ist es, was sie wollen. Und ihr, ihr vereitelt ihre Pläne ganz gewaltig.

Und deshalb haben sie sich zusammengeschlossen und eine Petition bei der Krone eingereicht, damit diese Rogers zum Gouverneur bestellt.«

Beth hatte recht. Das klang nicht gut. Gegen eine Allianz der Kaufleute half nur eine Allianz der Piratenkapitäne.

Es sollte noch einige Wochen dauern, bis ich zu meiner alten Form zurückfand, aber es ging von Tag zu Tag besser. Ich focht mit meinem Schatten, damit ich meine alte Behändigkeit wiederherstellen konnte und stundenlang schwamm ich in der Bucht trotz Barrakudas, Haien und Beths und Hawkins' Kopfschütteln. Ich stemmte schwere Fässer über meinen Kopf, damit meine Muskeln wieder so fest wie zuvor wurden, und sehr zum Befremden von Beth und Hawkins rannte ich täglich eine Stunde die Hafenstraße hinauf und hinunter. Zwar trug ich nun wieder Männerkleider, aber dennoch war es für die Männer im Hafen ein merkwürdiger Anblick, wenn ein junger Kerl scheinbar sinnlos hin- und herrannte. Wahrscheinlich hielten sie mich für verrückt, aber das war mir egal. Alles, was für mich zählte, war, wieder auf mein Schiff zu kommen. Und zwar genau in dem Zustand wie vor dieser unseligen Schwangerschaft.

»Du bewegst dich zu viel, Annie!«, schimpfte Hawkins. »Du bist doch ohnehin nur noch Haut und Knochen.«

Pah! Haut und Knochen. Hawkins mästete mich mit ihrem Salmagundi, und ich konnte mir beim Wachsen zuschauen. Aber in gleichem Maße kehrten auch meine Kraft und meine Muskeln zurück, und ich fühlte mich so stark wie niemals zuvor.

# 14

Kurz bevor Jack, ein halbes Jahr nachdem er mich auf Parrot Island abgesetzt hatte, zurückkam, erreichte mich ein Brief von Charley, der meinen Schmuck erhalten hatte. Ich war so glücklich, als ich las, dass er die Frau, die er liebte, freikaufen konnte. Was mich jedoch traurig stimmte, war der Umstand, dass Dad weiterhin in stummer, stumpfer Einsamkeit vor sich hin zu brüten schien und mit jedem Tag mehr mit dem Leben haderte.

Ein paar Tage verfiel ich selbst dem Trübsinn, aber dann siegte die freudige Sehnsucht. Lange konnte es nicht mehr dauern, bis Jack kommen würde. Wie freute ich mich darauf, ihn zu sehen. Schon seit Tagen stand ich sehnsüchtig mit dem Fernrohr am Hafen und suchte den Horizont nach der »Royal Queen« ab. Und endlich, es war Ende Juli, erspähte ich sie.

Als die Schaluppe einlief, war ich schon an der Mole und winkte Jack, der neben dem Steuermann stand. Über sein Gesicht ging ein Strahlen, als er mich erblickte. Kaum war die Strickleiter ausgerollt, kletterte ich an Bord und fiel ihm in die Arme.

»Königin der Karibik! Wie habe ich dich vermisst!« Dann schob er mich ein wenig von sich, sodass er mich von Kopf bis Fuß betrachten konnte. »Lass dich anschauen! Mein Gott, Anne, du bist noch schöner geworden als zuvor.«

339

Stürmisch küsste ich Jack. Es tat so gut, wieder seine Arme an meinem Leib zu spüren. Und wahrscheinlich waren das die letzten wirklich glücklichen Augenblicke, die unserer Liebe beschieden waren.

»Wo hast du denn das Kind, Annie?«, fragte er, als sich die erste Wiedersehensfreude ein wenig gelegt hatte.

Das war der Moment, vor dem ich mich seit Monaten gefürchtet hatte, und eine düstere Wolke schob sich über das Glück, das ich eben noch empfunden hatte.

»Jack ... Komm erst einmal mit zu Hawkins.«

Es tat mir weh, zu sehen, dass Jack offenbar keine Sekunde daran verschwendet hatte, darüber nachzudenken, dass das Kind vielleicht krank oder tot auf die Welt gekommen sein könnte. Ich fühlte mich auf eine nicht greifbare Art schuldig. Ich wusste, dass dies Unsinn war – ich hatte mich mit meinem Schicksal abgefunden, auch, wenn meine Mutterfreuden eher zwiespältig gewesen waren. ›Wie viel Leid könnte vermieden werden, wenn das Wissen der Ärzte nur ein wenig größer wäre‹, schoss mir durch den Kopf.

Als wir bei Hawkins ankamen, komplimentierte ich Jack auf einen Hocker und stellte einen Krug mit Bumboo vor ihn. Jack war ganz freudige Erwartung.

»Wo ist denn nun unser Kind?« Fragend blickte er von mir zu Beth zu Hawkins.

»Jack, es ... es gibt kein Kind«, presste ich schließlich hervor, während sich Beth und Hawkins betreten ansahen.

»Verflucht, Anne! Was zum Teufel soll das heißen?«

»Es ... es ist bei der Geburt gestorben«, murmelte ich und senkte den Blick.

Jack sprang auf. »Das glaube ich nicht! Ihr verfluchten Weiber! Ihr habt doch irgendwie nachgeholfen? Mein Kind stirbt nicht einfach so!« Ehe er nach draußen rannte, warf er den Krug wütend an die Wand.

Ich war wie erstarrt. Gelähmt hockte ich auf meinem Stuhl und spürte, wie eine namenlose Kälte von den Füßen an mir hochkroch, mich einschloss wie ein Insekt in einem eisigen Bernstein. Da war er wieder, der blaue Kristallkokon.

Von ganz weit weg nahm ich wahr, dass Beth nun ihrerseits wütend geworden war und Jack hinterherrannte: »Du Hornochse! Eine Geburt ist nun mal kein Pappenstiel. Nur, dass du es weißt: Annie wäre um ein Haar auf das Grausamste verreckt! Undankbarer, sei froh, dass sie noch lebt!«

Für einen Augenblick wünschte ich, ich wäre wirklich gestorben.


Erst am nächsten Tag tauchte Jack wieder auf. Sicherlich hatte er sich in einer der zahllosen Schenken hemmungslos dem Trunk ergeben, und der Himmel weiß, bei welcher Hure er gelandet war. Aber in einem ruhigen Moment nahm er mich beiseite und sagte: »Gottlob, Anne. Wenigstens *du* lebst.«

Mehr Worte verloren wir fürs Erste nicht darüber. Es war noch zu schmerzhaft. Für beide.

Stattdessen nahmen wir einige Ausbesserungsarbeiten an der »Royal Queen« vor, und in der ersten Woche des Monats August stachen wir in See.

Auch Jack wusste von der Generalamnestie des Königs und davon, dass Vane eine Versammlung aller Piratenkapitäne auf New Providence einberufen hatte. Es stand fest, dass auch wir daran teilnehmen würden. Hawkins, die das »One Eye's« in Megs Obhut gelassen hatte, und Beth nahmen wir mit zurück.

# 15

Ende August 1718 legten wir in Jennings' Hafen in Nassau an, wo sich beinahe tausend Piraten eingefunden hatten, um über die unerfreuliche Wendung der Dinge zu beraten. Alle waren sie gekommen. Alle Kapitäne, die Rang und Namen hatten. Benjamin Hornigold, John Martell, James Fife, Christopher Winter, Nicholas Brown, Paul Williams, Charles Bellamy, Oliver La Bouche, Major Penner, Edward England, Thomas Cocklyn, um nur einige zu nennen.

Die Vorstellung, erneut auf Vane zu treffen, brachte ein eigenartiges Gefühl zutage. Mein alter Rivale. Einerseits. Doch zugleich hatte ich beinahe so etwas wie Gewissensbisse. Schließlich war ich es gewesen, die ihm fast alles genommen hatte. Doch nach der Meuterei auf der »Neptune« war Vane ein Neuanfang geglückt. Und zwar ein äußerst erfolgreicher. Wie beinahe alle cholerischen Menschen war er nicht nachtragend und schien uns unseren Aufstand verziehen zu haben. Er sah in uns nicht mehr die Aufrührer, sondern betrachtete uns als mögliche Verbündete. Und ich muss gestehen, die Art, wie er während der Versammlung auftrat, nötigte mir Respekt ab, vor allem angesichts der Tatsache, dass tatsächlich die Hälfte der Piraten umkippten und Andeutungen machten, sie würden wohl lieber die Generalamnestie annehmen, als ihren Kopf demnächst in der Schlinge zu sehen.

»Glaubt bloß nicht, dass ihr mit Rogers genauso leicht fertig werdet wie mit der Royal Navy, die überhaupt keinen Wert darauf legt, mit euch zu kämpfen!«, rief einer der Kapitäne, dessen Namen ich nicht kannte und den ich auch noch niemals vorher gesehen hatte. »Rogers ist ein Eiferer, ein schlauer Windhund. Er wird nicht aufgeben, bis auch der Letzte von uns baumelt.«

Und ein anderer sprang ihm bei. »Es will mir nicht in den Kopf, dass so viele von euch sich zieren, dieses großherzige Angebot Seiner Majestät anzunehmen. Falls ihr darin eine Falle seht, ich kann darin nur den Ausdruck allergrößten Edelmuts erkennen.«

Die eine Hälfte der versammelten Piraten murmelte beifällig, die andere dagegen lachte abfällig.

»Was mich betrifft, erscheint mir die Amnestie weniger als Ausdruck übergroßen Edelmuts als vielmehr ein Beweis nackter Angst. Angst vor uns. Und die Amnestie ist wohl nicht viel mehr als der fade und abgeschmackte Versuch der Schadensbegrenzung. Ich kann mich des Eindrucks nicht erwehren, dass diejenigen, die eben so des Beifalls ob der Worte der unbedeutenden Piratenkapitäne waren, wohl zu denjenigen gehören, die ihr Fähnlein immer nach dem scheinbar günstigsten Wind hängen«, rief ich.

Diejenigen, die eben noch so widerwillig gemurrt hatten, riefen: »Aaaarh, da hat jemand aufrichtige Worte gesprochen!«, während mich die anderen ausbuhten.

»Der Junge hat recht!«, mischte sich nun Vane ein. »Was seid ihr für verdammte Hundsfötte, die bei der ersten, nicht ernst zu nehmenden Schwierigkeit die Schwänze einziehen und um Pardon winseln wie getretene Köter? Ich sage euch:

Das einzig Richtige ist es, zu kämpfen. Deshalb frage ich euch: Wer ist dafür, Widerstand zu leisten? Gegen die Krone. Gegen Woodes Rogers?«

Mein Arm schnellte empor, ebenso Jacks. Schließlich hatte etwa die Hälfte aller Männer den Arm gehoben.

Auf einmal stürzte ein junger Pirat herbei und rief: »Rogers! Es ist Rogers. Seine ›Delicia‹ nähert sich zusammen mit drei Kriegsschiffen New Providence!«

›Dieser Bastard!‹, dachte ich. ›Das sieht ihm ähnlich.‹ Auch die Stimmung unter denjenigen Piraten, die eben noch willens waren, das königliche Pardon anzunehmen, kippte. »Dann wollen wir diesem Hundsfott Rogers mal einen würdigen Empfang bereiten!«, rief einer.

Vane, Jack und ich steckten die Köpfe zusammen. Wir wollten, so schnell es ging, Nassau verlassen. Dies war allerdings gar nicht so einfach, denn Rogers blockierte mit seinem Aufgebot die Hafenausfahrt.

»Vermutlich wird er zwei Schiffe vorausschicken, um den Hafen unter Kontrolle zu bekommen. Er selbst wird wohl im Hintergrund bleiben. Und wenn die Situation geklärt ist, wird er nachkommen«, sagte Vane. »Das sieht wahrlich nicht gut für uns aus.«

In der Tat. Wir saßen in der Falle. Doch plötzlich kam mir ein Gedanke. »Wir bräuchten ein Schiff, das wir opfern können. Und viel Pulver«, sagte ich.

»Damit könnte ich dienen«, sagte Vane. »Ich habe vor Kurzem eine französische Schaluppe aufgebracht und dachte, dass es sich vielleicht anböte, im Konvoi zu fahren, aber eigentlich ist es ein recht maroder Kahn. Und wenn ich hier nicht lebend rauskomme, dann brauche ich auch keinen Konvoi mehr.«

»Perfekt«, sagte Jack. »Dann fehlt uns also nur noch jede Menge Pulver.«

»Ich verwette meinen Allerwertesten darauf, dass Jennings auf einem recht explosiven Depot sitzt. Der alte Fuchs überlässt doch auch sonst nichts dem Zufall. Ansonsten müssen die Männer ein wenig zusammenlegen. Bei tausend Piraten sollte schon ein wenig Pulver zusammenkommen«, sagte Vane.

Und er sollte recht behalten. In jeder Hinsicht.

Ich lag mit meinem Fernrohr an einer erhöhten Stelle über dem Hafen auf der Lauer. Zunächst blieb alles ruhig. Doch gegen Mitternacht lösten sich auf einmal die »Rose« und die »Shark« aus dem Flottenverband und glitten Richtung Hafen, während Rogers' Flaggschiff, die »Delicia«, zusammen mit dem anderen Kriegsschiff im Hintergrund blieben.

Ich gab Jack und Vane ein kurzes Lichtzeichen, damit sie die Lunten an den Pulverfässern, mit denen wir die »Torment« randvoll bestückt hatten, zündeten und die Ankertaue kappten. Und bald sah ich, wie sich die Schaluppe auf ihre allerletzte Fahrt begab.

Ich verließ meinen Aussichtspunkt und rannte, so schnell ich konnte, hinunter zum Hafen, wo Jack und die Männer schon auf mich warteten. Ich erreichte die »Royal Queen« keine Sekunde zu früh. Kaum war ich an Bord, zerriss ein Knall die Stille der Nacht, und die Zikaden, die sonst immer zirpten, verstummten schlagartig. Explosion folgte auf Explosion, und die »Torment« brannte lichterloh. Ein Flammenschiff, das direkt aus der Hölle gekommen zu sein schien, und die »Rose« und die »Shark« genau in jenen Hades reißen wollte, aus der sie selbst gekommen war. Lodernde Trümmerteile regneten auf die beiden Kriegsschiffe herab, und die »Torment« trieb direkt auf die »Rose« zu. Als schließlich die letzte Explosion die »Torment« in tausend Teile zerfetzte, nahm sie die »Rose« mit.

Während dieses Spektakels hatte keiner darauf geachtet, dass zwei andere, unbeleuchtete Schaluppen den Hafen verlassen hatten. Die »Royal Queen« und Vanes »Dragon« verschwanden in der Nacht. Und aus weiter Ferne sahen wir noch, dass sich Rogers' »Delicia« und das andere Kriegsschiff auf das offene Meer zurückzogen und dass die schwerbeschädigte »Shark« ihnen folgte.

Im Schutz der Nacht waren Vane, Jack und ich durchgebrochen. Ob die anderen Piraten ebenfalls die Gelegenheit zum Verschwinden nutzten, oder ob sie sich doch dafür entschieden, beim König um Gnade zu winseln, das wussten wir zunächst nicht.

Die »Dragon« und die »Royal Queen« fuhren noch eine Weile im Verband, bis wir genug Seemeilen zwischen uns und Woodes Rogers gebracht hatten, dann trennten sich unsere Wege. Beim Abschied raunte mir Vane noch ins Ohr: »Bonny, ganz im Vertrauen, bei meinem Leben hätte ich geschworen, dass *du* der Captain sein würdest und nicht Jack.«

»Wie soll ich das verstehen, Vane?«, fragte ich.

»Wenn jemand das Zeug zum Captain hat, dann du, Bonny.«

»Ich dachte, du hältst so große Stücke auf Jack«, gab ich zurück, aber er gewährte mir keine befriedigende Antwort darauf.

»Nichts für ungut. Es geht mich ja auch nichts mehr an«, sagte er und schwang sich hinüber auf sein Schiff.

Verwundert blickte ich ihm nach, bis sich die »Dragon« als winziger Punkt am Horizont auflöste.

346

# 16

Was sich mittlerweile auf New Providence abgespielt hatte, erfuhr ich erst ein paar Wochen später, als ich mich noch einmal dorthin gewagt hatte, und mir in einer dunklen Seitenstraße plötzlich jemand von hinten einen Sack über den Kopf stülpte und ihn zuzog. Zugleich wurden mir von einem zweiten Paar Hände die Arme auf den Rücken gedreht, und ein drittes schlang mir ein Seil um die Knöchel und verknotete es. All dies geschah so plötzlich, unerwartet und rasch, dass ich kaum Gelegenheit hatte, diesem Hinterhalt allzu viel entgegenzusetzen. Einer der drei Angreifer trat mir in die Kniekehlen, sodass ich umfiel, während ein anderer damit begann, meine Füße ebenfalls in einen Sack zu stecken, in den er nach und nach meinen gesamten Körper verschwinden ließ und den er über meinem Kopf zuband. Anschließend wurde ich verschnürt und weggetragen.

Ich zappelte und wand mich, so gut es in dieser misslichen Lage möglich war. In mir war die vage Hoffnung aufgekeimt, dass vielleicht jemand die Kerle stoppen könnte, wenn ich mich nur genügend zur Wehr setzte, und dies möglicherweise Misstrauen erwecken würde. Aber ich kannte die Menschen. Sie mischten sich immer nur ein, wenn sie nicht gefragt wurden, und ihnen keine Gefahr drohte. Doch wenn es auf sie ankam, dann glaubten sie, es ginge sie nichts an. Möglicherweise hielten sie mich auch für ein Schwein, das zum Schlachter getragen wurde. Ich weiß es nicht. Trotzdem zappelte ich weiter, bis etwas meinen Kopf traf, und ich das Bewusstsein verlor.

Das Nächste, was ich wahrnahm, war ein Schwall Wasser, der mir ins Gesicht geschüttet wurde. Verwirrt öffnete ich die Augen. James Bonny.

Ich schloss sie sogleich wieder. Es musste ein übler Traum sein. Doch ich bekam einen weiteren Schwall Wasser ins Gesicht. Bonny war noch immer da. Bewegte ich mich in einem sehr realen Albtraum oder in einer sehr albtraumhaften Wirklichkeit?

Noch einmal wagte ich es, die Augenlider zu heben. Kein Zweifel, der Albtraum war Gewissheit. Mein liebender Gatte stand vor mir und grinste mich höhnisch an. Ich blickte an mir herab und musste zu meinem Entsetzen feststellen, dass ich splitterfasernackt und gefesselt war. Der Himmel allein wusste, was in der Zwischenzeit mit mir geschehen war, und auf welchem Wege mir meine Kleider abhandengekommen waren. Zum Zeitpunkt des Überfalls hatte ich jedenfalls noch Hemd und Hose getragen und war überdies bewaffnet gewesen. Ich war mir nicht sicher, ob ich tatsächlich zu wissen trachtete, was genau sich in der Phase meiner Ohnmacht ereignet hatte.

Und es war diese Mischung aus Hilf- und Ahnungslosigkeit und James' blödem Gesicht, die mich rasend machte. Ich öffnete den Mund, um James meine Wut ins Gesicht zu schreien, musste aber feststellen, dass er ganze Arbeit geleistet und mich zu allem Unglück auch noch geknebelt hatte. Dennoch tobte ich und wand mich, insoweit dies meine Lage zuließ.

Bonny packte mich an den Füßen und schleifte mich wie einen alten Sack über einen blankgebohnerten Fußboden, durch eine reich geschnitzte und mit Intarsien eingelegte Tür, um mich schließlich in einem fürstlich eingerichteten Saal vor den Füßen eines geschniegelten Mannes liegen zu lassen, nicht jedoch, ohne mir vorher noch einen Fußtritt zu verpassen.

Trotz der Schmerzen gab ich wütende, durch den Knebel jedoch jede Sinnhaftigkeit entbehrende Geräusche von mir und krümmte und wand mich, um allen Beteiligten meinen äußersten Unmut kundzutun. Aber mehr noch als der körperliche Schmerz war es diese unglaubliche Demütigung, nackt und von diesem Hundsfott von Ehemann der Gewalt eines anderen Bastards übereignet zu werden, die mich verletzte.

Vor mir stand kein Geringerer als Woodes Rogers, der neue Gouverneur von New Providence.

»Sir, wenn ich Euch einen Rat geben darf«, entblödete sich James nicht, Rogers zu warnen, »so löst keinesfalls ihre Fesseln. Dieses Weib ist durchtrieben und schlau und schnell und stark. Ich bin mir selbst nicht sicher, aus welchem Höllenpfuhl sie dereinst entwichen ist.«

Rogers sah James spöttisch an. »Nun, Bonny, ich bin mir nicht sicher, ob Ihr eine zu hohe oder zu geringe Meinung über Euer Euch angetrautes Weib habt.«

»Dies zu beurteilen, überlasse ich Euch. Nur so viel: Sie zu unterschätzen, könnte Euch das Leben kosten.«

»Ich glaube nicht, dass sie mir in dem Zustand, in den Ihr sie versetzt habt, gefährlich werden kann. Aber Ihr scheint Euer Weib tatsächlich mehr zu fürchten als den Leibhaftigen höchstselbst.«

›Dazu hat James auch wahrlich allen Grund‹, dachte ich.

»Dieser Satansbraten ist meiner Ehe entlaufen, durchgebrannt mit dem berüchtigten Calico-Jack Rackham. Zunächst waren sie gemeinsam auf der ›Neptune‹ unter dem Kommando des ebenso berüchtigten Charles Vane. Nach einer Meuterei, die sie angezettelt haben, sind sie schließlich unter eigener Flagge gefahren, unter Rackhams Kommando, aber es sollte mich nicht wundern, wenn es in Wahrheit nicht Anne gewesen wäre, die das Sagen an Bord hatte.«

»Gut, gut, Bonny, wenn Ihr entschuldigt und mich nur einen Augenblick mit Eurer Gattin allein ließet …«

Bonnys Gesichtsausdruck war zu entnehmen, dass die Aufforderung, das Zimmer zu verlassen, nicht unbedingt die Reaktion war, die er auf seinen Fang hin erwartet hatte, aber er schluckte seine Enttäuschung hinunter, verbeugte sich demütig vor Rogers mit einem »Sir« und verließ den Raum.

»Nun zu Euch …« Rogers umrundete mich einmal, wobei er mich von Kopf bis Fuß musterte. »Ihr also seid Anne Bonny. Ich habe schon viel von Euch gehört. Sagt, wie kommt es, dass Ihr einen solchen Tunichtgut wie James Bonny geehelicht habt?« Er blickte mich fragend an. »Oh verzeiht! Wie dumm von mir.«

Er entfernte den Knebel und nahm mir die Fesseln ab. Dann klatschte er in die Hände und ein Diener erschien eilfertig in der Tür. »Bring das kostbarste Kleid, das du finden kannst, für die Lady.«

Der Diener verschwand, um kurze Zeit später mit einem nachtblauen Gewand zurückzukehren, das mit zahllosen kleinen Bergkristallen besetzt war.

Rogers überreichte mir die Robe, wobei er versuchte, meine Blöße zu ignorieren. »Bitte. Kleidet Euch erst einmal an. Es ist eine Schande, wie Euer Gatte mit Euch umzuspringen beliebt.«

Wortlos nahm ich das Gewand entgegen, und während ich hineinschlüpfte, hatte sich Rogers höflich umgewandt. Als ich fertig war, sagte ich: »Nun, Rogers. Ich muss ehrlich eingestehen, dass Ihr viel mehr Ehrenmann seid, als ich es erwartet hatte.«

Der Gouverneur drehte sich wieder zu mir, zog seinen Hut und machte damit eine ausschweifende Geste, während der er sich vor mir verbeugte.

»Da wir gerade dabei sind, Komplimente auszutauschen: Ich hatte mir Euch gleichfalls ein wenig anders vorgestellt. Nach den Erzählungen Eures Gatten hatte ich mit einer hässlichen, furiengleichen, alten Vettel gerechnet. Stattdessen bin ich nun über alle Maßen erstaunt, in Euch den puren, fleischgewordenen Liebreiz zu erblicken.«

Ich lächelte gequält, denn mir war noch nicht klar, welchen Plan Rogers mit mir verfolgte. Aber dass er einen Plan hatte, das stand außer Frage. Und das Misslichste an meiner Lage war, dass ich ihm vollkommen ausgeliefert war.

»Entschuldigt mich einen Augenblick«, sagte er und holte James herein, der noch immer vor der Tür wartete.

»Mein lieber Bonny, die ganze Zeit über habe ich mich gefragt, weshalb Ihr Eure bezaubernde Gattin in einem solch beschämenden Zustand zu mir gebracht habt. Aber nach reiflicher Überlegung ist mir klar geworden, dass Ihr sie natürlich zurückhaben wollt, doch Eure Bescheidenheit, die ich neben vielen anderen Eurer Eigenschaften an Euch schätze, es Euch nicht gestattet hat, diesen Wunsch vor meinen Ohren zu formulieren. Deshalb habe ich die große Freude, Euch mitzuteilen, dass ich sie nach einem gemeinsamen Nachtmahle zu Euch zurückschicke.«

Aus James' Gesicht war jegliche Farbe gewichen, entgeistert starrte er auf das Kleid, in dem ich nun steckte. Dieser Bastard hatte sich sicherlich schon ein stattliches Sümmchen ausgerechnet, das er für mich einstreichen würde. Stattdessen steckte ich nun in einem Kleid, das selbst einer Königin alle Ehre gemacht hätte. Und schlimmer noch, Rogers wollte ihm sein verhasstes Weib zurückgeben, das ihm ohne lange Umschweife für diesen Verrat das Leben nehmen würde.

»Ihr gewährt mir doch meine bescheidene Bitte, mit Eurer Gemahlin ein kleines Mahl einzunehmen?«

Bonny wirkte auf einmal um Jahre gealtert, aber er nickte servil. »Es ist mir eine Ehre, wenn die Gesellschaft meines einfachen Weibes Euch Freude bereitet.«

»Gut, gut, Bonny. Dann möchte ich Euch nun bitten, mich mit Eurer Frau Gemahlin allein zu lassen. Geht schon einmal nach Hause. Ich bin sicher, dass das Dinner nicht ausufern wird, und Eure liebende Gattin wird es sicherlich kaum erwarten können, zu ihrem treusorgenden Ehemann zurückzukehren …« Rogers warf mir einen verschwörerischen Blick zu.

»Euer Wunsch ist mir Befehl«, entgegnete James, obwohl die nackte Wut, die er in sich trug, unverhohlen in seinen Augen glitzerte. Er verbeugte sich noch einmal umständlich und zog von dannen.

Nachdem sich James getrollt hatte, ließ Rogers ein opulentes Nachtmahl auftragen und bat mich, Platz zu nehmen.

»Euer Gemahl ist ein solch liederlicher Schurke.«

»Nun, dies habe ich schon öfter gehört«, sagte ich.

»Das muss man sich in der Tat auf der Zunge zergehen lassen: Er schleppt seine eigene, ihm entlaufene Gattin vor den

Gouverneur und erwartet auch noch eine stattliche Belohnung! Mon dieu, Madame, habt Ihr sein dummes, grämliches Gesicht gesehen? Mich dünkt, er fürchtet um sein Leben, wenn Ihr wieder bei ihm einzieht.« Rogers brach in dröhnendes Gelächter aus und auch ich konnte nicht umhin, zu lächeln.

Als sich Rogers' Amusement wieder ein wenig gelegt hatte, fragte ich: »Nun, Sir, Eurem Verhalten entnehme ich, dass Ihr Euch einen Scherz mit James Bonny erlaubt habt und dass es mitnichten Euer Plan ist, mich zu ihm zurückzuschicken. Mit Verlaub – ich gehe ohnehin davon aus, dass der gute James soeben dabei ist, all seine Habseligkeiten zusammenzuraffen, um so schnell wie möglich von dieser Insel zu verschwinden, ehe sein liebendes Weib ihm den Garaus macht.«

Rogers tupfte sich die Lippen mit einer Damastserviette ab, um sein Lächeln dahinter zu verbergen. »Verzeiht, aber Eure eheliche Situation entbehrt nicht einer gewissen Komik. Aber Ihr habt natürlich recht. Es war nie meine Absicht, Euch zu diesem Bastard zurückzuschicken. Dafür seid Ihr viel zu wertvoll. Immerhin seid Ihr, wie mir zu Ohren gekommen ist, die graue Eminenz auf der ›Royal Queen‹. Chidley Bayard ist im Übrigen der Meinung, dass es höchst unartig von Euch war, ihm sein Lieblingsschiff wegzunehmen. Er verlangte gar Euren Kopf. Wie findet Ihr das?«

»Nun, meinen Kopf würde ich ihm eher überlassen als meinen Schoß«, antwortete ich spitz.

»Eine Welt voller Schurken, Ihr habt recht. Und ich muss gestehen, dass ich sehr glücklich darüber bin, in diese Welt nicht als Frau geboren worden zu sein. Aber umso mehr gebührt Euch mein Respekt.« Er hob sein Glas und prostete mir zu, woraufhin auch ich mein Glas erhob.

Nachdem ich einen Schluck getrunken hatte, sagte ich: »Wollt Ihr mir denn nicht endlich Euren Plan verraten?«

»Wie Euch vielleicht bekannt ist, haben im Gegensatz zu Euch, Rackham, Vane und etlichen anderen Piraten weitaus mehr als die Hälfte, etwa sechshundert, um genau zu sein, das königliche Pardon erbeten und wurden dafür mit einem Stück Land belohnt. Ich bin kein Tyrann, Anne. Was mir vorschwebt, das sind blühende Landschaften. Ein Garten Eden des weltweiten Handels. ›Expulsis piratis – restituta commercia‹, dies ist mein Wappenspruch, und ich schwöre Euch, der Tag wird kommen, an dem es hier keine Piraten mehr geben wird.«

»Vergebt mir, aber es fällt mir schwer, mir dies vorzustellen. Wie wollt Ihr das erreichen?«

»Ganz einfach, indem ich aus den Piraten anständige Bürger mache. Die Bedingung dafür, dass sie ihren Grund und Boden behalten dürfen, ist die, dass sie das Land roden, bebauen und innerhalb eines Jahres mit einer festen Unterkunft ausstatten, in der sie auch dauerhaft wohnen. Außerdem habe ich damit begonnen, einigen von ihnen Ämter zuzuweisen, und glaubt mir, nichts ist wichtiger für den Ausbau einer Machtbasis als Ämter. Ich habe bereits Richter, Constables und Steuereintreiber sowie Aufseher über das Straßensystem und einige der Bürger zum Rat ernannt. Und eine Handvoll Piratenkapitäne setze ich nun als Kaperkapitäne ein, um die Bahamasstraße zu verteidigen. Nicht zu vergessen die drei Milizenkompanien aus Bürgern und ehemaligen Piraten, die New Providence vom Meer aus gegen die Spanier und wieder abtrünnig gewordene Piraten sichern sollen. Ich lasse das Hauptfort erweitern, habe die Einfahrt von Jennings' Hafen, den er ja leider, leider nun nicht mehr selbst betreiben kann, gesichert. Doch das Effektivste ist mein Netz aus Spitzeln, zu denen auch, mit Verlaub, Euer ansonsten nichtsnutziger Gatte zählt.«

Als ich Rogers' Ausführungen lauschte, standen mir gleichsam innerlich alle Haare zu Berge. Beth hatte recht gehabt. Auf Providence braute sich soeben etwas unter Rogers' Gouvernement zusammen, das man nicht auf die leichte Schulter nehmen durfte. »Es ist hochinteressant, Euren Ausführungen zu lauschen, aber was Ihr mir noch nicht verraten habt, ist, welche Rolle Ihr meiner Wenigkeit in Eurem Spiel zugedacht habt?«

»Nun, wie soll ich sagen – wie mir Euer ehrenwerter Gatte mehrfach versichert hat, ist Euer Rang auf der ›Royal Queen‹ und überhaupt in der Piratenwelt nicht ganz unerheblich. Und obwohl er dies sicherlich im Hinblick auf die Prämie, die er von mir für Euren Kopf zu erwarten schien, verlautbaren ließ, gehe ich davon aus, dass er in diesem Fall wahrlich nicht übertrieben hat.«

»Und weiter?«

»Weiter … Ich plane nicht, Euch in Ketten abführen zu lassen, obwohl ich dies natürlich könnte. Jedoch – es liegt nicht in meiner Natur, eine solche Schönheit wie die Eure in der Düsternis eines Kerkers verblühen zu lassen. Nein! Nach unserem Dinner seid Ihr frei und könnt gehen, wohin Ihr wollt. Natürlich steht es Euch frei, mir im Gegenzug gelegentlich die ein oder andere nützliche Information zukommen zu lassen.«

Alas, da lag also der Hase im Pfeffer. Er wollte mich in sein Spitzelnetzwerk integrieren, aber wenn er mich freiließ, dann hatte er nichts in der Hand, um mich dazu zu zwingen. Ich war verwirrt. Welches Spiel spielte er mit mir?

Aber tatsächlich. Nach dem Mahl rief Rogers erneut seinen

Diener herbei und ließ ihn ein Cape bringen, das vom gleichen Blau war wie das Kleid.

Nachdem er es um meine Schultern gelegt hatte, sagte er: »Madame, Ihr seht bezaubernd aus.« Er küsste meine Hand. »Es war mir ein Vergnügen, mit Euch zu speisen.« Damit öffnete er mir die Tür und ich konnte gehen.

Ohne mich umzublicken, lief ich in Richtung Hafen. Erst als ich einige Straßenzüge hinter Rogers' Residenz und mich gebracht hatte, blieb ich kurz stehen und sah mich um, ob mir jemand folgte. Doch ich konnte nichts Verdächtiges entdecken. Glaubte er wirklich, dass ich meiner Dankbarkeit in Form von Spitzeldiensten Ausdruck verleihen würde? Er hatte keinerlei Sicherheiten für meine Freiheit gefordert. Gab es einen Haken, einen Hinterhalt, den ich übersehen hatte? Oder war es tatsächlich eine Form von Exaltiertheit, dass er mich laufen ließ, weil man als echter Gentleman eine Frau nicht einsperren lassen konnte, egal was sie getan hatte?

Wie ich die Sache auch drehte und wendete, ich fand keine befriedigende Antwort. Offenbar hatte ich Rogers falsch eingeschätzt, wenngleich mir sein Verhalten höchst rätselhaft blieb.

# 17

Es ist wohl kaum der Erwähnung wert, dass James Hals über Kopf New Providence verlassen hatte. Hawkins, die in ihrer Schenke früher oder später immer alles erfuhr, was auf New Providence vor sich ging, hat es mir berichtet. Anscheinend noch während ich mit Rogers zu Tisch gesessen hatte, hatte er die nächstbeste Überfahrt nach South Carolina genommen. Und gottlob, bis zum heutigen Tag bin ich diesem feigen Bastard nie wieder begegnet.

Es war das letzte Mal, dass ich meinen Fuß auf New Providence gesetzt hatte, denn die Lage, die ja ohnehin schon unerfreulich genug war, spitzte sich mehr und mehr zu. Im Sommer war eine Fieberepidemie ausgebrochen, und viele der begnadigten Piratenkapitäne und ihre Männer flohen fluchtartig von der Insel. Es ist müßig, zu erwähnen, dass sie alsbald ihr altes Leben wieder aufnahmen. Rogers, der seine schönen Kolonisierungspläne zerstört sah, zog nun andere Saiten auf. Statt Rehabilitierung und Pardon verhängte er über jeden, der der Piraterie überführt werden konnte, die Todesstrafe.

Fast zeitgleich begannen aber nun auch die Spanier, die durch unser Treiben schwere Verluste in ihren Handelsbilanzen hinnehmen mussten, Maßnahmen zur Bekämpfung der Piraterie zu ergreifen. Eigens zu diesem Zweck hatten sie ein Dutzend Küstensegler in den Kampf gegen uns Piraten geschickt, die im Gegensatz zu den Marine-Fregatten nur geringen Tiefgang besaßen, wendiger und schneller waren, und mit denen sie außerdem in den gefährlichen Gewässern nicht so schnell auf Grund liefen. Diese Entwicklungen führten dazu, dass wir weder Tortuga noch New Providence anlaufen konnten, denn dies wäre der reinste Selbstmord gewesen.

Und so dümpelten wir oft wochenlang auf hoher See, wobei uns nur selten ein lohnender Fang gelang.

Auch der Umgang mit Jack gestaltete sich zunehmend schwierig. Ich glaube, er liebte mich noch immer, aber durch die Totgeburt war irgendetwas kaputt gegangen. Er wiederholte zwar seinen Verdacht, dass ich dem Kind etwas angetan haben könnte, nie wieder, aber tief in ihm drinnen schien ein Fünkchen Misstrauen geblieben zu sein. Doch vielleicht irrte ich mich auch, und es war nur seine Trauer.

Wie auch immer, mir fiel es jedenfalls schwer, ihm zu verzeihen, dass er es überhaupt in Betracht gezogen hatte, dass ich unser Kind getötet haben könnte. Ich wollte Jack verzeihen, aber ich konnte nicht. So ist das eben. Manche Worte, wenn sie einmal gesagt sind, lassen sich mit keinem Netz der Welt wieder einholen. Sie sind schneller als jeder Barrakuda und tödlicher als jeder Hai. Und strenggenommen sind es auch gar nicht allein die Worte, die schmerzen, sondern der Umstand, dass sie erst einmal jemand gedacht hat. Das war es, was wehtat.

In den Nächten lagen Jack und ich nebeneinander, aber wir berührten uns nicht. Und das ist das Schlimmste. Wenn der Mensch, den man liebt, neben einem liegt und man sich trotzdem einsam fühlt. So einsam kann man sich allein gar nicht fühlen. Diese überwältigende Einsamkeit. Als wäre man der letzte Mensch auf Erden.

Inzwischen machte Hornigold, ein zu Rogers übergelaufener Piratenkapitän, unbarmherzig Jagd auf uns, und deshalb erschien es uns ratsam, die »Royal Queen« für ein paar Wochen in der verschwiegenen Bucht einer einsamen Insel zu verstecken. Die »Calypso«, die wir kurz zuvor aufgebracht hatten, war nur ein schwacher Abglanz der »Royal Queen«, aber ich tröstete mich damit, dass dieser missliche Zustand nicht ewig währen würde. Die Piraterie war wohl so alt wie die Schifffahrt selbst, und solange Schiffe auf den Ozeanen kreuzten, würde es auch Piraten geben.

Seitdem wir mit der »Calypso« unterwegs waren, schlief ich meistens oben im Krähennest, denn ich ertrug sie nicht länger, die Nächte in Einsamkeit neben Jack.

Er nahm es schweigend hin, so wie er in den letzten Monaten fast alles schweigend hinnahm. Ihm schien alles egal zu sein.

Eines Morgens wachte ich auf und suchte die Umgebung ab. Schon lange war uns keine nennenswerte Prise mehr geglückt, aber auf einmal erspähte ich vor uns in weiter Ferne ein Handelsschiff. Mit dem Fernglas suchte ich den Horizont ab, um festzustellen, ob irgendwo ein versprengter Marinekonvoi zu sehen war. Aber nichts. Vielleicht war dies ein Zeichen dafür, dass die Zeiten wieder besser und die Kaufleute wieder leichtsinniger wurden.

Die meisten Männer lagen noch im Tiefschlaf, als ich »Westindienfahrer in Sicht!« brüllte. Das scheuchte sie auf ihre Plätze. Nur Jack ließ sich nicht blicken. Es ärgerte mich, dass er seine

Pflichten als Captain so schmählich vernachlässigte. Wütend kletterte ich nach unten und schickte Jonas, den Schiffsjungen, nach oben. Dann übernahm ich selbst das Kommando.

Es wurde ein übles Gemetzel, da die Besatzung der »Empress« nicht daran dachte, sich zu ergeben. Wir verloren acht Männer, darunter auch unseren Steuermann, und zehn wurden schwer verletzt. Das würde viel Arbeit für den Schiffszimmermann bedeuten. Leider hatte einer meiner Leute den Schiffsarzt der »Empress« erstochen, aber ich nahm mir vor, den Männern später eine Standpauke zu halten, und den Arzt des nächsten gekaperten Schiffs zu shanghaien.

»Möchte einer von euch künftig unter dem Jolly Roger segeln?« Ich hatte mich vor den gefesselten Gefangenen aufgebaut und musterte einen nach dem anderen.

Keiner rührte sich von der Stelle. Alle starrten nur auf ihre Zehenspitzen.

»Nun gut, anders gefragt: Wer ist euer Steuermann?«

Auch darauf erhielt ich keine Antwort. Also packte ich einen der Kerle beim Kragen und hielt ihm meinen Dolch an den Hals. »Wenn dir dein Leben lieb ist, Kerl, dann verrätst du mir, wer euer Steuermann ist!«

Tonlos flüsterte er: »Read.«

»Wer?«, fragte ich nach, weil ich mir nicht ganz sicher war, ob ich ihn richtig verstanden hatte.

»Marc Read.«

Ich stieß den Matrosen zurück in die Reihe der Gefangenen und steckte den Dolch wieder in meinen Gürtel.

»Nun gut, Marc Read, du mögest vortreten, andernfalls werde ich jeden von euch neununddreißig Mal die Neunschwänzige Katze zu spüren bekommen lassen, so lange, bis ich weiß, wer von euch dieser Bastard Read ist«, sagte ich und hoffte inständig, dass dieser Read ein Fünkchen Ehre im Leib hatte. Neununddreißig Peitschenhiebe, das war das Höchstmaß. Das Gesetz Moses. Schon im Alten Testament stand, dass vierzig Peitschenhiebe keiner überlebte. Mir stand der Sinn nicht nach Grausamkeit, aber ich würde nicht umhinkommen, ein wenig Druck zu erzeugen, denn wir brauchten dringend einen neuen Steuermann. Zwar verfügte ich inzwischen über sehr gute Navigationskenntnisse, aber da Jack es vorzog, sich nicht mehr an Bord blicken zu lassen, sondern sich stetig dem Trunk zu ergeben, musste ich wohl weiter für ihn einspringen. Und gleichzeitig ein Schiff zu navigieren und zu befehligen, das konnte niemand.

In diesem Moment trat ein blonder Bursche vor. Hübsch war er. Und kräftig. Mit einem offenen, ehrlichen Gesicht. Ich muss gestehen, er gefiel mir sofort, obwohl er in fast allem das schiere Gegenteil von Jack zu sein schien. »Ich. *Ich* bin der Bastard Marc Read, Steuermann der ›Empress‹«, sagte er mit fester Stimme.

»Gut«, sagte ich. »Sehr gut. Nun, Marc Read, kommst du freiwillig mit an Bord oder muss ich dich shanghaien?«, fragte ich, wobei ich seinen Kopf am Kinn fasste, damit er mir beim Sprechen das Gesicht zuwandte. Er musste noch sehr jung sein, denn seine Haut war wunderbar glatt. Keine rauen Stoppeln. Ein Jüngling von engelsgleichem Äußeren.

»Es ist mir gleich, auf welchem Kahn ich sterbe, denn sterben werden wir so oder so«, sagte er.

Ich nickte anerkennend und löste seine Fesseln. Dann streckte ich ihm die Hand hin. »Willkommen an Bord, Marc Read. Ich bin Bonny, Quartermaster der ›Calypso‹.«

Read zögerte einen Moment. »Ich dachte, du bist der Captain?«

Ich zuckte mit den Schultern. »Der Captain, er ist augenblicklich …«, ich suchte nach dem passenden Wort, »unpässlich.«

»Es geht mich auch nichts an«, sagte Read und schlug ein. Er hatte einen angenehmen, festen Händedruck.

Read packte sofort tüchtig zu, als es darum ging, die »Empress« um ihre Kostbarkeiten und Vorräte zu erleichtern. Ein großartiger Fang. In jeder Hinsicht. Endlich.

Nachdem wir die Überlebenden in den Beibooten ausgesetzt hatten, legten wir Feuer an den Westindienfahrer. Früher hätte ich mich damit begnügt, das Schiff fahruntauglich zu machen, damit wir in Ruhe fliehen konnten. Aber so unsicher, wie die Zeiten waren, war es wohl klüger, Tabula rasa zu machen.

# 18

Read entpuppte sich als großartiger Steuermann. Er hatte nicht nur hervorragende Navigationskenntnisse, er konnte auch unglaublich nah an andere Schiffe heransegeln, wobei es ihm gelang, unser Schiff stets im toten Winkel der gegnerischen Kanonen zu halten.

Ich sah Read gerne bei der Arbeit zu. Alles, was er tat, machte er mit ruhiger, sicherer Hand. Sein Geist war konzentriert, vollkommen auf seine Tätigkeit ausgerichtet. Nicht so wie Jack, dessen Art stets kapriziös war. Den einen Tag euphorisch, den nächsten voller Zweifel. Ein Meister seines Faches zwar, zweifelsohne, jedoch oft fahrig bei der Ausführung. Und es wurde nicht besser mit ihm.

In dem Maße, wie ich mich Jack entfremdete, fand ich zunehmend mehr Gefallen an Read. Und ich ertappte mich dabei, wie ich aus den fadenscheinigsten Gründen Marcs Gesellschaft suchte. Es war mir selbst unangenehm, denn ich wollte ihn durch meine Anwesenheit weder bedrängen noch ihn gar belästigen. Doch ich konnte nicht anders.

Manchmal hatte ich das Gefühl, dass es auch ihm nicht unangenehm war, wenn ich ohne besonderen Grund das Gespräch mit ihm suchte. Ob er bemerkte, dass ich gerne in seiner Nähe war? Ich weiß es nicht. Read war von gleichbleibend freundlichem Wesen, und in gewisser Weise verunsicherte mich genau das. Da Jack seit Monaten kein Interesse mehr an meiner Weiblichkeit zeigte, sondern es vorzog, dumpf vor sich hin zu brüten, sah ich meinerseits wenig Grund, mich anders denn als Mann zu zeigen. Die Mannschaft hatte sich so daran gewöhnt, dass ich Jacks verlängerter Arm, wenn nicht sogar der wahre Captain des Schiffes war, dass der Umstand, dass ich nicht als Mann geboren worden war, schon lange kein Thema mehr war. Es spielte einfach keine Rolle. Ich funktionierte. Weshalb also sollte über meine Weiblichkeit, die ich verbarg, überhaupt noch ein Wort verloren werden?

Aber Jacks Stumpfheit war noch nicht so weit fortgeschritten, dass er keine Eifersucht mehr empfinden konnte, und so brach er eines Tages aus heiterem Himmel einen Streit vom Zaun.

»Bilde dir bloß nicht ein, dass ich nicht merke, was vor sich geht, Anne!«

»Was soll denn vor sich gehen? Nichts geht vor sich. Das ganze Schiff erstickt im Morast deines Selbstmitleids. Du bist wie ein träger Sirup, der allen die Flügel verklebt, Jack.«

»Ha! Glaubst du wirklich, ich wüsste nicht, dass da etwas ist zwischen dir und diesem … diesem Read? Ich wünschte, ich hätte ihm gleich den Kopf abgeschlagen, als wir den Westindienfahrer gekapert haben!«, tobte Jack.

»Als *wir* den Westindienfahrer gekapert haben? Mein lieber Jack, wenn ich dich daran erinnern darf: *Du* hast dich einen Furz darum gekümmert, ob dieses Schiff eingenommen wird oder nicht. Du lagst sturzbesoffen unter deinem Bett in deinen eigenen Exkrementen, als wir die ›Empress‹ gekapert haben. Und nur falls du auf dumme Gedanken kommst: Wir brauchen Read. Stevenson, unseren Steuermann, hat es nämlich bei dem Überfall dahingerafft. Soll ich vielleicht alles allein machen?«

»Du, du reißt doch ohnehin alles an dich! Dann beschwer dich gefälligst nicht, wenn du viel arbeiten musst!«

»Beruhige dich, Jack«, versuchte ich die Angelegenheit zu entschärfen. »Wenn ich deine momentane Schwäche vor der Mannschaft nicht verschleiern würde, dann hätten sie wohl längst eine Meuterei gegen dich angezettelt.«

»Pah! Meuterei! Wenn hier einer eine Meuterei anzettelt, dann wirst wohl du es sein. Du bist doch die Königin der Meuterei! Von mir aus, hetz sie nur weiter gegen mich auf. Meinethalben werde Captain! Die Kerle werden schon sehen, was sie davon haben, wenn sie einem Weib das Kommando übertragen!«, schrie er und nahm einen gierigen Schluck aus seinem privaten Rumfässchen.

Die Königin der Meuterei hatte genug gehört und war nicht länger willens, sich Jacks selbstmitleidiges Gefasel und seine rumgeschwängerten Verfolgungsphantasien auch nur eine Minute länger anzuhören. Auf dem Absatz verließ ich die Kajüte.

»Ich wünsche dir erfüllte Stunden bei deinem verfluchten Read«, brüllte Jack mir noch hinterher. Doch es klang dumpf und sehr weit weg. Wie aus einem anderen Leben.

# 19

Ein paar Wochen später fanden wir dank Reads ausgezeichneter Navigationskenntnisse ein winziges, unbewohntes Eiland, das in keiner Karte verzeichnet war. Alle waren froh, nach vier Monaten endlich wieder einmal festen Boden unter den Füßen und frisches Wasser zu haben.

Während die Mannschaft ausgelassen ob ihres Landgangs war, und Jack, der nicht das Mindeste dafür getan hatte, sich dafür feiern ließ, stand mir der Sinn einzig nach Alleinsein. Jack war schon lange nicht mehr der Mann, in den ich mich dereinst verliebt hatte, und ich fand meine Einsamkeit an diesem Abend leichter zu ertragen, indem ich das Alleinsein suchte. Also schlenderte ich die Küste der Insel entlang, die nur knapp zwei Meilen maß, und ließ mich in einer abgelegenen Bucht nieder.

Während die Sonne ihr tägliches Untergangsspektakel, ihren heroischen Abschied vom Tag, inszenierte, war ich voller Wehmut. Es gibt diese Tage, an denen es nicht möglich ist, mit kühlem Kopf daran zu denken, was man alles erreicht und an Schönem erlebt hat, sondern an denen einem das Leben wie ein Reigen fortdauernder Verluste erscheint, eine hässliche Perlenkette, an der sich Scheitern an Scheitern reiht.

Ich dachte an Mum, wie sie in ihrer neuen Heimat, die ihr nie zur Heimat geworden war, in Trauer, voller Heimweh und

366

in sich selbst unterstellter Sünde dahinwelkte, unfähig, etwas Neues zu beginnen, unfähig, ihr eigenes Leben zu führen. Selbst in der Rolle als Geschöpf meines Vaters hatte sie versagt. Arme Mum, Gott sei ihrer Seele gnädig!

Und Dad? Im Moment hätte ich alle meine Schätze dafür gegeben, ihn wiederzusehen. Nur meine Freiheit, die hätte ich nicht aufgegeben, und das würde wohl auch für immer der Grund sein, weshalb er mir niemals verzeihen würde. Aber was mich weiterhin am meisten schmerzte, war der Umstand, dass er Mum betrogen, aber die Schuld an ihrem Tod ausschließlich mir gegeben hatte. Ob er inzwischen wieder geheiratet hatte? Charleys Brief nach zu urteilen wohl nicht. Nein, Dad würde niemals wieder heiraten. Er war der Typ Mann, der nur einmal wirklich lieben konnte. Vermutlich stillte er seine Bedürfnisse weiterhin mit irgendeiner Sklavin, aber sein Herz würde kalt bleiben dabei.

Immerhin hatte Charley der Schmuck erreicht, sodass er Kauchee freikaufen konnte. Wie gerne würde ich noch einmal mit Charley ausreiten.

Trotzdem hatte ich das Gefühl, dass etwas Dickes, Bitteres in meiner Kehle feststeckte und mir das Atmen fast unmöglich machte. Es war die Trauer. Trauer darüber, dass Dad wohl einer der einsamsten Menschen der Welt war.

Und an Jack dachte ich. Den gewesenen Jack, den, in den ich mich verliebt hatte.

Und auch des blutigen Klumpens, den mein Leib einige Monate zuvor in die Welt geworfen hatte, gedachte ich. ›Schlechte Eltern hättest du gehabt, sie hätten sich nicht in dem Maße um dich gekümmert, wie es wohl recht gewesen wäre. Doch auf ihre ganz eigene Art hätten sie dich geliebt‹, dachte ich und fragte mich zugleich, ob meine Eltern gute Eltern waren. Aber scheitern nicht die meisten Eltern? Mehr, als dass sie ihre Kinder lieben, kann man von Eltern wohl nicht erwarten. Und auch darin scheitern viele. ›Vielleicht hast du das ja geahnt und bist deshalb nicht mehr gewachsen?‹, dachte ich. Und vielleicht war das die Strafe. Das Nicht-Kind hatte sich zwischen seine Nicht-Eltern geschoben wie eine undurchdringliche Wand aus Düsternis. Jack drang nicht mehr zu Anne durch und Anne nicht mehr zu Jack.

Und auch Jonathan schlich sich in meine Gedanken. Jonathan, dem ich im entscheidenden Moment die Antwort verweigert hatte, und der daraufhin ohne Ankündigung spurlos aus meinem Leben verschwunden war. Wären wir, hätte ich anders gehandelt, ein Paar geworden? Wären wir glücklich geworden? Hätten wir zusammen Libertalia gefunden? Und wenn ja, wären wir noch immer glücklich? Oder ist Glück nicht ohnehin immer nur auf der Durchreise? Eine vergängliche, freudige Aufwallung, ein kurzer Sturm, auf den die lange Flaute des Alltäglichen folgt, so lange, bis sich irgendwann etwas Neues, ein neuer Sturm, am Horizont abzeichnet?

Über all diesen trübsinnigen Gedanken war auch mein Körper ganz schwer geworden, und hätte ich ein Fässchen Rum bei der Hand gehabt, ich hätte es bis zur Neige geleert. Allein. Und zum Trost. Und auf einmal verstand ich, was mit Jack geschehen war. Aber ich wollte nicht enden wie er. Niemals! Das Leben war viel zu kostbar, um es wegen einer Niederlage zu verschleudern.

Ich zwang mich, aufzustehen, auch wenn es mich schier unmenschliche Kraft kostete, und blickte zum Horizont. Die Rettung lag im Neuen, nicht im Alten. Im Sturm und nicht in der Flaute. Und bis dahin hieß es, den Kopf über und nicht unter Wasser zu halten. Ich drehte mich um, um zu den Männern zurückzukehren, und dabei wäre ich beinahe in Read gelaufen, der plötzlich vor mir stand.

»Warum bist du nicht bei den anderen?« Ich war selbst erstaunt, wie schroff, beinahe vorwurfsvoll meine Stimme klang, und dabei schlug mein Herz, das eben noch so müde vor sich hin gepocht hatte, als wollte es auf einmal einfach aus meinem Leib davongaloppieren.

Read errötete. »Ich … ich …«, sagte er, um dann die Flucht nach vorn anzutreten. »Du bist doch auch nicht bei den anderen?«

Darauf war nur schwer etwas zu entgegnen.

Wir starrten uns an.

»Bonny … ich will ehrlich zu dir sein. Ich … ich habe dich gesucht.«

»Und warum, wenn ich fragen darf?« Ich wusste selbst nicht, weshalb ich mich Read gegenüber auf einmal so abweisend verhielt. Vielleicht war es die Schroffheit desjenigen, der Angst hatte, verletzt zu werden.

»Können wir reden?«, fragte Read unsicher.

»Wenn es sein muss«, gab ich bärbeißig zurück und hockte mich auf ein Stück Treibholz.

Read setzte sich neben mich. In meinen Ohren war plötzlich ein Rauschen, das die Brandung übertönte.

»Ich habe den Eindruck, dass du mir seit ein paar Wochen aus dem Weg gehst …«, begann Read.

»Soll heißen?«, fragte ich.

»Nun, wie soll ich sagen? Vielleicht unterliege ich ja einem

Irrtum, aber ich hatte eine Zeitlang den Eindruck, dass du dich gerne in meiner Gesellschaft befunden hast. Ist es wegen Rackham?«

Ich schwieg, wobei ich eine zerschmetterte Muschelschale untersuchte, als handelte es sich dabei um ein seltenes Geschmeide, dessen Wert es zu ermitteln galt.

Read ließ mich nicht aus den Augen und fuhr fort: »Mich dünkt, Rackham hasst mich.«

»Rackham hasst jeden, der augenblicklich besser mit dem Leben an Bord zurande kommt als er«, sagte ich und schleuderte die Muschel wütend ins Meer.

»Rackham scheint dir viel zu bedeuten, wenn dich allein der Umstand, dass die Sprache auf ihn kommt, so unwillig werden lässt.« Read blickte mich prüfend an.

»Was willst du damit sagen, Read? Er ist nun mal der Captain, und es sollte mich wundern, wenn es auf der ganzen Welt auch nur einen Quartermaster gäbe, dem es egal wäre, wenn sein Captain seinen Pflichten nicht nachkommt.«

»Ich habe aber den Eindruck, dass das nicht der einzige Grund ist, der ...«

Reads Gerede machte mich rasend. Ich sprang auf und zog meinen Degen. »Was erdreistest du dich, Kerl?«

Da war auch Read aufgesprungen und hatte seinen Degen gezogen. »Ich wollte dir nicht zu nahe treten«, sagte er.

»Das bist du aber. Mit ein paar netten Worten kannst du dich nicht so einfach aus dem Kampf stehlen!«, rief ich und wusste selbst nicht, was in mich gefahren war, als ich auf Read losging.

Read focht gut. Erstaunlich gut. Aber er führte den Degen nicht in Piraten-, sondern in Soldatenmanier.

»Du kämpfst wie ein Infanterist«, sagte ich.

»Nun, zuletzt war ich bei der Kavallerie«, sagte er und sprang zurück. »Gestatten, Dragoner Marc Read.«

»Und wie kommt es dann, dass du so ein guter Steuermann bist?«, fragte ich.

»Das ist eine lange Geschichte, Bonny. Eine verdammt lange. Wollen wir uns nicht lieber ein wenig unterhalten, als uns ein solch eigenartiges Scheingefecht zu liefern?«

Mein erster Impuls war, Read trotzig zu widersprechen, doch dann besann ich mich eines Besseren. »Nun gut, Read, du scheinst ja einiges zu erzählen zu haben«, sagte ich und ließ meinen Degen zurück in die Scheide gleiten.

Außer Atem hockten wir uns auf das Treibholz und blickten eine Weile schweigend auf das dunkle Meer hinaus. Auf einmal rückte Read näher. So nah, dass sein Schenkel den meinigen berührte. Mein Herz setzte einen Takt aus. Read legte seinen Arm um meine Schulter.

»Das Erste, was du wissen musst, ist …«

»Ich muss nichts wissen, Read. Gar nichts«, sagte ich, nahm seinen Kopf zwischen meine Hände und küsste ihn auf den Mund. Und Read küsste zurück. Und wie er küsste. Wie im Fieber küssten wir uns, und unsere Hände tasteten den anderen ab. Auf einmal schoss mir ein fürchterlicher Gedanke durch den Kopf. Was wäre, wenn Read nicht wusste, dass ich eine Frau war, und er generell dem männlichen Geschlecht den Vorzug gab? Aber meine Hände konnten nicht aufhören zu tun, was sie gerade taten. Zu schön war es, nach Monaten endlich wieder die Wärme und das Begehren eines anderen Menschen auf meiner Haut zu spüren. Meine Finger gruben sich in Reads Fleisch, und ich war überrascht, wie weich und glatt seine Haut sich anfühlte. Während Read mir das Hemd vom Leib riss, hatte ich seinen Gürtel gelöst, seine Hose war an ihm herabgeglitten und in diesem Augenblick entfuhr uns zur gleichen Zeit ein »Oh!«.

Während Read auf meine nackten Brüste starrte, starrte ich nicht auf Reads Glied, sondern auf seine Scham.

»Aber …«, entfuhr es Read.

»Ich kann es nicht glauben! Auch du?«, fragte ich.

Es dauerte einen Moment, bis wir uns wieder gefangen hatten.

»Ich weiß nicht, wie es mit dir steht, aber ich würde jetzt trotzdem ungerne beenden, was so schön begonnen hat«, sagte ich schließlich.

Read lachte. »Das wäre Tribadie. Du bist dir dessen bewusst, dass auf Frauenliebe der Tod steht?«

»Durchaus«, entgegnete ich und musste lachen. Mein Gott, ich musste so sehr lachen, dass ich gar nicht mehr damit aufhören konnte, und das wiederum steckte Read an und wir lachten und lachten.

Als ich endlich wieder Luft bekam, zog ich Read an mich und sagte: »Aber eines glaube mir: Wenn wir jemals einem Richter vorgeführt werden, werden wir gehängt, weil wir geraubt haben. Und man wird uns aufknüpfen, weil wir gemordet haben. Und weil wir unser wahres Geschlecht versteckt haben, werden sie uns an den Galgen hängen. Was muss es uns da kümmern, wenn wir auch noch wegen Tribadie baumeln?«

»Diese Teufelinnen sind wahrlich bar jeden sittlichen Anstands!«, kicherte Read.

»Ha! Read, damit hätten wir das Zeug, in die Geschichte einzugehen.«

»Ach, so einfache Weiber wie wir werden nie in die Geschichte eingehen. Könige, ja. Königinnen, vielleicht. Aber einfache, infame und verruchte Weiber wie wir? Ich glaube nicht.« Sie zog mich an sich. »Aber bevor ich voller Todesverachtung deine süßen Lippen noch einmal küsse, sollst du wissen, dass mein wahrer Name Mary Read ist.«

Ich löste Marys Haar, und eine Flut von dichten, blonden Locken ergoss sich über ihren nackten Leib bis auf die Hüften. »Mary Read, was bist du schön!«, flüsterte ich. »Und bevor du dein Leben aufs Spiel setzt, sollst du wissen, dass du es für Anne Bonny tust ...«

Als sich unsere Leidenschaft ein wenig beruhigt hatte und wir Arm in Arm am Strand lagen, erfuhr ich Marys Geschichte.

Mary war nur wenige Jahre älter als ich. Ihre Mutter, Georgia, war mit einem Seemann verheiratet, der jedoch schon seit einem Jahr verschollen war. Und ja, Georgia, sie war jung, sie war schön. Und vor allem: Georgia war einsam. Und als eines Tages der schmucke Matrose Ben aufgetaucht war und ihr den Hof machte, wer mochte es ihr verdenken, dass sie seinem Werben nachgegeben hatte, obwohl sie offiziell noch verheiratet war und ihren kleinen Sohn Marc hatte. Aber sie war verliebt in den schönen Ben. So verliebt. Noch viel verliebter als in ihren Mann Samuel. Und bald darauf trug ihre Verliebtheit Frucht, denn unter ihrem Herzen reifte Mary heran. Dies war sowohl skandalös, als sie ja noch verheiratet war, und Samuels Tod, wenngleich sicher, so doch noch nicht amtlich war, als auch ruinös, da ihre nicht gänzlich mittellose Schwiegermutter die kleine Familie unterstützte. Ben, der Matrose, hatte zwar die Hochzeit versprochen, wollte aber bis nach Marys

Geburt damit warten, und so blieb Georgia nichts anderes übrig, als aus dem Gesichtskreis aller Bekannter und Verwandter zu verschwinden, aus London weg, in die Provinz, in einen unbedeutenden Weiler westlich von London. Offiziell teilte sie mit, sie tue dies, weil dem kränklichen Marc ein wenig Landluft guttäte. Was Georgia wirklich guttat, war, dass niemand sie hier kannte und dass sie ganz unbehelligt Mary auf die Welt bringen konnte. Danach wartete sie mit Mary und dem kleinen Marc, der nur ein wenig mehr als neun Monate älter als Mary war, auf die Rückkehr von Ben. Ein Brief, den er geschickt hatte, besagte, er werde in zwei Monaten wieder bei seiner kleinen Familie sein, aber die Monate zogen ins Land. Einer. Und noch einer. Ben tauchte nicht auf und ward auch fortan von niemandem mehr in der Gegend gesehen. Hatte er plötzlich die Verantwortung gescheut? War sein Schiff gesunken? Wer konnte das wissen?

Georgia wartete und wartete. Monat auf Monat auf Monat. Doch Ben kam nicht wieder. Nachdem schließlich ein ganzes Jahr vergangen war, wurde es für Georgia Zeit, den Gegebenheiten ins Auge zu sehen. Sie hatte zwei kleine Kinder von zwei Vätern, aber keinen Mann. Das waren keine guten Voraussetzungen. Weder für sie noch für die Kinder. Sie würden alle drei als Ausgestoßene enden.

Doch eines Tages suchte das elende Schicksal die Familie noch einmal erbarmungslos heim und schickte dem kleinen Marc Typhus, das ihn in wenigen Tagen dahinraffte. Wäre Mary nicht gewesen, so wäre Georgia wahrscheinlich vor Gram vergangen. Aber dann hatte sie trotz der unermesslichen Trauer, die sie empfand, eine geniale Idee. Marc lag schon eine Woche unter der Erde, da wurde der neue Marc geboren. Mary, die im

Gegensatz zu ihrem eher zarten und kränklichen Bruder groß, kräftig und gesund war, wurde in Marcs Kleider gesteckt und von Stund an nur noch Marc genannt. Mary gab es nicht mehr und offiziell hatte es sie nie gegeben. ›Markie, verzeih mir‹, wird Georgia wohl gedacht haben, als sie die Rückreise nach London antrat und ihrer Schwiegermutter, der Großmutter des echten Marc, einen Besuch abstattete. Wie freute die sich, ihren Enkel wiederzusehen, recht klein für sein Alter war er noch immer, aber er war wie ausgewechselt, so rotwangig und munter, wie er vor der einjährigen Sommerfrische auf dem Lande niemals gewesen war. Da Samuels Tod inzwischen amtlich war, nahm die Schwiegermutter Georgia und den falschen Marc bei sich auf, und was Mary bis heute bedrückte, war, dass Georgia sie auch noch bei ihrem Tod für ihren Enkel hielt.

Aber mit dem Tod der Großmutter versiegte auch der Unterhalt für Marc und Georgia. Und so trat Marc nun als Lakai, als Foot-Boy, bei einer faltigen, reichen Vettel, die sich als französische Dame betrachtete, in den Dienst. Und dieser Dienst war das Ekelhafteste, was Marc jemals erlebt hatte, denn die alte Hexe hatte nicht nur einen üblen Mundgeruch und war niemals zufrieden, nein, sie war mit solcher Verworfenheit ausgestattet, dass sie von ihm, den sie für einen Jungen hielt, neben allem anderen verlangte, sich ihr unsittlich zu nähern. Mit der Zunge. Zwischen ihren faltigen Schenkeln.

›Lieber sterben als das‹, dachte Marc, der zwar inzwischen wusste, dass er kein Junge war, aber noch längst nicht wusste, was es bedeutete, ein Mädchen zu sein.

Bis auf Weiteres hatte er daran eigentlich auch kein tiefergehendes Interesse. Also heuerte der falsche Marc als Marc Read auf einem Kriegsschiff an. Aber unter lauter Soldaten bekam Marc eine vage Ahnung, was es bedeuten könnte, wenn sie als Mary auf diesem Schiff entdeckt werden würde. Und diese Aussicht erschien ihr nicht nur als äußerst schmerzhaft und demütigend, sondern unterm Strich auch als höchstwahrscheinlich tödlich.

Als sie die holländische Küste unentdeckt und von daher unbeschadet, erreicht hatte, betete sie zehn dankbare Vaterunser und ließ sich in Holland für die Infanterie anwerben, wo sie große Tapferkeit bewies und in die Kavallerie aufsteigen durfte. Und auch dort fiel sie auf. Nicht etwa unangenehm, weil man entdeckt hätte, dass sie eine Frau war, nein, im Gegenteil, durch Mut und Geschicklichkeit fiel sie auf, sodass sie mehrfach dafür ausgezeichnet wurde. Den Dragoner Marc Read, den kannte jeder. Wer weiß, vielleicht wäre sie noch General geworden, wenn, ja wenn sie sich nicht in einen blonden Flamen, ihren Zeltnachbarn auf dem Feld der Ehre, verliebt hätte. Im Gegensatz zu allen anderen Dragonern hatte der schon so etwas geahnt. Liebe macht nicht immer nur blind, sondern manchmal auch aufmerksam.

In aller Heimlichkeit wurden die beiden ein Paar, und in ihrer ersten Nacht mit Niklot, da spürte Marc, dass er in Wirklichkeit Mary war. Von den Zehen bis in den Kopf spürte sie es. Aber wie lange konnten ihre Heimlichkeiten in der Enge der Soldatenwelt wohl heimlich bleiben? Und so reichten sie beide den Abschied vom Militär ein. Vorhang auf für das perfekte Idyll: In der Nähe der Burg von Breda eröffnete das junge Glück das Wirtshaus »Three Horseshoes«, das vor allem von ihren ehemaligen Kameraden aus der Garnison gerne, ausgiebig und häufig frequentiert wurde.

»Anne, du glaubst nicht, wie wunderbar diese Zeit war. Es

gab nur eine Winzigkeit, die unser großes Glück trübte: Wir bekamen keine Kinder. Du kannst dir gar nicht vorstellen, wie sehr ich mir eine riesige Familie gewünscht habe.«

Verwundert sah ich sie an. »Obwohl du so viel erlebt hast, wolltest du eine große Familie? Aber du hättest nie wieder aus Breda weggehen können.«

Mary lachte. »Na und? Warum hätte ich denn von dort wegwollen sollen? Ich war doch glücklich!«

Ihre Worte versetzten mir einen kleinen Stich. Ihre bisherige Erzählung hatte mich euphorisiert. Wir waren Schwestern im Geiste. Hatte ich geglaubt. Aber nun merkte ich, dass es viele Gründe gab, als Frau Männerkleider zu tragen. Sie hatte sie getragen, um zu überleben. Nicht, weil sie es unbedingt wollte, sondern keine andere Wahl hatte. Ich hingegen hatte sie gewählt, weil ich nichts anderes wollte. In diesem Moment wurde mir klar, dass Mary an meiner Seite auf Dauer nicht glücklich bleiben würde, und ich spürte, wie die Einsamkeit an mir hochkroch wie die Schlange am Baum des Paradieses.

»Ja, es ist traurig, wenn man nicht so leben kann, wie man es sich wünscht«, sagte ich und seufzte.

Mary legte ihren Arm um mich. Die Schlange kroch nicht höher. Verharrte.

»Aber wie bist du denn nun auf die ›Empress‹ gekommen?«

Mary blickte in die Ferne und ihre Augen wurden feucht. »Eines Tages hat Niklot der Schlag getroffen. Einfach so fiel er um und war tot. Das war der schwärzeste Tag meines Lebens, das kannst du mir glauben. Ich wollte das Wirtshaus Niklot zu Ehren weiterführen, aber dann gab es den Utrechter Frieden und die Garnison wurde abgezogen. Schließlich musste ich das »Three Horseshoes« verkaufen. Und dann begann alles von vorn. Ich stieg wieder in meine Männerkleider und heuerte auf der ›Empress‹ an.« Sie lachte laut auf. »Den Rest kennst du ja.«

Es hatte gerade erst begonnen und doch trug es schon den Keim seines Endes in sich. Auf Dauer würde Mary sich wohl nicht mit mir zufriedengeben, sondern Ausschau nach einem Mann halten, mit dem sie eine Familie gründen könnte. Ja, den Rest kannte ich, aber nicht das Ende. Das Ende kennt niemand, aber es kommt.

# 20

Es war schön, dass es Mary gab. Wirklich schön. Auch, wenn es von Anfang an wehtat. Wir arbeiteten aufs Beste zusammen und wenn wir in einer Flaute steckten, und es nichts zu tun gab, dann bereitete es uns großes Vergnügen, miteinander zum Spaß zu fechten. Und Mary war gut. Verdammt gut.

Ich hätte es nie für möglich gehalten, dass ein Frauenkörper ein solches Fieber in mir auslösen könnte, aber alas, das war es. Ein Fieber. Und dieses Fieber machte mich unvorsichtig.

Eines Tages, ich war gerade in der Kajüte, um das Astrolabium zu suchen, kam Mary herein. Jack hatte sich nach Tagen und auf meine eindringlichen Bitten hin endlich aufgerafft, sich wieder einmal an Bord blicken zu lassen.

»Ah, hier bist du. Ich wollte dich fragen, welchen Kurs du bevorzugst. Sollen wir …?«

»Wir sollen«, unterbrach ich Mary, »die Gunst der Stunde, dass wir allein sind, nutzen«, sagte ich und schob meine Hände unter ihr Hemd.

»Anne! Meinst du nicht, dass das riskant …?«

Ich verschloss ihre Lippen mit den meinen und zog sie aufs Bett. Ja, es war riskant, aber es war mir egal. Manchmal ist ein Augenblick kostbarer als das ganze restliche Leben. Mary wollte sich aus meinem Griff befreien, aber ich hielt sie fest.

Ihr Widerstand wurde schwächer und schwächer, und dann ließ sie sich fallen.

»Ha! Dachte ich's mir doch, dass ich dich hier mit Read erwische.« Jack kam hereingepoltert, und ehe ich mich versah, hatte er mich am Genick gepackt und vom Bett gezerrt. Mein Leib gab Marys Leib preis, und Jack erstarrte für einen Moment. Ich nutzte seine Verblüffung, um mich loszureißen und nach meinem Degen zu greifen.

»Sieh mal an. Welch eine Überraschung. Unser Marc Read ist in Wirklichkeit eine … Margaret?«

Mary hatte sich aufgesetzt und hielt sich ein Kissen vor die Brust. »Mary. Mary Read«, sagte sie mit fester Stimme.

»So, so. Mary Read also. Wenn die Katze aus dem Haus ist, tanzen die Mäuse plötzlich auf dem Tisch. Oder sollte ich lieber sagen … spielen die Kätzchen auf meinem Bett?« Jack schüttelte sich vor Lachen und machte keinerlei Anstalten, einen Kampf anzuzetteln, stattdessen pfiff er durch die Zähne. »Du betrügst mich also mit einer Frau.«

»Du brauchst gar nichts zu sagen, Jack. Du hast mich monatelang mit Vane betrogen«, zischte ich.

Jack deutete auf den Degen. »Den brauchst du jetzt nicht, Anne. Wäre Mary ein Marc, ja, aber so …« Er lachte noch einmal laut auf und schüttelte den Kopf.

Ich legte den Degen beiseite. Jack kam näher, und in seinen Augen lag ein lüsterner Glanz. Er knöpfte sein Hemd auf und griff nach meinem Hintern.

»Fass mich nicht an, Jack! Monatelang hast du dich einen Dreck um meinen Leib geschert, und nun musst du nicht glauben, dass Mary und mir zu unserem Glück nur noch ein versoffener Kater wie du gefehlt hat«, brüllte ich ihn an.

»Aber …«, sagte Jack.

»Nichts aber!« Ich sah ihn böse an, und dann wurde meine Stimme auf einmal sehr leise. »Es ist vorbei, Jack. Unsere Liebe liegt in der Davy-Jones-Kiste bei unserem Nicht-Kind. Ich wünschte, es wäre anders.« Ich musste schlucken. »Aber es ist, wie es ist. Und – ich liebe Mary.«

# 21

Jack war zunächst zutiefst gekränkt, dass Mary und ich ihn aus unserer Liebe ausschlossen. Es ist doch eigenartig, wie viele Männer sich weigerten, eine Geliebte ihrer Geliebten als ernsthafte Konkurrenz wahrzunehmen. Lag das daran, dass von einer fremden Frau die Rolle der eigenen Vaterschaft nicht infrage gestellt werden konnte, also kein Kuckuckskind zu erwarten war? Und woher kam der Impuls, sich begeistert in diese Beziehung einmischen zu wollen, als hätten sich die Damen einzig zu dem Zweck zusammengefunden, den Herrn damit zu beglücken? Vielleicht lag ja auch das in der Unterschätzung alles Weiblichen. Jack jedenfalls entsprach diesem Muster, und als er feststellen musste, dass er Mary genauso ernsthaft als Rivalen betrachten musste wie jeden anderen Kerl, und dass für ihn, Jack, weder ein Platz noch eine Rolle in unserem Liebesspiel vorgesehen war, war er ernstlich verschnupft. Doch merkwürdigerweise, nach einigen Wochen, ermannte er sich plötzlich wieder. Es war, als hätte ihn meine Zurückweisung wiederbelebt. Er hielt sich mit dem Trinken zurück und übernahm wieder aktiver das Kommando. Ich freute mich darüber, wusste allerdings nicht, wie ich diese Entwicklung einzuordnen hatte. Kämpfte er, um mir zu imponieren und mich zurückzugewinnen? Oder fühlte er sich in seiner Männlichkeit gekränkt und wollte es mir nun zeigen? Zeigen, dass er, Jack, der Mann, der bessere Captain war? Oder wollte er einen Neubeginn wagen? Für sich selbst?

Was auch immer seine Beweggründe waren, sein Verhalten läutete zunächst einen Waffenstillstand ein, weil es mir nun wieder gelang, ihn zu respektieren, und weil er spürte, dass ich dies tat.

Die Zeiten schienen wieder besser zu werden, und so beschlossen wir, die »Calypso«, die im Vergleich zur »Royal Queen« einem maroden Kahn glich, auszumustern und die viel schnellere »Royal Queen« zurückzuholen. Wie sich herausstellte, genau zum richtigen Zeitpunkt, denn kurz nachdem wir auf die »Royal Queen« zurückgekehrt waren, erblickten wir die »Estrella«, einen prächtigen spanischen Handelssegler. Der »Estrella« habhaft zu werden, war dank der viel schnelleren »Royal Queen« keine große Sache und bald hatten wir sie eingeholt. Als wir Breitseite an Breitseite neben ihr fuhren, warfen wir die Enterhaken und kletterten an Bord. Die Spanier waren fast alle Katholiken, und diese verdammten Papisten waren leicht zu ängstigen. Es genügte meist, dass Mary, über die die Männer inzwischen wussten, dass auch sie eine Frau war, und ich, unsere Hemden hochrissen. Und man hätte es malen müssen, wie die Spanier im Qualm und Kanonenhagel verdutzt dreinstarrten, blinzelten, schluckten. Noch ein Starren wagten, um sich dann schlussendlich in namenlosem Entsetzen zu bekreuzigen, als wären sie eben eines Blicks auf den Leibhaftigen höchstselbst teilhaftig geworden. Und war erst einmal das Kreuz geschlagen, und alle Heiligen und die Jungfrau Maria um Hilfe angefleht – ich kannte all das von Mum, und aus Cork zur Genüge –, fielen sie schließlich in Katatonie, und man hätte schier Lust bekommen, sie als Kegel zu verwenden und ihnen eine Kanonenkugel zwischen die Beine zu donnern, um ihnen wieder ein wenig Leben und Farbe einzuhauchen.

»Bringt die Beute an Deck!«, rief Jack der Mannschaft zu, als sich keiner der Papisten mehr zu rühren wagte. »Bonny, geh du auch runter und hab ein Auge auf die Kerle!«

»Aye, Captain!«, gab ich zurück.

Jack grinste. »Endlich gehorchst du mal!«

»Endlich verhältst du dich mal wieder wie ein Captain«, entgegnete ich und lächelte. »Und außerdem: Einem fähigen Captain habe ich schon immer gehorcht. Nur – einem Mann zu gehorchen, nur weil er ein Mann ist, dies lehne ich ab.«

Jack rollte mit den Augen. »Ist ja gut, Bonny. Ist ja gut. Und nun ab!«

Ich folgte den Männern nach unten in die Lagerräume, um ein wenig Inventur zu machen, und staunte nicht schlecht. Wahrlich, ich hatte schon prächtige Schiffsladungen gesehen, aber die Fracht der »Estrella« übertraf sie alle. Kisten mit Gold- und Silberstücken, kostbaren Geschmeiden, Ballen mit Seide und Brokat, ebenso wie eigentümliche Figuren, die aus einem schwarzen, an Glas erinnernden Edelstein gefertigt waren, wie auch merkwürdige Idole aus Gold und Silber. Neben den Kisten gab es aber auch noch zahllose Säcke, in denen sich alle nur erdenklichen Handelsgüter befanden: Vogelfedern, die in allen Farben des Regenbogens schillerten, getrocknete Cochenilleschildläuse zum Herstellen von karminroter Farbe, Häute, Tabak und Kakaobohnen und etliches mehr. Außer den Kisten und Säcken waren mehrere Dutzend Fässer fein säuberlich aufgestapelt. Ich ließ jedes Fass öffnen und notierte, was es enthielt. Wie erwartet, das Übliche. Schießpulver, Talg, Rum und Lebensmittel. Aber dann, als ich den Deckel des vorletzten

Fasses öffnete, schlug mir ein bitterer, scharfer Geruch entgegen, der mir zugleich ein wenig narkotisch, aber auch irgendwie bekannt vorkam. Ich griff in das Fass, und als ich meine Hand zurückzog, haftete eine braunschwarze, zähe Masse an ihr. Der mohnartige Geruch wurde stärker. Er erinnerte mich an das Ende meiner Schwangerschaft. Und da fiel es mir wie Schuppen von den Augen: Beth hatte mir diese Substanz verabreicht. Papaver somniferum. Schlafmohn. Ich traute meinen Augen kaum, aber vor mir stand ein Fass randvoll mit rohem Opium.

Zuerst freute ich mich über diese Entdeckung, denn es war uns noch immer nicht geglückt, einen Arzt zu shanghaien, und die Schreie der Verletzten, die nach den Kämpfen unter die Säge des Schiffszimmermanns gerieten, waren unerträglich. Aber mit dem Opium könnten die Schmerzen während der Amputationen gestillt werden. Doch dann beförderte der Geruch noch eine andere Erinnerung zutage. Der Besuch in der Opiumkaschemme, und wie begierig sich Jack dem Willen dieses Narkotikums unterworfen hatte. Am liebsten hätte ich nur eine Handvoll der Substanz zu medizinischen Zwecken eingesteckt und den Rest heimlich ins Meer geworfen. Aber daran war nicht einmal im Traum zu denken.

»Bonny, was zauderst du so lange, die Fracht zu notieren? Hast du was Besonderes gefunden?«, fragte Toby the Timber.

Schnell warf ich den Deckel auf das Fass und sagte leichthin: »Nein. Nur Talg.« Genau das setzte ich auf die Liste. Talg.

Sofort verlor Toby jegliches tiefergehende Interesse an dem Fass, und gemeinsam schleppten wir die Beute auf die »Royal Queen«. Ich hoffte, demnächst eine Gelegenheit zu finden, uns diesem unseligen Fass entledigen zu können. Doch noch während ich darüber nachsann, wie sie aussehen könnte, stolperte Toby, und jenes besagte Fass stürzte von seiner Schulter, wobei es den Deckel verlor und ausgerechnet Jack vor die Füße rollte. Irritiert schnupperte Jack. Blickte auf die Liste. Starrte in das Fass. Dann hob er schnell den Deckel auf und verschloss es, wobei er mir einen sehr seltsamen Blick schenkte.

# 22

Es kam, wie es kommen musste. Noch in derselben Nacht erwischte ich Jack im Lagerraum, als er gerade dabei war, sich eine Handvoll Opium in seinen Lederbeutel zu schaufeln.

»Ha! Wusste ich doch, dass ich dich hier finden würde«, rief ich und schlug ihm den Beutel aus der Hand.

Jack war kurz zusammengezuckt, doch dann wurde er wütend. Und wie wütend er wurde. »Was fällt dir ein, mir hinterherzuspionieren?« Er zog seinen Degen und ging auf mich los.

»Dass eines klar ist: Ich spioniere dir nicht hinterher. Mein einziges Ansinnen ist es, dich vor dir selbst zu bewahren.« Auch ich hatte nun meinen Degen in der Hand.

»Vielleicht hättest du mich lieber vor *dir* bewahren sollen, Anne! Du warst es doch, die unser Kind nicht wollte, und *du* warst es, die mich verlassen hat. Für Read. Für eine Frau!« Er spuckte aus. »Du! Du hast mein Leben zerstört!«

Mein Herz raste ob der Ungerechtigkeit, die mir Jack gerade angedeihen ließ. »Oh nein, mein lieber Jack! Du bist es selbst, der dein Leben zerstört! Niemals hätte ich dich verlassen, wenn du dich nicht so hättest gehen lassen. Aber ich dachte ... dachte, du hättest dich wieder erholt.« Ich sprach mit belegter Stimme, und es war, als steckte mir etwas Großes und Galliges im Hals, und daran merkte ich, dass mir Jack

387

nicht egal war. Ganz und gar nicht. »Ich dachte, dass der Jack, in den ich mich einst verliebt hatte, langsam wieder zurückkommen würde, aber wenn du nun dein Seelenheil in diesen Fässern suchst, dann wirst du alles verlieren.«

Jack ließ den Degen sinken und sah mich traurig an. Dann lachte er bitter auf: »Alas, Königin des Ungehorsams, ich habe doch längst alles verloren.« Er schob den Degen zurück in die Scheide und hob das Säckchen auf. Während er es bis zum Rand füllte, als wäre ich nicht da, drehte ich mich um, und bevor ich nach oben ging, wischte ich mir eine Träne aus dem Augenwinkel. Ich fragte mich, ob ein Mensch das Recht hatte, sich selbst zu zerstören. Und auch, wenn es mir nicht recht gefiel, musste ich mir diese Frage mit ›Vermutlich ja‹ beantworten. Jack jedenfalls könnte ich nur von den Fässern fernhalten, wenn ich ihn tötete, und damit wäre weiß Gott nun auch nichts gewonnen.


Zu Beginn seiner Freundschaft mit dem Opium zeigte sich Jack noch gelegentlich an Deck, aber schnell wurde sein Auftauchen immer sporadischer, bis er sich schließlich nach wenigen Wochen gar nicht mehr blicken ließ. Zeitgleich kamen wir in eine Flaute und die Stimmung an Bord wurde immer gereizter.

»Quartermaster, willst du uns nicht sagen, was mit dem Captain ist?«, trat eines Tages Toby the Timber vor, während sich ein Großteil der Mannschaft hinter ihm versammelt hatte.

»Nun … der Captain … er … er ist krank«, wich ich seiner Frage aus.

»Seit Wochen ist er schon siech. Lebt der Kerl überhaupt noch?« Van Huerdler lachte laut auf.

Die anderen fielen ein.

Thabo, der Schiffskoch und ein Hüne von Mann, schlug wütend mit seiner hölzernen Schöpfkelle auf einen Sack ein, dessen Oberfläche schwarz vor Brotkäfern war. »Seit Wochen dümpeln wir vor uns hin und nichts geschieht. Wie soll ich aus diesem Unrat noch etwas Essbares zubereiten?«

»Wir werden sicherlich bald wieder an Land gehen«, versuchte ich die Männer zu beruhigen.

»Nein, Bonny! Hör auf, Rackham zu verteidigen. Er taugt nicht mehr zum Captain«, sagte er zu mir, und zu den anderen gewandt: »Männer, ist Rackham nicht zur Memme geworden?«

Zustimmendes Gemurmel.

»Hör zu, Bonny. Es ist ja nun kein Geheimnis, dass seit über einem Jahr du es bist, die die wichtigen Entscheidungen trifft ...«, wandte sich van Huerdler an mich.

Mein Mut sank. Offenbar machten sie mich für die Misere an Bord verantwortlich. Soweit es in meiner Macht stand, hatte ich wirklich versucht, alles für das Wohl des Schiffes und für die Mannschaft zu tun, aber offenbar war es nicht genug gewesen.

»Bis vor zwei Jahren hätte ich selbst es ja nicht für möglich gehalten, dass ich diese Frage jemals einer Frau stellen würde, aber: Anne Bonny, willst du nicht unser Captain sein?«, beschloss van Huerdler seine Rede.

Der Rest der Mannschaft johlte. »Bonny! Bonny! Bonny!«

Es dauerte einen Moment, bis ich es begriff: Ich war eben zum Captain gewählt worden. Und als mir dies klar geworden war, umklammerten meine Finger die winzig kleine »Libertalia« unter meinem Hemd und ich dachte: ›Uncle Grandpa, du alter Fuchs. Du hast es gewusst. Schon immer hast du es gewusst ...‹

# 23

Die Meuterei gegen Jack war noch keine Stunde her, als sich das Blatt wendete und sich eine mehrere Monate während Glückssträhne wie eine goldene Locke vor uns aufrollte. Es war, als wäre alles Bleierne, das auf dem Schiff gelastet hatte, durch die Wahl abgefallen. Ein frischer Wind wehte durch die Reihen der Männer, meiner Männer, und eine angenehme Brise kam auf, sodass die »Royal Queen« wieder Segel setzen und Fahrt aufnehmen konnte.

Van Huerdler war zum Quartermaster gewählt worden, und Mary blieb Steuermann. Einen besseren konnten wir auch weiß Gott nicht finden. Zwar hatte auch ich inzwischen höchst ansehnliche Navigationskenntnisse angehäuft, doch mit Marys Wissen konnte ich beileibe nicht mithalten, aber das war auch gar nicht nötig, denn die Erledigung unserer Arbeiten griff so präzise ineinander wie die Zahnrädchen einer Uhr. Mit Mary zu arbeiten, war wahrlich eine Freude, und wurde um das Vortrefflichste durch unseren neuen Quartermaster ergänzt.

Eigentlich hätte ich Jack, der nun zum einfachen Mannschaftsmitglied degradiert war, aus der Kajüte werfen können, aber ich konnte und wollte es nicht. Wegen der alten Zeiten. Und weil die Mannschaft ihn sofort marooned hätte, wenn sie ihn mit in sich gekehrtem Blick, wirre Dinge sprechend, erlebt hätte. Stattdessen bat ich Toby den Zimmermann, noch eine

Wand einzuziehen. So konnten Mary und ich auch einmal ungestört sein, auch wenn Jacks Verfall der Kajüte die freundliche Ausstrahlung einer Gruft verlieh.

In dieser Zeit gelang es uns, zahlreiche Schiffe aufzubringen. Und oft reichte es, wenn Mary und ich alleine und barbusig, die Enterhaken schwingend, an Bord unserer Beuteschiffe sprangen. Bei den verfluchten Papisten klappte es immer besonders gut, aber auch oft genug bei anderen. Und es war nur gut für sie, wenn sie uns fürchteten, denn das rettete ihr Leben. Indem sie erstarrten, musste nicht gekämpft werden. Und das kam uns entgegen, denn auch als Captain stand mir der Sinn nicht nach unnötigem Blutvergießen.

Einmal, wir waren gerade in den Gewässern vor Kuba unterwegs, kam mir bei einem Gelage mit anderen Piraten zu Ohren, dass vor Saint Catherine die »Gezag«, ein gut bewaffnetes holländisches Kauffahrteischiff, vor Anker lag. Als wir an ihr vorbeisegelten, konnte ich durch mein Fernrohr erkennen, dass nur ein halbes Dutzend Matrosen Wache hielt. Die anderen waren wohl auf Saint Catherine auf Landgang. Ich gab Mary ein Zeichen, und sie steuerte hinter die nächste größere Landzunge, von wo uns keiner der Matrosen der »Gezag« sehen konnte. Wir gingen dort vor Anker.

»Nehmt eines der Boote und holt aus Saint Catherine vier große Körbe mit Mangofrüchten!«, befahl ich Thabo, dem Koch und einem der Schiffsjungen.

»Captain, warum gehen wir nicht alle an Land?«, protestierte Toby the Timber.

»Weil wir uns erst um die ›Gezag‹ kümmern, und nach der Behandlung ... nun, sollten wir uns schleunigst fortmachen«, antwortete ich. Und dann an alle gewandt: »Habt ihr gehört? Kein Landgang!«

»Aye, Captain!«

»Aber Captain, wie willst du denn die ›Gezag‹ so nah an der Küste kapern? Außerdem hat sie gut doppelt so viele Geschütze wie die ›Royal Queen‹.«

Ich lachte. »Nun, das ist ganz einfach. Zunächst einmal brauche ich fünf leidlich mit darstellerischem Talent gesegnete Freiwillige, die mich begleiten.« Ich blickte erwartungsvoll in die Runde und erntete blöde Gesichter.

»Sollen wir ihnen etwas vorspielen?«, fragte van Huerdler schließlich.

»Nun ja, so in etwa. Ihr sollt euch dunkel schminken und euch als Arawak-Indianer ausgeben.«

»Was? Wir sollen uns wie die Wilden verhalten?« Die Männer starrten mich fassungslos an. »Wozu soll das gut sein?«

»Eine Finte. Also, wie sieht es aus, Männer? Gibt es nun Freiwillige oder soll *ich* fünf von euch dazu bestimmen?« Langsam wurde ich ungeduldig.

Die Kerle murrten, aber schließlich trat Toby vor und da fanden sich auf einmal noch vier andere Mutige.

Jeder bekam ein grobes Tuch, das sie sich als Lendenschurz umlegen sollten, und ein paar Muschelketten. Außerdem hatte ich einen Sud aus getrockneten Walnussschalen und Kohlenstaub angesetzt, mit dem sie sich die Gesichter und alle sichtbaren Körperstellen einrieben. Dann präparierte ich mich auf die gleiche Weise.

»Arr, Bonny zieht blank«, johlten sie, weil ich nun ebenso wie die Arawakfrauen nichts als einen Schurz trug.

»Tut nicht so. Ihr seht nichts, was ihr nicht schon hunderte

392

von Malen gesehen hättet! Aber wenn es euch so viel Freude macht, genießt es. Bald kommen auch wieder andere Zeiten!«, gab ich lachend zurück.

Nun, um ehrlich zu sein, weder die Männer noch ich sahen bei genauerer Betrachtung wie Arawak aus, aber ich hoffte, dass sie auf eine gewisse Distanz hin als solche durchgehen würden, doch der Rest meiner Mannschaft war höchlichst amüsiert über mich und meine fünf Freiwilligen.

»Hohoo, ihr seht aus wie die sechs Leibhaftigen. Gegen euch nehmen sich die Wilden noch zivilisiert aus.«

»Schluss jetzt! Die Arawak sind Menschen wie wir. Und wir sind jetzt auch auf keinem Ball der Eitelkeiten. Für die ›Gezag‹ sind wir schön genug«, gebot ich der lästernden Meute Einhalt.

Während sich Toby und die anderen noch wanden und genierten, weil der winzige Lendenschurz nicht viel gegen ihre sonstige Blöße ausrichten konnte, schickte ich zwei andere Männer in einem der Beiboote los, damit sie aus der Bucht, in der zwei Dutzend Kanus im Sand lagen, eines entführten.

Als sie und die Männer mit den Mangos zurückgekommen waren, ließen wir falschen Arawak uns in das Kanu hinab und verstauten die Körbe mit den reifen Mangos. Inzwischen schien ihnen ihre Kostümierung Spaß zu machen, denn sie gestikulierten wild mit den Armen und gaben höchst merkwürdige Laute von sich, um sich danach vor Lachen regelrecht auszuschütten.

Und so nahmen wir Kurs auf den holländischen Segler. Als wir nahe genug an die »Gezag« herangefahren waren, winkten wir den sechs Wachtposten und deuteten auf die Mangos, während wir uns über die Bäuche strichen und dumm grinsten.

»Chapachee«, riefen wir immer wieder.

Zunächst ignorierten uns die Matrosen, aber wir winkten weiter und riefen weiter »Chapachee«. Endlich reagierten die beiden Seeleute. Toby und ich stemmten einen der Körbe hoch, und die Matrosen nickten. Sie ließen die Strickleiter herab, und wir kletterten mit dem Korb auf die »Gezag«. Die Wachen schnupperten an den Früchten und prüften ihre Festigkeit mit dem Daumen. Dann nickten sie und sagten »all« und deuteten auf die beiden anderen Körbe, die noch unten im Kanu waren. Mit Händen und Füßen verhandelten wir über den Preis, und als wir uns einig geworden waren, holten wir auch die restlichen Früchte nach oben. Die Körbe waren so schwer, dass man sie nur zu zweit tragen konnte. Während wir noch die Körbe schleppten, waren die Matrosen sofort über die Mangos hergefallen. Als alles an Bord war, drückten sie uns schmatzend und mit klebrigen Fingern ein paar Achterstücke in die Hand.

»Good!«, sagten sie und grinsten.

Wir grinsten zurück und sagten noch einmal »Chapachee«, was nichts bedeutete, aber von den Wachen entweder als »Mango« oder als Gruß verstanden wurde.

»Chapachee«, sagten auch sie, und wir kletterten zurück in unser Kanu und taten so, als wollten wir in unsere Bucht zurückkehren, während die sechs Männer sich daranmachten, die Körbe unter Deck zu bringen. Kaum waren sie jedoch verschwunden, holten wir unsere Waffen unter der Decke, die wir über den Boden des Kanus gelegt hatten, hervor, paddelten zurück zur Strickleiter, kletterten alle sechs hinauf und erwarteten die Matrosen an der Schiffsluke.

Als einer der Matrosen nach dem anderen aus der Luke stieg, war es ein Leichtes, sie zu überwältigen und ihnen die Kleider abzunehmen. Der Anstand gebot es, dass wir ihnen zumindest unsere Lendenschurze überließen. Nachdem alle sechs gefesselt waren, zischte einer der Gefangenen seinen Kameraden zu: »Diese verdammten Indianer! Ich hab euch doch gleich gesagt, dass man niemals Geschäfte mit ihnen machen soll.«

Die anderen murmelten irgendetwas Unverständliches.

Toby stellte sich vor sie hin, nickte und sagte noch einmal »Chapachee!«, woraufhin wir in Gelächter ausbrachen, während uns die Gefangenen entsetzt anstarrten.

Als ich wieder Luft bekam, rief ich: »Hisst die Segel!«

Und während die Männer in die Takelage kletterten, rangen unsere Gefangenen nach Fassung.

»Aber, aber … das sind ja gar keine Indianer!«

Daraufhin konnte ich es mir nicht verkneifen, noch ein »Chapachee!« loszuwerden, woraufhin der Narbige seinem Kameraden zuraunte: »Verdammt, das muss Bonny sein! Anne Bonny!«

Ich beugte mich zu ihm hinunter und sagte: »Kluges Köpfchen! Wie gut, dass du nicht genauso dämlich wie hässlich bist.«

Wir fuhren aufs offene Meer hinaus, und in einigem Abstand folgte uns Mary, der ich das Kommando übertragen hatte, mit der »Royal Queen«. Nachdem wir die »Gezag« geplündert hatten, galt es, die Gefangenenfrage zu lösen.

»Entweder ihr werdet shanghait oder marooned. Ihr habt die Wahl«, sagte ich zu den Gefesselten.

Fünf entschieden sich für das Maroonen. Nur Floris, der jüngste und schüchternste von den Gefangenen, wollte shanghait werden, und wenn ich gewusst hätte, wie sich die Dinge entwickeln würden, dann hätte ich auch Floris marooned. Das war mal so sicher wie das Amen in der Kirche.

# 24

Wir waren inzwischen so erfolgreich, dass auf Mary und mich ein Kopfgeld ausgesetzt worden war, und es wurden eigens Kriegsschiffe ausgesandt, um das »verdammte Weibliche« außer Gefecht zu setzen, aber gottlob, wir konnten immer gerade noch rechtzeitig entkommen. Trotzdem war es eine großartige Zeit und wir befanden uns auf dem Höhepunkt unserer Macht.

Einzig Jacks fortschreitender Verfall trübte unser Glück. »Der Strang, der Strang! Ahh, er verfolgt mich, der Strang! Fort! Fort von mir!« Jack stürzte mit weitaufgerissenen Augen aus der Kajüte und schlug wild um sich nach etwas, das zu sehen nur er in der Lage war. »Oh die süße Königin der Karibik! Habt Erbarmen und nehmt ihn mir ab!« Er fiel vor mir auf die Knie und umklammerte meine Knöchel.

Und derlei Auftritte häuften sich. Angewidert starrten die Männer auf Jack und eines Tages trat van Huerdler vor und sprach im Namen der gesamten Mannschaft. »Captain, die Leute sind nicht mehr willens, Rackhams unwürdiges Gehabe länger zu ertragen.«

In diesem Augenblick schlurfte Jack mit in sich gekehrtem Blick vorbei und zischte van Huerdler ein »Hängen!« ins Ohr, ehe er in ein wahnsinniges Gelächter ausbrach.

Van Huerdler warf ihm einen scheelen Blick zu, ignorierte

Jack aber ansonsten und sprach weiter. »Und deshalb schlagen wir vor, Rackham auf der nächsten Insel zu maroonen.«

Ich hatte befürchtet, dass dieser Tag kommen würde, aber ich sträubte mich gegen die Vorstellung, meinen ehemaligen Geliebten einfach so im Stich zu lassen. Aber natürlich hatten die Männer recht – es musste etwas geschehen, denn augenblicklich war Jack eine Gefahr für sich und die gesamte Mannschaft.

»Hört mir zu, Männer! Natürlich verstehe ich eure Besorgnis, aber Rackhams Zustand ist nicht unumkehrbar. Und vergesst nicht, als er noch wachen Geistes war, hat er viel für euch getan. Gebt ihm die Möglichkeit, zu klarem Verstand zurückzufinden. Ich appelliere an euch: Gebt ihm noch sechs Wochen an Bord der ›Royal Queen‹ und wenn sich sein Zustand bis dahin nicht gebessert hat, so werden wir ihn aussetzen.«

Ich ließ die Männer abstimmen, und die Wahl ging denkbar knapp zugunsten Jacks aus.

Noch in der gleichen Nacht, während die Männer schliefen, ergab sich endlich die Gelegenheit, das Opiumfass heimlich mit Marys Hilfe über Bord zu werfen. Vor unseren Augen versank ein Vermögen.

»Und du glaubst, dass das Jack helfen wird? Meinst du nicht, dass ihn das erst recht umbringt? Ich habe von Leuten gehört, die gestorben sind, als man ihnen plötzlich das Opium weggenommen hat.«

Ich legte meinen Arm um Mary und starrte nachdenklich auf die Stelle, wo eben das Fass untergegangen war. »Nicht plötzlich. Ich habe zwei Beutelchen zurückbehalten. Einen für die Verletzten und einen, um es Jack abzugewöhnen. Er wird jeden Tag davon bekommen, aber jeden Tag weniger.«

Mary seufzte. »Dann wird er toben.«

»Ich werde es mit Kakao und Mehl strecken.« Es musste doch möglich sein, diesem Teufelszeug wieder Herr zu werden. Ich küsste Mary, und ein zarter Hoffnungsschimmer glomm in mir auf. »Aber einfach wird es nicht werden.«

Als Mary und ich die Kajüte betraten, war Jack in einen tiefen Schlaf gefallen. Seine Stirn glänzte ungesund. Als wir ihn ans Bett fesselten, erwachte er jedoch kreischend und schlug wild um sich. Ich hielt ihm den Mund zu. Wer weiß, aus welch eigentümlicher Welt wir ihn aufgeschreckt hatten.

»Sei unbesorgt, Jack. Du bekommst, was du brauchst, aber es geht nicht an, dass du die Mannschaft verrückt machst. Wenn du noch einmal wie die Prophezeiung des nahenden Todes an Deck auftauchst, werden sie dich aussetzen. Vertrau mir.«

Ich bin mir nicht sicher, ob meine Worte Jacks Wahrnehmung wirklich erreicht hatten, aber er ließ sich in die Kissen zurückfallen und war ein paar Sekunden später wieder eingeschlafen.

Von dieser Nacht an hielt ich es so, dass ich die täglichen Portionen mehr und mehr streckte. Sein Geist merkte es wohl nicht, aber sein Körper, der nach ein paar Tagen wieder aktiver wurde, und sich mehr und mehr aufbäumte. Es schmerzte mich, Jack in diesem Zustand zu sehen, und oft war ich versucht, ihm eine größere Portion zu verabreichen, aber ich hätte ihm nicht wirklich damit geholfen.

Vier Wochen waren inzwischen vergangen, und der Beutel war fast leer, da brüllte mich Jack eines Tages auf einmal an: »Du verdammte Hure, was hast du mit mir gemacht?« Und da wusste ich, dass sein Verstand dabei war, zurückzukommen.

# 25

In dem Maße, wie Jack in meine Welt zurückkehrte, entrückte ihr Mary. In letzter Zeit wich sie mir jedes Mal aus, wenn ich sie küssen wollte. Es tat mir weh, und ich fragte mich, was ich falsch gemacht, oder ob sie eine Eifersucht Jack gegenüber befallen haben könnte. Ich beschloss, sie danach zu fragen. Seit der Nacht, in der wir Jack ans Bett gefesselt hatten, weigerte sich Mary, weiterhin die Kajüte zu bewohnen, und in Anbetracht der Laute, die Jack gelegentlich ausstieß, konnte ich ihr das auch kaum verdenken. Trotzdem musste ich mit ihr sprechen, denn augenblicklich kam ich mir von allen guten Geistern verlassen vor.

Seit Tagen schon hatte ich auf eine günstige Gelegenheit gelauert, um mit Mary allein zu sein, aber es wollte sich einfach keine bieten.

Und dann eines Nachts fand sich die Antwort. Ganz ohne vorausgehendes Gespräch fand sie sich. Ich konnte nicht schlafen, weil Jack schon seit Stunden vor sich hin fluchte. »Hure, Schlange, Königin der Abscheulichkeiten« waren noch die netteren Ausdrücke, mit denen er mich in dieser Nacht ganz besonders reichlich bedachte. Ich stand auf und beschloss, den Schlaf im Krähennest zu suchen. Eine Nacht ohne Sterne war es, ohne Mond, nur dicke, dunkle Wolken, die sich ärgerlich über dem Meer zusammenballten, und deshalb war es an Bord so finster wie in einem Bärenhintern. Tatsächlich hatte ich Mühe, überhaupt die Takelage auszumachen. Doch schließlich hatte ich den Ausguck beinahe erreicht, als ein Kichern an mein Ohr drang. Ich hielt inne und lauschte. Ha! Wenn mich nicht alles täuschte, wurde da holländisch gekichert und geflüstert. Meine Knie wurden weich. An Bord sprach fast niemand Niederländisch. Genaugenommen waren es exakt drei Personen. Van Huerdler, Floris, der shanghaite Matrose von der »Gezag«, und … und Mary. Und die Männerstimme, die ich da hörte, war eindeutig nicht van Huerdlers Stimme.

Wie betäubt hing ich in den Seilen, aber als das Gekicher schließlich den Lauten beginnender und anschwellender Wollust wich, hatte ich weiß Gott genug gehört und glitt leise nach unten.

Van Huerdler, der das Steuer übernommen hatte, warf mir einen mitleidigen Blick zu, den ich krampfhaft lächelnd erwiderte, ehe ich mich ans Heck begab und in die Nacht starrte, ohne etwas zu sehen. Dafür fühlte ich zwei Dinge umso deutlicher: Ich war allein. Jack hielt mich – wohl ohne, dass es ihm selbst klar war – insgeheim noch immer für schuldig, dass es kein Kind gab, und das Einzige, was er momentan noch liebte, war sein tägliches Opiumkügelchen. Amen. War das keine Ironie? Er hatte mich zur Mutter seiner Sucht gemacht. Meine Geliebte betrog mich, und vor der Mannschaft musste ich mich hüten, denn Erfolg ist eine Hure. Heute bei diesem, morgen bei jenem. Und die meisten der Männer liebten nicht mich, sondern meinen Erfolg. Sie hatten mich nicht zum Captain gewählt, weil, sondern obwohl ich eine Frau war, und deshalb würden sie mit mir auch viel kritischer sein als mit jedem männlichen Captain.

Aus der Kajüte drang Jacks Schreien. Genau. Das war die Bilanz meines Lebens. Wahnsinn und Verrat. Ich fühlte mich ausgeschlossen. Eine Vertriebene aus der Welt der Menschen. Meines Menschseins beraubt. Für einen kurzen Moment beneidete ich die Schwachen. Sie konnten Rotz und Wasser heulen. Hemmungslos. Sie konnten sich die Haare raufen und schreien und vor aller Augen zusammenbrechen und danach auf den Retter warten, der sie wieder aufpäppelte. Doch ich, ich war nur noch ein Ding namens Captain. Ohne Geschlecht, ohne Alter, ohne Bedürfnisse außer dem Wunsch, stets im besten Sinne der Mannschaft zu handeln. Und deshalb durfte es weder seiner Erschöpfung noch seiner Enttäuschung oder gar seinen weichen Knien nachgeben. Und genau aus diesem Grund knebelte es weder Jack, noch ohrfeigte es Mary oder forderte Floris zum Duell. Dies alles hätte ich nur getan, wenn ich kein Ding, sondern so schwach gewesen wäre, wie ich mich gerade fühlte. Und Libertalia, so erschien es mir gerade, war in eine unendliche und unerreichbare Ferne gerückt.

# 26

Alas, wie verfluchte ich den Tag, an dem ich Floris an Bord genommen hatte! Nicht nur, dass er mir meine Geliebte ausgespannt und entfremdet hatte, nein, nun musste er sich auch noch mit Cachelot anlegen. Ausgerechnet mit dem grimmigen Cachelot. Und ich war mir vollkommen darüber im Klaren, dass meine Gedanken gegenüber Floris ungerecht waren. Ein Fass voll Achterstücke hätte ich darauf verwettet, dass es nicht der hübsche, schüchterne Floris gewesen war, der sich Mary, sondern dass es Mary war, die sich Floris genähert hatte. Floris wagte es doch kaum, den Blick von seinen schmutzigen großen Zehen abzuwenden. Nein, Mary war es, die in dem blonden Kerlchen die Reinkarnation ihres toten Mannes gefunden zu haben glaubte. Genauso blond, genauso niederländisch wie er. Nur zehn Mal schüchterner. Ich spuckte über die Reling. Und wenn ich ehrlich zu mir selbst sein wollte, so hatte ich schon lange gewusst, dass ich Mary auf Dauer nicht genügen würde. Ich war eine angenehme Notlösung gewesen, aber was sie wollte, das war ein Mann und eine große Familie. Bei beidem musste ich passen.

Ich hingegen, ich wollte nur einen Menschen, mit dem ich teilen konnte, was ich war. Und ob ich mich nun mit einem Mann oder einer Frau teilte, das machte für mich keinen Unterschied.

Mein zweiter ungerechter Gedanke gegenüber Floris bestand darin, ihm zu unterstellen, er hätte sich mit Cachelot angelegt. Ganz sicher hatte er das nicht, sondern Cachelot, der stets Ärger suchte, und ihn meist auch fand, war ein Sadist und Floris' Unschuld musste ihn geradezu herausfordern, und genau aus diesem Grund hatte er ihn auch zu einem Duell gefordert, das Floris, der kein besonders guter Schütze war, sicherlich nicht überleben würde. Es wäre naheliegend gewesen, sich über diesen Umstand zu freuen, aber dem war keineswegs so.

Während ich mit dem Fernrohr den Horizont absuchte und mir so meine Gedanken machte, tauchte auf einmal Mary neben mir auf.

»Anne?«

Unwillig ließ ich das Glas sinken und noch unwilliger antwortete ich: »Ja?«

»Anne, du weißt es, oder?«

»Oh ja, du und Floris. Dies kann wohl selbst einem Blinden nicht entgehen.«

»Du bist ungehalten, oder?« Unsicher blickte sie mich an.

»Hör zu, Mary. Es ist *dein* Körper. Damit kannst du machen, was du willst. Aber um ehrlich zu sein – ich ... ich bin enttäuscht, dass du es mir erst jetzt sagst.«

Mary senkte den Blick. »Es ... es tut mir leid, aber ... ich wollte dich nicht verletzen.«

»Man kann es Rücksicht nennen, Mary, doch genauso gut könnte man auch von Feigheit sprechen.« Ärgerlich rieb ich das Fernglas mit meinem Hemdzipfel sauber.

Mary wirkte nun noch betretener. »Er ... er ...«

»Ja, ich weiß, er erinnert dich an deinen Mann. Habe ich mich denn mit einer Silbe darüber beschwert?«

»Nein.«

»Gut.« Ich hatte das Gefühl, dass mir unser Gespräch Löcher in die Seele brannte, und deshalb hielt ich es kurz und zeigte mich schroffer, als ich eigentlich sein wollte. »Sag mir lieber, was dir wirklich auf der Seele brennt.«

»Aber Anne! Ich sage das doch nicht nur so dahin!«, protestierte sie.

»Nun. Ego te absolvo.« Dies war eine kleine Gemeinheit, weil ich genau wusste, dass Mary niemals eine höhere Bildung erfahren hatte. Entsprechend ratlos blickte sie mich an.

»Was ich meinte: Ich vergebe dir.« Dabei war ich mir selbst nicht sicher, ob ich dies wirklich tat, und drehte ihr den Rücken zu.

Mary druckste herum. »Wegen dem Duell ... *ich* ... habe Cachelot provoziert, damit er sich mit mir duelliert, bevor er Floris fordert.«

Ruckartig drehte ich mich um. »Alas, Mary«, seufzte ich und strich ihr ein paar Locken aus der Stirn.

»Du weißt doch, Floris ist kein guter Schütze. Niemals würde er ein Duell mit Cachelot überleben.«

»Aber du, ja?«, gab ich spitz zurück.

»Anne. Du weißt doch, dass ich gut schießen kann.«

»Dann schieß gefälligst auch gegen Cachelot gut. Das ist ein Befehl, Read! Ich will nicht, dass es gleich zwei Trauernde an Bord gibt.«

Mary grinste. »Aye, aye, Captain.«


Also legten wir an der nächsten Insel an. Und während ich zehn Schritte abmaß, fragte ich mich, was Mary getan hatte, um Cachelot gegen sich aufzubringen. Sie musste ihn in der

Tat bis aufs Blut gereizt haben, denn ich hatte beobachtet, dass Cachelot üblicherweise einen Bogen um sie machte. Er suchte sich nur Opfer aus, die schwächer waren als er. Ich verteilte die Waffen, und als ich Mary die ihre aushändigte, drückte ich leicht ihre Hand und sie erwiderte den Druck. Dann stellten sich die beiden Rücken an Rücken, und ich zählte laut bis zehn. ›Gnade dir Gott, Mary, wenn du meinen Befehl missachtest und daneben schießt‹, und während ich dies noch dachte, löste sich Cachelots Schuss und, verfehlte Mary gottlob, um zwei Fuß.

Mary lachte schallend. »Du Elender, du wusstest, dass ich eine Frau bin, und du hast es gewagt, mich zu schlagen. Diese Frau tötet dich jetzt, um ein Exempel für alle zu geben, die es wagen sollten, sie zu beleidigen«, rief sie. Und in meinem Kopf übersetzte ich ihre Worte: »Du Elender, lieber bringe ich dich um, bevor du auch nur auf die Idee kommst, meinen Geliebten zu töten!« Floris war ihr fester Kamerad. Das hatte sie bei der Infanterie gelernt. Der Stärkere schützt den Schwächeren.

Mary schoss, und Cachelot griff sich erstaunt ans Herz, und als er seine Hand vor die Augen hielt, um sie nach Blutspuren zu untersuchen, stürzte er nach hinten und würde sich in diesem Leben nie wieder bewegen. Nun, zumindest musste ich mich jetzt nicht länger darüber ärgern, ihn dereinst an Bord genommen zu haben.

# 27

Jack war aus seinem Delirium erwacht. Das Medizinopium hatte ich in der Bilge versteckt und Jacks Opiumbeutel war schon seit mehreren Tagen leer. Seitdem hatte ich ihm eine Mischung aus Kakao, Mehl und Fett, der ich einige Bitterstoffe beigefügt hatte, verabreicht.

Jack sah schlecht aus, ausgemergelt war er, und um seine Augen lagen tiefe dunkle Ringe.

»Anne, verdammt, was soll denn das? Warum hast du mich ans Bett gefesselt?«

Ich seufzte. »Alas, Jack. Du wirst es gleich verstehen«, sagte ich und band ihn los. Es dauerte eine Weile, bis er sich aufgerichtet hatte. »Wo ist denn das Opium?«

»Es gibt kein Opium mehr.«

»Wie? Kein Opium? Du willst mir doch nicht erzählen, dass das alles schon aufgebraucht ist.«

Vorsichtshalber umklammerte ich den Griff meines Degens, als ich Jack das Schicksal des besagten Fasses eröffnete.

»Du hast was? Du willst mich wohl narren, Weib!« Mit einer Kraft, die ich ihm angesichts seines desolaten Zustands gar nicht zugetraut hätte, sprang er plötzlich auf.

Ich wich zurück. »Beruhige dich! Du brauchst es nicht mehr!«

»Was redest du da? Natürlich brauche ich es!« Seine Augen sprühten vor Wut, und mit wankenden Schritten kam er näher.

»Dann nimm Folgendes zur Kenntnis: Seit Tagen hast du nur noch Fettklumpen geschluckt.«

»Was?« Jack zitterte. Ihm schwanden die Kräfte, und er ließ sich auf einen Stuhl sinken.

»Du warst eine Karikatur, Jack. Die Männer hatten jeglichen Respekt vor dir verloren und wollten dich auf der erstbesten Insel aussetzen. Den Exzess in allen Ehren, aber wo bleibt die Freiheit, wenn dich nur noch der Exzess beherrscht?«

Jack schwieg und rieb sich die Stirn. Schließlich fragte er: »Und es war wirklich nur Fett?«

Ich nickte.

Es entstand eine lange Pause.

»Königin der Rätselhaftigkeit, warum hast du das für mich getan?« Er sah mich forschend an.

»Weil … du bist mir nicht egal.«

»Was ist mit Mary?«

Ich lachte laut auf. »Mary? Mary ist der Beschützer des kleinen Floris. Sein fester Kamerad. Und … seine Geliebte.«

Jack sagte für eine Weile nichts, aber dann schien ein Fünkchen Hoffnung in ihm aufzulodern, das ich schwerlich ertragen konnte. »Und nun willst du zu mir zurückkehren?«

»Ich bitte dich, Jack! Wir haben uns zu sehr verletzt. Was sollte es werden, wenn wir noch einmal zusammenkämen? Es wäre doch nur mehr der fade Aufguss einer großen, aber vergangenen Leidenschaft. Seien wir dankbar dafür, dass wir es erleben durften.«

»Nun …«, begann Jack, sprach aber nicht weiter. Und nach einer weiteren schmerzhaften Pause fragte er: »Und die Königin der Kompromisslosigkeit hat wirklich nirgends noch ein wenig Opium versteckt? Vielleicht für die Schwerverletzten?«

Ich schüttelte den Kopf. »Wie du schon sagtest, Jack, ich bin die Königin der Kompromisslosigkeit.«

Ich kann nicht erklären, wie, aber nach und nach gelang es Jack und mir, zwischen uns eine Art Freundschaft entstehen zu lassen. Zwar schlich er manchmal unruhig auf und ab und durchsuchte Kisten und Beutel, aber das Opium fand er nie.

Mit Mary war es schwieriger. Ich hatte ihr noch immer nicht verziehen, dass sie mir ihre Gefühle für Floris verheimlicht hatte. Was hatte sie erwartet? Dass ich mich mit ihr duellieren würde, wenn ich davon erfuhr? Oder gar, dass ich ihrem über alles geliebten Floris nach dem Leben trachtete? Als könnte man Gefühle erzwingen!

»Anne! Ich ... ich habe ein Anliegen«, druckste sie eines Tages herum.

»Wohlan«, sagte ich.

»Floris und ich ... wir ... wir wollen heiraten.«

»Schön, aber was hat das mit mir zu tun?«

»Du bist der Captain. Du bist die Einzige an Bord, die uns trauen kann.«

Ja, ich war der Captain. Dieses Ding ohne Gefühle, das zum Wohle aller zu funktionieren hatte.

Ich sah Mary lange an. »Meinst du nicht, dass du da ganz schön viel von mir verlangst?«

»Ich dachte ... nun, ich hatte gehofft, dass du dich vielleicht darüber freuen würdest.«

Was sollte ich dazu sagen? Nein, ich freute mich nicht. Dennoch hörte ich mich sagen: »Alas, Mary. Wenn es dich glücklich macht, so will ich euch trauen.«

Mary strahlte und umarmte mich. Der Kuss, den sie mir auf die Wange drückte, brannte noch lange. Die Königin der Kompromisslosigkeit hatte abgedankt.

Ein paar Tage haderte ich mit mir. Aber war nicht ich es gewesen, die Jack gesagt hatte, wir sollten dankbar dafür sein, was wir erleben durften? Warum sollte dies nicht auch für Mary gelten? Schließlich war sie doch noch immer die gleiche liebenswerte, lebenslustige und verdammt, ja, begehrenswerte Person, egal, ob sie mich nun zurückgewiesen hatte oder nicht. Warum sollte ich sie mir weiter entfremden, indem ich mit kleinlicher Eifersucht über ihr weiteres Liebesleben wachte? Glück ist doch stets nur diese kurze, selige Aufwallung, eine Woge, die zum Strand der Gewohnheit hin immer flacher wird, bis sie schließlich ganz unspektakulär zwischen den Sandkörnern verrinnt. Nein, auch mein Leben schritt voran, wenngleich augenblicklich ein wenig freudlos. Aber wer konnte schon wissen, ob sich nicht irgendwo schon ein neuer Sturm formierte, der auch mir eines Tages wieder diese göttliche Aufwallung bescheren würde?

Ich durchwühlte die Kisten mit meinen Juwelen. Schließlich fand ich, was ich gesucht hatte. Einen Ring mit einem dunkelblauen, facettengeschliffenen Saphir und einen mit einem hellblauen Topas mit Cabochonschliff. Beide passten formidabel zu blond. Das engelsgleiche Paar. Ihre Hochzeitsringe. Mein Hochzeitsgeschenk.

Als ich Mary später die Ringe überreichte, war sie gerührt und ein Tränlein glitzerte in ihren Augenwinkeln. Sie umarmte mich. Schwesterlich. Immerhin.

Die Trauung selbst war eine Qual. Zumindest für mich. Die gesamte Mannschaft war versammelt, und einige der Männer waren aufrichtig ergriffen. Wie viele Hochzeiten mögen wohl schon auf einem Piratenschiff stattgefunden haben? Sicherlich nicht sehr viele. Eine Nottrauung. Keine irdische Instanz würde eine von Anne Bonny abgehaltene Eheschließung für rechtens erachten. Aber vielleicht würde Gott, wenn es ihn gab, seinen Segen dazugeben. Doch womöglich war es dieser Instanz schlichtweg egal, ob die Leute nun heirateten oder einfach so zusammenlebten, schließlich konnte sie sich nicht um jeden Einzelnen kümmern.

Schließlich hörte ich mich fragen: »... bis dass der Tod euch scheidet?« und ein doppeltes Ja als Antwort. Die Ringe wurden getauscht. Ein schönes, ein glückliches Paar. Sie küssten sich, und überrascht stellte ich fest, dass ich mich auf einmal für sie freute. Wirklich von Herzen für sie freute.

Beim anschließenden Gelage ließen es sich die Männer nicht nehmen, zu Ehren des Brautpaares ein Piratentheaterstück aufzuführen. Jack war der Richter und Thabo der Angeklagte.

Jack entrollte ein Pergament.

»Wohlan, du verrohtes und verflohtes Stück Unrat, was hast du zu deiner Verteidigung vorzutragen, dass ich dich nicht umgehend in die Sonne hänge wie ein Stück Dörrfleisch? Bekennst du dich schuldig oder nicht?«, intonierte Jack.

»Nicht schuldig, Euer Unnütz!«, gab Thabo zurück.

Die Männer lachten.

»Was erdreistet Er sich? Unschuldig, ein Galgengesicht wie das Seine?« Jack versenkte sich in das Pergament. »Er hurte und soff über jegliches gesunde Maß hinaus. Und so manch anständiges Schiffchen hat Er zum Sinken gebracht?«

»Mylord! Mein Galgengesicht hatte gar keine andere Wahl, denn die teuflischen Weiber Bonny und Read, die Schrecken der Meere, sie zogen vor mir blank. Jeder anständige Mensch wäre vor ihnen in die Knie gegangen.«

»Ho, ho! Thabo, haben wir da etwas verpasst?«, grölten die Männer aus dem Publikum.

Jack blickte von seinem Pergament auf und hieb mit dem Hammer des Schiffzimmermanns auf ein Rumfass. »Habe ich da eben vernommen, dass gefressen und gesoffen werden soll?«

»Fressen und saufen, jawohl!«, riefen die Zuschauer.

»Nun, wenn der Magen ruft, so muss man kurzen Prozess mit den Halunken machen. Schuldig bist du, Landratte! Dreifach schuldig. Erstens, weil du dich von diesen wildgewordenen Weibern herumkommandieren lässt. Zweitens, weil dein Zinken so abscheulich platt ist, dass man es gar nicht länger mit anschauen mag, und drittens, weil ich Hunger habe. Hängen sollst du, Vogelscheuche!« Jack hieb noch einmal auf das Rumfass und winkte John Harper herbei, der Thabo einen Seidenschal umlegte und ihn daran über Deck zum Mast führte, wo er ihn festband.

»Tanz uns den Devil's Jig, Thabo!«, riefen die Männer und Thabo zappelte und röchelte. Er rollte mit seinen riesigen Augen, um schließlich mit heraushängender Zunge seltsam verrenkt zu verharren.

Damit war das Gelage eröffnet und die Männer johlten und applaudierten ob der Darbietung. Ich aber wandte mich ab, weil auf einmal sehr ungute Vorahnungen von mir Besitz ergriffen hatten.

# 28

Wie das manchmal so ist: Eine Weile schmerzt eine Situation, aber nach und nach gewöhnt man sich daran und andere Dinge treten in den Vordergrund. Und augenblicklich ging es nur darum, die »Aguila Roja«, eine reich ausgestattete Brigantine und das beste spanische Kriegsschiff dieser Zeit, aufzubringen. »Hör zu, Kerl, ich werde dir gleich das Hirn wegpusten, wenn du mir nicht sofort verrätst, wo ihr eure Schätze versteckt habt!«, brüllte ich den Captain an, während ich ihn im Schwitzkasten hatte und ihm meine Pistole an die Schläfen hielt.

Der Kerl zitterte wie Espenlaub, und diensteifrigst ging er mit mir unter Deck, um seine armselige Haut zu retten.

Die ganze Angelegenheit wäre gänzlich ohne Blutvergießen vonstattengegangen, wenn nicht plötzlich, während ein paar meiner Männer die Beute an Deck brachten, einer der Marinesoldaten sich eingebildet hätte, er müsse den Helden spielen, aus seinem Stiefel eine Pistole zog, die meine Leute beim Entwaffnen des Feindes übersehen hatten, und wild um sich schoss. Ich sah, wie van Huerdler taumelte, um dann krachend auf die Planken zu stürzen. Tumult brach aus an Bord. Ich kniff ein Auge zu, zielte, und der Soldat, der van Huerdler erschossen hatte, presste seine Hände auf sein hervorquellendes Gedärm, ehe er über die Reling stürzte.

›Du gottverdammter Hurensohn‹, dachte ich. ›Dies hättest du dir und uns ersparen können.‹ Dann rief ich: »Haltet ein, Männer! Der Hundsfott ist tot. Also lasst die anderen in Ruhe. Vergesst nicht: So mancher von euch ist gleichfalls bei der Marine gewesen, und daher wisst ihr, was für arme Teufel die meisten von ihnen sind.«

Widerwillig ließen die Kerle von ihrem Tun und ihren Rachegelüsten ab, und während sie van Huerdler und die Beute auf die »Royal Queen« brachten und die dreihundert Matrosen in die Beiboote scheuchten, stolzierte ich über die »Aguila Roja«. Wahrhaft ein bemerkenswertes Schiff, das mit allen nur erdenklichen Schikanen ausgestattet war. Bedauerlicherweise war es aber viel zu bekannt, um es in ein sicheres Versteck zu bringen oder es gar weiterzuverkaufen. Eine Schande! Aber was sollte ich tun? Ich musste dieses Schiff zerstören, denn sonst würden wir bald auch von ihm gejagt werden. Also legte ich, nachdem ich mir alles angesehen hatte, eine brennende Lunte an das Pulvermagazin und sah zu, dass ich zurück auf die »Royal Queen« kam.

Keine Minute zu früh, denn ich stand noch gar nicht richtig auf den Planken, als es hinter mir einen gewaltigen Schlag tat, das Pulvermagazin war explodiert, und nun schlugen rund um uns die Reste der »Aguila Roja« ein. »Dreh bei! Schnell!«, rief ich Mary zu.

Gerade noch rechtzeitig konnten wir dem Feuerregen entkommen.

Betreten standen wir um van Huerdlers Leiche und nahmen Abschied von ihm, ehe wir ihn, bevor er kalt und steif wurde, in Segeltuch einnähten und über Bord warfen.

Quaco, ein aus Virginia entlaufener Sklave, wurde zum

Quartermaster gewählt und nahm van Huerdlers Platz in der Mannschaft ein. Ich freute mich, dass die Wahl auf ihn gefallen war, denn er war klug, besonnen und von angenehmem Wesen. Und außerdem: Quacos Wahl zeigte, dass die Welt nicht so sein musste, wie sie fast überall war. Nicht, dass die Piratenwelt grundsätzlich eine bessere Welt gewesen wäre, aber sie bot in der Abkehr von der Welt, aus der wir alle kamen, zumindest die Möglichkeit, anders sein zu können.

Am Abend erreichten wir schließlich eine verschwiegene Bucht auf Green Key, wo wir die Beute teilten, und, wie es üblich war, ein großes Gelage abhielten, auch wenn es mir in dieser Nacht nicht so richtig gelingen wollte, mich über unseren Triumph zu freuen.

# 29

Vielleicht hatten wir es übertrieben, vielleicht war unsere Provokation zu impertinent, vielleicht hatten wir unser Schicksal zu sehr herausgefordert. Nicht nur wir, sondern alle. Allen voran Blackbeard.

Alas, Blackbeard. Er hatte den Bogen überspannt und war auf den Hund gekommen. Wie lächerlich musste es gewirkt haben, als der große Blackbeard, von Alkohol und Opium zersetzt, den Hafen von Charles Towne belagerte und anschließend nichts als Laudanum und Medizin forderte.

Kein Wunder, dass Spotswood, der Gouverneur von Virginia, ihm sofort die Royal Navy unter Leitung des Bluthundes Robert Maynard auf den Hals hetzte. Und was machte der besoffene Blackbeard? Er tappte in Maynards plumpe Falle bei Ocracoke Inlet und ließ sich niedermetzeln. Sein Kopf verfaulte am Bugspriet von Maynards Schaluppe und Blackbeards kopfloser Rest soll noch ein paar Mal um Maynards Kahn herumgeschwommen sein. Welch unseliges Ende! Es lag doch auf der Hand, dass die Gouverneure nun glaubten, wenn die Erledigung des großen Blackbeard solch ein Kinderspiel war, der Rest noch einfacher werden müsste. Pah! Das Ende der Piraterie wollten sie gar einläuten.

Aber tatsächlich wurde es langsam ungemütlich auf den karibischen Gewässern. Mich erreichte die Kunde, dass sie inzwischen auch Vane hingerichtet hatten. Ich spürte ein Unbehagen in mir aufsteigen. Als Menschen konnte man Vane nicht schätzen, aber durchaus als Kerl, der sein Handwerk verstand. Vielmehr: verstanden hatte.

Unerfreulich war auch das grassierende Spitzelwesen. Einen ersten, lebhaften Eindruck davon hatte mir ja schon diese Posse zwischen Bonny und Woodes Rogers vermittelt. Aber nun gab es ein ganzes Netz von Spitzeln, die für ein paar Goldstücke ihre Kameraden verrieten, ohne auch nur einmal mit der Wimper zu zucken.

Und all diese Zustände geboten es, uns eine Zeitlang in eine schützende Bucht auf Kuba zurückzuziehen, wo wir das leckende Schiff flicken konnten und ausreichend frisches Wasser und allerhand Köstlichkeiten vorfanden.

Doch als wir wieder in See stachen, begann unser Stern zu sinken.

Schon den ganzen Tag war es selbst auf dem offenen Meer unerträglich schwül gewesen, und die Luft stand dick und schwer über dem Wasser und hüllte alles, was lebte, in Grabesstille. Unruhig beobachtete ich, wie sich Wolke auf Wolke türmte. Der Himmel ballte sich zu einer schwarzen Faust über uns Sündern, mit der er uns zermalmen würde.

Und als schließlich die Luft so schwer und feucht war, dass es kaum noch möglich war, Atem zu schöpfen, da zerriss ein ohrenbetäubender Schlag die Stille. Es war, als würde die ganze Welt in Reue erzittern. Der Hauptmast schwankte, und dann kam ein Sturm auf, so gewaltig, dass einem beinahe Hören und Sehen verging, und fuhr in die Wassermassen hinein, grub tiefe Wassertäler vor uns und bauschte ein gischtendes Gebirge hinter uns auf, das wütend über uns zusammenstürzte

416

und uns in die tiefen Täler drückte. Die »Royal Queen« ächzte, und die Spanten knackten und knarrten unter der Wucht der Wassermassen, die über und unter uns zusammenschlugen. Alles war in tiefstem Schwarz versunken, und es gab weder ein Oben noch Unten, weder ein Backbord noch ein Steuerbord. Der Sturm peitschte die »Royal Queen« wie einen Kreisel vor sich her, und die blinde Welt bestand nur noch aus dem Tosen der Wogen, dem Fauchen und Jaulen des Zyklons, den Angstschreien meiner Mannschaft und dem Grollen des Himmels, das aus dem tiefsten Höllenschlund zu kommen schien. In diesem Augenblick wurde die Nacht von einem Schauer aus Blitzen zerrissen, und ich sah die Welt, als wäre sie in einzelne Bilder zerfallen.

Die »Royal Queen« mit dem Bug nach vorn senkrecht in einem Wellental.

Eine gewaltige Woge, die über das Heck rollt.

Toby und Thabo, die von Deck gespült werden.

Das Schiff, das mit der nächsten Woge nach oben gerissen wird.

Der brechende Mast.

Rückkehr der Finsternis.

Und dann hörte ich ein unheimliches Knarren und Knacken, die »Royal Queen« krümmte sich ein letztes Mal unter der Wucht der Urgewalten, und dann das Splittern von Holz. Tonnen von Holz waren es, die da splitterten. Ich merkte, wie sich meine Finger von der glitschigen Reling lösten, und dann wurde ich in mein feuchtes Grab gerissen.

›Davy Jones, die hundert Jahre sind noch nicht vorbei‹, dachte ich und ruderte wild mit den Armen, bis ich wieder über Wasser war.

Noch ein Blitz zerfetzte die Nacht, und in der Ferne sah ich die elenden Trümmer meiner einst so stolzen Schaluppe in den Fluten versinken. Das Wasser brannte in meinen Lungen, aber trotzdem – ich war noch nicht bereit zum Sterben.

Wieder wurde ich nach unten gezogen und nach oben gewirbelt. Wieder und wieder. Husten, atmen, rudern. Immer wieder. Meine Arme wurden schwer, meine Lunge müde.

Wirre Bilder irrten durch meinen Schädel. Das Nicht-Kind, das mit Uncle Grandpas »Libertalia« versinkt. Jonathan, der die Insel der Glückseligen gefunden hatte, Jack, der auf einem schwarzbraunen Opiummeer verdämmerte, Dads Grabstein auf dem Friedhof von Charles Towne, Charley, der mit den Mädels im »One Eye's« einen hob, und Mary, die auf Anger Floris hinterherritt. Und dazwischen husten, atmen, mit den Armen rudern. Gegen die Erschöpfung. Gegen das wirre Panoptikum in meinem Hirn.

Doch auf einmal spürte ich etwas Festes unter meinen Füßen. Gewiss ein tödlicher Trugschluss. Ich öffnete die Augen. Die Schwärze der Nacht war dem Tiefblau des beginnenden Morgens gewichen, und noch immer spürte ich diese Festigkeit unter meinen Füßen, und sehr unwirklich erschien mir der Strand, der sich nur wenige Meter vor mir erstreckte.

Ich stolperte vorwärts. Schritt für Schritt, aber der Anblick der ersten Palme zwang mich in die Knie.

Als ich wieder zu mir kam, waren meine Kleider getrocknet, und die Sonne stand schon wieder tief über dem Horizont. Ich atmete durch, und noch immer brannten meine Lungen vom Salzwasser. Noch ein wenig benommen suchte ich den Strand ab, und meine Freude war unbeschreiblich, als ich feststellte, dass ich nicht die Einzige war, die den Zyklon heil überstanden hatte. Ich griff mir an den Hals. Nicht nur ich hatte den Zyklon überstanden, ich musste lächeln, auch die »Libertalia«.

Jack war der Erste, den ich fand. Er hatte eben ein Auge halb geöffnet, als ich mich über ihn beugte. »Ah, die Königin des Schiffbruchs. Bist du's wirklich oder bin ich tot?«

Ich grinste. »Bedaure, nein!«, sagte ich und streckte meinen Arm aus, um ihm auf die Beine zu helfen. Gemeinsam suchten wir den Strand nach weiteren Überlebenden ab. Als Nächstes fanden wir Mary, deren Knöchel vom immer noch bewusstlosen Floris umklammert wurden. Bis zum Einbruch der Nacht hatten wir in etwa die Hälfte unserer Mannschaft wiedergefunden und die Insel nach Essbarem abgesucht. Und zu meiner großen Freude stellte ich fest, dass wir uns auf Marina Cay, einer der Virgin Islands, befanden, wo wir vor ein paar Monaten eine gekaperte Schaluppe versteckt hatten. Ein elender Kahn im Vergleich zur »Royal Queen«, und doch gab es für Schiffbrüchige keine komfortablere Situation, als ein seetaugliches Schiff vorzufinden.

Und so waren wir in den folgenden Tagen damit beschäftigt, ein paar Ausbesserungsarbeiten an der Schaluppe durchzuführen und den Kahn auf den Namen »Providence« zu taufen. Nachdem wir das Schiff mit reichlich Proviant ausgestattet hatten, stachen wir schließlich wieder in See. Nicht mehr so stolz wie früher, aber durchaus lebendig.

Doch leider mussten wir feststellen, dass die Maßnahmen der spanischen und britischen Regierung sowie die Unternehmungen der verschiedenen Gouverneure und Kaufleute inzwischen deutlich Wirkung gezeigt hatten. Das Meer wimmelte auf einmal von Kriegsschiffen, und die meisten Handelsschiffe fuhren nur noch im Konvoi und von Kriegsschiffen eskortiert. Auch einen Großteil der Inseln konnten wir nicht mehr anlaufen, weil auch dort Marineschiffe vor Anker lagen.

Zu Beginn unserer Pechsträhne hatten die Männer die Situation noch einigermaßen klaglos hingenommen. Doch nun, sechs Monate ohne nennenswerte Erfolge, begannen die ersten zu murren.

Einmal kam ich gerade hinzu, wie Mason Ethan zuraunte: »Ich habe doch schon immer gesagt, Weiber an Bord bringen Unglück. Und hier haben wir gleich zwei davon. Am besten, wir setzen sie irgendwo aus.«

»Mason Hayes«, ich hielt ihm meine Pistole an die Schläfe, »wenn ich noch einmal solche Worte aus deinem frechen Maul vernehme, bist du ein toter Mann!« Zur Bekräftigung meiner Worte schoss ich in die Luft, und Hayes zuckte zusammen und blickte schuldbewusst auf den Boden.

Alle Augen waren nun auf mich gerichtet. Ich hatte die Hände in die Hüften gestützt. »Möchte vielleicht noch jemand Kritik vortragen? Jetzt wäre der richtige Zeitpunkt.« Ich ließ meinen Blick vom einen zum anderen wandern. Ihre Unzufriedenheit war greifbar, aber keiner trat vor, um selbige zu artikulieren.

»Nun, wenn keiner etwas vorzubringen hat, dann gehe ich davon aus, dass wohl alles in bester Ordnung ist«, sagte ich und verschwand in der Kajüte.

Aber die Situation wurde nicht besser. Irgendwann hatte sich unsere Versorgungslage so sehr zugespitzt, dass wir vor Jamaika ein lächerlich kleines Fischerboot, das Gemüse und Fleisch für den Markttag geladen hatte, überfallen mussten, nur um Lebensmittel zu bekommen. Dagegen nahm sich

Blackbeards Hafenbesetzung für Laudanum und Medikamente ja noch beinahe heroisch aus. Außerdem widerstrebte es mir, Bauern zu überfallen, die selbst kaum genug zum Leben hatten. Doch leider war der eine Teil unserer Schätze mit der »Royal Queen« untergegangen und der andere war auf diversen Inseln vergraben oder bei Vertrauenspersonen hinterlegt, die wir in Anbetracht der politischen Situation nicht aufsuchen konnten. Da die Bauern uns ihre Fracht nicht freiwillig überlassen hätten, mussten wir ihnen Gewalt androhen. Ein lächerlicher und erniedrigender Akt. Die Prise: Etwas Fleisch, Schildkröten, Obst, Gemüse und ein bisschen Rum, das gerade einmal dazu angetan war, die Laune der Männer für die kommenden drei Tage zu heben.

Misserfolg reihte sich an Misserfolg. Anfang September suchten wir auf Harbour Island ein Fischerdorf heim, wo wir ein paar Geschäfte plünderten und eine Frau überfielen, die gerade dabei war, sechs Schweine zum Verkauf in den Nachbarort zu treiben.

Von ähnlicher Lächerlichkeit gekrönt war unser Überfall auf einen Schoner, auf dem wir Captain Spanlow um seine goldene Taschenuhr und einen Beutel Münzen erleichterten. Mehr war nicht zu holen, denn die Mannschaft hatte gerade kurz vor unserem Angriff ihre Ladung gelöscht.

Und es kam, wie es kommen musste. Die Männer hatten die Nasen gestrichen voll.

»Rackham soll wieder Captain werden!«, brüllte Mason eines Tages, und ein paar andere stimmten mit ein. »Rackham, Rackham, Rackham!«

Aber Jack dachte gar nicht daran, das Kommando wieder zu

übernehmen. »Hört mir zu, Männer! Wenn ihr glaubt, dass es an Bonny liegt, dass wir keine anständigen Prisen mehr einholen, so seid ihr nichts als dumme Schweineköpfe. Die Zeiten mögen hart sein, aber es war nicht Anne, die die gesamte spanische und britische Marine ausgesandt hat. Immerhin haben wir bisher noch immer etwas zu beißen gefunden. Und das habt ihr Anne zu verdanken. Also haltet gefälligst eure Mäuler, oder geht von Bord, wenn es euch nicht passt, wie die ›Providence‹ geführt wird. Aber glaubt nicht, dass es woanders besser ist!«, rief er Mason und Ethan wütend zu.

»Rackham, wenn du nicht wieder Captain werden willst, dann werden wir eben Bonny das Kommando entziehen«, brüllte Mason Hayes. »Nicht wahr, Männer?« Er blickte die Mannschaft auffordernd an, aber es waren nur vier, die »Hurray!« riefen.

»Verpisst euch!«, gaben die anderen zurück.

Und so nahmen Mason, Ethan und ihre vier Getreuen Abschied von der »Providence«.

Aber zumindest insofern hatten sie recht gehabt. Es war wirklich kein Zustand. All die Freiheiten, die das Piratenleben eröffneten, waren verschwunden. Die Endlosigkeit der Meere war nun abgesteckt, vermessen durch ein dichtes Netz von Kriegsschiffen, an Exzess war nicht zu denken, im Moment ging es nur noch um eines: Überleben. Wir waren keine Freibeuter mehr, wir waren Gefangene in einem riesigen Gefängnis namens Karibik.

Augenblicklich führten wir ein wahres Hundeleben. Als wir dann doch einmal wieder im Schutze eines winzigen Eilandes ankerten, kam mir eine Idee, wie wir das Leben während der langen Phasen auf dem offenen Meer ein wenig angenehmer gestalten konnten. Auch wenn der Platz auf unserer Schaluppe sehr begrenzt war, schlug ich vor, dass wir uns einen Vorrat an lebenden Tieren mit an Bord nahmen, sowie Pflanzen ausgruben, die wir in ausgemusterte Fässer pflanzten. Am Ende glich die »Royal Queen« eher der Arche Noah als einem Piratenschiff, aber schwierige Zeiten erfordern eben ungewöhnliche Maßnahmen. Außer einigen Schweinen, Ziegen und Hühnern hatten wir auch etliche Kaninchen mit an Bord genommen, die wir in vergitterten Holzkisten hielten. Eines der Tiere hatte nur drei Beine und war fast blind, als wir es mit aufs Schiff nahmen. Irgendwie erinnerte es mich an van Huerdler.

»Was willst du denn mit diesem Krüppel?«, murrte Jack.

»Das ist van Huerdler. Schaut doch mal, der Kerl ist mit seinen drei Beinen genauso schnell wie der Alte früher auf seinem Holzbein.« Und ehe wir wieder ablegten, packte ich meinen schwarzen Schützling am Genick, hielt ihn hoch und rief den Männern zu: »Das ist van Huerdler. Er steht unter meinem persönlichen Schutz, und sollte einer von euch Holzköpfen ihm das Fell über die Ohren ziehen, wird er es mit mir zu tun bekommen. Merkt euch, Männer, van Huerdler wird nicht gegessen!«

Die Männer lachten. »Arrr, das hätte sich der Alte auch nicht träumen lassen, dass dereinst einmal ein Krüppel von Kaninchen nach ihm benannt werden würde.«

Bedauerlicherweise gab es in dieser Zeit aber nur selten Anlass zur Erheiterung. Im Gegenteil. Allem, was wir taten, haftete eine unerträgliche, bleierne Schwere an.

# 30

Bedauerlicherweise war, womit nun keiner gerechnet hatte, Captain Thomas Spanlow der Verlust seiner goldenen Taschenuhr so sehr zu Herzen gegangen, dass er sich beim Gouverneur von Jamaika, Nicholas Lawes, beschwerte. Und Lawes schien alles andere als amüsiert darüber zu sein, dass wir auf seinen Gewässern vor Jamaika unser wenig erfolgreiches Unwesen trieben. Deshalb ließ er eine schnittige Schaluppe mit den besten Waffen, derer er habhaft werden konnte, ausstatten und übertrug das Kommando Captain Jonathan Barnet. Ein höchst unangenehmer Mensch, jähzornig und unberechenbar. Ich selbst hatte ihn einmal im »One Eye's« kennengelernt und war froh, dass er es nicht häufiger als ein paar Abende frequentierte. Doch betrüblicherweise bewahrheitete es sich, dass man sich immer zwei Mal im Leben trifft.

Wir lagen vor der Ocho-Rios-Bucht vor Anker, und ich hatte neun meiner Leute mit der »Canoe« losgeschickt, um die Lage zu erkunden. Ich hatte gerade van Huerdler auf dem Arm und fütterte ihn mit Süßkartoffeln, als sie wiederkamen. Sie bogen sich vor Lachen.

»Captain Jonathan Barnet hat uns auf die ›Paradise‹ gebeten und uns ein Gläschen Rum ausgegeben, um uns die Zungen zu lösen.« Sie äfften Barnet nach, der sein Rumglas wohl die ganze Zeit sehr fein mit abgespreiztem kleinem Finger gehalten, aber nicht einmal an der Spirituose genippt hatte.

»*Ein* Gläschen Rum. Der hat wohl noch nie mit Piraten gezecht, wenn er glaubt, dass sich bei einem Glas etwas löst. Da löst sich noch nicht einmal der Belag auf den Zähnen.«

Die an Bord Gebliebenen grölten, aber mir war unwohl bei dem Gedanken, dass Barnet so nah war, und hoffte, dass die Kerle wirklich nichts aus Versehen ausgeplaudert hatten.

»Ha, ha! Bonny, schau doch nicht so besorgt drein! Der hatte weder eine große Mannschaft an Bord noch irgendwelche Kanonen.«

Ich war mir da nicht so sicher. Schließlich konnte man eine Mannschaft und Kanonen auch verstecken und sie dann rausholen, wenn es darauf ankam.

Doch in den nächsten paar Monaten blieb die Begegnung meiner Leute mit Barnet ohne erkennbare Folgen.

In der Zwischenzeit kaperten wir ein paar Schiffe, aber sie und ihre Ladungen waren nur von geringem Wert. Der Unmut der Kerle wurde wieder vernehmlicher, und abends saß ich oft mit Jack, Mary und Quaco in der Kajüte und besprach die Lage. Die Zeit hatte es mit sich gebracht, dass uns inzwischen eine enge Freundschaft verband. Floris war meistens auch dabei, aber er sagte selten etwas. Trotzdem mochte ich ihn von Tag zu Tag mehr.

Aber eines Tages eskalierte die Lage. Ich machte eben meinen Rundgang an Deck. Da entdeckte ich van Huerdler. Jemand hatte ihn nachts mit drei großen Schiffsnägeln an den Mast genagelt. Van Huerdler zuckte noch. Ich zog meine Pistole und gab ihm den Gnadenschuss. Eine tiefe Traurigkeit erfasste mich, die aber schnell in Wut umschlug.

Das war eine Botschaft. Eine Drohung, ausgesprochen von einem Feigling.

Ich berief eine Mannschaftsversammlung ein und deutete auf van Huerdler. »Wer von euch ist der Feigling, der es nicht wagt, mir seine Meinung offen ins Gesicht zu sagen?«

Die meisten der Männer blickten voller Abscheu auf das gekreuzigte Kaninchen, ein paar fanden es zum Lachen, andere wirkten, als ginge sie dies alles nichts an, aber keiner trat vor, um mir offen seinen Hass ins Gesicht zu schleudern. Keiner.

»Nun, ich werde es herausfinden, und der Schuldige darf sich nach Moses Gesetz auf neununddreißig Peitschenhiebe einstellen«, drohte ich und ging nach unten.

Zweifelsohne, ich saß auf einem Pulverfass. Die Frage war nicht, ob, sondern nur, wann es hochgehen würde.

Doch so weit kam es nicht mehr, denn ein paar Tage später gelang es uns, auf der Höhe von Kingston eine Schaluppe aufzubringen, die randvoll mit Rum beladen war. Wir hatten nur zwei Männer zu beklagen, und die Kerle waren ob der reichlichen Ladung begeistert. »Bonny! Bonny! Bonny!«, riefen sie.

›Die Meuterei wird wohl noch ein Weilchen hinausgeschoben werden‹, überlegte ich und warf Mary einen Blick zu. Ihr Gesichtsausdruck verriet mir, dass sie das Gleiche dachte.

Am späten Nachmittag erreichten wir den Westen von Jamaika und ankerten vor Negril Point, wo es die Männer kaum abwarten konnten, unseren Erfolg ausgiebigst zu begießen. Wir feierten an Bord, aber so richtig wollte mir der Rum heute nicht schmecken. Mary erging es ähnlich. Und so standen wir eine Weile schweigend an der Reling und sahen zu, wie sich die Männer in atemberaubender Geschwindigkeit betranken.

»Ich weiß auch nicht, Mary, aber irgendwie traue ich dem Frieden nicht«, sagte ich schließlich.

Mary nickte. »Ja, das Meer quillt über vor Marineschiffen, aber diese Bucht scheint so ruhig und gottverlassen, dass es glatt zum Himmel stinkt.«

Ich sah durch mein Fernrohr, aber ich konnte nichts Auffälliges entdecken.

»Wo ist eigentlich Floris?«, fragte ich.

Mary zuckte mit den Schultern. »Ich habe ihn vorhin mit Jack hinuntergehen sehen. Sie schienen etwas zu suchen.«

Ich war alarmiert. »Verdammt, Mary! Jack wird doch nicht etwa noch immer nach dem Opium suchen?«

Mary wurde bleich. »Das Medizinopium? Aber Jack wird doch nicht? Zusammen mit Floris?«

»Pah! Ich glaube, da braucht sich Jack gar nicht anzustrengen. Floris tut doch alles, was sein großes Vorbild ihm vormacht. In die Bilge, Mary, wir müssen in die Bilge hinunter!«, rief ich und rannte voraus.

Mary folgte mir auf dem Fuß.

Außer leisem Geplätscher war nichts zu hören, aber als sich meine Augen an das Dämmerlicht gewöhnt hatten, sah ich die beiden. Mit glasigem Blick hockten sie da und vor ihren Füßen lag der geöffnete Opiumbeutel.

»Ah, die Königin der Kompromisse.« Jack lächelte versonnen. »Ich habe es die ganze Zeit gewusst, dass du irgendwo etwas versteckt hast«, lallte er.

»Jack, du bist ein solch gottverdammter Hurensohn!«, rief ich und spürte, wie meine Hände vor Wut zitterten. Dann riss ich den Beutel an mich und leerte seinen gesamten Inhalt über Jacks Kopf aus. »Verrecken sollst du daran!«

Noch einmal würde ich ihn nicht retten. Ich drehte mich um und stieg nach oben, während Mary den völlig weggetretenen Floris hinter sich herschleifte. Jacks Lachen verfolgte uns bis nach oben.

»Du kannst ihn zum Ausnüchtern in die Kapitänskajüte legen«, sagte ich, packte Floris an den Beinen, und gemeinsam hievten wir ihn in das Bett, ehe wir uns ins Krähennest verkrochen. Es wurde schon dunkel. Unten machten die Kerle, die noch nicht in den tiefen Schlaf des Rauschs gefallen waren, einen Höllenlärm.

Mir wurde es eng ums Herz. Die Vergänglichkeit erschien mir auf einmal greifbar, als würde sich ein dünnes Gespinst um alles legen, was mir wirklich wichtig war.

»Weißt du, Anne, es fängt immer alles so schön an …«, sagte Mary. Sie hatte Tränen in den Augen.

Ich legte meinen Arm um sie. »Ja, das Glück scheint nicht für die Ewigkeit geschaffen zu sein …«

Und so blieben wir schweigend nebeneinander sitzen, als warteten wir auf etwas, wenngleich wir beide nicht wussten, worauf.

Als die Nacht hereingebrochen war, herrschte Ruhe an Bord. Die Männer lagen kreuz und quer in ihren Rumpfützen, und hätten nicht einige so laut geschnarcht, dass sich die Planken bogen, man hätte sie glatt für tot halten können.

Mary und ich verbrachten die Nacht im Krähennest und wärmten uns gegenseitig. Doch als es dämmerte, wurde ich unruhig und blickte durch mein Fernrohr. Mir war so, als sähe ich einen kleinen Punkt, der langsam auf uns zukam. Ungeduldig fixierte ich ihn, um herauszufinden, ob ich nicht nur das Opfer meiner eigenen Phantasie war. Aber tatsächlich, der Punkt wurde größer und größer, während meine Unruhe wuchs und wuchs.

Ich schüttelte Mary. »Verdammt, Mary! Wach auf!«

Erschrocken fuhr sie hoch. »Was?«

»Da! Ein Schiff. Ein unbeflaggtes Schiff, das genau Kurs auf uns hält!«

Mary sprang auf und entriss mir das Fernrohr. »Verdammt! Wenn das mal keine Falle ist.«

Wir blickten uns an. »Barnet!«, sagten wir gleichzeitig und so schnell war wohl noch keine von uns jemals nach unten geklettert wie in diesem unheilsschwangeren Morgengrauen.

»Aufgewacht, ihr verfluchten Hunde!«, schrien wir und traten den verkaterten Kerlen in die Hintern, damit sie sich endlich rührten.

»Wie? Was?« Verwirrt berappelten sie sich. Einige übergaben sich erst einmal über die Reling, andere fluchten vor sich hin.

»Feindlicher Angriff! Alle Mann auf Gefechtsposition!«, brüllte ich.

Ein solches Durcheinander hatte es noch auf keinem meiner Schiffe gegeben und noch immer lagen ein paar der Saufnasen reglos an Deck. Erbost trat ich einem in die Rippen, hielt ihm die Pistole an die Stirn und war drauf und dran, ihn einfach zu erschießen. Doch er erbrach sich, und ich feuerte in die Luft, um meinem Ärger Luft zu verschaffen. Die Kerle torkelten und stolperten über Deck, aber die meisten fanden ihre Plätze nicht.

Barnets Schaluppe war nun beinahe auf gleicher Höhe wie wir und bis zu den Zähnen bewaffnet.

»Die Lage ist aussichtslos, Mary. Aber ich für meinen Teil werde mich nicht kampflos ergeben«, sagte ich.

»Nein. Auf gar keinen Fall! Lieber durch diese Hundsfotte im Kampf fallen als zu deren Belustigung den Galgentanz aufführen.«

Der Morgen erbebte im Kanonendonner, aber es waren nicht unsere Kanonen, denn unser Kanonier war soeben über seine eigenen Füße gestolpert und lag mit unnatürlich verdrehtem Knie fluchend an Deck.

Mary und ich postierten uns und zielten mit unseren Pistolen auf einen Matrosen nach dem anderen. Ein paar sanken in sich zusammen, aber bald war der Qualm so dicht, dass wir gar nicht mehr sahen, ob und was wir trafen.

Und dann passierte das Erniedrigendste, was einem Piraten auf seinem eigenen Schiff überhaupt passieren konnte. Unser Schiff wurde geentert. Von Matrosen der Royal Navy geentert. Ich traute meinen Augen nicht, ein Großteil meiner Männer ergab sich kampflos. Am liebsten hätte ich sie erschossen, aber ich hatte kein Pulver zur Hand. Ich zog meinen Degen und focht gegen einen hünenhaften Matrosen, während um mich herum das Kampfgetümmel tobte.

In diesem Augenblick ging die Tür auf und benommen wankte Floris heraus. Als ihn Barnets Kugel traf, blickte er überrascht an sich hinunter, ehe er wortlos zusammenbrach. Mary heulte auf und stürzte auf Barnet los, aber zehn Matrosen warfen sich auf sie und fesselten sie, und keine Minute später musste ich dieselbe Demütigung ertragen, wenngleich nicht lange. Ich spürte einen dumpfen Schmerz am Hinterkopf und dann verlor ich das Bewusstsein.

Als ich meine Augen wieder öffnete, lag ich auf dem Bauch, meine Hände waren hinter meinem Rücken zusammengebunden, und auch meine Beine waren gefesselt. In meinem Schädel pulsierte ein Schmerz, der bis in meinen Magen hinunter ausstrahlte. So sehr, dass ich mich übergab. In diesem Augenblick hörte ich Schritte, die sich mir von hinten näherten. Ich wollte mich zur Seite wälzen, um etwas sehen zu können, aber ich war zu schwach. Was für eine Schmach, gefesselt auf einem feindlichen Schiff im eigenen Erbrochenen zu liegen und in diesem Zustand eine Besichtigung über sich ergehen zu lassen. Ich schloss die Augen. Vielleicht würde sich die Situation so leichter ertragen lassen.

Die Schritte kamen näher und näher. Stoppten direkt vor mir. Stiefel knarzten. Und ich war bereit, diese Stiefel anzuspucken. Unfassbar! Spucke war nun meine einzige Waffe. Jedoch besser als nichts.

Ich riss meine Augen auf und starrte auf Stiefelspitzen und ein Paar gebeugte Knie. Hände griffen in mein Haar, strichen es zur Seite, aber nicht grob, wie ich es erwartet hatte, sondern vorsichtig. Zart. Forschend. Mein Mund wurde auf einmal trocken.

»Du erinnerst mich an irgendwen«, sagte die Stimme, die zu den Stiefeln gehörte, und mir auf seltsame Weise bekannt vorkam. Dann rollte mich der Mann zur Seite, sodass auch ich ihn in Gänze sehen konnte. Er hatte sich über mich gebeugt.

Auch sein Gesicht erschien mir auf eigenartige Weise vertraut.

›Aber vielleicht ist es das Schicksal aller Gefangenen, im einzigen Wärter, der dich wie ein Mensch behandelt, etwas Vertrautes zu erkennen‹, dachte ich.

»Wie heißt du?«, fragte der Mann.

Ich wusste nicht recht, ob ich ruppig oder freundlich antworten sollte, also antwortete ich knapp: »Bonny.«

»Bonny? Und wie noch?«

»Anne.«

»Anne …« Er betrachtete mich nachdenklich.

Doch, seine Stimme hatte ich schon einmal gehört. Mein Herz klopfte schneller und schneller.

»Ich kannte mal jemanden. Du erinnerst mich an ihn.«

»Ihn?«, fragte ich.

»Ach, vermutlich bin ich nur sentimental.« Er richtete sich auf und wandte sich zum Gehen.

»Halt! Warte!«, rief ich und spürte, wie Panik in mir aufwallte.

Er drehte sich noch einmal um.

»Hieß sie … hieß er … John Dean?«

Der Mann zuckte zusammen und kam zurück. »Hast du eben John Dean gesagt?« Er klang atemlos.

Vermutlich war ich Opfer eines wirren Traumes, noch gar nicht aus meiner Bewusstlosigkeit erwacht. Trotzdem flüsterte ich: »Jonathan?«

»Ich frage dich das nur einmal, John Dean: Bist du wirklich der, als der du dich ausgibst?«, zitierte er sich selbst und fügte an: »Und nun breche ich meinen Vorsatz und frage dich noch einmal: Wer bist du? Wer … wer warst du?«

»Anne. Damals war ich Anne Cormac. Jetzt bin ich Anne Bonny.«

Er kniete sich neben mich.

»Mein Gott, *so* sehen wir uns wieder? Auf gegnerischen Seiten.«

432

In meinem Kopf drehte sich alles. Fragen stürzten durch meinen Schädel, und es gelang mir nicht, sie zu ordnen.

»Jonathan, warum bist du damals einfach gegangen? Ohne ein Wort? … Du hast es immer gewusst, oder?«

»Was?«

»Dass ich ein Mädchen bin.«

Er senkte den Kopf. »Erst als ich mich …« Jonathan errötete. »Erst als ich dich besser kennengelernt habe.«

»Aber wenn du es doch wusstest, warum bist du dann einfach weg?«

»Weil ich auch wusste, dass du ein reiches Mädchen bist. Du … du hast mir doch damals immer diese Bücher gebracht. Und ich … nun ja, ich war ein Bettelkind. Ich dachte mir: Gut, frag sie *einmal*, wer sie ist, und wenn sie es dir sagt, dann mag sie dich vielleicht genauso gern wie du sie. Wenn sie dich aber weiter anlügt, dann … dann bist du ihr egal, und in diesem Fall ist es besser, du bringst dich, so schnell es geht, in Sicherheit vor ihr, bevor es noch schmerzlicher wird.«

Für einen Moment war ich sprachlos. »Ich wollte es dir sagen, Jonathan. Später wollte ich es dir sagen, aber … aber damals … deine Frage kam wie ein Überfall.«

Jonathan senkte kurz den Blick. »Nun, darüber habe ich auch schon nachgedacht. Es war ein Fehler. Bitte verzeih mir, wenn du kannst.«

Wir sahen uns traurig an wie zwei, die ihre einzige Chance vertan hatten.

Wir *waren* zwei, die ihre einzige Chance vertan hatten. Und beide wussten wir es. Ich bat Jonathan nicht, meine Fesseln zu lösen. Wahrscheinlich hätte er es getan, aber es wäre sinnlos gewesen. Zuerst hätten sie mich erschossen und dann ihn.

Manchmal liegt die Würde eben darin, zu erkennen, dass es vorbei ist.

»Du hast Libertalia nicht gefunden, sonst wärst du nicht auf einem Schiff der Royal Navy, oder?«, fragte ich stattdessen.

»Nein, Anne. Ich habe Libertalia nicht gefunden. Nirgends. Aber ich bin Arzt geworden. Immerhin.« Er lächelte gequält. »Und du? Hast du Libertalia …?«

»Vielleicht. Für ein paar kurze Momente. Aber es war stets sehr schnell wieder weg. Hat sich aufgelöst wie ein Trugbild.« Ich lachte.

In diesem Moment brüllte Barnet von oben: »Dearing, verdammt, was treibt Ihr so lange da unten? Ihr werdet hier oben gebraucht.«

Jonathan sprang auf die Füße.

»Anne, wenn du vor Gericht stehst, sag ihnen, dass du schwanger bist. So gewinnen wir Zeit, und so wahr mir Gott helfe, ich werde nicht zulassen, dass du hängst! Noch einmal werde ich dich nicht … Werde ich keinen Fehler machen«, flüsterte er, ehe er nach oben rannte.

Verwirrt sah ich ihm nach. Eher hätte ich damit gerechnet, dass Dad und ich uns eines Tages versöhnen würden, als dass ich meiner Jugendliebe jemals wieder begegnen würde, noch dazu gefesselt und in einer Lache dessen, was der Körper nicht mehr bei sich behalten konnte. Jonathan … Weshalb fanden wir uns ausgerechnet jetzt wieder? Jetzt, wo jede Hoffnung vergebens war? Manchmal fällt es wirklich schwer, das Leben nicht zynisch zu finden.

# VIII

Santiago de la Vega / Spanish Town, Jamaika 1720

# I

Ich öffne meine Augen. Demütig geworden. Ich habe viel erlebt, aber noch immer bin ich so hungrig nach Leben, und doch sieht es so aus, als würde es hier enden. Am Galgen bei Gallow's Point.

Wenige Tage nach unserer Überwältigung bei Negril Point erreichte die Navy-Schaluppe den Hafen von Kingston in der Nähe von Port Royal.

Als wir von Bord gezerrt wurden, galt Barnets besonderes Interesse Mary und mir. »Ah, das verdammte Weibliche! Hängen werdet Ihr, und dann wird endlich die göttliche Ordnung auf dem Meer wiederhergestellt sein.«

Ich spuckte vor ihm aus. »Die göttliche Ordnung wird erst wiederhergestellt sein, wenn Zeiten herangebrochen sein werden, in denen nicht wir, sondern Schurken, wie Ihr es seid, es sind, die aufgeknüpft werden.«

»Wie kannst du es wagen?«, brüllte er und verpasste mir einen Stiefeltritt, ehe er uns der Garnison in Kingston übereignete, wo wir jedoch nur einige Tage ausharren mussten, bis wir nach Spanish Town, Jamaikas Hauptstadt, überführt wurden.

Seit unserer Begegnung im Frachtraum habe ich Jonathan nicht wiedergesehen, und so langsam bekomme ich Zweifel daran, ob ich alles nicht doch nur geträumt hatte.

Und nun. Todeshafen Spanish Town.

Die Kerker der Neuen Welt sind nicht dazu geschaffen, Gefangene auf ewig zwischen ihren Mauern zu beherbergen, sie dienen lediglich ihrer Aufbewahrung bis zur Hinrichtung oder der Freilassung, und so beginnt die Verhandlung gegen uns, die dreißig Überlebenden der »Providence«, schon wenige Wochen später, am sechzehnten November 1720.

Die ganze Stadt ist auf den Beinen, unser unabwendbares Schicksal ist das Spektakel, auf das die meisten von ihnen schon lange gewartet haben. Als wir in den Gerichtssaal getrieben werden, quillt er schon über vor Schaulustigen.

Verlaust, schmutzig und stinkend, werden wir zusammen mit den Männern auf die Anklagebank geführt, während die Damen und Herren der besseren Gesellschaft die Nase rümpfen. Ich muss innerlich lachen, wenn ich daran denke, dass ich, hätte ich Mum und Dad nachgegeben, in gleicher Weise wie sie im Publikum sitzen könnte. Sehr verehrte Gesellschaft, so sehen sie aus, die Bösewichter, mit denen Geschäfte zu machen Euch so beliebt.

Ich lasse meine Augen durch den Saal schweifen. Vielleicht sitzt sogar der eine oder die andere zwischen den Schaulustigen, die eine heimliche Sympathie für uns hegen? Und in diesem Augenblick fällt mein Blick auf Jonathan. Mein Herz schlägt schneller. Jonathan. Also war es doch kein wirrer Fiebertraum. Offenbar steht er nicht mehr unter Barnets Kommando.

Auf einmal erhebt sich das Auditorium, denn Nicholas Lawes, der Gouverneur von Jamaika, der den Vorsitz des Gerichtes leitet, betritt den Saal. Weißgelockt und gepudert. In kostbares Tuch gekleidet. Dagegen nehmen wir alle uns erst recht aus wie arme Teufel und Taugenichtse. Nun, die Kleider, die Leute. Man kennt den Zusammenhang.

Lawes bemüht sein Hämmerchen. »Möge nun endlich Ruhe sein, damit die Zeugen befragt werden können!«

Der Lärm verebbt. Was die Zeugen aussagen, ist mir nicht neu, es ist nur nicht vollständig. Der Teil der Geschichte, an dem die honorigen Herren profitiert haben, tut hier nichts zur Sache.

Auch meine Männer werden befragt. »Sie hatte das Zeug zur Anführerin und hätte uns anstacheln können, der ganzen Welt den Kampf anzusagen«, sagt John Harper.

Es wird in die Gerichtsakten aufgenommen. Gut so, wenn es aktenkundig ist, dass Frauen führen können. Vielleicht wird dies in der Zukunft noch mal jemanden interessieren.

Die Beweislage ist erdrückend. Für Jack, für Mary, für mich. Und für den Rest der Mannschaft. Bewiesen ist nun, woran von Anfang an keiner Zweifel hatte, und von daher erfolgt das Urteil, das auch niemand im Saal anders erwartet hätte.

»Und so sollt ihr am Halse aufgehängt werden, bis ihr tot, tot, tot seid. Der Herr sei euren Seelen gnädig.« Lawes bündelt seine Akten, und nur weil es das Gesetz verlangt, fragt er beiläufig: »Hat einer der Verurteilten noch etwas zu sagen, so nutze er jetzt die Gelegenheit.«

Es ist ihm anzusehen, dass er mit dem Schweigen aller rechnet, schließlich ist die Angelegenheit mehr als eindeutig. Doch als Mary und ich uns erheben, zieht er unwillig eine Braue nach oben. »Nun?«

»Sir ... wir bitten nicht für uns, wir bitten für unsere Leibesfrucht.«

438

Ein Raunen geht durch den Saal.

Obwohl Lawes unter seiner Puderschicht erbleicht und ein Tremor seine Hände schüttelt, bewahrt er Contenance. »Ob dem tatsächlich so ist, wird ein Arzt feststellen.« Er lässt sein Hämmerchen ein bisschen zu heftig auf das Pult fallen. »Die Sitzung ist geschlossen.«

Aufgeregt verlässt die Menge den Saal, und ehe wir in unseren Kerker zurückgezerrt werden, sehe ich noch, wie Jonathan mit Lawes spricht. Ich gebe es ungern zu, aber ein Fünkchen Hoffnung breitet sich in mir aus. Alas, ein gefährliches Fünkchen Hoffnung.

# 2

Am nächsten Tag werden Mary und ich in Ketten abgeführt. Wortlos. Zurück in den Saal, in dem die Verhandlung stattgefunden hat. Ohne die Schaulustigen ist er von ehrfurchtgebietender Größe. Jonathan ist anwesend und würdigt uns keines Blickes. Ich sehe zu Boden, damit niemand merkt, wie sehr ich mich freue, ihn zu sehen. Mary dagegen starrt ihn mit unverhohlener Neugier an.

In diesem Moment tritt Lawes mit einer Schar seiner Adjutantenschaft ein und Jonathan erhebt sich.

»Doktor, wie trefflich, dass Ihr Euch dieser unangenehmen Causa annehmen wollt.«

»Der Wahrheitsfindung zu dienen, ist mir eine große Ehre, Gouverneur.«

»Nun, so waltet Eures Amtes, Doktor, damit wir diese leidige Angelegenheit geschwind hinter uns bringen können«, sagt Lawes und lässt sich in seinen Richterstuhl fallen, um das Kommende gequält zu verfolgen, während sich die Offiziere hinter ihn scharen wie Trauben um ihren Stängel.

Lawes nickt den Wachen zu, die Mary und mich daraufhin vor einen großen Tisch werfen, nicht ohne zu vergessen, uns noch einen Fußtritt zu verpassen.

Jonathan gibt sich sachlich. »Nun«, er wendet sich an Mary. »Bist du Read oder Bonny?«

»Read«, sagt Mary.

»Gut. Zieh dich aus und leg dich auf den Tisch.«

Mary blickt zu Lawes. Schluckt.

Die Wache greift ein. »Hast du nicht gehört? Ausziehen sollst du dich, du Hure!« Und schon hat er Mary die Kleider vom Leib gerissen und sie über den Tisch geworfen.

Jonathan wirft mir einen strafenden Blick zu. »Euer Tun gefährdet die Leibesfrucht. Bedenkt, dass das unschuldige Leben nichts für die Verworfenheit seiner Mutter kann.«

Dann macht er sich ans Werk. Betastet Marys Brüste, betastet Marys Bauch. Zuletzt Scham und Anus.

Gebannt starren die Männer auf Marys Nacktheit. Meine Hände ballen sich zur Faust. Das ist Ohnmacht. Zu beobachten, wie der Mann, den man einmal geliebt hat, durch die Umstände gezwungen wird, die Frau, die man einmal geliebt hat, in ihrer Intimität den Augen derjenigen Männer preiszugeben, die man über alle Maßen verachtet.

Jonathan bückt sich und reicht Mary die Kleider, die nun noch löchriger sind. »Du kannst dich wieder anziehen.«

»Nun, Doktor – ist sie oder ist sie nicht?«, fragt Lawes ungeduldig.

»Es deutet alles darauf hin, aber es ist noch recht früh, um Fehler in der Diagnose restlos ausschließen zu können.«

»So.« Lawes seufzt. »Dann müssen wir uns also noch ein wenig gedulden. Die Zeit wird Gewissheit bringen.«

Jonathan wendet sich mir zu. »Dann bist du wohl Bonny. Bitte.« Er deutet auf den Tisch, und ehe auch mir einer der Wachen die Kleider vom Leib reißt, habe ich mich ausgezogen und hingelegt. Meine Gefühle kann ich nicht in Worte fassen. Die Steigerung des Ohnmachtsgefühls.

Meine Scham ist grenzenlos. In meiner stinkenden, räudigen Nacktheit liege ich vor dem Mann, der mich zwei Leben früher geliebt hat, und er berührt mich. Vor aller Augen berührt er mich. Wissenschaftlich berührt er mich. Jonathans Hände zittern. Die Perversion der Situation ist ihm genauso bewusst wie mir. Aber weder er noch ich dürfen es uns anmerken lassen. Es ist eine Vergewaltigung, die uns beiden angetan wird. Von außen.

»Du kannst dich wieder anziehen.«

Endlich. Die erlösenden Worte. So schnell bin ich noch nie in meine Kleider geschlüpft.

»Wie lautet Euer Befund, Doktor?«

Jonathan wiegt nachdenklich seinen Kopf. »Ich denke, Bonny hat die Wahrheit gesprochen. Aber auch für sie gilt, es ist noch ein wenig früh, um es mit letzter Gewissheit sagen zu können.«

Lawes schlägt die Hände vor das Gesicht. Das Leben ist ihm ein Ärgernis. Doch schließlich hat er seine Fassung wiedergefunden. »Letztlich ist es egal, ob sie heute oder in neun Monaten hängen. Hängen jedenfalls, das werden sie.«

# 3

Ein wenig Zeit wird den Männern noch bis zur Vollstreckung des Urteils gegeben, damit sie ihre Sünden bereuen können und das Publikum, das von weiter her anreisen will, ausreichend Zeit hat. Hin und wieder kommt ein Priester, der den Männern ins Gewissen redet. Doch Gewissen und Reue der Männer halten sich in Grenzen. Einzig Harper, Wayne und Nolan winseln in den geistlichen Talar.

Doch schließlich steht der Tag der Vollstreckung vor der Tür. Am Vormittag werden die Männer auf dreckverkrustete Pferdekarren getrieben, die Füße zusammengebunden und die Hände an die Deichsel gefesselt. Den Zug durch die Stadt führt ein hochrangiger Offizier an.

Auch Mary und ich werden in Ketten gelegt und müssen zu Fuß dem letzten Karren, an den wir gebunden werden, folgen, damit wir uns schon einmal einen Eindruck davon verschaffen können, welches Schicksal uns selbst nach der Niederkunft erwarten wird. Den Abschluss unserer Parade der Erbärmlichkeit bildet ein Geistlicher, der einherschreitet, als hätte er den Himmel höchstselbst gepachtet, und stellvertretend für die fehlende Reue der Männer mit monotoner Stimme Bußgebete spricht. Alle Geschäfte haben geschlossen, damit auch die Händler dem Spektakel beiwohnen können. Das Volk steht gaffend am Straßenrand.

Wir werden bespuckt und mit Unrat beworfen. Gaukler äffen die Männer nach und rennen grimassierend mit einer Schlinge durch die Menge, die immer dann applaudiert, wenn die Gaukler zappelnd ihre nackten Hintern zeigen.

Am späten Vormittag haben wir Gallow's Point erreicht. Musiker spielen Schmählieder, und als sie vom Offizier in ihre Schranken gewiesen werden, stimmen sie geistliches Liedgut an.

Die Karren stoppen auf einer langen Sandbank, wo ein paar schnell zusammengezimmerte Galgen warten. Ich erschaudere und muss unwillkürlich an die Reste Captain Kidds denken, deren Anblick mich seit Kindertagen wie ein böses Omen verfolgt. Nun bin ich selbst in Reichweite dieses unseligen Schicksals.

Der Pfaffe bahnt sich einen Weg durch die Menge und beginnt seinen Sermon. »Oh Herr, sieh herab auf diese armen Sünder, denen im Leben keine Scheußlichkeit fremd war. Satan selbst hat sie auf diesen Weg der Verirrung geführt ...«

Ich verfalle der Wehmut und höre die Gebete, die er Gott und den Schaulustigen entgegenschmettert, nur noch wie von Fern, so tief versinke ich in meinen eigenen Gedanken. Der Geistliche, der sich in seiner Rolle zu gefallen scheint, redet und redet. Es müssen nahezu zwei Stunden gewesen sein.

Schließlich verliest Gouverneur Nicholas Lawes noch einmal alle Anschuldigungen, derer meine Männer für schuldig befunden worden waren, und schließt mit der Urteilsverkündung. Auch dies eine Mahnung an seine Untertanen.

Jack als prominentestem Sünder wird die zweifelhafte Ehre zuteil, als Erster den Hals in die Schlinge legen zu dürfen. Vorher jedoch wird ihm gewährt, einen letzten Wunsch oder eine Stellungnahme zu äußern. Er wirft einen Blick in meine Richtung und murmelt etwas zu Lawes.

Kurz darauf werde ich nach vorne gezerrt. Jack sieht fürchterlich aus, er ist nicht einmal mehr der Schatten des Mannes, den ich einmal so sehr geliebt habe.

»Königin der Karibik, womit haben wir das verdient?«

Die Schaulustigen brechen in wildes Gelächter aus.

In Jacks Erbärmlichkeit spiegelt sich meine eigene. Trotzdem bringt mich sein Selbstmitleid gegen ihn auf. Keiner hatte ihn gezwungen, das Opium auf dem Schiff zu suchen, keiner, sich so hemmungslos mit den anderen zu besaufen.

»Jack Rackham, hättest du gekämpft wie ein Mann, dann müsstest du jetzt nicht hängen wie ein Hund!«, schreie ich ihn an.

Die Menge grölt, und ich muss gegen die Tränen ankämpfen. Diesen Gefallen werde ich ihnen nicht tun. Jack schluckt und wortlos legt er seinen Kopf in die Schlinge.

Ich wende meinen Blick von ihm ab und werde noch im gleichen Moment unsanft vom Podest gestoßen. Dann höre ich, wie der Hocker, auf dem Jack steht, unter ihm weggerissen wird, und beiße mir auf die Lippen. Erst Minuten später wage ich, noch einmal zum Galgen zu blicken.

Um den Tod vielleicht begreifen zu können, muss man eine Leiche sehen. Jedoch – Jack lebt noch. Sein Gesicht schon blau angelaufen, sein Körper mit zappelnden Beinen und Armen. Ein makabrer Totentanz.

Die Schaulustigen prosten ihm zu. »Ja, Jack! Zeig uns, wie du tanzen kannst. Zeig uns den Devil's Jig!«

Manchmal ist es kaum möglich, die Menschen nicht zu hassen.

# 4

Die Massenhinrichtung dauert bis zum späten Nachmittag. Danach werden Mary und ich zurück in den Kerker geworfen. Schweigend hocken wir nebeneinander. Jack würden sie mit Teer beschmieren und in die Eisen stecken wie seinerseits Captain Kidd und die anderen irgendwo mit dem Gesicht nach unten begraben, damit sie keine Ruhe fänden, allen frommen Gebeten um die armen Seelen zum Trotz.

»Ich habe keine Tränen mehr. Ich glaube, ich habe sie alle schon um Floris vergossen«, sagt Mary plötzlich. Sie seufzt. Und nach einer Pause: »Anne, weinst du?«

»Ja«, antworte ich. Ich kann nichts dagegen tun. Die Tränen laufen mir einfach die Wangen herab, aber es ist so dunkel, dass es ohnehin keiner sieht. »Weißt du, ich war noch so wütend auf Jack, dass er seine Finger nicht vom Opium lassen konnte. Und sein Selbstmitleid, das war so erbärmlich. Aber ich ... ich hätte nicht so hart zu ihm sein sollen.«

»Ja, du warst sehr streng mit ihm. Sag mal, hast du ... Jack noch geliebt?«

Ich lache auf. »Ach, Mary! Hätte ich Jack noch geliebt, dann hätten du und ich nicht erlebt, was wir erlebt haben. Nein, aber ich mochte ihn noch. Wegen der alten Tage.«

Auf einmal stöhnt Mary auf.

»Was ist mit dir?«

»Ich weiß auch nicht, Anne, ich glaube, ich werde krank.«

In diesem Moment fliegt oben die Tür auf und Finch schlurft die Treppe hinunter. »Werdet ihr wohl das Maul halten, ihr verdammten Satansbräute!«, schreit er und stochert mit einem Stock durch das Gitter nach Mary und mir.

»Wer klatscht, bekommt keinen Kanten.«

Wir verstummen schlagartig. Der Kanten ist überlebenswichtig.

»So ist es recht. Kommt das Fressen, dann schnurren die Kätzchen.« Er bricht in sein rasselndes Lachen aus. »Dann will ich mal nicht so sein. Da!«, ruft er, wirft uns ein paar Brotkanten vor die Füße und schiebt zwei Näpfe mit Wasser durch das Gitter.

Als er wieder weg ist, stöhnt Mary noch einmal auf. »Anne, es ist so kalt …«

Seitdem unsere vermeintliche Schwangerschaft amtlich war, wurden wir nicht mehr angekettet, und so kann ich Mary nun die Hand auf die Stirn legen. Ich erschrecke. »Mein Gott, du bist ja ganz heiß!«

»Nein, kalt!«

Ich schlüpfe aus meinem Hemd, ziehe Marys Kopf auf meinen Schoß und decke sie zu. »Wir kommen hier raus, Süße! Gib jetzt bloß nicht auf!«, sage ich und streichle Marys Wangen.

»Wozu soll ich denn gesund bleiben? Damit ich beim Hängen schöner bin?«, lacht sie auf.

»Unsinn! Jonathan holt uns hier raus.«

»Ach, Anne. Hoffnung mag gelegentlich schön sein, aber sie kann dich auch vergiften. Wie soll er es denn anstellen, uns hier rauszubringen? In spätestens neun Monaten werden sie bemerken, dass wir nicht schwanger sind, und dann wird dein feiner Jonathan direkt neben uns in diesem Dreck landen.«

Ich weiß, dass Mary recht hat. Seit der Untersuchung habe ich ihn nicht mehr gesehen. Warum sollte er diese abstoßende Gestalt, zu der ich im Kerker geworden bin, retten? Und was sollte er auch tun?

»Sag mal, Anne, liebst du Jonathan?«

Ich seufze. »Ich weiß es nicht. Früher auf jeden Fall, aber inzwischen ist so viel Zeit vergangen. Ist Jonathan noch der Jonathan, den ich damals kannte? Wie viel von mir ist noch John Dean?« Ich überlege kurz. »Wenn wir hier rauskommen, dann ist Jonathan eine Möglichkeit. Nicht mehr, aber auch nicht weniger.«

Mary entgegnet nichts, und da erst merke ich, dass sie eingeschlafen ist.

# 5

Marys Zustand verschlechtert sich von Tag zu Tag. Meistens schläft sie, und wenn sie wach ist, spricht sie im Delirium. Trotzdem rede ich weiter verzweifelt auf sie ein. »Mary! Wir kommen hier raus, das schwöre ich dir. Read, als dein ehemaliger Captain befehle ich dir: Du darfst nicht sterben!«

Ich bin mir der Dummheit meiner Worte sehr wohl bewusst, aber indem ich sie immer wieder und wieder aufsage wie ein Gebet, finde ich einen gewissen Trost in ihnen und neige vorübergehend dazu, mir selbst zu glauben.

Nur einmal noch lüften sich die Schleier vor Marys Geist. »Lass mich ziehen, Anne. Als die Ältere von uns darf ich das sagen: Ich will nicht mehr! So viele Leben habe ich angefangen und ich bereue keines davon. Aber ich kann nicht mehr. Und den Gefallen, mich hängen zu sehen, werde ich ihnen nicht tun. Jeder Pirat weiß es von Anbeginn an: Es ist ein lustiges Leben, aber ein kurzes. So soll es sein. Aber du, Anne, du wirst hier rauskommen und irgendwo oder in irgendwas wirst du dein Libertalia finden.«

Doch sogleich nimmt ihr das Fleckfieber die Orientierung. Einmal ist sie wieder bei der Kavallerie und reitet mit Niklot um die Wette, dann wieder steht sie im »Three Horseshoes« und zapft Bier für ihre ehemaligen Kameraden.

Von da an lasse ich sie in Ruhe. Im Delirium in der Kavallerie oder in Breda zu sein, das ist allemal besser als bei Bewusstsein in diesem verseuchten Loch.

Als sie schließlich stirbt, da klammere ich mich an sie, als könnte sie mich dahin mitnehmen, wohin sie gerade aufgebrochen ist. Vielleicht hat sie recht. Es gibt keine Hoffnung, und alles ist besser, als ihnen zu einem weiteren Spektakel zu verhelfen.

Ich drücke Marys Lider nach unten, und stundenlang halte ich sie, die immer kälter und kälter wird, bis ich schließlich selbst das Gefühl habe, ein Leichnam zu sein. Nun geht es mir wie Mary. Ich habe keine Tränen mehr. Keine einzige.

# 6

Wie jeden Morgen wird die Tür aufgestoßen und Finch kommt mit seinen Kanten und Näpfen herangeschlurft. Doch etwas ist anders als sonst. Eine zweite Stimme mischt sich unter Finchs Selbstgespräche.

»Wenn Er mir nun zeigt, wo ich Read und Bonny finde. Lawes hat mich beauftragt, eine Untersuchung zum Stand der Schwangerschaft durchzuführen, damit ein Termin für ihre Hinrichtung anberaumt werden kann.«

»Schwanger?« Finch verfällt in ein keckerndes Lachen. »Schwanger? Die beiden Weiber sind so flach wie Flundern! Aber wenn Ihr sie sehen wollt …«

Ich fahre auf. Jonathan!

Finch führt ihn ans Gitter. Die Tür hat er offen gelassen, sodass der Kerker im Dämmerlicht liegt. Jonathan erkennt sofort, was mit Mary los ist.

»Read sah schon frischer aus«, murmelt Finch.

»Oh mein Gott!«, stöhnt Jonathan. »Schnell, Finch. Hol Er meinen Koffer! Ich habe ihn oben vergessen.«

»Ja, Sir!«, brummt Finch und schlurft gemächlich zurück in Richtung Tür.

»Jonathan!«, flüstere ich. Und da findet sich doch noch eine Träne. »Mary, sie ist …«

»Ja, Anne. Das ist kaum zu übersehen. Hör zu. Ich komme morgen Abend wieder. Du musst Marys Kleider anziehen und dich totstellen. Hörst du, du darfst dich auf gar keinen Fall bewegen. Ich werde mit dem Leichenkarren kommen.«

In diesem Moment kehrt Finch zurück. »Verdammt, habt Ihr Goldbarren in Eurem Koffer?«, flucht er.

Jonathan geht ihm entgegen. »Finch, Read ist tot. Mit Bonny ist so weit alles in Ordnung. Ich komme morgen Abend noch einmal und hole Read ab.«

»Und Euer Koffer?«

»Danke, Finch. Es … es hat sich erledigt.«

Finch murmelt Unverständliches vor sich hin, aber es besteht keinerlei Zweifel daran, dass es so viel wie »verfluchte reiche Pinkel« bedeutet.


Als Finch weg ist, rutsche ich mit dem Rücken am Gitter herab, meine Beine wollen mir nicht mehr gehorchen. Ich blicke auf Mary, die kaum noch Ähnlichkeit hat mit etwas, das jemals gelebt hat, sondern aussieht, als hätte jemand mit mäßiger Begabung versucht, sie mittels eines sehr gelben und schmutzigen Wachses nachzubilden. ›Meine süße Mary, was ist nur aus uns geworden?‹, denke ich.

Als ich mich von der Erschütterung, die Jonathans unerwartetes Auftauchen hervorgerufen hat, etwas erholt habe, blicke ich mich vorsichtig um, aber keiner der anderen Gefangenen interessiert sich für mich. Alle sind viel zu sehr mit sich selbst beschäftigt. Und Tote zu plündern, das gilt als das Selbstverständlichste, was in einem Kerker eben geschieht. Widerwillig beginne ich damit, Mary die Kleider vom Leib zu schälen. Es ist ein Kraftakt, denn die Totenstarre hat schon begonnen, aber die Vorstellung, meiner ehemaligen Geliebten noch im Tod alle Knochen zu brechen, lässt mich erschauern, und deshalb gehe ich langsam und mit größter Vorsicht vor. Es stellt sich als langwieriges Unterfangen heraus, und ich muss mit dem Ekel kämpfen, denn Marys ausgemergelter Leib ist mit rotblauen Flecken übersät, und es kostet mich einige Überwindung, in jene Kleider zu steigen, in denen Mary gestorben ist. Doch schließlich habe ich es geschafft. Ich binde meine Haare zu einem Knoten und verstecke sie unter Marys großem Hut. Anschließend ziehe ich Mary meine Kleider an und verberge wiederum ihr Haar unter meinem Kopftuch. Zuletzt richte ich Mary auf und schaffe es noch rechtzeitig, ehe die Totenstarre so weit fortgeschritten ist, dass sich Mary gar nicht mehr bewegen lässt, sie an das Gitter zu lehnen, als wäre sie im Sitzen eingeschlafen.

Dann drücke ich ihr einen Kuss auf die kalte Wange. »Danke, Mary! Es ist scheußlich, aber ich weiß, dass du es genau so gewollt hättest«, murmele ich und lege mich auf den Rücken, um mein Totsein zu erproben. Doch dann drehe ich mich doch lieber auf den Bauch, damit sie mein Gesicht nicht sehen können.

Ich muss kurz eingeschlafen sein, denn plötzlich höre ich Finchs Stimme am Gitter. Beinahe wäre ich aus alter Gewohnheit auf die Füße gesprungen, doch gerade noch rechtzeitig fällt mir ein, dass ich tot bin. Obwohl meine Herzschläge in so dichten Intervallen aufeinanderfolgen, als wollte sich mein Herz aus meinem Brustkasten herausmeißeln, versuche ich, möglichst flach zu atmen.

»Da! Seht sie Euch an! Ihre Kameradin ist eben erst gestorben und Bonny schläft den Schlaf der Gerechten.« Finch spuckt aus.

»So schweig Er doch still!«, ruft Jonathan unwirsch. »Pack Er lieber mit an.«

»Was wollt Ihr denn mit dem Kadaver?«, fragt Finch, während er mir in den Hintern zwickt. »An der ist doch gar nichts mehr dran.«

»Er ist sehr neugierig. Aber sei's drum. Zu Lebzeiten war Read eine verworfene Kreatur, Gott ein Gräuel, aber nun wird zumindest ihr Kadaver Erkenntnissen Bahn brechen, die anständigen Frauen das Leben retten werden.«

»Ihr wollt sie aufschneiden?«

»Dies nennt sich Wissenschaft, Finch!«

In diesem Moment werde ich an Händen und Füßen gepackt, und ich versuche, mich so steif wie möglich zu machen. Jonathan vorne, Finch hinten. Bis zur Mitte der Treppe komme ich recht glimpflich davon, doch plötzlich lässt mich Finch los, und mein Becken und meine Knie knallen auf die Kanten der Stufen. Ich beiße mir auf die Lippen. Dennoch entfährt mir ein Stöhnen. Erschrocken halte ich die Luft an, und auch Jonathan zuckt zusammen. Doch gottlob, Finch scheint schwerhörig zu sein.

»Pass Er doch auf, Finch! Die Erkenntnisse nützen mir nur, wenn der Kadaver unversehrt ist«, schilt Jonathan.

Finch brabbelt unwillig etwas vor sich hin und reißt unsanft an meinen Knöcheln.

Die Luft wird besser. Wir passieren die Kerkertür, die Dienstgebäude, das Eingangstor.

»So, hier auf den Leichenkarren, Finch! Vorsichtig! Wie gesagt, unversehrt!«

Finch schnauft und lässt mich einfach los. Ich schlage auf der Ladefläche auf, aber ich beiße die Zähne zusammen.

Münzen klimpern. Finchs Trinkgeld.

»Danke, Finch. Das wäre es gewesen.«

Finch keckert wieder vor sich hin. Jonathan scheint ihn fürstlich entlohnt zu haben. »Ich wünsche Euch viel Freude mit ihr … auch wenn sie nur noch so ein Gerippe ist.« Noch einmal lacht er auf. Für Finch scheint festzustehen, was Jonathan wirklich mit mir vorhat, aber das ist ihm egal. Dann höre ich, wie sich Finch schlurfend entfernt.

Als er weg ist, flüstert Jonathan: »Geht es, Anne?«

»Ja, muss.«

»Halte durch. Wir müssen nur noch an den Wachtposten der Garnison vorbei.«

Er springt auf den Kutschbock und treibt das Pferd an. Blut läuft an meinen Schienbeinen herab, hoffentlich werden die Wachen nicht zu genau hinsehen.

»Haaaaalt!«

»Brrrr …«, macht Jonathan.

»Wer seid Ihr und wo wollt Ihr hin?«, fragt die Wache.

»Jonathan Dearing, Militärarzt.«

»Ich habe Euch hier aber noch nie gesehen«, sagt der Posten und hält seine Laterne hoch.

»Das mag sein. Hunderte von Personen gehen in dieser Garnison ein und aus. Da ist es nicht verwerflich, dass Er mich noch nicht kennt. Ich bin erst wenige Wochen hier.«

Der Wachmann brummt irgendwas vor sich hin. »Was habt Ihr geladen?«

»Eine Leiche für medizinische Untersuchungen.«

Der Wachmann kommt herum und leuchtet auf die Ladefläche. Dann zieht er mir den Hut vom Kopf und packt mich so plötzlich am Genick, dass meine Wirbelsäule knackt. Er pfeift durch die Zähne. »Ein Weib? Die ist ja noch warm.«

Mein Herz schlägt immer schneller. So schnell, dass ich befürchte, dass er es bemerken muss.

»Ja, natürlich ist sie noch warm. Sonst nützt sie nichts für eine medizinische Untersuchung. Wenn Er nun die Güte hätte, dieses Procedere ein wenig zu beschleunigen, anstatt die Wissenschaft mit seinem Gewäsch zu behindern.«

»Wissenschaftliche Untersuchung?« Der Wachmann bricht in dröhnendes Gelächter aus. »Solche Untersuchungen haben wir auch schon gemacht, was, Jones?«, ruft er der anderen Wache zu, die in das Lachen mit einstimmt. »Nun, Doktor, wenn Ihr ein entsprechendes Schriftstück, das vom Gouverneur gesiegelt wurde, vorweisen könnt«, er lässt meinen Kopf los, der auf die Ladefläche kracht, und stellt sich neben den Kutschbock, »dann soll Eurem Experiment nichts mehr im Wege stehen.«

Pergament raschelt.

»Hier. ›Den Leichnam Mary Reads überstelle ich, Nicholas Lawes, Gouverneur von Jamaika, Doktor Jonathan Dearing, zum Zwecke des medizinischen Fortschritts‹«, liest Jonathan vor.

»Nun, denn.« Doch dann hält der Wachmann noch einmal inne. »Sag mal, Jones, die Read, war die nicht blond? Der Kadaver hier hat aber rote Haare.«

»Ob rot, ob blond, diese Huren sehen doch alle gleich aus«, ruft Jones aus seinem Wachhäuschen.

»Will Er meine Kompetenz infrage stellen?«, fragt Jonathan unwirsch.

»Nun ja, wir haben ja das Papier. Wenn Ihr die falsche Leiche mitgenommen habt, dann müsst Ihr dies selbst mit dem Gouverneur klären. Wünsche angenehme Experimente.« Er lacht noch einmal, während Jonathan das Pferd antreibt. Solange er in Sichtweite der Wachen ist, lässt er das Tier in einen leichten Trab fallen, um den Argwohn der Wachen nicht noch zu schüren, aber dann verlangt er dem Tier alles ab. Ich wage noch immer nicht, mich zu rühren.

Schließlich hält Jonathan den Karren an und steigt ab.

»Du kannst jetzt von den Toten auferstehen!«, lacht er.

Stöhnend richte ich mich auf. Die Lichter von Spanish Town liegen weit hinter uns. An einen Baum gebunden, stehen zwei Pferde. Jonathan klettert in die Baumkrone und wirft mir ein Bündel zu.

»Schnell, Anne, zieh das an. Ich weiß nicht, wann sie den Schwindel bemerken.«

Das Bündel enthält einen Wasserschlauch, eine schwarze Perücke, ein Wams aus Brokat, eine Hose, Schnallenschuhe und ein weißes Rüschenhemd. Eilig reinige ich mich, schlüpfe in die Kleider und setze die Perücke auf. Dann vergrabe ich das Bündel mit Marys stinkenden Fetzen unter dem Baum.

»Und?« Ich drehe mich vor Jonathan.

»John Dean ist erwachsen geworden«, sagt er und sieht mich nachdenklich an.

»Dem entnehme ich, dass ich noch immer überzeugend als Mann bin«, lache ich und schwinge mich trotz meiner Schmerzen auf den schwarzen Hengst.

Jonathan besteigt das andere Pferd.

»Zum Meer?«, frage ich.

»Wohin sonst?«, lacht Jonathan.

# 7

Als das Schiff ablegt, stehen wir nebeneinander an der Reling und blicken in den Morgen. Wir sind die ganze Nacht hindurch geritten und haben bei Anbruch der Dämmerung den Hafen von Kingston erreicht und das erstbeste Schiff genommen, das die Karibik verließ. Beide waren wir erschöpft, aber schlafen konnte keiner von uns.

»Eigenartig, als Passagier auf einem Schiff zu fahren. Bitte halt mir den Mund zu, sollte ich anfangen, Befehle zu geben«, lache ich.

»Das verspreche ich dir hiermit hoch und heilig«, sagt Jonathan und lächelt mich unsicher an.

Eine seltsame Situation. Ich habe fast alles und alle verloren, die mir lieb waren. Aber mein nacktes Leben ist mir geblieben. Doch zum ersten Mal weiß ich nicht, wohin. Einen Mann, den ich geliebt habe, aber den ich nicht kenne, an meiner Seite.

»Und was nun? Bleibst du Piratin?«, fragt Jonathan und blickt mich mit großen Augen an.

Wehmut befällt mich.

»Alas, die goldenen Piratenzeiten in der Karibik sind vorbei. Dort noch einmal mit der Kaperei anzufangen, dies gliche einem Selbstmord.« Ich seufze. »Ich würde gerne einige Menschen noch einmal sehen. Dad. Charley. Die Mädels

458

auf Providence. Doch im Moment ist das noch zu gefährlich.« Ich schlucke.

Und dann sage ich es doch, weil ich finde, dass Jonathan es wissen muss: »Aber niemals werde ich so ein Leben führen können wie das, das uns Frauen die Gesellschaft zuweist. Eingesperrt zu Hause. Mit einer großen Kinderschar … Jonathan, ich – ich habe das wilde Blut.«

»Ich weiß, Anne, deswegen …« Jonathan bricht seinen Satz ab, und ich hake nicht nach, weil ich Angst vor der Antwort habe. Stattdessen frage ich: »Und du? Was wirst du nun anfangen, nachdem dich unsere Begegnung aus deinem alten Leben gerissen hat?«

Jonathan zuckt mit den Schultern. »Ärzte werden immer und überall gebraucht.«

Eine Weile stehen wir schweigend nebeneinander, und jeder hängt seinen Gedanken nach. Schließlich greife ich an meinen Hals und ziehe Uncle Grandpas »Libertalia« unter meinem Hemd hervor, die mich durch alle Übel begleitet hat und die ich bis hierher gerettet habe. Ich stelle sie auf meine flache Hand, und Jonathan und ich betrachten sie lange.

»Du hast sie noch immer. Nach all den Jahren?«

Ich nicke.

»Jonathan, ich schwöre, ich habe die gesamte Karibik besegelt und Teile des Atlantiks, aber nirgends habe ich eine Insel gefunden, die wirklich so war, wie Libertalia sein sollte. Nirgends haben sich die Menschen in Ruhe gelassen. Überall hat der Stärkere über den Schwächeren geherrscht, der Reiche über den Armen. Libertalia gibt es nicht.«

»Nein.« Jonathan schüttelt traurig den Kopf. »Vielleicht müssen die Menschen erst anfangen, anders zu denken?

Weißt du, sie fühlen sich immer bedroht, wenn etwas anders ist, als sie glauben. Du zum Beispiel bist so eine Bedrohung für sie. Die Leute glauben, eine Frau müsse sich so und so verhalten, weil sie die Frauen seit Jahrhunderten zwingen, sich in einer bestimmten Weise zu betragen, sodass sie glauben, dies wäre gottgegeben. Welch Anmaßung! Ihre eigenen Regeln Gott zu unterstellen! Keinen lassen sie sich so verhalten, wie es seinem Wesen entspricht. Auch die Männer nicht.«

Ich lasse seine Worte eine Weile auf mich wirken. »Meinst du, es wird einmal eine Zeit kommen, in der es egal ist, als was er geboren wurde? Arm, reich, stark, schwach, schwarz, weiß, Mann, Frau?«

Jonathan zuckt mit den Schultern und starrt wieder aufs Meer. »Ich hoffe …«

Und ich denke mir, dass hoffen allein noch nie viel verändert hat.

Auf einmal blickt er nicht mehr auf das Miniaturschiff, sondern hat sich auf die Lippen gebissen und starrt auf seine Stiefelspitzen.

Aber ich greife nach seiner Hand, schließe die Augen und atme tief durch. Meine Lungen füllen sich mit der salzigen Seeluft. Die Gischt spritzt über die Reling, und eine angenehme Brise weht mir ins Gesicht. Und da erst spüre ich es wirklich: Ich bin noch am Leben. Ich habe viel verloren, aber ich lebe! Mein Herz macht einen mächtigen Satz.

Ein paar Minuten verharre ich so, während Jonathans Hand in meiner ruht.

Ians Worte gehen mir durch den Kopf und ich spreche sie laut aus: »Wenn es Libertalia nicht gibt, dann muss man ihr zur Wirklichkeit verhelfen.«

Überrascht blickt Jonathan mich an.

»Sag mal, wenn ich versuchen würde, Libertalia zu errichten, würdest du mir dabei helfen?«, frage ich ihn. »Und bitte sag jetzt nicht, dass du nicht schlau wirst aus mir.«

Jonathan lacht und sagt dann ernst: »Ich will es versuchen.«

Ich schließe kurz die Augen.

Als ich sie wieder öffne, küsse ich die »Libertalia« und werfe sie über Bord. Wir blicken ihr nach. Sie schlägt sich tapfer auf den Wellen und wird schnell kleiner und kleiner.

Ich lächle Jonathan an und er lächelt zurück.

Sicher ist nichts, und nichts ist schwerer als der Beginn von Libertalia. Doch zwei werden es versuchen. Und dies könnte ein Anfang sein.

# Nachbemerkung

Nun ist es wieder einmal geschafft, Wörter und Sätze sind ordentlich auf den Seiten zwischen dem Deckel untergebracht, und der Sinn schwebt irgendwo zwischen den Zeilen. Auch die Figuren sind dort gut aufgehoben, sodass die Autorin nun wieder ein Eigenleben führen und das Haus verlassen kann, ohne zu Staub zu zerfallen.

Und doch lässt mich Anne Bonny nicht los, diese Frau, die sich zu einer Zeit, da Frauen mehr Pflichten als Rechte hatten und eher als Waren, denn als vollwertige Menschen betrachtet wurden, ihren Platz in einer Männergesellschaft erobert hat.

Natürlich habe ich auch der künstlerischen Freiheit in vollen Zügen gefrönt, aber Anne Bonny, Mary Read und Calico Jack Rackham sowie viele andere in die Handlung verstrickte Personen, hat es wirklich gegeben. Erwähnt werden sie unter anderem in *A General History of the Robberies and Murders of the most notorious Pyrates,* einem im Jahr 1724 in Großbritannien erschienenem Werk, in dem die Biografien der wichtigsten Piraten und Freibeuter des *Goldenen Zeitalters der Piraterie* in der Karibik zusammengetragen sind. Als Autor firmiert ein gewisser Captain Charles Johnson, gewiss ein Pseudonym, hinter dem sich entweder Daniel Defoe oder – was wahrscheinlicher ist – der Journalist Nathaniel Mist oder einer seiner Mitarbeiter verbirgt.

Auch Libertalia (Libertatia), eine Art nach demokratischem Muster funktionierendes Utopia, wird dort erwähnt. Es soll im späten 17. Jahrhundert auf Madagaskar von Piraten unter Führung von Captain James Misson gegründet worden sein, doch ob es jemals wirklich existiert hat, ist umstritten.

In jedem Fall ist das späte 17. und frühe 18. Jahrhundert eine hochinteressante Epoche, eine Übergangsphase, in der letztlich die Weichen gestellt wurden für unser modernes Wirtschaften, Denken und Selbstverständnis. Im Guten wie im Schlechten. Höchst spannend finde ich dabei, dass bereits zu diesem frühen Zeitpunkt Libertalia als Gegenentwurf zum vorherrschenden Kräfteverhältnis für nötig erachtet und gedacht wurde.

Doch zurück zu Anne und ihren Vertrauten. Jack Rackham wurde 1720 gehängt und Mary Read starb im Gefängnis. Doch was wurde aus Anne? Wir wissen es nicht, denn ihre Spuren verlieren sich im Kerker von Spanish Town. Hingerichtet wurde sie offenbar nicht, sonst wäre dies in den Prozessakten dokumentiert. Einiges spricht dafür, dass sie nach einer gewissen Zeit wieder freikam, doch über ihr weiteres Schicksal lässt sich nur spekulieren. Mir gefiel der Gedanke, sie noch einmal auf die Reise zu schicken. Diesmal nicht als Piratin, sondern als jemand, der den Grundstein legen möchte für eine bessere Welt, in der jeder seine Chance bekommt. Unabhängig von seiner ethnischen Herkunft, seinen ökonomischen Mitteln oder seinem Geschlecht. Und trotzdem ist damit nicht alles zu Ende. Was bleibt, ist die Suche nach Libertalia. Sicher, wir haben in den letzten Jahrzehnten viel erreicht, doch Demokratie ist dennoch keine Selbstverständlichkeit, denn sie hat viele Feinde, die sich aus ganz verschiedenen Richtungen der Gesellschaft rekrutieren. Gewiss, sie ist mühsam und bei Weitem nicht perfekt – aber immerhin hat sie sich bisher als die humanste Form des gesellschaftlichen Zusammenlebens erwiesen. Von daher sollten wir weiterhin Kurs halten auf Libertalia.

# Danksagung

Mein Dank gebührt den üblichen Verdächtigen:

Meinen Eltern, die langsam übermütig werden und glauben, dass mir eine prächtige Zukunft beschieden sein wird, Robert Carol, der in derselben Stadt wohnt, aber die Fernbeziehung, die das Autorenleben mit sich bringt, billigend in Kauf nimmt, meiner Freundin und Kollegin Kathleen Weise, mit der ich natürlich nicht nur Sekt trinke, wenn uns glückliche Umstände dazu zwingen, sondern mit der ich vor allem fruchtbare Recherchetage in den heiligen Hallen der Deutschen Nationalbibliothek verbringe, sowie meinem Verlag, und allen voran meinem Lektor Christian Walther, der geduldig alle kapriziösen Änderungswünsche, die ihn während meiner Lesungsaufenthalte am Rand der zivilisierten Welt sporadisch erreichten, eingepflegt hat, und ganz besonders danke ich Dörte Antje Loth und Steven Palmer: Ihr habt mich auch in absentia inspiriert, und deshalb gebührt euch dieses Buch.

€ 0,89 + 3,-